衛子夫
漢宮艷后
作者
張雲風

# 二十四番花信風

新時期以來，隨著改革開放事業的前進，外國文學思潮對中國文學有了五四以來最強烈的衝擊，帶來多方面影響。女性主義批評勃興，女作家空前活躍。基於女性體驗做特殊描寫的創作模式，如所謂「小女人散文」和私人化寫作，一度風行。塑造新的女性形象，批判男權主義或試圖（僅僅是試圖）張揚女權主義，成為多元化文壇風景的一道特殊景觀。倘若注目在群眾中有廣泛影響的影視劇，則可以發現，中國古代女性人物如武則天、楊玉環等，簡直成了電視臺保持收視率的拿手好戲。沒有多少歷史根據的歷史人物，也能編成幾十集令人蕩氣迴腸的連續劇如《珍珠傳奇》，這是一個值得深思的文學現象。

女性，是文學的永恆話題，是文學最引人注目的話題，是隨著時代發展常寫常新的話題，任何一個時代文學的大繁榮無不伴隨著女性文學的新局面、新課題。

女性，中華民族的發展付出了艱勞動，在許多領域創造了不亞於男性的輝煌，但在幾千年的男權社會中女性不僅在政治、經濟生活中成為男性的附庸，在人生角色和道德宣傳上處於「第二性」地位，而且在歷史記載和文學創作上也處於被忽略、被歪曲、被篡改的狀態。例如：驕奢淫逸的皇帝及聽命於這些皇帝的文人墨客，不但不思考男性統治者對歷史和黎民犯下的罪行，反而用「女色亡國」輕輕地為其開脫罪名，就是最有代表性的歷史現象。古代文學中對宮廷女性的真實的、同情性描寫是遠遠不夠的。如：幾千年的宮廷中，幾百乃至幾千女性爭寵一個男性，是絕對非人道的現象，最傑出的詩人白居易和最出色的劇作家洪升卻共同創造出「**七月七日長生殿，夜半無人私語時**」幾乎烏托邦式的愛情神話。深入描寫宮廷女性痛苦內心世界的藝術作品更是寥寥無幾。《長信宮詞》寫道：「**奉帚平明金殿開，且將團扇共徘徊。玉顏不及寒鴉色，猶帶昭陽日影來。**」寫出了一種淡淡的哀愁，且是帶有明顯同性相嫉特點的哀愁。白居易寫的《上陽白髮人》，「**入時十六今六十**」、「**紅顏暗老白髮新**」，對白髮宮人的深刻同情，可算這類作品中最傑出的。當然，《浣紗記》創造的傾國傾城、憂國憂民、復國和愛情不能兩全的動人的西施形象，唐傳奇中為宮女的愛情付出生命代價的王仙客……都可以算古代文學描寫宮廷女性生活的鳳毛麟角之作。

中國后妃公主傳奇，是系列長篇歷史小說，這套書的寫作是在汲取某些歷史記載和傳說基礎上，張開想像的翅膀，以現代人的觀點，描寫古代歷代后妃公主的人生軌跡，以現代人的觀點闡釋她們不平凡的人生。她們的人生，是歷史的參照，是道德的啟迪，是對真善美的謳歌，是對假惡醜的鞭撻；她們，有的有花一樣美麗的人生，有的又完全可以稱之為「惡之花」。這套書的作者，多經過大學文史專業系統學習，有深厚的學術素養和多年寫作訓練，所寫小說構思新穎，情節曲折，人物生動，文字簡練，眾擎群舉，演義中國古代宮廷女性的人生，可以說，這套書填補了歷史小說寫作的一項空白。

我的好友朱淡文教授是卓有成就的著名紅學家，她在臺灣出版描寫中國古代才女的書名曰《二十四番花信風》，出版社邀我為這套書做序，特借淡文書名為序，希望中國后妃公主傳奇能滿足讀者的閱讀期待。

一九九九年五月二十日於山東大學

馬瑞芳

# 目錄

## 帝王家和平民家的艷事

## 絕色歌伎幸遇風流天子



## 皇宮裏爭風吃醋的風波

## 「禍兮福所倚，福兮禍所伏」

◎騎奴衛青因禍得福，皇帝萬歲御賜婚姻，三對新人同日成婚。陳阿嬌鬼迷心竅，竟在昭陽殿裏祈禳，事情敗露，皇帝能饒過她嗎？／137

## 昭陽殿裏新主人

◎竇太主花心俏意，且將愛女放在一邊，私通十八歲的家僮董偃，老婦少夫，快樂無比。武帝登門造訪，稱呼年輕的姑父為「主人翁」。／146

◎陳阿嬌廢黜長門宮，妄想再登失去的皇后寶座，重金購得《長門賦》，沒有獲得武帝的同情。董偃賜死，竇太主和陳阿嬌也命歸西天。／152

◎武帝初攻匈奴，出師不利，遷怒於屯將軍王恢，定了死罪。皇太后講情，武帝置若罔聞，這是為什麼呢？／159

◎衛媼已是皇帝的岳母，一改當年的寒酸相，成為雍容富態的貴婦。她六十歲生日，兒女們為之祝壽，好不熱鬧。／165

◎衛青攻伐匈奴打了勝仗，衛子夫替大漢生了皇子。武帝欣喜萬分，冊立衛子夫為皇后。冊后大典隆重熱烈，皇后頭戴金光閃閃的鳳冠，入主昭陽殿。／172

## 衛氏外戚的功勳



## 「獨不見衛子夫霸天下」

## 虛無縹緲神仙夢

## 流水落花春去也

## 巫蠱釀成的慘禍

◎丞相位在一人之下，萬人之上，可公孫賀不願擔任此職。劉妍鄙棄公主名號，嚮往純真的愛情。攻伐匈奴又失敗了，天下騷動。建章宮明月珠被盜，繡衣使者應運而生。巫蠱旋風將起，飛天橫禍，悄悄逼近。／314

◎江充，一個無賴，當年曾參與綁架衛青，搖身一變，成了欽差繡衣使者。此人熟知武帝的心理，捏造巫蠱，公報私仇，公孫敖夫婦被腰斬於東市。／319

◎年過花甲的武帝又寵幸一個年輕的小妞，小妞懷孕十四個月生了兒子。公孫敬聲擅用北軍軍費，獲罪下獄。公孫賀緝捕梅花大俠，江充與此人是故交。二人密謀，布下一道罪惡的黑網。／325

◎江充透過朱安世，上書告發公孫敬聲和劉妍私通，並搞巫蠱，累及公孫賀全家下獄。嚴刑逼供，屈打成招。公孫賀滅門，劉妍賜死。／332

◎巫蠱魔掌伸向衛府，衛府一百二十三人束手就擒。衛子夫去甘泉宮替衛府鳴冤叫屈，武帝被巫蠱擾昏頭腦，渭河邊又增添了兩個死人坑。／338

## 淚河血海，恨鬼冤魂

◎江充利用巫蠱，把黑手伸向昭陽殿，伸向博望苑。太子劉據為了自保，徵調武士捕殺江充，闖下大禍。／346

# 帝王家和平民家的艷事

西漢京師長安城裏，平陽公主蓄養一班歌伎，其中平民出身的衛子夫天姿國色，善歌善舞，被主人視為「可居」的「奇貨」。

長安城，一座雄偉而繁華的城市。

長安城坐落在錦繡如畫的八百里秦川的中部，緊貼著高亢厚重的龍首原。傳說很早很早的時候，秦嶺山中有一條黑色巨龍，飛騰出來，到渭河飲水，龍頭伸進渭河，龍尾尚在樊川。於是，龍頸下面那塊隆起的土原便叫了龍首原。

龍首原是塊風水寶地。從這裏，南望秦嶺，橫空出世，蒼翠峭拔。北眺渭河，濁流東去，波濤洶湧。西北方向，矗立著秦朝故都咸陽城。

西元前二〇二年，漢高祖劉邦打敗西楚霸王項羽，奪得天下，本想建都洛陽。大臣婁敬和張良提出建議，說關中平原背山帶河，四塞為固，金城千里，天府之國，是最理想的建都之地。劉邦審時度勢，選擇了龍首原北麓的長安鄉，大興土木，建宮造殿，作為都城。這樣一來，中國的歷史版圖上便有了長安城。

漢王朝的開國丞相蕭何，不僅是個政治家，而且是個建築家。他精心規劃和主持建造了著名的長樂宮和未央宮，奠定了長安城的規模。劉邦的兒子惠帝劉盈，五年中徵伐民夫上百萬人，修築了長安城垣，高三丈五尺，上寬九尺，下寬一丈五尺，周長二十六公里。從此，長安城與古羅馬城，東西相望，相映生輝，成為當時世界上兩座最大的城市。

長安城依原就勢，隨地轉折，南城牆和北城牆各有六個和七個折角，平面呈不規則方形。後人牽強附會，以為築城時模擬了南斗六星和北斗七星的圖案，所以把長安城美稱為「斗城」。「斗城」的美稱，表達了人們熱愛國都熱愛家鄉的真摯感情。

長安城開有十二道城門，城內闢有八條大街，一百六十個閭里。最醒目的是以長樂宮和未央宮為中心的龐大宮殿群，亭臺樓閣，雕樑畫棟，金碧輝煌。每道城門下各開三個門洞，門洞各寬六米，可容十二輛馬車同時出入。城門上的城樓，聳入藍天，雲蒸霞蔚，遠望猶如天上宮闕降臨人間，氣勢非凡。

長安城的居民超過五十萬人。城內最熱鬧的場所當數東市和西市。東市有三個市場，西市有六個市場，合稱「九市」。到漢文帝和漢景帝的時候，由於長期實行「與民休息」的政策，整個社會富饒了，國家實力雄厚了，國都長安成為全國最富庶最興盛的地方。

《史記．平准書》曾記述說：「京師之錢累巨萬，貫朽而不可校；太倉之粟陳陳相因，充溢露積於外，腐敗不可食。」意思是，長安城的國庫裏，積累的錢幣有好幾百個億，串錢幣的繩子都朽斷了，以致散錢無法計算；糧倉裏的小米，逐年向上堆積，一層又一層，陳舊變質，堆不下的，就放在露天場地，風吹雨打，日久腐爛了，不能再吃。當時，皇家的馬苑裏，圈著三十萬匹高頭大馬，老百姓的騾馬拴滿街巷，有的乾脆散放在田野裏。糧錢、牲畜太多太多了，誰還拿它當回事呢？

市場是反映社會經濟的一面鏡子。且看長安九市，貨物山積，五彩繽紛。漆器、木器、銅器、鐵器、絲絮、綢帛、毛線、皮革、刺繡、雕刻、車輛、豬羊牛馬等，應有盡有。賣丹砂的、售皮鼓的、磨刀的、算卦的、鬥獸的、耍雜技的、賭錢的、酒肆、飯鋪、風味小吃攤點等，三百六十行，東西南北腔，融彙成一曲喧囂的城市生活交響樂章。

長安城南面東頭第一門叫覆盎門，又叫杜門或端門。出此門向東南二十里，便是灞河。灞河上的灞橋及附近的霸上，在歷史上是非常出名的地方。

覆盎門裏，有一座豪華氣派的府第——曹府。飛檐尖角的門房，朱紅黑邊的大門，以及門前蹲著的兩尊雕刻精美的石獸，無不表明主人具有特殊的顯貴身分。

這曹府的主人姓曹名壽，漢初開國功臣之一曹參的曾孫，封平陽侯。曹壽的妻子是當朝皇帝漢武帝的姐姐，原封信陽公主，繼隨丈夫侯位，封平陽公主。

曹壽和平陽公主年方二十多歲，一個風流倜儻，一個貌美如花，正是天作地合的一對。曹壽封侯，既不是靠文才，也不是靠武功，只是靠曾祖曹參曾任丞相，大樹底下好乘涼，坐享其福。他娶了平陽公主，成了當朝皇帝的姐夫，當然異常榮耀，同時也誠惶誠恐。他知道，公主是金枝玉葉，至尊至貴，天生的人上人。自己什麼事兒都得讓著她，她才是曹府的真正主人。覆盎門內一條街，說「曹府」，未必人人知道；而說「公主府」，真是無人不知無人不曉。堂堂平陽侯，與堂堂公主相比，還是遜色不少的。

曹壽是個想得開放得開的人。他樂得把家事全交給公主去管，自己懷揣大把大把的金錢，整天與公子王孫們在酒肆喝酒，到郊外野遊，去看雜技消遣，偶爾還到妓院去嘗個新鮮。當然，到妓院去是千小心萬謹慎的，貴賤不敢叫公主發現，一旦發現，後果不堪設想。

平陽公主是個精明幹練的人，身材修長，面龐圓潤，愛說愛笑，性格開朗。她極善經營自家的安樂窩，憑藉丈夫列侯、自己公主的特殊身分，把曹府亦即公主府建造得天堂一般。進了府門，迎面聳立著一堵彩繪的畫牆，畫牆前青松挺拔，花卉爭艷。畫牆後面是一片開闊的廣場，廣場周圍鑲磚，遍植黃楊。黃楊經過修剪，整整齊齊，清清爽爽。穿過廣場，兩側綠樹環抱，隱隱約約現出幾座玲瓏別致的房舍，青灰色的磚，橙黃色的瓦，到處有盆栽的鮮花，色彩艷麗，芳香四溢。後面是一座花園，內有賞心亭、怡性閣，還有假山荷池，魚塘鳥苑，奇花異草，曲徑通幽，寧靜中顯出幾分神秘。

平陽公主府中有七八十口人，分工嚴密，各司其職。看門的、趕車的、購物的、掃地的、務樹務花的、餵魚餵鳥的，都是男子擔任；做飯的、洗衣的、端茶送水侍候客人的，都是女子擔任。這些男傭女僕入府，都由平陽公主親自挑選，標準是長相端正，身強力壯，手腳麻利，一個人頂一個人用。長安城中，達官權貴不下千家，就傭僕的精幹程度而言，曹府當數首家。

平陽公主生在皇宮，長在皇宮，深知音樂歌舞在上層社會中的重要地位。為此，她家中專門設有一個歌舞班，成員係清一色的妙齡女子。她們的身分相當於傭僕，卻過著優越於傭僕的生活。平時，她們聚集在花園旁邊的一所供排練的大房子裏，鼓琴弄瑟，練歌習舞；逢年過節或有客人光臨時，她們披紅掛綠，佩金飾銀，表演歌舞兼陪伴客人。珠光粉氣，清歌妙舞，頓使滿堂生輝。曹府是京城裏數一數二的大府第，皇親國戚和文官武吏巴結平陽公主，有事無事都愛來串門兒。平陽公主圖個熱鬧，三日一小宴，五日一大宴，熱情招待客人。客人吃肉喝酒，欣賞歌舞，既飽了口福，又飽了耳福和眼福，一舉兩得，其樂悠悠。

這個歌舞班子共有二十多人，其中衛氏三姐妹色藝俱佳，出類拔萃。三姐妹中，尤其是小妹衛子夫，不僅長得天姿國色，而且生性善歌善舞，被平陽公主視為掌上明珠。有位公子哥兒在曹府作客，見過衛子夫，垂涎三尺，開價黃金三千兩、綾緞三千匹，想買她回家為妻。平陽公主笑笑說：「古書上有句話叫『奇貨可居』。我家的『奇貨』是不能用黃金、綾緞來衡量身價的。」

「奇貨可居」出自戰國時秦國的權臣呂不韋之口。此人原先是個家產億萬的大商人，在趙國的邯鄲經商，遇見秦國公子異人（子楚）在趙國作人質。他憑著商人一種獨特的眼光，看到異人是難得的「奇貨」，囤積起來有利可圖，便說：「此奇貨可居。」於是，他千方百計結交異人，供給錢財，任其揮霍，甚至將自己懷了孕的愛妾送給異人做妻子。這個異人後來回秦國當了國王，就是秦莊襄王，其妻亦即呂不韋的愛妾成為王后。王后所生的兒子嬴政，實是呂不韋的種，後來繼位當皇帝，他就是赫赫有名的秦始皇。呂不韋囤積「奇貨」撈到了天大的好處，當秦國的相國，總攬朝政，榮華富貴了二十餘年。

呂不韋的屍骨早已腐爛，如今平陽公主卻信守著他的遺言，將年輕貌美的衛子夫視為「奇貨」，待價而賈，到底是為了什麼呢?世事紛雜，人心難測，縱是聰明絕頂的人恐怕也看不清和猜不透的。

## 2 衛子夫的母親衛媼，一個窮困的農婦，一個厚道的女僕，感情世界並不貧瘠，既然愛慕趕馬車的鄭季，就勇敢地和他鑽進熱呼呼的被窩裏。

衛子夫是個普普通通的農家女子，壓根兒不知道自己已被人視為一本萬利的「奇貨」。

衛子夫從記事之日起，只知有母親，不知有父親。她的母親在做姑娘的時候，就在曹府當女僕，也說不清有多少個年頭了。那時，曹壽的父親還健在，她料理過曹老太爺的飲食起居。她十七歲那年，嫁給一個老實巴交的農民衛老大為妻，家住覆盎門外二三里地的凹凹莊。衛老大孤身一人，家有兩間草房，一畝薄地，靠種瓜務菜為生。他們成家以後，衛老大繼續種瓜務菜，妻子繼續在曹府當女僕，白天各忙各的，夜晚鑽在一個被窩裏睡覺。三五年裏，他們生了三個女兒。鄰近一位姓梁的教書先生，咬文嚼字的給三個女兒各取了名字，分別叫衛君孺、衛少兒、衛子夫。其實，農家閨女的名字是很難叫響的，人們習慣地稱她們為大妞、二妞、三妞。

衛子夫的母親在曹府裏的稱謂相應改變。她的本姓早被人遺忘，只是隨著衛老大的姓，最早稱衛姑，後來稱衛嫂，如今則稱為衛媼了。「媼」，古時多是婦人的通稱。

就在衛子夫出生後不久，衛老大患了癆病，臥床不起。衛媼求醫問藥，把那一畝薄地也賣了，湊合些錢給丈夫治病。前後折騰半年多，衛老大一命嗚呼。死前抓著妻子的手，有氣無力地說：「只可憐、可憐咱的三個妞……」

衛媼大哭一場，在鄉親們的幫助下，草草埋葬了丈夫。回到家中，面對三個年幼無知的女兒，想到日後的艱難，那眼淚像斷線的珠子，一串一串地滾落下來。

為了生活，為了女兒，衛媪還得到曹府幹活。可是三個妞怎麼辦呀？這時大妞五歲，粗通人事，她只好叫大妞照管兩個妹妹。早上，她熬一鍋粥，叮嚀大妞，餓了，就盛粥吃，並要餵二妞和三妞；姐妹三個只許在家裏和門前玩耍，千萬不敢走遠。叮嚀完，就風急火燎地趕往曹府，因為曹府裏還有事等著她做呢！

她在曹府的任務主要是照料少爺曹壽的飲食起居。原先，她是照料曹壽父親曹老太爺的，由於勤快、乾淨、心細，所以曹老太爺非常滿意。後來，少爺曹壽長到七八歲了，她在曹府的任務從侍候老的改為侍候小的。曹壽白天在書房讀書，她的事情不算太多，也就是收拾房間、洗洗涮涮之類。她與負責做飯的姜嫂關係要好，姜嫂知道她死了丈夫以後的難處，常將酒宴上吃剩的飯菜收羅起來，裝在一個木盒裏，讓她帶回家給孩子們吃。天將擦黑，少爺曹壽吃罷晚飯，她就三步併著兩步地趕回家。可憐的三個妞早將一鍋粥吃完，彼此相偎著睡覺了。這時，她趕緊將帶回的剩飯剩菜熱了熱，喚醒三個妞再吃一點兒。剩飯剩菜裏偶爾有塊肥肉、雞腿什麼的，三個妞吃起來可香啦！尤其是三妞子夫，小手擺弄著雞腿，口水流得老長，稚聲稚氣地說：「哇！真好吃！」衛媪聽了這話，那眼淚早又滾落下來。

日復一日，月復一月，衛家母女就是這樣在貧困線上掙扎，過著別人難以想像的生活。

衛老大原有個叔伯兄弟，人稱衛憨憨。衛憨憨一輩子不曾娶妻，後來商洛一個逃荒女人，蓬頭垢面地逃到凹凹莊。七鄰八舍三撮弄兩撮弄，讓逃荒女人跟衛憨憨睡到了一個炕上。一年以後，逃荒女人生了個兒子，憨頭憨腦，酷像衛憨憨。一天，商洛來了個膀大腰粗的男人，說逃荒女人是他的婆娘，生拉硬拽地將她帶走了。從此，衛憨憨算是有了兒子。這個兒子的母親到底是怎麼回事？沒有人能說清楚。

衛老大死後三年，衛憨憨也得病死了。留在世上的那個兒子，年齡與衛媼的大妞君孺相仿，孤苦無依。左右鄰居七嘴八舌，都說他好歹是衛家的後代，衛媼是他的伯母，所以理所當然地該由衛媼撫養。衛媼一副好心腸，心想蝨子多了不咬，瘡疤多了不癢，不就是多張嘴吃飯嘛，撫養就撫養吧！這樣，衛家的三個妞就有了個兄長，都叫他為憨哥。

憨哥性格憨厚，愛使蠻力，自住到伯母家後，自然地擔當起了保護三個妹妹的重任。這樣一來，衛媼倒心安了許多，畢竟家中多了個男子漢，鄰近的兔崽子、龜兒子們就不大敢欺侮自己的三個妞了。

那位姓梁的教書先生一片好心，給憨哥也取了個大名：衛長君。因為他是男孩，排行居長，當然應叫「長君」。

普通平民家的生活，就像無名小溪的流水，無聲無息，不停地流著。衛媼天天到曹府幹活，同時照管四個孩子，早出晚歸，含辛茹苦。她太辛苦了，可是她有牛皮筋一樣的意志和韌勁，壓不倒，拖不垮。每當晚上回家，四個孩子發出歡呼，這個要她親，那個要她抱，這時，她疲憊的臉上會顯露出難得的一笑。

體力上的勞苦算不了什麼，難熬的是精神上和感情上無所寄託。衛老大在世時，她有一個完整的家。晚上回家，丈夫會急不可耐地將她按倒炕上，一雙粗大的手使勁地撫摸她的乳房，又黑又硬的鬍茬在她的臉上亂扎，直摸得她扎得她渾身發軟，骨酥肉麻。夜裏，丈夫壓在她的身上，盡情發揮男人的威力，她覺得喘不過氣來，同時感到最大的滿足。貧賤夫妻自有貧賤夫妻的恩愛，熱熱火火，生兒育女，這才叫生活。

自打衛老大死了以後，衛媼成了寡婦。寡婦的苦楚車載船裝，最惱人的莫過於夜深獨處的寂寞和冷落。她的年齡不過三十幾歲，身體結實，精力旺盛，粗壯的胳膊，豐滿的胸脯，在夫妻生活的里程表上，正值如狼似虎階段。她已有好幾年沒挨過男人的身子了，心頭常有一種煩躁的饑渴感。特別是在夜深人靜睡在涼被窩裏的時候，多想有個男人來解除自己的饑渴啊！

曹府裏有個男傭叫鄭季，是負責餵牲口和趕馬車的。鄭季長得身材高大，體魄強壯，塊頭、氣概就像他餵養的那匹黃驃馬。鄭季已經成家，妻子是澧河岸邊一個編席人家的女兒，大概是從小營養不良的緣故，身材沒有發育開來，又瘦又矮，面皮蠟黃，而且常年病病歪歪的，離不開藥罐子。她與鄭季結婚十幾年，鄭季難得有開心的時候，所以一直沒有兒女。鄭季平時很少回家，住在曹府，吃在曹府，幹在曹府，因為那個黃臉婆實在提不起他的床上興趣。

鄭季和衛媼都是曹府的老人手，幾乎天天見面，偶爾還在一起說說笑笑，套個熱呼。鄭季對衛媼素有好感，不說她獨自掌撐門戶，一人養活四個孩子，單說她那高聳的乳房，渾圓的屁股，就常使他心跳血湧，想入非非。衛媼對鄭季也印象深刻，佩服他體格健壯，駕車時手揚長鞭，一聲吆喝，活像統領千軍萬馬的將軍。

鄭季和衛媼彼此暗暗愛慕著對方，心中有意，只是不便說明罷了。這年臘月的一天，晌午過後便颳起了風，下起了雪。那天曹府有宴會，曹壽陪宴結束已是二更了。衛媼急切地要回家照看孩子，可是風大雪大，一個女人家獨自怎麼回呀？曹府離凹凹莊有二三里遠呢！做飯的姜嫂非常熱心，大呼小叫找來鄭季，說：「給你派個差使，送衛媼回家！」鄭季眼睛一亮，拍著胸脯說：「好哩！」衛媼很是感激，跟著鄭季出了曹府的大門。

衛媼身穿一件薄薄的棉襖，猛叫寒風一吹，不禁打了個冷顫。鄭季似乎感覺到了，趕緊脫下身上的老羊皮背心，披到衛媼的肩上。衛媼遲疑地說：「這……」鄭季說：「我結實，不怕冷。走吧！」

鄭季和衛媼，一前一後，出了城門，直向凹凹莊走去。鄭季很想說點什麼，卻又不知說什麼好。衛媼好幾年都沒有跟男人單獨相處了，此時也找不到適當的言語。二人誰也沒有說話，只管走路，腳底下響著咯嚓咯嚓踩雪的聲音。

二三里路，片刻就到。衛媼和鄭季進屋，見炕頭一盞小燈還亮著，孩子們都進入夢鄉了。衛媼招呼鄭季坐，鄭季兩眼盯著衛媼的臉，眼裏分明有道火苗在閃灼在燃燒。衛媼一時慌了神，下意識地去撥弄油燈。這時，鄭季向前，伸開雙臂，猛地將衛媼掉轉身來，一把緊緊地抱在懷裏。衛媼像被箍子夾住一樣，熱血奔湧，呼吸急促。鄭季的嘴早噙住了衛媼的嘴，衛媼不由得伸出舌頭，聽任鄭季吮吸。接下來油燈滅了，鄭季和衛媼脫光衣服，鑽進熱呼呼的被窩裏……

3 衛媪和鄭季偷情，生出兒子鄭青。突然有一天，鄭青尋到生母，改名衛青。衛子夫於是有了一個弟弟，他日後成為抗擊匈奴的民族英雄。

鄭季和衛媪私通，或者叫偷情，都樂不可支。就鄭季而言，似乎將所有的精、氣、神都發洩了出來，痛快淋漓。就衛媪而言，就像是乾旱三年的土壤，突遇瓢潑大雨，每顆土粒都得到了滋潤，舒暢無比。

有了第一回，便有了第二回第三回。鄭季和衛媪暗暗約定，十天半月就到凹凹莊幽會。播了瓜種，必然結瓜，衛媪很快懷孕了。這給衛媪出了個難題：寡婦懷孕，不是叫別人笑掉大牙嗎！她與鄭季商量，決定生下所懷的孩子，讓鄭季抱回家去，就說在大槐樹下撿的棄嬰，交給鄭季的妻子黃臉婆撫養。衛媪照常到曹府幹活，並盡量遮掩，免得旁人看出自己日見其大的肚子。細心的姜嫂發現情況有異，便旁敲側擊地以言相逗。衛媪知道自己懷孕能瞞過別人，唯獨瞞不過姜嫂，乾脆紅著臉，據實相告。姜嫂聽了咯咯大笑，說：「你兩個狗男女還真會風流呢！」女人總是向著女人。姜嫂答應衛媪，不會把她與鄭季的私情告訴任何人。

十月懷胎，一朝分娩。衛媪臨盆前，推說身體不適，需要休息數天。姜嫂裝著前去探望病人，神不知鬼不覺地替她接生。衛媪生下的竟是一個胖小子。胖小子「哇」地一聲啼哭，哭聲高亢洪亮，扣人心扉。衛媪給胖小子餵了三天奶，眷戀著卻又狠心地用衣服一裹，遞給了鄭季。

鄭季抱著兒子，興沖沖地回家。他已經幾個月沒有回家了，黃臉婆一見，覺得稀罕，沉著臉說：「你回來幹啥？曹府的馬廄才是你的家呀！」

鄭季沒有生氣，把孩子往黃臉婆手裏一塞，說：「你看這個！」

黃臉婆見是一個虎頭虎腦的嬰兒，吃驚地問：「這是怎麼回事兒？」

鄭季按照衛媼的指點，煞有介事地說：早上到城河邊遛馬，在一棵大槐樹下，聽得嬰兒啼哭，附近沒有人影，想必是誰家閨女偷漢子，生下這沒主兒的娃，扔了。我見是個男孩，挺可愛的，就抱了回來，反正你沒給我生個兒子，你我就當他是親生的吧！

這番謊話編得天衣無縫，不由黃臉婆不信。世界上哪個女人不愛孩子？只是她身體乾瘦，挨千刀的鄭季又不好好在窩裏下種，以致婚後多年，也沒生兒育女。如今，丈夫撿回來個兒子，肉墩墩的臉蛋，明亮亮的大眼，小手亂抓，小腳胡蹬，多好玩啊！她難得地露出一絲微笑，說：「這小東西該不是你和哪個狐狸精弄出來的孽種吧？」

鄭季滿臉堆笑，說：「看你說的，哪能呢？」

鄭季當夜住在家裏，故意和黃臉婆溫存了一番，次日一早就回曹府了。從此，黃臉婆精心照料從大槐樹下撿來的兒子，每天用小米油油餵小傢伙。小傢伙長得很快，轉眼間五六歲了。鄭季給兒子取了個名字：鄭青。

這五六年裏，衛媼和鄭季仍在曹府裏幹活。二人相好已不是什麼秘密，好多人都知道他們生過一個兒子。衛媼家的四個孩子漸漸長大了，衛長君長得像個木頭疙瘩，拙嘴笨舌，光愛傻笑。大妞、二妞、三妞從光屁股、流鼻涕的小丫頭長成愛收拾打扮的少女了，模樣兒挺俊。三姐妹天天和同村的小姐妹玩耍，有時手拉著手進城去看熱鬧，看到集市上有人唱歌跳舞，羨慕得不得了，回家後就情不自禁地模仿起來，扭腰伸臂，旋轉蹦跳，信口唱著曲兒，很是開心。

有一天，鄭季買了幾個油糕、半斤紅棗，回家看望妻子和兒子。當然，看望妻子是假，看望兒子是真。他剛腳踏門檻，黃臉婆橫眉怒目，指著他破口大罵：「好哇你個鄭季，下流胚子，不要臉！你在外邊跟野雞、破鞋熱火，生出個野種，抱回來哄老娘，說是在大槐樹下撿的。你還算是人嗎？」

鄭季見氣氛不對頭，趕緊說：「你胡說什麼呀？」

黃臉婆見丈夫裝模作樣，一屁股坐到地上，捶胸拍腿，號啕大哭，邊哭邊罵：「你個沒良心的賊，別人早把情況告訴老娘了，你還騙我！」

鄭季知道黃臉婆知道了鄭青的身分，忙問：「鄭青，鄭青在哪？」

黃臉婆流著鼻涕淚水，冷笑著說：「他是個野種，老娘昨天就把他趕走了！」

鄭季豎起眉毛，瞪圓眼睛，直想搧黃臉婆一個耳光，但還是忍住了，轉身出門，去找鄭青。在他的心目中，鄭青比黃臉婆貴重千倍呀！他知道鄭青愛在村南的窯場玩耍，便大步朝窯場走去，邊走邊喊：「鄭青——！鄭青——！」

鄭青的確在窯場。昨天，他被黃臉婆罵得狗血噴頭，不僅不讓吃飯，還被趕出了家門。也就是昨天，他方知自己是「野種」，這使他非常傷心。夜裏，他蜷縮在窯洞裏，滿腦子的「野種」、「野種」，不曾合眼。看來，黃臉婆不是自己的生母了，那麼自己的生母是誰呢？

第二天中午，鄭青才從窯洞出來，躺在一片草地上，看那天空悠悠飄蕩的白雲。肚子餓了，可是不能回家，也不想回家，黃臉婆那咬牙切齒的凶相直叫人噁心。他迷迷糊糊，好像睡了一覺，很快又餓醒了。太陽快落山了，他聽到了父親鄭季的呼喚。

鄭青無精打采地站起身來。鄭季飛快地走到他的身邊，一把將他摟在懷裏。鄭青眼中含淚，仰臉望著鄭季，疑惑地問：「爹，我真是野種嗎？」

鄭季一時語塞，不知該怎樣回答。他撫摸著鄭青的頭髮，心想紙是包不住火的，事已至此，乾脆直話直說吧。何況鄭青已經長大，應該讓他知道自己的身世了。想到這裏，鄭季一拍鄭青的肩膀，說：「兒子！爹這就帶你到你娘那兒去！」

父子二人也沒回去跟黃臉婆打個招呼，就逕直朝凹凹莊走去。路上，鄭季告訴鄭青，他的親娘人稱衛媪，在京城曹府當女僕，照料著四個孩子，一男三女，生活很不容易。他到親娘家後，改姓衛好了，就叫衛青。日後要多孝敬親娘，尊重兄長和姐姐，踏踏實實地做事。至於自己是如何與衛媪偷情生下鄭青，如何隱瞞事實真相哄騙黃臉婆的細節，鄭季一概略去不提。

他們走了半個時辰，就到凹凹莊了。衛媪剛從曹府回來，正給孩子們熱飯熱菜。鄭季敲門，衛媪開門吃了一驚，心想這死鬼今日怎麼這樣猴急，天色尚早就冒失而來？鄭季嘿嘿一笑，把鄭青拉進屋內，說：「我給你帶來一個牛牛娃。」頓時，衛媪看著鄭青，鄭青看著衛媪，長君、君孺、少兒、子夫看著鄭青，所有人都目光專注，表情驚愕，誰也不知是怎麼回事兒。

鄭季尷尬地笑了笑，說：「別都怔著！我來給你們介紹。」他指著衛媪對鄭青說：「這是你的親娘！」又指著長君四兄妹說：「這是你的哥哥和姐姐。」

衛媪像作夢一樣，且驚且喜且悲。她當初生下鄭青，三天後就讓鄭季抱走了。那時鄭青只是一團肉蛋蛋，沒想到幾年後竟長成一個小伙子了。四尺來高，圓臉，濃眉，大眼，又黑又亮的眼珠來回地轉動，一看就是個聰明機靈的孩子。平時她只能從鄭季的講述中想像孩子的模樣，現在孩子就站在自己跟前，她來不及去想鄭季突然帶孩子前來的原因，出於母性的本能，一把將鄭青摟在懷裏，親著鄭青的臉蛋，熱切地呼喚著：「孩子！我的孩子！」兩行熱淚奪眶而出。鄭青面對這情景，直覺得鼻子發酸，硬是強忍著，才沒流下淚來。

鄭青被親娘摟在懷裏，覺得渾身溫暖。他眼中的親娘，身體豐滿，慈眉善目，比起那個乾瘦的黃臉婆，簡直一個是聖潔的驪山老母，一個是醜陋的母夜叉。他跟黃臉婆生活這麼多年，黃臉婆從來沒有摟過他和親過他，神情總是惡惡的，說話總是凶凶的。特別是昨天，黃臉婆不給他飯吃，罵他是野種，拿著掃帚將他趕出家，使他傷心極了。如今好了，眼前這個女人才是自己的親娘，瞧她對自己的親熱勁兒，親娘就是親啊！

長君四兄妹睜大眼睛，對眼前的一幕直覺得好奇。他們早知道有個鄭叔叔跟母親好，常常半夜敲門，與母親在一個被窩裏睡覺，除嘀嘀咕咕說話外，還弄出些莫名其妙的響聲。鄭叔叔半夜來天不亮走，他們從未見他的面。今天總算見到了，原來是個大高個兒，黑臉膛，寬胸脯，站在那裏像座山。他帶來的那個孩子，認母親為親娘，既然如此，就是親生的弟弟了。這是怎麼回事呢？母親可從沒有說過呀！他們明白，大人有大人的秘密，有些事是不能跟孩子家說的。鄭叔叔看來不是壞人，瞧母親跟他說話的神情，便知他們之間有著一種不尋常的關係。他們喜歡鄭叔叔帶來的小弟弟，不一會兒就大呼小叫著一起玩開了。

4 一個結過婚生過孩子的女人混進皇宮，鬼使神差，竟然得到皇帝的寵愛，從而成為美人，成為皇后，成為皇太后。

鄭青從此移住凹凹莊，成為衛媼家的一個成員，改名衛青。為什麼要這樣做？鄭季事後將緣由跟衛媼說了，關鍵在於孩子是娘身上的一塊肉，親娘就是親娘，黃臉婆不具備親娘的心腸。自衛青隨母以後，鄭季把凹凹莊當成了家，再未回去看望那個黃臉婆。黃臉婆又氣又惱，據說後來病死了，還有人說改嫁了，詳情無從盡知。

衛媼對衛青格外疼愛。因為衛青是她和鄭季情愛的結晶，在兒女中排行最小，且離散多年，失而復得，彌足珍貴。她要給衛青補償盡可能多的母愛。長君也很喜歡衛青，因為衛青是個男孩，長得健壯有力，自己又多了一個幫手。大妞、二妞、三妞更不必說，在她們看來，長君顯得老實蠢笨，遠不如衛青活潑機靈。衛青孤單慣了，一下子有了親娘，有了哥哥，有了三個姐姐，真正嘗到了家的樂趣，非常開心。

衛青移住凹凹莊兩三年以後，曹府裏忙辦一件喜事：曹壽大婚，娶平陽公主為妻。婚禮早在兩個月前就張羅開了，全府的人十分忙碌。府內府外，裝飾一新，到處貼著大紅「喜」字，纏著彩綢，大門口懸掛著抖大的紅燈籠。衛媼給曹壽準備新婚禮服，布置洞房。那洞房可真闊氣啊！床是檀香木做的，床架上雕刻著各種精美的圖案。床架前沿懸掛粉紅色的絲幔，絲幔四周綴有珍珠，閃閃發光。床上擺放著錦被緞枕，被上枕上都繡著鮮活美麗的鴛鴦。窗簾紅底金邊，窗簾環兒都是銀質的。窗前一張橙紅色的梳妝檯，上置一面草葉紋大銅鏡，工匠師傅將自然界的花卉、草葉經過高度的修飾，使之更加圖案化、藝術化。銅鏡的銘文為「長貴富，樂無事，日有熹，宜酒食」，語言吉祥，字體娟秀。梳妝檯上擺著首飾盒，打開盒子，裏邊的金釵、耳環、項鏈等，五光十色，璀璨耀眼。

這是皇家公主和列侯的聯姻，排場、氣勢自然非同一般。新婚之日，曹府張燈結彩，喜氣洋洋。曹壽身穿禮服，肩佩紅綢，胸前戴花，騎一匹高頭大馬，帶領儀仗和鳳輿，去長樂宮迎娶新娘。

長樂宮位於覆盎門裏，宮城周長一萬零六百米，面積六平方公里，約占長安城總面積的六分之一。宮內有十四座主要宮殿，前殿為正殿，前殿的西面有長信宮、長秋殿、永壽殿、永昌殿，北面有大夏殿、臨華殿、宣德殿、通光殿、高明殿、椒房殿、長亭殿等。長樂宮是漢高祖劉邦聽政的場所，重大朝儀活動都在前殿舉行。漢惠帝劉盈移居未央宮聽政後，長樂宮專供太后居住，從而形成了「人主（皇帝）皆居未央，而長樂常奉母后」的制度。漢武帝時，其生母王娡為太后，太后及女兒平陽公主等皆居長樂宮裏的長信宮。今天是平陽公主大喜的日子，所以長信宮裏裏外外也披紅掛綵，裝扮一新了。

曹壽到了長樂宮南門外，下馬，眾人止步。他招呼鳳輿，隨自己進入宮門，司禮官拱手笑迎。宮中送親的儀仗隊已準備就緒，整齊地排列在一邊。司禮官引著曹壽，到太后和平陽公主居住的長信宮東門外，鞠躬西向。隨員敬呈大雁，這是古時婚禮習俗，男屬陽，女屬陰，南為陽，北為陰。大雁南往北來順乎陰陽，以雁為禮，象徵男女陰陽和順。一位宮監接雁入宮。頓時笙簧疊韻，琴瑟諧聲，但見平陽公主裝扮得仙女一般，由宮娥彩女簇擁出來，緩步登上鳳輿。曹壽向著鳳輿彎腰兩拜，隨後由司禮官導引出宮。曹壽上馬，鳳輿隨行，迎親、送親的儀仗隊禮讓跟進。有人吹響嗩吶，樂曲十分的熱烈歡快。大街上看熱鬧的人山人海，摩肩接踵，其中就有衛媼的兩個兒子和三個女兒。衛子夫驚嘆地說：「哇！這麼氣派！」衛青看了子夫一眼，說：「人家是貴人！你要氣派，也當貴人去！」子夫臉上一紅，沒有言語，若有所思。

吹吹打打，熱熱鬧鬧，很快到了曹府。曹壽下馬，到鳳輿跟前合手作揖。平陽公主由宮女彩娥扶著，輕輕下輿，隨曹壽進入府門，到了廳堂。廳堂裏大紅大紫，熱氣騰騰，文武百官聚集，送禮賀喜；男傭女僕忙碌，喜氣洋溢。先是公主東向，曹壽西向，行相見禮。繼而二人易位，行交拜禮。禮畢，雙雙進入寢室，洞房合卺，一一如儀。

廳堂裏筵席已經擺開，美酒飄香，菜肴豐盛。眾人入座，曹壽出來陪客，說了一聲「請」字，於是歡呼聲起，杯盤交錯，賓客們互相謙讓著，大吃大喝起來。這頓筵席，足足吃了兩個時辰，等到酒闌席散，曹壽方才歸寢。平陽公主已易淺妝，笑迎新郎。彼此在燈下窺看，一個是盛鬋丰容，倍增艷麗；一個是廣頤方額，綽有手神。他們心領神會，無須客套，當即抱著親著，脫掉衣服，上床去圓好夢了。

曹壽和公主一夜枕席風光，樂得心花怒放。次日早上，曹壽命男傭女僕參見公主，因為公主日後便是曹府的女主人了。第一個向前參見的就是衛媼，衛媼不僅年長，而且侍候曹壽長大，是曹府裏的功臣。公主昨天已見過這個和顏悅色的中年婦人，是她將自己和丈夫引進洞房的。公主第一眼就喜歡上了衛媼，覺得她是個靠得住的人。衛媼前來施禮，公主點頭含笑作答。以下是鄭季、姜嫂以及看門的、掃地的、栽花的參見，公主給每人賞了二十枚莢錢（漢初貨幣，形似榆莢，故名），眾人歡天喜地。

平陽公主主持家務，顯示出一種大家風範。她花錢闊綽，調遣有方，很快便將曹府營建成長安城中著名的王府，人們又稱其為公主府。幾月以後，公主吩咐下來，當今皇上和自己的生母皇太后要來府中小住，男傭女僕必須格外精心，不得有半點馬虎。於是，曹府上下又忙碌起來了。

說起這位皇太后，那經歷就像熊掌鳳爪，嚼來有滋有味。皇太后姓王，父親叫王仲，槐里（陝西興平東南）人氏。母親叫臧兒，漢初燕王臧荼的孫女。王仲和臧兒結婚，生了一個兒子叫王信；生了兩個女兒，長女叫王娡，次女叫王姁。王娡和王姁長大，出落得海棠花一樣美麗。王仲在朝為官，臧兒和兒女在咸陽居住，外邊的事王仲說了算，家中的事臧兒說了算。王娡十七歲那年，臧兒作主，將她嫁給咸陽一個紈袴公子金王孫為妻，第二年便生了一女，取名金俗。

王娡嫁夫生女，本可以做一個賢妻良母的，可是一個算命瞎子的兩句話改變了她的生活。算命瞎子是臧兒找來的，她要他給兩個女兒算命。瞎子翻著煞白的眼珠，一邊掐著手指，一邊念念咕咕，老半天突作驚訝地說：「呀！大富大貴！大富大貴！」臧兒問：「怎麼個大富大貴法？」瞎子詭秘地一笑，說：「天機不可洩露，天機不可洩露！」

臧兒打發了算命瞎子，笑逐顏開。轉而一想，女婿金王孫，遊手好閒，浪子一個，女兒跟著他，何能大富大貴？臧兒是個勢利的女人，一心指望依靠女兒享受榮華。怎麼辦呢？她眼珠子一轉，想出一計：鼓動王娡跟金王孫離婚，重新嫁人。

王娡和金王孫倒是恩愛，不願分離。臧兒遂使出潑婦手段，胡攪蠻纏，忽兒罵女兒，忽兒罵女婿，鬧得天翻地覆，雞犬不寧。金王孫年輕氣盛，哪能嚥下這口窩囊氣？他跺著腳，狠狠地說：「天下黃花閨女多得是，離婚就離婚，難道我會打光棍不成？」

就這樣，金王孫和王娡離婚了。王仲反對臧兒拆散女兒的姻緣，怎奈臧兒兇猛得像隻母老虎，不容他分說。王仲嘆了口氣，搖頭擺手，毫無辦法。

臧兒認識皇宮裏的宦官，尋情鑽眼，託一位公公將王娡帶進宮中去當宮女。她想，宮女住皇宮裏，說不準兒哪天遇上皇帝，皇帝一句話，女兒不就大富大貴了嗎？

臧兒貪圖富貴，可憐的是王娡。她不得不含淚拋夫別女，進了陌生的皇宮，當了一名供人使喚的宮女。

臧兒沒有等到富貴的那一天，丈夫王仲一命嗚呼。她不甘盛年守寡，改嫁長陵（陝西咸陽東）田氏，連生兩個兒子，分別叫田蚡和田勝。

王娡進入皇宮，被分在太子宮中，管理太子劉啟的飲食起居。劉啟已經二十幾歲，妃妾成群結隊，無不貌美如花。王娡是結過婚的女人，而且生育過孩子，與那些妃妾相比，自愧弗如。然而，鬼使神差，在劉啟看來，偏偏這個王娡身材豐腴，面紅齒白，乳大臀圓，具有一種成熟美。一天晚上，劉啟趁王娡鋪床攤被的時候，一把將她摟在懷裏，那右手迅速穿過內衣，抓住了王娡熱呼呼的酥乳。

王娡頓覺一陣目眩。她對發生的事毫無思想準備。在她心目中，皇太子是天上的太陽和月亮，自己不過是一株野草一朵野花，二者相比，猶似天壤。高貴的皇太子怎麼會垂青野草野花呢？

這時，劉啟已將王娡按倒在床上，解開了她的內衣內褲。王娡知道皇太子要幹什麼，又驚又喜又羞。她不再去考慮什麼太陽月亮和野草野花的界限了，索性伸開雙臂，將壓到身上的皇太子緊緊抱住……

劉啟和王娡都從床上瘋狂中得到快樂和滿足。幾年裏，王娡連著生了三個女兒。於是，她的身分變了，成為名正言順的美人（美人是皇帝妃嬪的一種封號）。過去供人使喚的宮女，現在要由宮女來侍候了。她心滿意足，不由想起當年的那個算命瞎子，他給自己算的「富貴」命，還真靈驗呢！同時也想起改嫁的母親臧兒，看來她逼迫自己和金王孫離婚，這步棋走對了！

西元前一五七年六月，以儉樸聞名的漢文帝劉恒駕崩了，皇太子劉啟當了皇帝，是為景帝。這一年，王娡又懷孕了，一天夜裏悄悄告訴皇帝說：「臣妾近日作夢，幾次夢見太陽撞入懷中，不知是何徵兆？」景帝一聽，高興得哈哈大笑，說：「好啊！這是大貴的徵兆！這回你篤定生個兒子！」第二年，王美人臨盆，果然是個男孩，取名劉彘，後改名劉徹。

王娡並非景帝的皇后，劉徹也並非景帝的長子。殘酷的宮廷鬥爭為她母子提供了機遇。劉徹先封膠東王，繼封太子。母以子貴，王娡從美人升為皇后。西元前一四一年六月，景帝駕崩，劉徹登基，是為武帝，時年十六歲。武帝尊封祖母竇太后為太皇太后，母親王皇后為皇太后，妻子陳阿嬌為皇后。王太后所生的三個女兒，也就是武帝的嫡胞姐姐，依次封為平陽公主、南宮公主和隆慮公主。

當年金王孫的妻子，如今貴為皇太后。皇太后要到長女平陽公主家小住，公主家人能不忙活嗎？

**5** 皇太后牽掛和前夫生的女兒，皇帝全然不顧皇家的聲譽，親自前往長陵接姐姐進宮，母女相見，悲喜交加，抱頭痛哭。

皇太后王娡原先住在未央宮猗蘭殿，那裏是她與景帝歡會並生武帝的地方。她尊封為太后後，按照祖傳的舊制，移住長樂宮的長信宮，此宮比猗蘭殿寬敞豪華，另是一番氣象。

就在長信宮的後面，還有一座長秋殿，為王娡的妹妹王姁的寢殿。王姁是怎麼進宮的呢？這裏還有一段故事。

原來王姁與王娡是嫡胞姐妹，都是臧兒所生。王娡與金王孫離婚，入太子宮當宮女，受到太子的寵愛。王姁一天入宮看望姐姐，恰被太子窺見。太子壯年好色，見這個小姨子體態輕盈，面若桃花，而且是個處女，不禁心猿意馬，欲火難耐。當下命設宴夜飲，由王娡、王姁左右陪侍。酒酣興至，情不自持，那一雙醉眼直盯著王姁。王娡知情識趣，藉故走開。太子不由分說，將王姁抱起，直入寢室。那一夜，神女初會高唐，襄王合登巫峽，行雲布雨，其樂無比。從此，王姁也成了太子的妃妾，並連生數子，分別取名劉越、劉寄、劉乘、劉舜，後皆封王。太子劉啟登基，王姁也被封為夫人，只是地位次於姐姐王娡罷了。及武帝即位，王姁作為姨娘，便住進了長秋殿。

王娡和王姁誠如當年母親臧兒所嚮往、算命瞎子所預言的那樣，都大富大貴了。姐妹二人住在華麗舒適的皇宮，吃的山珍海味，穿的綾羅綢緞，供使喚的宮女成群結隊，走路有人扶著，出門有車等著，夏天有人搧扇，冬天有人暖被，過著神仙般的日子，多麼舒坦和開心哪！尤其是王娡，景帝時是皇后，武帝時是太后，國母身分，至尊至貴，不知在夢中笑醒了多少回！

可是，王太后心中還有一個缺憾，這個缺憾難於啟齒，不便對人言說。那就是當初她與金王孫曾生過一個女兒叫金俗的，不知流落在何方。事情已經過去二十多年了，她沒有告訴過景帝，也沒有告訴過武帝，因為真相大白，會影響自己乃至整個皇家的聲譽。不過，王太后是一直牽掛著金俗的，因為金俗是她身上的一塊肉，又是她生育的大女兒。前夫金王孫是死是活，她可以不管；而金俗是一個弱女子，自己給予她的母愛太少太少啦！

偌大一個皇宮，知道金俗其人的恐怕只有王太后的妹妹王姁。一天，王姁到長信宮與姐姐聊天，說起死去的父親王仲，說起改嫁的母親臧兒，說起算命瞎子和金王孫，最後不知不覺地說起金俗。王太后鼻子一酸，抹了抹眼角，嘆著氣說：「唉！不知可憐的金俗還在不在這個世上？」

王姁說：「姐姐不妨派個人去查訪查訪！」

「不行！不行！」王太后打斷妹妹的話，「你想，這件事，我根本沒告訴過先帝，宮中誰也不知道有個金俗。現在派人查訪，等於告訴別人——當朝太后入宮前就生了女兒，這不讓人恥笑嗎？」

王姁點頭，說：「那倒是！不過，金俗那孩子，從小就討人喜歡，如今下落不明，總得設法去查訪一下。」

王太后無可奈何地說：「生死由命吧，我管不了那麼多了！」

王姁回到長秋殿，反覆琢磨金俗的事兒。她想，金俗說到底是當朝皇帝的姐姐，要得查訪清楚，只有靠他皇帝。姐姐顧慮名譽，礙於臉面，不好明說，自己處於超脫的位置，應該幫姐姐的忙，促使她母女團圓。

這一天，武帝退朝，照例到長信宮向太后請安，順便到長秋殿問候姨娘。王姁命眾人迴避，單刀直入地問武帝說：「皇帝知道自己的大姐嗎？」

武帝一怔，說：「朕大姐是平陽公主，怎能不知道？」

王姁搖頭，說：「不！平陽公主前面還有一個。」

武帝感到詫異，說：「怎麼？還有一個？」

王姁點頭，說：「對！還有一個。」於是，她從姐姐第一次結婚說起，將其入宮前的詳細情況和盤托出。末了，她說：「太后現在惦記著金俗，金俗實是皇帝的大姐，還請皇帝派人查訪，以了太后的心事。」

武帝陷入沉思，沒想到生母入宮前還有那麼一段情事。父皇景帝也真滑稽的，為什麼偏偏寵幸一個早已不是處女的女人呢？現在，他下令查訪金俗並非難事，但這樣做會影響父皇和母后的聲譽，人們會說：「看！過世的景帝和健在的太后都不是好東西，一個是貪腥的貓，一個是騙人的狐狸！」他轉而一想，自己是皇帝，怕什嗎？金口玉言，誰敢說半個「不」字？於是笑著答應姨娘說：「好！我要迎她入宮，一敘親情。」

武帝返回未央宮，立即派人前往咸陽明查暗訪，數日後得到報告：長陵有一女子，姓金名俗，確係金王孫之女。武帝大喜，當即乘坐御輦，前引後隨，從騎如雲，逕出橫城門，前往長陵。長陵係高祖劉邦的陵寢，位於咸陽北原，距京城三十五里，設有縣邑，徙民聚居，街巷店肆，很是熱鬧。百姓看見御駕到來，以為是掃陵祭祖。不想御駕馳入小市，轉彎抹角，到了一家姓金的門外，突然停下。古時制度，御駕經過之處，前驅清道，家家閉門，人人藏匿，所以大路小徑，都由禁軍守住，誰也不准通過。武帝的從吏，呼令開門，連叫不應，咚咚敲門，亦無反應。難道家中沒人？原來金俗是個女流，獨自在家，聽得大呼小叫，不知有何大禍，嚇得篩糠似地渾身發抖，蜷縮在房角，氣都喘不過來。

武帝等候許久，下令強行破門。從吏退後幾步，衝向前去，一腳將門踢開。金俗見有人闖入，嚇得連滾帶爬，進入內室，鑽到了床底下。從吏四處搜尋，不見金俗的蹤影。武帝再命宮監進內室尋找，終於在床底下發現一個縮作一團的女子。宮監料她就是金俗，呼她出來見駕。金俗魂飛魄散，哪敢出來？宮監們七手八腳，將金俗拖出，叫她大膽去見皇帝，可得富貴。金俗似信非信，拭去臉上塵汙，且行且卻。宮監們拉的拉，推的推，導引金俗見駕。金俗低頭出門，什麼也沒有看見，戰戰兢兢地跪倒在地，連稱呼都不知曉，屏住呼吸聽任發落。

武帝見金俗粗布衣裙，蓬頭垢面，跪在地上，仍在發抖，趕緊步下御輦，向前嗚咽著說：「大姐不必害怕，趕快起來說話。」

金俗微抬雙眼，見面前站著一位豪貴青年，他竟叫自己為「大姐」，這怎麼可能呢？聽他聲音柔和，語氣親切，料無歹意，一顆懸在半空的心遂落了地，因而徐徐起立。武帝再向前拉著金俗的手，說：「大姐，朕來接你回宮，看望太后去。」

金俗越發惶恐，疑惑地說：「回宮？太后？」

武帝含笑點頭。

金俗猛地想起了什麼，驚喜地說：「太后是我娘？她還活在世上？」

武帝又含笑點了點頭。

金俗「哇」地一聲哭了起來，邊哭邊喊道：「娘啊！娘啊！」金俗是從別人口中知道娘的。王娡與金王孫離婚時，她尚在襁褓中，不記事。後來長大，金王孫說她的娘死了，鄰居們說她的娘進了皇宮。到底是怎麼回事，從未有人告訴過她詳情。現在聽豪貴青年說娘還活著，還是什麼太后，她怎能不驚喜不傷心呢？

武帝請大姐上車。金俗返身回家，匆匆裝扮，換了一套半新半舊的衣裙，再出來由宮監扶上一輛裝飾華麗的大車。車上問明宮監，方知前來接她的是當朝皇帝。她驚得目瞪口呆，一路思想，莫非作夢不成！不到一個時辰，便到京城，仰望是宮殿巍峨，平看是大街小巷，還有一班官吏，分立兩旁，畢恭畢敬，真是見所未見，聞所未聞。片時進了一座華美的皇宮，直至一座大殿前。宮監請她下車，武帝笑著招呼，引著進入殿內。殿內金碧輝煌，香氣繚繞，恰似天堂。

武帝引著金俗徐步前行。到一內室門前，武帝請金俗止步稍候，先入內室。不消多時，出來許多宮女，將金俗簇擁進去。金俗凝神注視，正面端坐著一位雍容華貴的老婦人，左側站立的便是引她入殿的皇帝。但聽得皇帝笑盈盈地告訴老婦人說：「這就是兒臣前往長陵迎回的金俗大姐！」又招呼金俗說：「大姐快上前謁見太后！」

王太后和金俗的心都為之一震。金俗連忙步至座前，跪地叩頭說：「娘！你想得女兒好苦啊！」

王太后與女兒分散多年，早記不清女兒的模樣了，俯身顫顫巍巍地問：「你就是俗女？」金俗應聲說是。王太后離座站起，伸手撫摸著金俗的臉，左看右看。金俗是聽說生母入宮的，至此有緣相會，悲從中來，伏地哭泣不已。王太后也是老淚縱橫，一把將金俗摟在懷裏，呼喚著說：「俗女啊！我的孩子！」

母女正在訴說骨肉親情，武帝早命內監傳諭御廚，速備酒肴，設宴慶賀。一面又派人去請姨娘王姁和平陽、南宮、隆慮三位公主前來團聚。王太后見金俗服飾粗劣，便引她入內更換衣飾。俗語說得好：「佛要金裝，人要衣裝。」金俗經過宮女們梳妝，搽脂抹粉，貼鈿插釵，服霞裳，著玉佩，居然也像個公主，與進宮時大不一樣。這時，王姁及平陽、南宮、隆慮公主漸次到來，王太后引著金俗一一相見，彼此開心，一片歡聲笑語。酒席擺好，王太后上座，左邊武帝，右邊金俗，宮女斟酒，全家合歡。樂得王太后心花怒放，她一生中的唯一缺憾，因金俗失而復得，變得非常非常的圓滿了。

當夜，金俗陪王太后宿於長信宮，母女說了一夜悄悄話。金俗告訴母親，父親金王孫已經病死，自己無兄無弟，只招贅了一個夫婿，生下一兒一女，目前家境貧寒，勉強餬口。王太后嗟嘆一番，說：「日後生活不成問題，因為當朝皇帝是你的弟弟。」次日，武帝頒下旨來，封大姐為修成君，賜錢一千萬緡，公田一百頃，奴婢三百人，府第一座，另加湯沐邑一處。金俗千恩萬謝，幾天後即回長陵，將丈夫、兒女接到長安城中大享其福了。

王太后心滿意足。她在長樂宮中住膩了，這才決定到平陽公主家小住。自平陽公主出嫁後，她還沒有到女婿女兒家去過呢！

# 絕色歌伎幸遇風流天子

## 6 皇太后吃膩了燕窩熊掌、魚翅海參，偏愛吃包穀麵攪團。皇太后還想早抱皇孫，可是皇后陳阿嬌久不生育，平陽公主說：「我要是皇帝，不把她廢了才怪哩！」

皇太后王娡由一班宮女侍候著，儀仗開路，侍衛殿後，乘坐鳳輦，浩浩蕩蕩地前往覆盎門內的曹府，到女兒平陽公主家小住。這邊隊伍剛剛起動，那邊曹府已得到報告，曹壽和公主率領男傭女僕七八十口人，都到門口迎接。鳳輦抵達，曹壽上前彎腰施禮，公主上前親扶太后下車。太后笑著環視曹府門前的裝飾，點了點頭，徐步走進大門。男傭女僕垂手而立，齊聲說：「太后萬福！」太后微笑，吩咐一個宮女說：「每人賞錢一百緡。」男傭女僕表示感激，又齊聲說：「謝太后。」

曹壽和公主一左一右陪著太后，繞過畫牆，穿過廣場，進入一個竹木扶疏的小院。小院裏整整齊齊，乾乾淨淨，正面廳房就是為太后準備的住處。廳房寬敞明亮，牆壁上掛著木刻的山水畫，香架上點著撲鼻的熏香，一張方桌，幾個圓杌，無不玲瓏精緻。廳房東頭的房間便是太后的臥室了，裏邊的陳設富麗堂皇，與長信宮裏的陳設差不了許多。

王太后滿意地點點頭，說：「不錯！不錯！」接著發下話來，說：「我這次是到女兒家小住，宮中來的宮女、儀仗、侍衛盡回宮去，不必侍候。」

平陽公主非常高興，說：「太好啦！這樣咱娘兒倆可以盡情說話了。」

曹壽命家人擺宴，無非是燕窩熊掌、魚翅海參之類。太后略吃幾口就放下筷子，不吃了。

曹壽不安地問：「想必這飯菜不合太后的口味？」

太后笑道：「宮裏成天吃燕窩熊掌、魚翅海參，宮外還吃這些，我都要膩死了！」

平陽公主忙說：「娘！你想吃什麼儘管說，女兒給你做。」

太后說：「記得小時候，常吃包穀麵做的攪團，你會做嗎？」

公主一時作了難，她身為公主，哪會做什麼攪團？況且，曹府是鼎食之家，誰吃那玩意兒？她略加思索，眼睛一亮，說：「娘！女兒立時叫你吃上攪團！」

「嗯？」太后懷疑地看了公主一眼。

平陽公主馬上叫來衛媼，說：「衛嫂！太后想吃包穀麵攪團，我估摸著你會做的。你現在回家去，立刻做些攪團，待一會兒我讓鄭季趕車接你，怎樣？」衛媼年齡比公主大許多，但公主是一直稱她為衛嫂的。衛媼一聽，笑道：「嗨！我當是龍肝鳳膽，鄉野人家沒有，攪團是家常便飯，我這就回去做一大鍋來！」

公主也笑道：「一大鍋倒不必，只是讓太后換換口味，嘗個新鮮就成。」

衛媼三步兩腳，回到凹凹莊的家裏，攪麵，剝蔥，生火，三下五除二，便做成半鍋攪團。攪團的原料是包穀麵，開水下鍋，攪成糊狀，慢火熬煮，熟後盛在碗裏，熱呼呼，金燦燦，香噴噴的。上面澆些小蔥花、辣椒油和醋水，便可食用。一會兒，鄭季趕著馬車來了。衛媼洗淨兩個陶罐，一個盛攪團，一個裝醋水，隨車趕往曹府。

鄭季駕車，深情地望著衛媼的面龐，說：「這個老太后真怪，放著山珍海味不吃，偏要吃什麼攪團，也不嫌煩人！」

衛媼回報鄭季一個微笑，說：「人家是人上人，要用攪團換口味呢！」

不消片刻，馬車進了曹府。早有女僕上前迎接，分別端了陶罐，衛媼在後面跟著，一起進入小院的廳堂。平陽公主正陪太后說話，衛媼盛了一碗攪團，澆上醋水，由女僕送至太后面前。太后看那碗裏，下面是金黃色的包穀麵攪團，上面是淡褐色的醋水，醋水上飄著紅紅的辣椒油，還有碧綠色的蔥花，冒著熱氣，那香味撲鼻而來，直使人饞涎欲滴。

公主說：「娘！這是你想吃的攪團，快嘗嘗。」

太后點頭，端碗先抿了口醋水，酸酸的，辣辣的，麻麻的，可口極了。再用筷子夾塊攪團，就著碗邊一撥，攪團撥到嘴裏，熱熱的，軟軟的，香香的，未及咀嚼，早已滑進喉嚨。味道不鹹不淡，不油不膩，恰到好處。太后邊吃邊點頭，很快吃完一碗。女僕送上第二碗，她很快又吃完了。她放下筷子，抹抹嘴角，說：「好吃好吃！多少年沒吃過這鄉下飯了！」

平陽公主見太后吃得滿意，打心眼裏高興，說：「娘！你愛吃，我就天天做給你吃！」

太后說：「得了！這是你做的？」

公主笑道：「我請人做嘛！」說罷，招呼衛媼向前，對太后說：「這攪團實是出自衛嫂之手。」

衛媼施禮，笑道：「老太后愛吃，是給我們下人賞臉了。」

王太后打量著衛媼，見她快手快腳，衣裙齊整，倒也歡喜，便和顏悅色地問：「家裏幾個孩子？」

衛媼答：「託太后的福，五個孩子，二男三女。」

公主說：「衛嫂是個能人！丈夫死了，拉扯五個孩子，男孩壯得如牛，女孩美得像花。」

太后說：「不容易！孩子們有出息，那就好！那就好！」

太后在平陽公主家住下了。曹壽去忙自己的事，晚上回來向太后請一次安就算完成了任務。衛媪隔日給太后做一頓攬團，太后吃得津津有味。其他時間都是平陽公主陪太后說話，母女之間，那話像紡車的線、江河的水，永遠說不完啊！

太后告訴平陽公主說，徹兒——她一直把武帝劉徹叫作徹兒，徹兒登基一年有餘，心志、氣魄不亞於先帝，想幹一番大事業。可是他畢竟只有十七歲，閱歷、經驗都很欠缺。徹兒的祖母竇太皇太后、姑母館陶長公主劉嫖、皇后陳阿嬌，都是難纏的角色，只想攬權弄勢，爭名奪利。娘良苦用心，安排嫡胞兄長王信、同母異父兄弟田蚡和田勝封了列侯，而他們都是酒囊飯袋，根本鬥不過竇氏外戚。尤其是太皇太后，倚老賣老，插手朝政大事，使徹兒難能放開手腳。徹兒無事可做，又不願坐在宮裏生悶氣，經常換上便裝，外出遊玩打獵，有時跑得很遠很遠，四五天不回宮，這樣下去如何是好？還有，徹兒與阿嬌結婚，至今尚無子嗣，這也使人心焦。

平陽公主原以為母親太后是萬事如意的，想不到她還關注著朝廷的大事，心情並不輕鬆。她安慰母親說：「弟弟長大了，登了大位。憑他的才幹，能夠處理好各種事情。娘！你就用不著操心了。」

太后說：「話可以這樣說，但做娘的不由人不操心哪！」

平陽公主起身給太后斟了一杯水，接著說：「我最看不慣的是那個陳阿嬌，不就是皇后嗎？常擺出盛氣凌人的架勢，有什麼了不起？」

太后說：「當初館陶長公主在立徹兒為太子上是出了力的，我們不能虧待人家嘛！」

公主說：「幾年了，她又不給弟弟生個兒子，有什麼用？」

太后說：「這的確是個事兒，皇后最忌諱的就是遲遲不生皇子。」

公主說：「皇后講究德、才、貌，她陳阿嬌哪一條也沾不上邊兒，加上久不生育，徒有其名。我要是皇帝，不把她廢了才怪哩！」

太后不禁「噗哧」一笑，說：「傻丫頭，你當廢立皇后是喝涼水、吃糖豆？那麼簡單和隨便？」停了停，又說：「我已年近花甲，別無所求，只圖早日抱上皇孫。」

皇孫？平陽公主沒有接話，陷入沉思。她想，弟弟皇帝至高無上，天下獨尊；母親太后慈祥厚道，寬宏大度。自己是皇帝的姐姐、太后的女兒，在關係到皇嗣的重大問題上，能給弟弟和母親幫什麼忙出什麼力嗎？她一時說不清楚，宮廷裏的事複雜多變，一個出嫁了的公主能有什麼作為呢？

# 7 天真爛漫的衛子夫頭一回進曹府，並給皇太后表演歌舞。平陽公主相信她會成為色藝絕倫的尤物，決心在她身上大作文章。

王太后為人隨和，說話輕聲慢語，經常笑瞇瞇的。曹府的男傭女僕都很喜歡這個老婦人，衛媼也不例外，心想人家貴為太后，竟然愛吃自己做的攪團，簡直不可思議！

這一天，衛媼又準備給太后做攪團。三妞衛子夫站在一邊說：「娘！攪團吃多了，也會發膩的。看來太后過去是鄉下人，愛吃鄉下飯，娘何不給她變個花樣？」

衛媼一拍手，說：「對呀！我咋就沒想到這個理？鬼丫頭，還是你機靈！」

三個女兒中，衛媼最心疼三妞子夫了。大妞君孺老成持重，平時不愛說話，難得有個笑臉。二妞少兒倒是愛說愛笑，但掂不來份量，顯得有些輕佻。唯獨子夫，不僅模樣兒喜人，而且言行舉止得體，該說時說，該笑時笑，端莊溫順而又活潑可愛。子夫有一點是君孺和少兒所不及的，那就是頭腦靈活，善解人意。比方說鄭季與衛媼之間的私情，早已不是秘密，三個女兒都知道。鄭季每次來衛媼家，君孺不聲不響，幾乎沒有反應；少兒嘻嘻哈哈，嘻嘻哈哈中夾著幾分嘲笑；子夫跟她倆不同，總是笑臉招呼，讓坐看茶。因為子夫知道：母親盛年守寡，拖兒帶女，生活得不容易啊！母親與鄭叔叔相好，說穿了叫偷情，尋些樂趣，有什麼可以非難的？

衛媼望著子夫，笑道：「乖妞！你倒說說看，變個什麼花樣呢？」子夫手摸腦門兒，想了想，說：「漿水湯餅加油塔！」衛媼點頭，說：「嗯！這主意不錯！」

漿水湯餅和油塔，都是古代關中人愛吃的食物。漿水湯餅就是將芹菜或白菜微煮，加水密封，略略發酵，配上佐料，做成漿水。再用上等麥麵，擀成麵片，麵片下鍋煮熟。食用時將麵片撈在碗裏，澆上漿水，清爽可口，去熱下火。油塔又稱金線油塔，是將麥麵加水加油，和好後放置一個時辰，搓成長長的麵絲，提起像金線，放下似鬆塔，經過籠蒸即熟。食用時將麵絲提起，以蔥節沾醬佐味，或配以蝦仁甜醬，鬆綿清香，餘味不絕。

衛媼是常做漿水湯餅和油塔一類食物的，漿水是前幾天製作的，再擀一些麵片，蒸一籠油塔，買一點蔥和麵醬就行了。她做好漿水湯餅和油塔，分裝在不同的陶罐裏，因有好幾個陶罐，兩手拿不過來，只好叫子夫跟她一起去曹府，當個幫手。子夫早知道曹府像座皇宮，豪華無比，是很想去領略一下那裏的景致的，自然非常高興。

衛媼和子夫手提盛食物的陶罐離開家。路上，衛媼叮囑子夫說：「曹府是皇親國戚，太后是皇帝的娘，公主是皇帝的姐，一會兒見她們要規矩點兒。」

子夫調皮地一笑，說：「我知道！」

她們進了覆盎門，再走一段路，就到了曹府門前。看門的老頭見衛媼帶著一個如花似玉的閨女，吃驚地問：「哎呀！這是誰家的閨女呀？」

衛媼笑著回答：「我家的三妞。」

老頭說：「我說衛媼，就憑這個閨女，你這輩子有福享啊！」

衛媼和子夫笑了笑，進了大門。

子夫是頭一回進曹府，寬大的院落，繽紛的花草，玲瓏的建築，都使她驚嘆不已。心想，這哪像凹凹莊自己的家啊？人家這裏是天堂，自己的家充其量算是豬窩和狗窩。

子夫跟著衛媼，一拐三折，進入太后住的廳房。太后和平陽公主正在說話，看見子夫進門，兩人眼睛一亮：喲！這個閨女多中看哪！但見她身材修長，粗布衣裙，一頭長髮，又黑又亮，眉清目秀，面龐紅潤，除了頭上插一朵鮮紅的石榴花外，其他沒有任何裝飾，恰恰是這朵石榴花，襯得她鮮麗嬌美，充滿活力和靈性。

衛媼笑著向太后和公主介紹：「這是奴婢的三女兒，叫子夫。」回頭招呼子夫說：「子夫，快給太后和公主請安！」

子夫滿臉含笑，合著雙手，置於腰下左側，彎腿下蹲，清清亮亮地說：「太后萬福！公主萬福！」這兩聲「萬福」，像是谷鶯啼鳴，滿屋清音。

太后和公主忙說：「好！免禮！免禮！」子夫笑著站立一邊。

衛媼忙活起來。她一邊揭開盛食物的陶罐蓋子，一邊說：「奴婢家三妞想著太后常吃攬團也會膩的，所以叫奴婢變個花樣。今日特做了點漿水湯餅和油塔，讓太后換個口味。」

太后問：「敢情是鄉下人常吃的那個漿水湯餅和油塔嗎？」

衛媼答：「正是。」說著，盛了一碗漿水湯餅遞到太后手裏。子夫也在碟子裏放了油塔、蔥節、麵醬，端來置於桌上。

太后喝了一口湯，吃了一口麵片，點頭稱讚說：「嗯！味道很好！」又用筷子夾起油塔，就著蔥節和麵醬，送進嘴裏，品嘗著，又點頭稱讚說：「嗯！很好吃！很好吃！」她稱讚著，片刻就吃了兩碗漿水湯餅和一疊油塔。

公主見太后吃得津津有味，笑道：「娘！看你吃得香的，女兒的饞蟲也給逗出來了，我也吃些！」

衛媪趕忙給公主盛了一碗漿水湯餅，公主幾口就吃完了。她又吃了一疊油塔，說：「哇！這麼好吃，難怪太后讚不絕口呢！」

太后感嘆著說：「娘幾十年都沒吃過這種飯了！」

公主說：「那好辦！娘就在這兒多住些日子，讓衛嫂和子夫天天做給你吃！」

衛媪笑著說：「那是奴婢母女的福氣，巴不得呢！」

太后和公主吃畢，碟碗收拾到一邊。太后叫子夫站到自己的身邊，拉著她的雙手，端詳著她的臉，慈祥地問道：「多大啦？」

子夫笑答：「十五了。」

「會女工嗎？」

「會一點兒，做得不好。」

衛媪插話說：「她呀是個瘋丫頭，女工湊合，能繡個花兒什麼的。平時總愛唱呀跳呀，沒出息。」

公主插話說：「愛唱愛跳沒有什麼不好，模樣兒俏，再愛唱愛跳，最討男人喜歡。」

子夫聽到「男人喜歡」四字，頓時羞紅了臉，低頭擺弄衣角，沒有吭聲。

太后聽說子夫會唱歌跳舞，馬上來了興致，說：「哦？子夫會唱會跳，不妨來一段兒。」

子夫搖著身子，說：「不行不行！我是跟城裏藝人學著玩的，不是……」

衛媼搶過話頭，說：「難得太后這麼開心，你就獻個醜吧！」

公主也說：「對！對！這裏沒外人，子夫來一段兒！」

子夫料想推辭不過，只得羞怯地退後幾步，站正姿勢，清了清嗓子，模仿著城裏賣藝女的樣子，邊唱邊舞起來。她唱的是流行的《四季調》：

春天，明媚的春天！
鳥兒聲聲，花兒艷艷。
我贈哥哥一枝紅杏，
紅杏上有我的愛戀。

夏天，火熱的夏天！
高山青青，碧水潺潺。
我贈妹妹一朵芙蓉，
芙蓉上有我的思念。

秋天，豐碩的秋天！
果兒香香，瓜兒甜甜。
我贈哥哥一束金菊，

金菊就是我的心願。

冬天，凜冽的冬天！
北風呼呼，瑞雪翩翩。
我贈妹妹一瓣臘梅，
臘梅表達我的情感。

美哉！春天，夏天！
美哉！秋天，冬天！
哥哥和妹妹心心相印，
快快活活美滿良緣！

子夫的歌和舞，算不上十全十美，但對於一個沒有受過任何教育和訓練的鄉村少女來說，已是很難得的了。她的歌聲清純委婉，沒有矯揉造作，帶有濃郁的鄉土氣息。她的舞蹈有點拘束，舒展性和協調性顯得不夠，但並不難看。子夫表演完了，羞答答地走到太后跟前，說：「不好！不好！」

太后拉著她的手，說：「很好嘛！」又轉臉對公主說：「我看子夫有唱歌和跳舞的天分，只可惜沒有師傅的指點。」

師傅的指點？平陽公主心裏一動，猛然間得到啟示。她想到，弟弟劉徹是當朝皇帝，登基以後，皇后陳阿嬌尚未生個皇子。眼前的這個衛子夫，雖是農家女子，但正當妙齡，相貌出眾，氣質不凡，且有歌舞的基礎，如果有人給予指點，她肯定會成為色藝絕倫的尤物。作為皇帝的姐姐，為皇帝和自己著想，何不在這個衛子夫身上大作文章？這篇文章怎樣作呢？不可貿然，不可莽撞，得從長計議，仔細斟酌……

平陽公主正想得入神，太后說話了：「我喜歡子夫，賞錢千緡，賜緞一匹。」衛媼趕忙拉著子夫，跪地叩頭，說：「謝太后恩典。」公主命侍女取了錢、緞，遞到衛媼和子夫手裏。衛媼和子夫笑著謝著，高高興興地回家去了。

太后進房休息，平陽公主繼續想著如何在衛子夫身上作文章的大事。慢慢地，一個清晰的方案在腦海裏形成了。

# 8

衛子夫練歌習舞，得到名師指點，技藝大進。衛青愛刀愛槍，做著矇矓的將軍夢。傑出人物並非天生傑出，環境、閱歷催化他們逐漸脫穎，走向成熟。

王太后在曹府住了將近一月，又興師動眾回長樂宮去了。平陽公主騰出手來，精心實施預想的方案。

公主跟丈夫曹壽商量，說：「我想在家裏成立一個歌舞班，你看行不？」

曹壽不解，問：「什麼歌舞班？有啥用場？」

公主說：「就是挑選一些能歌善舞的女子，由樂舞師教她們練歌習舞。練習熟了，讓在酒宴上表演，一來可活躍氣氛，增添客人的興致；二來可揚名聲，讓人知道你平陽侯和本公主治家有方，絕非等閒之輩。」

曹壽歪著頭想了想，說：「只要你願意，你就看著辦吧，反正我是顧不上管這事的。」

公主一揚頭，說：「家裏啥事你顧上管了？」

曹壽說：「家有賢妻勝黃金嘛！誰讓你是賢妻來著？」說罷，吐了吐舌頭，扮了個鬼臉，出門去了。

平陽公主胸有成竹，當即叫來衛媼，說：「衛嫂！跟你說個事兒。」

衛媼說：「有事公主儘管吩咐。」

公主說：「侯爺和我商量，決定在家裏成立一個歌舞班，你家子夫能歌善舞，當然是第一個人選。我想……」

衛媪不等公主說完，兩手一拍，笑道：「哎呀姑奶奶！我求之不得呢！那丫頭愛唱個歌跳個舞，野得很，正需要上個籠頭調教調教呢！」

公主說：「還有，聽說子夫的兩個姐姐也愛歌愛舞，就叫她三姐妹一起進歌舞班吧！」

衛媪更是喜從天降，笑逐顏開，說：「哎呀！姑奶奶！她三姐妹真是上輩子積了德吧，這輩子遇見你這樣的好人！真是，真是……」她一時不知道說什麼好了。

公主又說：「她三姐妹進歌舞班，我管吃管穿管住，另外還按月發給工錢。」

衛媪興奮得直搓手，簡直要趴在地上磕頭了，說：「蒙公主抬愛，她們當牛做馬也是福氣，什麼工錢不工錢的。」

衛媪當晚回家，把這天大的喜訊告訴兒女們。少兒反應最快，一蹦老高，說：「太美啦！太美啦！」

君孺心裏高興，臉上不動聲色，說：「曹府是權貴之家，我們姐妹到那兒可得注意自己的身分。」

子夫考慮得更深一層，心想進了歌舞班，必有名師指教，自己要抓住機遇，刻苦練習，說不定能有出頭之日。

長君老實本分，憨聲憨氣地說：「三個妹妹都住進曹府，家裏多冷清呀！」

衛青聰明機靈，轉動著黑亮的眼珠，說：「平陽公主待三個姐姐這樣好，必然圖個什麼吧！」她圖什麼呢？誰也說不清楚。

衛媼一家人歡天喜地。曹府裏平陽公主忙忙碌碌。她指派管家霍仲孺四處打聽尋訪，挑選年齡十六七八，長相標緻，身材窈窕，具有歌舞天賦的女子，經她一一過目，確定是否入選歌舞班。三五天時間，她已審查了三四十個少女，汰劣存優，加上衛家三姐妹，確定了二十人為歌舞班成員。接著，她鼓動丈夫曹壽，從宮廷歌舞師中聘請了一位德行高尚、技藝精湛的楊師傅，兼職充當歌舞班的老師。楊師傅招攬他的好友，吹笛吹簫的，彈琴彈瑟的，敲鼓敲鐘的，組成一支頗具規模的樂隊。於是，曹府的歌舞班在一片熱鬧聲中誕生了。曹府家大業大，錢財充裕，別說一個歌舞班，就是十個二十個，花銷開支也是不在話下的。

楊師傅是宮廷的歌舞師，歌舞造詣很深。他完全按照宮廷的規矩和要求，來教育和訓練他的學生，一絲不苟，精益求精。歌舞班的少女們都是純潔無瑕的玉石，經過楊師傅這位優秀玉工的雕琢，歌舞技藝大進。尤其是衛子夫，練歌習舞十分投入，一句歌詞，一個舞姿，都嚴格按照楊師傅的指點去反覆練習，直到無可挑剔為止。她在歌舞班，不僅提高了歌舞技藝的水準，而且學到了許多知識，那是她從不知道也從未聽說過的東西。比方楊師傅講述歌舞的由來和發展，說早在人文初祖黃帝時就有音樂了。黃帝作《咸池》樂，顓頊作《六莖》樂，帝嚳作《五英》樂，堯作《大章》樂，舜作《韶》樂，禹作《夏》樂，都是遠古時代著名的樂曲。其中舜作的《韶》樂，非常美妙動聽，傳播到春秋，孔夫子老先生聽後讚不絕口，陶醉不已，以致「三月不知肉味」，足見音樂的魅力！以後有《詩三百》，有《楚辭》，都是可以演唱的，配上舞蹈就更有韻味了。秦亡漢興，祭天地，祀宗廟，設酒宴，都離不開歌舞。先祖高皇帝劉邦祀宗廟，歌舞就有《嘉至》、《永至》、《登歌》、《休成》、《永安》、《白雪》、《赤鳳凰來》等名目。先朝沿習下來的《安世房中歌》有十七章，《郊祀歌》有十九章，歌詞華贍，樂曲清雅，美妙無比。

子夫自進入歌舞班以後，眼前展現了一個全新的天地。所見所聞所接觸的，包括吃的穿的住的，一切的一切，都與凹凹莊迥然不同。她用鄉下女子的目光、心態觀察上層社會，起初不適應，不習慣，甚至還反感；漸漸地，她適應了，習慣了，覺得理應如此，不如此才奇怪呢！比如衣飾，過去在凹凹莊，常年穿著粗布衣裙，寬領長袖，扣子扣得嚴嚴的，胳膊都不能外露，頭上紮一根紅繩，插一朵野花，就算很標緻了。而在曹府，平時穿紅著綠，衣料都是絲綢的；歌舞時得換上很輕很薄的歌舞服，講究透明和寬敞，舉手踢腳要露出雪白的胳膊和大腿，彎腰俯身要露出小半個乳房，那衣服幾乎沒有領子，胸前上方都裸露著。此外還要塗脂抹粉，畫眉毛搽口紅，佩戴各式各樣的金銀首飾。這些，衛子夫開始時是不習慣的，可是後來習慣了。露出胳膊、大腿和小半個乳房有什麼要緊？因為歌舞是供男人欣賞的，男人最愛看女人的這些部位嘛！

曹府的歌舞班在家設的酒宴上表演了，博得一片喝采聲。尤其是衛子夫，身段姣美，姿色艷麗，歌舞俱佳，惹得公子王孫們垂涎欲滴。平陽公主喜上眉梢，心想自己的心血總算沒有白費，手裏有此「奇貨」，肯定大有用處。

當衛子夫在曹府練歌習舞的時候，她的異父同母弟弟衛青在凹凹莊無所事事。衛青已經十三四歲了，整天與村裏的小伙伴們玩耍。衛媼曾想送他進庠序（學校）讀書，他說：「讀書何用？我長大要去從軍，男兒當在戰場上建功立業！」

衛媼笑道：「呵！青兒志向滿大嘛！」

衛青受到誇獎，眉飛色舞，說：「我還想當將軍！」

衛媼說：「好！好！但願如此。」

衛青想當將軍的念頭來自鄰近的那個姓梁的教書先生。梁先生是凹凹莊最有學問的人，身材瘦弱，鬍鬚花白，常年穿一件藍布長袍，說話、走路慢慢悠悠。他應一家富戶之聘，在庠序當教書先生，學生主要是富戶宗族的子弟，約有十五六人。他除了教書外，最愛講故事。每當夏日傍晚，雲霞滿天，涼風習習，他必坐在庠序門前的一塊大青石上，泡上一壺茶，手搖蒲扇，談天講地，說古道今。圍他而坐聽講的多是青少年，間夾著不少大人。他們忙碌了一天以後，借夏涼尋到了這樣一個難得的消遣場所。衛青是每天必到，因為梁先生講的故事對他很有吸引力。

梁先生講的故事題材廣泛，什麼虞舜孝悌、大禹治水、武王伐紂、商鞅變法、完璧歸趙、荊軻刺秦、垓下之戰、白登之圍、韓信破趙，什麼夏桀寵妲己、周幽王寵褒姒、吳王寵西施、呂不韋和秦始皇母親私通，什麼牛郎織女、孟姜女哭長城，等等，一天講一段，天天不重覆。聽講的青少年和大人，有時歡呼雀躍，有時長吁短嘆，完全沉浸在故事的情節之中。他們弄不明白，瘦弱的梁先生肚子裏怎麼會裝著那麼多令人迴腸蕩氣的故事？

衛青對這些故事非常喜歡，但他最喜歡的還是那些真刀真槍打仗的故事。駿馬嘶鳴，戰車奔馳，設謀施計，刀光劍影，那些故事聽來才過癮哩！

他從梁先生所講的故事中，知道春秋時有個孫武，齊國人，著有《孫子兵法》，當了吳國的將軍，戎馬生涯四十多年，多次打敗強大的楚國和晉國，使吳王稱霸諸侯，顯赫一時。戰國時有個田單，齊國的大將，施用反間計，使燕王貶斥了樂毅，而後用火牛陣，夜襲燕軍，大獲全勝，一戰奪了七十餘城。還有孫臏、吳起、廉頗、王翦等人，都是赫赫有名的武將，統帥大軍，四處征戰，為各自的國家建立功業，高官顯爵，威名永傳。

衛青從梁先生所講的故事中，還知道漢朝的北方有個敵國叫匈奴，土地廣大，兵強馬壯，動不動就興兵南侵，燒殺搶掠，危害極大。漢朝的開國皇帝高祖劉邦曾率三十二萬大軍北擊匈奴，卻被匈奴圍困在平城（山西大同）的白登山，險些喪了性命。朝廷無力攻滅匈奴，只好採用和親的政策，即把公主嫁給匈奴的首領單于，同時送上一份豐厚的禮品，兩國結成「親戚」，以此換得匈奴不來侵擾的保證。然而，強悍的匈奴單于貪得無厭，一面自稱是漢朝的女婿，一面照樣侵犯漢朝的疆土，給邊境人民造成了深重的災難。

這些打仗的故事，深深紮根在衛青的心坎上。他嚮往當孫武那樣的將軍，指揮千軍萬馬，衝鋒陷陣。他頭天晚上聽了故事，第二天便與小伙伴們在村外的土壕裏玩打仗的遊戲。十幾二十個少年分成兩隊，一隊是漢軍，一隊是匈奴軍，衛青多半充任漢軍的統帥，手執一根短棒權當刀或劍什麼的，然後站在高處，短棒一指，大喊一聲：「匈奴就在前面，追擊！」喊罷，從高處跳下來，帶領漢軍衝入匈奴軍中，一陣拳打腳踢，消滅了「敵人」，班師回營。憨厚的衛長君年齡比衛青大，但在遊戲中多扮演匈奴單于的角色，不是被「殺」死，就是灰溜溜地當了俘虜。

衛青生活得無憂無慮，天天夜裏作著當將軍的美夢。他的美夢會實現嗎？一般說來，窮苦人家的子弟，即使從軍也是個戰死或致殘的命運，很難當上什麼將軍。但是，如果有後臺和靠山，興許倒有可能。當時，誰也沒有想到，衛青的姐姐衛子夫突然發跡，後來竟成了衛青扶搖直上、飛黃騰達的後臺和靠山。林子大了，什麼鳥都有，稀奇古怪世間事，說不準哪！

## 9 漢武帝雄心勃勃，受不了太皇太后和「黃老學說」的制約。外出遊玩打獵，發洩胸中鬱悶。霸上祓祭為他和衛子夫艷遇提供了契機。

當今皇帝武帝劉徹是西元前一四一年登基的。初登大位，雄心勃勃，決意勵精圖治，富國強兵，做一個威振四海、名垂百世的賢明皇帝。

武帝欽佩秦始皇，欽佩他雄才大略，氣吞六合，統一中國，修築長城，巡行天下，一呼百應。武帝也欽佩祖父文帝和父親景帝，他們實行正確的治國方略和政策，創建了「文景之治」的盛世，造成了社會經濟的繁榮和國家實力的強盛。

武帝決心轟轟烈烈地幹一番事業，讓功勳和業績超過秦始皇，勝過文帝和景帝。可是，登位的頭兩年，武帝發現自己想幹一番事業並不容易，因為祖母竇太皇太后和母親王太后都在培植娘家的勢力，都想使自己成為傀儡皇帝。尤其是太皇太后，倚老賣老，攬權攏勢，實在讓人心煩。

竇太皇太后是文帝劉恒的皇后，景帝劉啟的生母，景帝即位，她為皇太后；武帝即位，她為太皇太后。她患有眼病，雙目失明，可是頗有心機，信奉「黃老學說」，動輒搬出古訓訓斥武帝，盛氣凌人。「黃老學說」是以傳說中的黃帝和春秋時的老子為偶像的一種思想流派，政治上主張清心寡欲，無為而治。這是一種安職守分、循規蹈矩的政治思想，跟武帝勵精圖治、開拓進取的政治主張格格不入。

武帝登基不久，就果斷地罷免了「黃老學說」的信徒衛綰的丞相職務，任命太皇太后的堂侄竇嬰為丞相，王太后的同母異父弟弟田蚡為太尉，一個管政，一個管軍，使竇、王兩家外戚在朝廷上平分秋色，倒也相安無事。

誰知竇嬰、田蚡也討厭「黃老學說」，講究仁義，追求功利。他倆推舉儒生趙綰為御史大夫，王臧為郎中令。這樣一來，朝廷上的「三公」（丞相、太尉、御史大夫）和宮廷中的侍衛長（郎中令）都成了時髦派。老糊塗了的太皇太后對此感到惱火，教訓武帝說：「陳規舊制一樣也不能改！你還年輕，朝政大事得我說了算！」

趙綰不滿太皇太后專權干政，悄悄對武帝說：「陛下年少有為，遇事要敢於獨斷，不必受制於人。依臣之見，太皇太后已經年邁體衰，精力不濟，朝廷的事最好少告訴她。」不想這話被人偷偷彙報給太皇太后了，太皇太后雷霆大作，立即下令逮捕趙綰和王臧，並罷免了丞相竇嬰和太尉田蚡的職務。趙綰和王臧自料難免一死，索性自殺了。

武帝無法抗拒祖母的嚴令，眼睜睜看著自己的一班大臣遭受貶斥和殺戮，卻無計可施。他感到窩火和氣憤，乾脆離開皇宮，到外面去遊玩打獵，以發洩心中的鬱悶。

武帝個性喜新，愛做前人沒有做過的事。他即位的次年，改年號，稱建元元年。年號之始，創自武帝，後世垂為成例。建元二年也就是西元前一三九年的三月三日，是上巳節。一大早，武帝命侍衛備駕，要去霸上祓祭。所謂祓祭，也叫祓除，是古代的一種傳統習俗。這一天，人們到水邊去，或舉火，或熏香沐浴，或用牲血塗身，玩個痛快。據說通過祓祭，可使身心純潔，除凶祛惡，無病無災。

皇帝外出，那場面、陣勢真是無限的壯觀和氣派。前面百名前驅，騎快馬，執號旗，開道清路，令百姓迴避。接著五百名儀仗，金盔金甲，手持五色龍虎旗，魚貫前行。中間是御輦，即皇帝乘車的車輛，一馬駕轅，三馬拉曳，車輛華麗，馬匹矯健。武帝年輕，不願坐車，騎著一匹毛色純淨的大紅馬，頭戴金冠，腰懸利劍，氣宇軒昂，英姿颯爽。後面隨行文武百官，文官乘車，武官騎馬，服飾鮮麗，神情莊重。再後面是五千名雄糾糾氣昂昂的皇家禁軍，手持刀槍劍戟各類兵器，由新任命的郎中令率領，邁著整齊的步伐，全神貫注地前進。

武帝的鑾駕出了長安城南面中門安門，折向東，上了大路，很快到了灞河。灞河古名滋水，春秋時秦穆公稱霸於西戎，為顯示其武功霸業，命改滋水為霸水，後稱灞河。灞河上架有灞橋，是長安東向的咽喉要衝。鑾駕跨過灞橋，沿灞河東岸向南，約莫行十幾里，到了一片高敞開闊的地帶，那裏就是霸上了。

霸上一稱霸頭，地域廣大，泛指灞河東岸，北至灞橋，南到南山的遼闊區域。武帝選擇這裏祓祭是有用心的。他知道，自己的先祖高皇帝劉邦當初進兵關中，就駐軍霸上，接受了秦王子嬰的投降，繼而在其地與關中父老約法三章，深受人民的擁戴。西楚霸王項羽後進關中，駐軍鴻門，要與劉邦決戰。劉邦利用鴻門宴，巧妙地跟項羽周旋，化干戈為玉帛，保存了自己的力量，再經過數年的征戰，這才打敗項羽，開創了漢朝的基業。祖父文帝死後，葬在霸上，其陵稱霸陵，放眼便可望見。父親景帝在位時，吳、楚七國反叛朝廷，周亞夫也是從霸上發兵，一舉平定了叛亂，鞏固了中央集權。霸上，從一定意義上說，是漢朝的吉祥地。武帝要在霸上祓祭，重溫先朝的歷史，顯示自己開拓進取的志向和抱負。

大隊人馬停下，武帝傳下旨來：今天是祓祭，官吏將士不必講什麼禮儀，禁軍輪流警衛，眾人盡情盡性地遊玩。此旨一下，官吏將士齊呼萬歲，歡騰雀躍，呼喇喇地散開，五人一群，十人一堆，笑著鬧著，遊玩開了。

有人揀來樹枝，燃起了幾堆火，火苗閃耀，輕煙飄蕩。有人脫掉上衣，敞胸裸腹，舒展四肢，仰面朝天睡在草地上。有人跑到灞河邊，用沙土圍成小堰，捕捉魚蝦。還有人乾脆脫光衣服，跳進清澈冰涼的水中游水，邊游邊打起了水仗。

武帝見官吏將士玩得起勁，很是開心。他站在一個土崗上，遠眺南山，巍峨的秦嶺橫空出世，鬱鬱蔥蔥，滔滔不絕的灞河就發源在那裏。再向北看，霸陵突兀，宛若矗立在大地上的一座豐碑。從灞河和霸陵，他想起了秦穆公和漢文帝，心裡說：「大丈夫在世，定當有所作為，才不枉活一生！」

這時，那匹大紅馬扯長脖子，昂首嘶鳴。武帝來了興致，對身邊的兩個侍衛說：「走！打獵去！」說罷，他和侍衛躍身上馬，馬鞭一揚，三匹馬風馳電掣一般，飛向遠處的樹林。樹林裏棲息著兩隻梅花鹿，驚見不速之客，嚇得一東一西，撒腿就跑。武帝瞅準東邊的一隻，緊追不捨。一邊追著，一邊騰出手來，取出弓箭，左手把弓，右手搭箭，說時遲，那時快，對著梅花鹿，射出一箭，口中喊道：「著！」

「著」字出口，鹿的屁股上已經中箭，四蹄騰空，骨碌碌跌翻在草地上。兩個侍衛大叫一聲：「好！」竄上前去，下馬將尚在掙扎的鹿緊緊按住，轉臉對武帝說：「皇上神箭!皇上神箭！」

武帝神采飛揚，說：「抬回去!吃烤鹿肉！」

武帝射殺梅花鹿的精彩場面，很多人都是目睹了的，情不自禁地發出一陣歡呼。又上來幾個士兵，七手八腳，將鹿抬了回去。有人拔出腰刀，利利索索剝了鹿皮，切成一塊一塊的鹿肉，用樹枝挑著，置於火堆上烤。剝鹿皮時，地上流了好多鹿血，一個侍衛抓了一把血，冷不防抹在躺在草地上曬太陽的士兵的臉上和胸前，使那個士兵成了大花臉和血人。那個士兵起身追打侍衛，侍衛說：「今天是上巳節，牲血塗身是你的運氣，多好看呀！」武帝和在場的人看見那個士兵的滑稽相，都樂得哈哈大笑起來。

火堆上正烤著鹿肉，油脂滴在火上，火苗騰得老高，吱吱作響，原野上空彌漫著誘人的肉香。鹿肉烤熟了，侍衛挑選色澤金黃的一塊敬呈給武帝。武帝接過咬了一口，呀！又軟又爛，香極啦！其他人吵鬧著，爭搶鹿肉吃，吃著的擠眉弄眼，沒吃著的直流口水。在灞河邊捉魚蝦和游水的士兵倒楣，等他們回來時，鹿肉早分吃光了。

不知不覺中午已過，太陽偏西了。武帝命起駕回宮。突然，他靈機一動，對身邊一個宮監說：「你快馬前去平陽公主家傳旨，就說朕一會兒要去看望他們。」

宮監回答：「遵旨！」跳上一匹棕色大馬，策馬而去。隨後，禮儀官一聲吆喝：「起駕——！」大隊人馬啟動，緩緩返回長安城。

長安城裏，曹府已接到宮監的傳旨。曹壽和平陽公主立即忙碌起來，打掃院落，準備酒菜。公主特別叮囑歌舞班，精心打扮，盛妝等候，一會兒可能要為皇帝表演。

歌舞班的少女們一下子驚呆了！怎麼？為皇帝表演？莫不是作夢吧？

衛子夫心情格外激動。她心目中的皇帝是天上的神仙，住在另一個世界，遙不可及。凡人特別是像她這樣的凡人，哪能見到神仙呢？更不用說為神仙表演歌舞了，簡直不可想像。激動之外，她還感到緊張，在皇帝面前獻藝，可不是鬧著玩的，自己得全身心投入，要用最美的歌和舞去贏得皇帝的歡心，皇帝歡喜了，自己就會……

自己就會怎樣？這是一個模糊混沌的圖景，衛子夫看不清楚也說不清楚。

## 10

絕色歌伎，風流天子，心與心撞擊，靈與肉交融，艷絕人寰。平陽公主的「奇貨」奇性初顯，衛子夫的命運由此發生根本性的轉折。

那邊，武帝的鑾駕正在返回的途中。這邊，曹府裏群情振奮，專等皇帝的光臨。曹壽性急，特地派出幾個家人，前往察看鑾駕的行程，立刻回報。一會兒，家人報告：「鑾駕已過灞橋！」一會兒，家人報告：「鑾駕過了十里鋪！」一會兒，家人又報告：「鑾駕快進覆盎門了！」

曹壽和平陽公主穿戴整齊，帶領男傭女僕恭候在府門前。前驅過來了，儀仗過來了，御輦過來了。武帝早上去霸上時是騎馬，下午返回時乘坐御輦。御輦停下，宮監撩起帷簾，輕聲說：「曹府已到，請皇上下車。」

這邊，曹壽、公主和家人早跪倒在地，口呼：「恭候萬歲！」那邊，武帝縱身一跳，下得輦來，快步走到曹壽和公主跟前，伸出右手，說：「平陽侯、公主免禮。請起！」

曹壽和公主說：「謝萬歲！」站起身來，家人也跟著站起。

武帝轉身對郎中令說：「朕是看望姐姐和姐夫，只留下十餘個侍衛和御輦在門前等候，其他人盡行散去！」

郎中令答：「遵旨！」手臂一揮，官吏將士紛紛後退，回家的回家，回營的回營。留下的侍衛和駕馭御輦的馭夫，由曹府的家人招呼著，到一邊喝茶，飲酒用飯。

武帝由曹壽和平陽公主陪著，徐步進了曹府的大門。武帝站在開闊的廣場上朝四周看了看，說：「好景致啊！」

曹壽和公主說：「承蒙萬歲誇獎。」

須臾，進了大廳，大廳裏窗明几淨，富麗堂皇。曹壽和公主將武帝禮讓到正中的錦榻上坐定，侍女已獻上茶來。武帝確實渴了，端起茶杯飲了兩口，滿口清香。武帝讓曹壽和公主坐下，彼此說話。公主告訴武帝，說太后數月前來曹府小住，放著燕窩熊掌、魚翅海參不吃，偏愛吃攬團、漿水湯餅和油塔。

武帝說：「太后跟朕說過這事兒。她老人家是懷舊呢！」

公主說：「是啊！太后從小住在咸陽，常吃鄉下飯的。」

敘說片刻，曹壽命開筵款待武帝，一桌熱氣騰騰、香味撲鼻的酒宴擺了出來。武帝上坐，曹壽居左，公主居右，熱情相陪。

曹壽首先斟酒，舉起酒杯，起身敬武帝，說：「萬歲駕幸敝舍，臣深感龍恩，榮幸至極，請乾杯！」

武帝也不推辭，端杯一飲而盡。

公主接著斟酒敬武帝，說：「我們姐弟倆好長時間沒有同桌吃飯了，姐姐也敬萬歲一杯！」

武帝笑道：「自朕當了皇帝，怠慢姐姐了。」又端杯一飲而盡。

武帝與姐姐、姐夫一邊飲酒，一邊說些家常話，骨肉親情，無拘無束，輕鬆歡愉。酒過數巡，公主一揚手，大廳門外漸次進來十個花枝招展的紅綠女子。公主笑著對武帝說：「我怕萬歲冷清，特以歌舞助興。」

門外的樂隊吹笛吹簫，彈琴鼓瑟，擊鼓敲鐘，奏起歡快的樂曲。那十個女子應著樂曲的旋律和節奏，輕展歌喉，邊唱邊舞起來。

武帝左右四顧，略略評量，用宮廷的標準看這班歌舞女，顯然遜色多了。眼前的歌舞女雖然打扮得花團錦簇，但不過是尋常脂粉，無一出眾者。他心裏這麼想著，嘴上沒有明說，儘管自己飲酒。

平陽公主聰敏過人，知道弟弟心高眼高，根本看不上這十個歌舞女。她令十個歌舞女退下，另召一班歌舞女進來。

進來的歌舞女還是十個，其中九人穿著綠絲綢長裙，獨有一人穿著紅絲綢長裙。紅綠相映，穿紅者特別醒目，就像片片蓮葉中綻開的一朵荷花。她們邁著輕盈的碎步，翩翩而來，恰似微風中的楊柳，細雨裏的飛燕，大廳裏滿是撩人的脂粉香。

武帝心情為之一振，圓睜龍目，端詳這班歌舞女，個個絕色，人人麗姝，與前面的十個大不相同。尤其是紅衣女子，身材頎長，骨肉勻亭，豆蔻年華，芙蓉顏面，低眉斂翠，暈臉生紅，妖冶嫵媚，可喜可愛。更有頭上萬縷青絲，攏成蛇髻，黑油油的光鑒人影；兩頰兩個酒窩，含情泛笑，甜蜜蜜的迷人心竅。最動人的還是一雙俏眼，珠眸閃動，如星似月，即使鐵石心腸的男人，碰著了也會骨麻肉酥。

綠衣女子面向武帝，橫向站定，紅衣女子處於橫隊前面中間的位置，正對著武帝。樂隊奏響樂曲，綠衣女子揚臂甩袖，左穿右行，前旋後轉，慢慢悠悠跳起舞來。煞時片刻，紅衣女子輕啟珠唇，振動嬌喉，邊歌邊舞。那歌是清音曼艷，逸韻鏗鏘；那舞是輕婉柔和，翩躚婆娑。武帝聽那歌詞，原來是古代的《關雎》：

關關雎鳩，
在河之洲。
窈窕淑女，
君子好逑！

參差荇菜，
左右流之。
窈窕淑女，
寤寐求之。

求之不得，
寤寐思服。
悠哉悠哉！
輾轉反側。

參差荇菜，

左右采之。
窈窕淑女，
琴瑟友之。

參差荇菜，
左右芼之。
窈窕淑女，
鐘鼓樂之。

紅衣女子顯然是受過專門訓練，得到名師指點的，深刻領會了歌詞的意義，並抑揚頓挫、字正腔圓地將它唱了出來。綠衣女子其實是在伴舞，紅衣女子輔之以微小的舞姿，更淋漓盡致地表現了歌詞的內韻，濃情蜜意，歡快熱烈。武帝直怔怔地注視著紅衣女子，目不轉睛。紅衣女子早已覺察，斜著俏眼，頻送秋波，每唱到「君子好逑」處，有意對武帝嫣然一笑。這一笑像是孔雀開屏，芍藥綻苞，直令武帝魂馳魄蕩，意奪神搖。

平陽公主從旁湊趣，故意問武帝道：「這個歌女色藝如何？」

武帝依舊目不轉睛，反問公主道：「她是哪裏人氏？叫什麼名字？」

公主回答：「籍隸平陽，姓衛名子夫。」

武帝一拍雙手，失聲讚道：「好一個平陽衛子夫！」

這時，樂曲終止，歌舞暫了。紅衣女子即平陽衛子夫發著嬌喘，對著武帝彎腰施禮，鶯啼燕語般地呼了一聲：「萬歲！」

武帝看到她頭上的青絲，聞到她臉上的香氣，從敞口的衣領下面，清晰地看到她半裸著的白乳以及誘惑人的乳峰。武帝按捺不住，望了平陽公主一眼，佯稱體熱，起座更衣，進入大廳後面的一間更衣室。

平陽公主體心察意，朝子夫擠擠眼，努努嘴，小聲說：「快去侍候皇上。」

子夫臉飛紅雲，心跳如鼓，答應一聲：「是！」她緩步進入更衣室，只聽得一聲輕響，更衣室的門已從裏面關死。

武帝急不可奈，一把將子夫抱在懷裏，張嘴就吻她的頭髮、眉毛、眼睛、面頰，繼而停在她柔軟紅嫩的嘴唇上。這一切是在片刻之間發生的，子夫感到突然，感到驚慌，來不及考慮和思索，只覺得渾身發軟發麻發酥，本能地伸出舌頭，聽任武帝吮吸。她從別人口中聽說過當今皇帝，聽說他年輕英俊，瀟灑風流，最能征服女人的心。她原先不以為然，及至剛才表演歌舞，看到他那雙火辣辣的眼睛，聽到他那聲「好一個平陽衛子夫」的讚嘆，立刻意識到他果真不同凡響，所有女人都會一見傾心。他年輕，他健壯，他有氣度，他有權力，他是天下第一人！世界上的事情真怪，剛才兩個並不認識和毫不相干的人，怎麼突然間會擁抱在一起和瘋狂地親吻呢？迷迷糊糊，飄飄蕩蕩，子夫彷彿失去了知覺，由著武帝擺布。

更衣室裏有床有梳妝檯。武帝略一使勁兒，便將子夫抱到床上，幫子夫解扣鬆帶。子夫半推半就，脫去紅絲綢裙，露出貼身的大紅肚兜兜和青羅布短褲。解下肚兜兜，脫去短褲，但見膚色如雪，溫潤似玉，酥乳高聳，兩個乳頭像熟透的櫻桃。武帝亦脫去內衣，赤裸著壓到子夫的身上，伸手撫摸她的脖子，她的乳房，她的肚臍兒，她的大腿以及女人家最隱私的地方。子夫嬌滴滴，羞答答，紅霞泛面，俏眼現情。霎那間，兩人呼吸急促，熱血奔湧，心靈匯合，血肉交融，猶似電閃雷鳴，山呼海嘯，烈風勁吹，大雨傾盆。骨胳酥了，魂魄飛了，身心熔化了，直覺得太陽在燃燒，光焰萬丈；江河在奔騰，驚濤裂岸；白雲在蔚藍的天空飄蕩，小鹿在碧綠的草地上追逐；雲雀披著霞光唱歌，小鳥穿越花叢跳躍；海鷗遨翔，帆檣點點，百花盛開，萬紫千紅；天地宇宙間處處絢麗，一片輝煌……

巫山雲雨過後，武帝再看子夫，面紅膚軟，香汗涔涔，烏黑的長髮平鋪在枕上，一雙俏眼含著無限柔情。武帝親她的面頰，她將臉緊偎在武帝的胸前，輕聲說：「臣女一介平民，微賤歌伎，幸蒙萬歲垂愛。」

武帝撫摸著子夫的雙乳，說：「平民、歌伎有什麼不好？朕並不注重什麼門第。」

二人說著話，興致又起，遂顛鸞倒鳳，將剛才的情景又演示了一遍。

大廳裏，曹壽和平陽公主飲酒等候，並不著忙。過了半響，才見武帝出來，滿臉含笑，略帶倦容。又過片時，衛子夫也姍姍出來，星眼微餳，雲鬢斜亸，一種嬌怯羞澀姿態，難以用筆描繪。公主故意瞅了子夫一眼，子夫嬌羞低頭，手拈衣帶無言。武帝看她情態，越覺銷魂。

曹壽和公主再敬武帝酒，武帝允諾，賜金千斤，以酬姐姐和姐夫的盛情。

公主去武帝耳邊悄聲說：「姐姐願送子夫入宮，侍奉皇帝。」

武帝微笑點頭。

公主於是拉著子夫重入更衣室，換飾整妝。公主笑著說：「你此去宮裏，可謂一步登天，要精心侍奉皇上，將來尊貴，可別忘了我這個牽紅線的！」子夫要跪地行禮，被公主扶住，說：「免了！免了。」子夫說：「公主大恩，子夫至死不忘！」

外面，武帝由曹壽陪著，出門登上御輦。公主扶著子夫，款款而至。按規定，皇帝的妃嬪是不能與皇帝同輦的，可這時別無其他車輛，武帝說：「上來與朕並坐好了！」

子夫由公主扶著，武帝拉著，登上御輦。曹壽和公主拱著手說：「萬歲保重！」武帝亦說：「平陽侯和公主保重！」宮監一聲「起駕」，在侍衛們的護擁下，御輦啟動回宮。

曹壽和平陽公主目送著御輦遠去，曹壽說：「現在我才知道你蓄養歌舞女的用心！」

公主莞爾一笑，說：「什麼用心？只是圖皇帝高興罷了。」

曹壽說：「不至於吧？」

公主沒有吭聲，轉身進府。

衛媼和大妞君孺、二妞少兒站在遠處，看著子夫登上御輦，隨武帝而去。衛媼自言自語地說：「三妞總算熬出頭了。」君孺虔誠地說：「但願她命好運好。」少兒不平地說：「我們三姐妹，偏她三丫頭有福氣！」

衛子夫坐在御輦裏，心裡激動又忐忑不安。她作夢也沒有想到，自己一個民女一個歌伎，竟然得到皇帝的寵幸，並和他並肩而坐，馳向那神秘莫測的皇宮。皇宮裏是什麼樣子？等著她的是怎樣的命運？她不知道，也不可能知道。夜幕降臨，萬家燈火，她感覺到的只是馬蹄踏地的得得聲和車輪滾動的吱呀聲。

# 皇宮裏爭風吃醋的風波

## 11 未央宮本應是富貴溫柔之鄉，衛子夫貿然進入，陳阿嬌醋勁大發，富貴溫柔化為泡影。武帝大怒，呵斥母雞不會下蛋，母豬不能生崽。

衛子夫和漢武帝並肩坐在御輦裏，緩緩馳向未央宮。御輦有節奏地顛簸著，衛子夫的心情也是如此。她的身子已屬於至尊至貴的皇帝了，但未來的命運卻是個未知數，吉凶福禍，難以預料。

未央宮和長樂宮一樣，都是長安城中著名的宮殿群。未央宮位於長安城的西面，長樂宮位於長安城的東面，所以二宮又分別稱西宮和東宮。從漢惠帝起，漢朝的皇帝移居未央宮聽政，有人形容它像天帝居住的紫宮，因此未央宮又名紫宮。未央宮周長九千三百米，面積五平方公里，約占長安城總面積的七分之一。宮內建築高大巍峨，雄偉壯觀，共有臺殿四十三所，土山六座，液池十三個，門闥九十五個，殿宇之盛，前所未有。主要建築有前殿、宣室殿、溫室殿、清涼殿、宣明殿、廣明殿、昆德殿、玉堂殿、白虎殿、金華殿、椒房殿、昭陽殿、飛翔殿、增成殿、合歡殿、蘭林殿、披香殿、鳳凰殿、鴛鸞殿、麒麟殿、承明殿、北闕、東闕、石渠閣、天祿閣、漸臺等，都是雕樑畫棟，金碧輝煌。其中，昭陽、飛翔、增成、合歡、蘭林、披香、鳳凰、鴛鸞八殿，合稱「後宮八區」，是武帝后妃居住的地方。武帝早想好了，當夜帶子夫住鴛鸞殿，他要在那裏與她歡度良宵，再領略一番鴛交鸞配的風光。

御輦馳進未央宮，停在鴛鸞殿前，早有一個宮監和兩個宮女跪地接駕，口呼萬歲。武帝挽著子夫下車，逕直入殿，殿內香煙繚繞，紅燭閃亮。武帝落座，詢問宮監和宮女叫什麼名字。宮監彎腰回答：「奴才李貴。」宮女垂手回答：「婢女一個叫春月，一個叫秋花。」武帝說：「好！朕和衛貴人今晚在此歇宿，你們先給衛貴人沐浴更衣。」李貴、春月、秋花齊聲回答：「遵旨！」

衛貴人？衛子夫意識到顯然是指自己了。她並不確切知道這個稱謂的含義，心想既然帶個「貴」字，當然是顯貴、尊貴的意思了。她來不及多想，春月、秋花左右相扶，將她引進殿左的一間房子。房裏有精緻的衣櫃、浴盆、梳妝檯之類器物，皇帝在鴛鸞殿臨幸妃嬪，妃嬪要在這裏沐浴更衣。

李貴手腳麻利，早挑來一擔熱水，倒在浴盆裏。春月生著火爐，木炭燃燒，房裏熱烘烘的。又在浴盆裏灑了一種什麼香水，香氣氤氳。秋花幫子夫寬衣解帶，扶她小心坐進浴盆。水熱，火旺，香飄。春月和秋花看到了子夫那萬縷青絲和嬌嫩肌膚，相視一笑，沒有說出口的話是：「尤物！尤物！難怪皇帝著迷！」

子夫覺得渾身舒暢，撩水洗頭髮，洗胳膊，洗大腿，春月和秋花替她輕搓脊背和小腿。子夫自記事以來，是第一次有人侍候沐浴，感到不好意思，同時感到理所當然。因為自己已是皇帝的人了，身價高嘛！

沐浴完畢，衛子夫輕攏秀髮，淡施脂粉，身穿一件粉紅絲長裙，足登一雙青色繡花鞋，裊裊婷婷地走將出來。武帝已進寢殿，春月和秋花扶著子夫，送至殿門口，推門，輕聲說：「貴人進殿安歇！」

子夫移步，跨門而入，但見裏面紅燭高照，陳設華美。武帝身穿睡衣，斜靠在床上，睜著明亮的眼睛，正凝視著自己。那眼光裏燃著欲火，多情多意。

門被關上了。武帝在燈下端詳沐浴後的子夫，見她眉不描而黛，髮不漆而黑，頰不脂而紅，唇不塗而朱，果真是沉魚落雁，閉月羞花，尤其是她剛剛沐浴、弱不勝嬌的情態，越顯嫵媚。武帝伸手拉子夫坐到腿上，替她解開絲裙，露出春雪一般的胴體，任憑鐵石心腸，也難以自制。他將她平放在床上，俯身吻她，吮吸她櫻桃一樣的乳頭，進而咬住她半個乳房。她嬌裏含羞，欲推且就。他又撫摸她身體的各個部位，撫摸到大腿內側，那裏毛絨絨的，滑溜溜的；撫摸到腋下，那裏熱呼呼的，軟綿綿的。子夫怕癢癢，一邊扭曲著身子，一邊咯咯地嘻笑。笑聲柔和清脆，像是鶯啼柳枝，珠落玉盤。

武帝和子夫調情，正在興頭上，忽然，門外李貴報告說：「稟皇上，皇后求見！」

武帝直覺得掃興，側著身子，說：「不見！不見！什麼時候，出來這麼個瘟神！」

李貴說：「皇后說非見皇上不可。」

武帝氣呼呼地說：「打發她回去！要見明天見！」

「喲——！皇帝正享艷福呀！連皇后都不見嗎？」門外傳來酸不溜溜的女人聲。

子夫身子一緊，料知門外的女人就是皇后陳阿嬌了。她不安地對武帝說：「萬歲！皇后來了，你還是出去見一見吧！」

武帝極不情願地下床穿衣，嘟囔著說：「喪門星！這時候來，真不知趣！」

武帝在子夫的額上親了一口，說：「朕去打發她！」說罷，開門而出。子夫披上絲裙，拉了被子蓋住身子，側耳傾聽門外說話。

武帝步上正殿，端坐榻上。陳阿嬌向前，彎腰道了聲晚安。武帝不耐煩地說：「說吧，見朕有什麼要事？」

陳阿嬌陰陽怪氣地說：「喲——！哪有什麼要事？臣妾牽掛皇上白天祓祭，至晚上不見回宮。聽宮監說，皇上帶了個野女人，騷狐狸，夜宿鴛鸞殿，臣妾放心不下，特來看看。」

武帝說：「什麼野女人、騷狐狸？她是平陽公主家的歌伎！」

陳阿嬌微微一笑，扯著長腔，冷嘲熱諷地說：「喲——！我當是哪家官宦仕女、名門閨秀，原來不過是個歌伎，這也值得皇上傾心嗎？」

武帝沒好氣地說：「朕的事，你管得著嗎？」

陳阿嬌說：「皇上納妃娶嬪，臣妾管不著，可是偷雞摸狗，總該過問過問吧？臣妾好歹是皇后，中宮之主呀！」

武帝見陳阿嬌以皇后的身分，自吹自擂，企圖管束皇帝，氣得臉色發青，怒目圓睜。他看也不看陳阿嬌，冷冷地說：「哼！皇后有什麼了不起？中宮之主又能怎麼樣？農家養一隻母雞會生蛋，餵一頭母豬能下崽，你呢？你會嗎？你能嗎？」

「母雞母豬」之喻，直嗆得陳阿嬌瞠目結舌，啞口無言。是啊！她結婚數年，至今沒有生兒育女，這犯了女人家的大忌。何況丈夫是皇帝，為他生個龍兒麟子，以承皇嗣，正是皇后的責任。可是自己的肚子怎麼這樣不爭氣呢？盼星星盼月亮，就是盼不來個兒子。她又羞又惱，又氣又急，「哇」地一聲哭了起來，邊哭邊說：「臣妾沒生孩子，皇上就沒有責任嗎？」

武帝不想跟陳阿嬌多費口舌，起身說：「你回去吧！有話明天說，朕要歇息了。」

陳阿嬌見武帝下令逐客，惱羞成怒，放尖嗓門說：「喲——！皇上急於同那個野女人睡覺呀！

我倒要看看，那個狐狸精長得什麼模樣，是不是仙女下凡？」說著，緊隨武帝，就朝寢殿門口走去，想找衛子夫耍潑。

武帝著了急，回頭大喝一聲：「站住！」並伸手推了陳阿嬌一下。陳阿嬌打了個趔趄，險些跌倒地上。她意識到再糾纏下去，自己肯定沒有好果子吃，於是掏出手帕，捂著嘴大哭，邊哭邊走出大殿，說：「你真狠心！你真狠心！當初你說什麼來著？金屋藏嬌，鬼話！你的金屋裏藏了多少嬌哇？」

陳阿嬌走了，武帝氣呼呼地進入寢殿。子夫聽見了武帝和陳阿嬌的所有談話，心裡惶恐不安。她不知道說什麼好，只是睜大眼睛望著武帝。武帝苦笑一下，脫衣上床。經陳阿嬌這麼一攪和，他的興致大減，與子夫隨意溫存一番，就蒙頭睡著了。

當夜，子夫不曾合眼。幾個時辰裏所發生的一切，清晰地印在她的腦海裏。她是一個農家女子，普通歌伎，竟然受到皇帝垂愛，可謂榮幸至極。皇帝熱吻她撫摸她擁抱她，她是多麼愜意啊！那是花團錦簇、五彩繽紛的時光。轉眼間，她成了貴人，由宮女侍候著沐浴，並睡上了皇帝的龍床。好夢尚未成真，突然冒出了皇后陳阿嬌，稱自己是「野女人」、「狐狸精」，聽那口氣，皇后貪酸吃醋，是絕不會甘休的。須知，人家是堂堂皇后，自己算是老幾呢？她想到這裏，不禁打了個寒顫，那淚水像一條小溪，順著眼角，靜靜地流落到繡著鴛鴦的枕頭上。

五更時分，武帝起床上朝，他見子夫似睡似醒，酥胸微露，眉黛春濃，俏眼含珠，青絲鋪雲，倍顯嬌憐。他吻了一下她的面頰，拍著她的香肩，說：「朕要上朝，去去即回。」

武帝出門走了，子夫隨即起床梳妝，等著武帝歸來。不想這一等，竟等了一年多時間！

## 12 「母雞母豬」之喻惹惱了皇后，皇后拉著母親到外祖母跟前告狀。武帝面對三代三個女人，無言以對，因為皇帝和皇太后欠著人家的恩情。

武帝上朝，百官跪拜，山呼萬歲。這是每天例行的公事，沒有什麼大事需要決斷的，隨即退朝，眾人散去。

武帝退朝後，照例要到長樂宮去向祖母太皇太后和母親王太后請安。太皇太后住長秋宮，這是長樂宮中最豪華的宮殿之一。太皇太后由一班宮女簇擁著，顫顫巍巍地落座。武帝向前跪地，說：「孫兒皇帝向太皇太后請安！」

太皇太后擺擺手，說：「平身，坐下說話。」

武帝說：「謝太皇太后。」宮女搬過繡榻，武帝坐下，面對著太皇太后。

這時，武帝的姑母館陶長公主和皇后陳阿嬌臉色陰沉地走了進來。武帝趕緊起身向館陶長公主施禮。館陶長公主愛理不理的，說：「罷了！罷了！」說著，她和陳阿嬌一起向太皇太后請安，然後站在太皇太后的身後。

武帝面對著太皇太后、館陶長公主和陳阿嬌三個女人，心裡有點發毛。因為館陶長公主是太皇太后的女兒，陳阿嬌又是館陶長公主的女兒，其中館陶長公主對於武帝被立為皇太子進而登上皇位，是有著天大的功勞的。

原來，漢景帝劉啟在位時，館陶長公主嫁堂邑侯陳午，生了個女兒叫陳阿嬌。館陶長公主深得竇太后的疼愛，又是景帝的姐姐，所以說起話來很有份量。

當景帝寵幸武帝生母王娡的時候，他已早有薄皇后，並正寵愛著一個栗姬，王娡只獲得美人的封號。栗姬生兒劉榮，是景帝的長子，理所當然地被立為皇太子，成為帝位的繼承人。武帝出生，四歲時被封為膠東王。按照常規，武帝是無論如何也當不了皇帝的，因為他的前面有八九個兄長呢！

館陶長公主是個很勢利的女人。她很想將女兒陳阿嬌嫁劉榮為妃，這樣，將來劉榮當皇帝，陳阿嬌就是皇后，自己就是皇帝的丈母娘，那該有多麼氣派！於是，她就託人到劉榮的母親栗姬那裏去說媒。

館陶長公主哪裏知道，栗姬心裏正恨著她哩！這是因為景帝後宮中的妃嬪，掂出長公主的身價，常常悄悄送去一些金銀珠寶，求她在景帝跟前美言幾句。長公主見錢眼開，樂意幹這號事，結果送禮的妃嬪都漸漸得到景帝的寵愛。這樣一來，便將一向專寵的栗姬惹惱了，認為這是長公主故意拆自己的臺。所以，當長公主託人說媒時，她毫不客氣地一口回絕了，還撇著嘴說：「哼！要榮兒娶她陳阿嬌，沒門兒！」

館陶長公主從沒受過這樣的窩囊氣，大傷了臉面，便打定主意要狠狠報復栗姬。她權衡再三，決定抬高王美人，把栗姬壓下去。因為王美人隨和可親，她親生的兒子劉徹封膠東王，方臉大耳，聰明可愛，很有一些「福相」。於是，長公主就想把陳阿嬌嫁給劉徹。誰知她跟景帝一說，景帝覺得劉徹比陳阿嬌小了好幾歲，不大合適，猶豫著沒有答應。

長公主可不是那種一碰壁就回頭的女人。她想了想，便設了一個小小的圈套。一次，景帝舉行家宴，長公主故意將劉徹抱在膝蓋上，指著穿紅著綠的陳阿嬌問道：「你的小表姐阿嬌好不好？」

「好！我可喜歡跟她玩啦？」

「那麼等你長大，你就娶她為媳婦，好不好？」

「當然好！我娶了她，就用黃金蓋一所漂亮的大房子讓她住。」

劉徹稚聲稚氣的回答，把景帝和所有的人都逗樂了，哈哈大笑。從此史籍裏便有了「金屋藏嬌」的成語。長公主更是高興，笑著告訴王美人說，她決意與王美人結為兒女親家。王美人受寵若驚，堂堂長公主，巴結還巴結不上呢，她的好意敢不領情？當下爽快地應允了。

不久，景帝將薄皇后廢了，正考慮從妃嬪中選立新皇后。館陶長公主非常活躍，三天兩頭找景帝，說栗姬怎麼怎麼刁猾，王美人如何如何賢淑。可是栗姬畢竟是景帝最寵愛的妃子，而且又是皇太子劉榮的生母，所以景帝故意推託，心裏還是打算立栗姬為皇后。

有一天，景帝與栗姬弄情做愛以後，平躺著說：「將來朕死了，妃嬪們所生的兒子就要託付給你了，你要好好看待他們哪！」

這分明是要立栗姬為皇后的意思了。可是栗姬心高氣傲，覺得自己是皇太子的生母，是當然的皇后，那些妃嬪受長公主挑唆，跟自己爭寵，就是自己的冤家對頭，自己憑什麼要好好看待她們的兒子？她拉長臉，氣呼呼地說：「榮兒登基以後，怎麼對待他的弟弟妹妹，是他的事，我不管！」

景帝受了栗姬的搶白，深感不快。當時並沒吭聲，心裡卻想：看來姐姐長公主說栗姬刁猾，果然如此。如果立她為皇后，將來就是皇太后，還不定要把大漢江山折騰成什麼樣子呢！從這一刻起，景帝就萌生出要廢掉皇太子劉榮的念頭來。

就在這時，館陶長公主又三番五次誇獎膠東王劉徹，說他天生的天子相，長大了一定有出息。景帝也瞧這孩子聰明懂事，氣宇不凡，暗暗決定由劉徹取代劉榮而為皇太子。

王美人覺察到景帝對栗姬越來越冷淡，興奮不已。她跟長公主商量以後，採用了一條欲擒故縱的計策。她悄悄指使朝中的大行（掌管禮儀以及接待外邦、外族賓客的官員），讓他催促景帝趕快立栗姬為皇后。這個大行不明其中底細，便在早朝的時候，朗聲奏道：「常言說：『子以母貴，母以子榮』。如今皇后的位子空了好久，陛下當立皇太子的生母為皇后。」

景帝聽了這幾句話，猶如在烈火上潑了一瓢油，大怒道：「你是什麼東西？這話該由你來說嗎？」他疑心大行一定受了栗姬的賄賂，所以才來替她幫腔，當下不容分說，命將大行推出去砍了腦袋。他怒猶未消，又頒一道聖旨，索性廢掉劉榮皇太子，改任臨江王，而後憤憤退朝。

劉榮被廢，栗姬直覺得天旋地轉，山崩河決。她平日恃寵任性慣了，這時仍不明白自己的處境，於是便撒起潑來。她撒潑賭氣夠了，景帝卻沒有像往常那樣來哄她。她去找景帝說理，景帝給她吃了閉門羹。這時，她才明白自己已經成了被拋棄的人。從此，她一掃昔日的驕縱相，唉聲嘆氣，又憂又怨，越想越覺得沒了活路，在一個風狂雨驟之夜，投繯自盡了。

過了兩個月，景帝宣布立王美人為皇后。接著，劉徹被立為皇太子。再以後，皇太子即位為皇帝，王皇后成了皇太后。顯然，武帝及其生母王太后之所以有今天，館陶長公主功不可沒，算得上是恩重如山啊！

正因為如此，武帝面對眼前的三個女人，心裡有點發毛。太皇太后控制著朝政，館陶長公主疼愛陳阿嬌，陳阿嬌肯定是到長秋宮告狀的。兩對三代三個女人聯手對付自己，自己只有吃不了兜著走了。

館陶長公主首先說話：「我說皇上，你翅膀硬了不是？欺侮人竟欺侮到阿嬌頭上了！」

太皇太后眨著眼皮，喉嚨裏哼了一聲：「嗯？」

陳阿嬌擠了擠眼睛，竟擠出幾滴淚來，嗚咽著說：「皇上昨天晚上和一個野女人住在鴛鸞殿，我去找他，他不見我；勉強見我，還罵我。太皇太后，你可得給外孫女兒作主！」

太皇太后又側著耳朵，說：「有這樣的事？皇上罵你？罵你什麼了？」

陳阿嬌羞於啟齒，好半天才說：「皇上罵我不如母雞和母豬。」

太皇太后一聽笑了，往後一仰說：「我當是什麼重話，不過如此。母雞母豬怎麼啦？不下蛋不生崽不是？那是因為還小嘛，再大些自會下蛋生崽的。」

館陶長公主氣惱地說：「皇上寵幸野女人就是不行，有損皇家體面。再說，皇上當初有言在先，說要金屋藏嬌，這個『嬌』只能是阿嬌，而不能是其他什麼女人。」

太皇太后問：「你們說的野女人是誰？」

館陶長公主和陳阿嬌說：「平陽公主家的一個歌伎，叫什麼衛子夫。」

太皇太后點頭，說：「噢！」

這期間，武帝坐在那裏，沒說一句話。他成了一個被告，面對老、中、青三個女人，只能無言以對，靜靜地等待判決。館陶長公主和陳阿嬌說完了，氣猶未消。太皇太后想了想，嚴厲地對武帝說：「你呀，年紀尚輕，做事毛躁。皇帝納妃娶嬪，本屬正常，但要明媒正娶，怎能將不明不白的歌伎擅自帶進宮中？為你和皇家的名譽著想，第一，立即將那個衛子夫錮置冷宮，從此不准私見一面；第二，和皇后阿嬌和好如初，小夫小妻嘛，來日方長，她會替你生個龍兒的。」

將子夫錮置冷宮？武帝覺得這樣做太不公平，因為子夫是無辜的。他剛想爭辯，太皇太后壓壓手，說：「別說了，就這麼辦！」當時，太皇太后一言九鼎，她的話勝過聖旨，誰也不許違抗的。武帝無奈，起身告辭，垂頭喪氣地離開長秋宮。

武帝又到長信宮向王太后請安。王太后見武帝情緒低落，問是怎麼回事。武帝據實相告，王太后點頭，說：「衛子夫那閨女，娘在平陽公主家見過，挺叫人喜歡的。」停了許久，她又說：「徹兒，你眼下得忍著點，那邊……」她指著長秋宮方向，「那邊惹不起啊！」

武帝會意，說：「母后放心，孩兒知道該怎麼辦！」

王太后說：「那就好！那就好！」

武帝辭別王太后，乘坐御輦，回到未央宮。路上，他想好了處置衛子夫的辦法。

## 13 平白無故的衛子夫被錮置冷宮，無拘無束的皇帝似乎忘記了這個美人。派遣張騫出使西域，徵伐民夫修建上林苑，遊觀射獵，吟詩作賦，好不快活。

武帝回到未央宮，召來宮監總管吩咐說：「你速去鴛鸞殿，將衛貴人安置到延年殿居住。並讓李貴、春月和秋花隨去侍候。記住！衛貴人名義上是錮置冷宮，但宮中人等對她不得有半點歧視。至於俸祿待遇，一如妃嬪，適當從優。此事若有差錯，唯你是問！」

宮監總管聽了吩咐，料知事非小可，跪地說：「奴才遵旨！」

武帝早晨離開鴛鸞殿時，不是對子夫說「朕去去即回」嗎？是的，當時他是想上朝後即回到子夫身邊的，他被她的姿色所迷，實在離不開她。不料去了一趟長樂宮，情況發生變化，他想見子夫，又怕見子夫，見了怎麼樣跟她說呢？說讓她回家？說將她打入冷宮？說他仍然愛她？都不行，沒有辦法，只能由宮監總管出面，先將她安置好了再作打算。

宮監總管來到鴛鸞殿，傳達旨意，照旨行事。李貴、春月和秋花倒沒有什麼，因為他們是奴僕，在什麼地方都是侍候人。子夫不理解，說要等萬歲回來，他說過去去即回的。宮監總管說移居延年殿正是萬歲的旨意，看來他是不會回鴛鸞殿的；至於衛貴人為何要移居，他說不清楚。偌大的未央宮，子夫不認識一個人，只好由宮監總管擺布，含著惶恐和疑惑，移居延年殿，在那裏眼巴巴地等著武帝回到自己的身邊。

武帝安頓了子夫，當夜回到皇后陳阿嬌居住的昭陽宮，陪著笑臉，故顯殷勤。陳阿嬌裝腔作勢，揶揄說：「你去陪伴那個新來的美人呀！」

武帝裝聾作啞，說：「阿嬌正是朕的美人嘛！」

陳阿嬌心中暗喜，思量著外祖母和母親還是厲害，硬將桀傲不馴的皇帝鎮住了。

武帝穩住了陳阿嬌，後宮暫時不會起火。他騰出手來幹了兩件大事：一是派遣張騫出使西域，二是徵伐民夫修建上林苑。

漢朝的北方強敵叫匈奴，屢屢侵擾漢境，擄掠邊民。武帝痛恨匈奴的猖獗，不願再用「和親」的屈辱政策以換取一時的安寧。他聽說，西域有個月氏國，被匈奴攻滅，匈奴單于砍下月氏王的頭顱做成酒器，雙方結下了世仇。月氏國原本在玉門關以西不遠的地方，後來遷移了。遷移到哪裏去了？沒有人知道。武帝制訂一個戰略計劃：聯絡月氏，包抄匈奴，以解除邊患之苦。他在朝廷上宣布了這個計劃，王公貴族、文武大臣無不拍手叫好。可是誰出使去聯絡月氏呢？沒有人吭聲，因為誰也不敢去冒險。武帝於是頒布聖旨：招募勇士出使。一個低級的郎官、城固（陝西城固）人張騫勇敢地站出來，自願前往。武帝非常高興，封張騫為大漢使臣，攜帶符節，又選拔一百多名壯士做隨從，千叮嚀，萬囑咐，送他們上路了。張騫此去，歷經千辛萬苦，十三年後才返回長安，在歐亞大陸之間開闢了一條世代傳頌的絲綢之路。

張騫出使西域，暫時沒有消息。武帝不想在宮中閒坐，聽她陳阿嬌的絮叨。他照舊帶領一些侍衛，喬裝打扮，騎快馬，攜弓箭，到野外去遊玩射獵，常常數日不歸。誰知一天出事了。那天，武帝一行夜投旅店，店主人懷疑他們是盜賊，暗召伙計，拿住眾人，準備送官究治。旅店主婦略有見識，見武帝骨相非凡，絕非常人，遂將丈夫灌醉，解開武帝及侍衛手上的繩索，催促他們速速離去。武帝逕自回宮，當即派人傳喚店主人夫婦。店主人酒醒，嚇得魂飛魄散，硬著頭皮隨人進宮，伏地請罪。武帝大笑，命賞賜旅店主婦千兩黃金，並擢店主人為羽林郎。店主人夫婦喜出望外，連叩了幾個響頭，樂滋滋地回去了。

有了這一回的教訓，武帝外出再不敢麻痹大意了。有人阿承武帝好大喜功的心意，奏請在秦朝苑囿基礎上拓造上林苑，說那樣皇帝在苑中遊玩射獵，就安全無虞了。武帝聽了大喜，說：「對呀！朕正愁國庫充盈，錢財沒地方花呢！」於是頒旨，徵調民夫，拓造上林苑。

上林苑占地廣闊，開支浩大。郎官東方朔奏道：「夫南山天下之阻也，南有江淮，北有河渭，其地從河隴以東，商洛以西，厥壤肥饒，所謂天下陸海之地，百工之所取資，萬民之所仰給也。今規以為苑，絕陂池水澤之利，而取民膏腴之地，上乏國家之用，下奪農商之業，其不可一也。且盛荊棘之林，大虎狼之墟，壞人塚墓，毀人家廬，令幼弱懷土而思，耆老泣涕而悲，其不可二也。斥而營之，垣而囿之，騎馳東西，車鶩南北，縱一日之樂，致危無堤之輿，其不可三也。夫假作九市之宮而諸侯叛，靈王起章華之臺而楚民散，秦興阿房之殿而天下亂，陛下奈何蹈之？」

武帝聞奏，一面稱讚東方朔所言極是，進封他為大中大夫，兼給事中；一面拓造上林苑，計劃不變。約半年時間，規模宏大的上林苑便拓造完工了。

上林苑東南至藍田縣，南至御宿川及終南山，西南至戶縣和周至縣，向北跨過渭河，北繞興平縣的黃山，瀕渭而東，方圓約三百四十里。四周築有苑垣，垣長四百餘里，開有十二道苑門。苑中劃分三十六個小區域的苑囿，各由宮觀、池沼、園林與自然景色組成，從而成為獨具特色的皇家公園。苑內共有八條河流：灞河、滻河、涇河、渭河、灃河、滈河、潦（澇）河、潏河；十處池沼：初池、麋池、牛首池、蒯池、積草池、東陂池、西陂池、當路池、大一池、郎池。建有十二座宮殿，主要有建章宮、承光宮、儲元宮、包陽宮、望遠宮、昭臺宮等；三十六處臺觀，主要有陽祿觀、上蘭觀、豫章觀、昆明觀、博望觀、華原觀等。苑內豢養著各種珍禽異獸：虎、熊、鹿、獅、象、犀牛、駝鳥、孔雀等，有的是土生土長的，有的是邦國進貢的。至於名果奇木，更有兩千多種，梨有紫梨、青梨、芳梨、大穀梨、細葉梨、縹葉梨、金葉梨、瀚海梨、紫條梨，桃有秦桃、榹桃、緗核桃、金城桃、綺葉桃、紫文桃、霸桃、胡桃、櫻桃、含桃，李有紫李、綠李、朱李、黃李、青綺李、青房李、同心李、車下李、含枝李、金枝李、顏淵李、羌李、燕李、蠻李、侯李，梅有朱梅、紫葉梅、紫華梅、同心梅、麗枝梅、燕梅、猴梅，棗有弱枝棗、玉門棗、棠棗、青華棗、梬棗、赤心棗、西王母棗，此外還有栗、柰、查、椑、棠、杏、橙、林檎、枇杷等等。真的是琳瑯滿目，氣象萬千，古今罕有。武帝及他的侍從們終日在上林苑中馳逐，痛快淋漓，無憂無慮。

武帝自小喜愛文學，醉心於辭賦。一天，他讀了一篇寫遊獵的《子虛賦》，為它華麗的辭藻、鋪張的描述所震動，不由大加讚賞，感嘆道：「這篇賦寫得太好啦！可惜朕沒能趕上和作者同時呀！」

正在武帝身邊的狗監（主管馴養獵犬的官員）楊得意聽了這話，忙說：「臣的同鄉司馬相如說過，這篇賦是他寫的！」

「什嗎？原來這人還健在呀！」武帝大為驚奇，立即下令召見司馬相如。

司馬相如，字長卿，蜀郡成都（四川成都）人氏，漢朝傑出的辭賦家。他與才女卓文君相愛私奔，一向被傳為美談。司馬相如聞召，火速從成都乘著官府的驛車趕到了長安。武帝在上林苑會見他，一見面便說：「《子虛賦》果真是你寫的嗎？嗯！寫得有文采，有氣派，朕很喜歡它！」司馬相如說：「《子虛賦》的確是臣所作，但它寫的是諸侯之事，氣魄尚顯遜色，不值得陛下誇獎。懇請陛下讓臣再作一篇描寫天子遊獵的賦，以酬聖恩。」

武帝見司馬相如要寫天子，要寫自己，高興極了，立命尚書供給筆硯木牘（寫字用的木板），讓他在上林苑中作賦。司馬相如奉命，據案構思，濡墨落牘，竭心盡力寫了一篇洋洋數千言的《上林賦》。這篇賦先讓「子虛」（虛擬的人名）炫耀楚王的苑囿，後以「亡是公」（虛擬的人名）盛誇天子的上林苑，把諸侯的苑囿比得黯然失色。且看描寫「上林八川」的一段：

獨不聞天子之上林乎？左蒼梧，右西極，丹水更其南，紫淵徑其北。終始灞、滻，出入涇、渭，灃、鎬、潦（澇）、潏，紆餘委蛇，經營乎其內；蕩蕩乎八川分流，相背而異態。東西南北，馳騖往來：出乎椒丘之闕，行乎洲淤之浦，經乎桂林之中，過乎泱漭之壄。汩乎混流，順阿而下，赴隘狹之口，觸穹石，激堆埼，沸乎暴怒，洶湧澎湃。

全賦寫得規模宏偉，氣勢磅礴，正投合武帝的氣質和愛好。武帝讀後，覺得滿篇琳瑯，目不勝賞，稱讚司馬相如是奇才，遂封他為郎官，當了自己的文學侍從。

遊觀射獵，吟詩作賦，武帝生活非常快活，完全忘卻了皇宮裏的煩惱。他哪裏知道，延年殿裏的衛子夫熱切地等著他，正度日如年呢！

## 14 冷宮如同牢獄，沒有自由，沒有歡樂，更沒有愛情。衛子夫心生怨恨，回憶甜蜜、開心的童年生活。那種生活多麼美好啊！自由自在，任來任往。

衛子夫從鴛鸞殿移居延年殿，開始並不明白移居的意義。及至延年殿一看，不由吸了一口涼氣。原來，延年殿位於未央宮的東北角，緊挨宮牆，偏僻得很。殿內到處是灰塵，牆角結滿蜘蛛網，殿後一個小院落，院落裏兩三株桃樹，三五叢芍藥，因為無人澆水，快枯死了。顯然，延年殿很長時間沒有住人了。現在讓衛子夫移居這裏，肯定不是好兆頭。

延年殿裏的器物、用具倒是齊全的。李貴、春月和秋花一齊動手，很快就將殿裏打掃乾淨了。殿的西頭有兩間小房，子夫住一間，春月和秋花合住一間。東頭也有兩間小房，李貴住一間，另一間放些雜物。院落裏有水井和鍋灶，李貴到宮監總管那裏領些米、麵、醬、鹽、醋之類，他們便可以生火做飯了。

李貴，三十歲左右年紀，低個子，白面皮，生性憨厚，言語不多。他深信皇帝至高無上，皇帝的一言一行都是對的，皇帝讓他侍候衛貴人，他就忠於職守，至死不渝。春月和秋花是兩個親姐妹，年齡比子夫略小，父母亡故，無依無靠，被一個遠房親戚賣到宮中當了宮女。她倆眼尖手快，口齒伶俐，遇有不平事，常愛發個牢騷，且與其他宮中的宮女你來我往，消息靈通。

子夫與侍候她的三個人在延年殿安下身來。他們沒有什麼事情，李貴負責劈柴、打水、領取物品，春月和秋花負責做飯，侍候子夫的飲食起居。他們稱子夫為貴人，子夫覺得彆扭，說：「什麼貴人不貴人的，我們彼此都一樣，就以兄妹、姐妹相稱吧！」

李貴、春月和秋花說：「那怎麼行？稱你為貴人，是皇帝吩咐下來的。」

子夫給三人約略講了自己的身世，說：「我也是個受苦人，貴在哪裏？」

三人同情地點點頭，說：「那好，在延年殿裏，我們就隨便些。」

從此，春月和秋花多稱子夫為衛姐，子夫、春月和秋花稱李貴為李哥。李貴憨笑，說：「使不得！使不得！」他怎麼也改不過來，依舊稱子夫為貴人。

其實，漢武帝時，后妃制度中是沒有「貴人」這個名號的。皇后以外，妃妾都稱夫人，細分則有美人、良人、八子、七子、長使、少使，後來又加上婕妤、娙娥、傛華、充依等。子夫初進宮，身分尚未確定，武帝在宮監、宮女面前隨口稱她為貴人罷了。子夫頗有自知之明，執意不讓別人稱自己為貴人。

子夫移居延年殿，表面不動聲色，內心充滿期待，期待武帝回來。她記著他「朕去去即回」的話，不相信他會丟下她不管。她細細回憶他熱烈的狂吻和緊緊的擁抱，回憶他趴在她身上的那股瘋狂勁兒，斷定她對他是有吸引力的。雖說皇帝有很多很多的妃嬪姬妾，但她們能像自己這樣年輕美貌嗎？能像自己這樣多情多意嗎？她沒見過皇后陳阿嬌，在鴛鸞殿只聽過她的聲音，可聽說她是左眼大右眼小的，還是蹋蹋鼻子，長相一點兒也不好看，聽她說話的聲音，沙啞古板像鴨子叫，皇帝能喜歡她嗎？

子夫在期待中回憶，在回憶中期待著。可是一天兩天，一月兩月，始終沒見武帝的影子。她漸漸顯得不安和煩躁了。尤其是在夜間，一盞孤燈，一張大床，獨自臥著，寂寞冷清。大凡女人家，沒有破身以前，沒嘗過男女情事的滋味，獨自睡覺，倒是安穩。一旦破了身，懂得男女赤裸著身子你擁我抱的那種快樂，再讓她獨自睡覺，是很難熬的。破了身的女人，渴望男人的撫摸，渴望得到愛，常常急得面頰緋紅，芳心亂跳。子夫現在就處於這種情況，她已不再是處女，面對孤燈大床，胡思亂想，根本睡不著覺。

春月和秋花從其他宮中的小姐妹那裏探聽到了消息，說是皇帝挨了太皇太后和館陶長公主的訓斥，子夫移居延年殿實際上是錮置冷宮，不許皇帝跟她私見一面的。春月和秋花一下子明白了：原來是這樣！她倆急忙跑回延年殿，想把探聽到的消息告訴衛姐，可是話到嘴邊又嚥進肚裏。她倆擔心，如花似玉的衛姐聽了這消息，是會肝膽俱裂支撐不住的。

春月和秋花生火做飯，悄聲低語。春月氣憤地說：「這肯定是陳阿嬌爭風吃醋告的黑狀。」

秋花恨恨地說：「陳阿嬌，哼！我看她是陳阿攪，光會胡攪和！」

「我說呢！皇帝自那天離開以後，就再沒回來過。」

「皇帝也是個膽小鬼，貓叫老鼠嚇著了。」

「皇帝興許也有難處。」

「什麼難處？還不是無情無義！」

春月和秋花光顧說話，忽聽得背後「哎呀」一聲。她倆回頭一瞧，只見子夫扶著院落的小門，臉色煞白，身子搖晃，快要跌倒。春花急步跑過去扶住，說：「衛姐！你怎麼啦？怎麼啦！」

秋花也跑過來幫忙，扶著子夫進殿，躺到床上。

子夫喘口氣，慢悠悠地說：「不礙事！你們說的話，我都聽見了！」春月望秋花，秋花望春月，一時無語。

春月端來一杯茶水，讓子夫喝下。秋花說：「衛姐！你聽見了也好！皇帝他是不會來了，你得早作打算！」

春月也說：「太皇太后、長公主和皇后三人一條心，難為皇帝，皇帝恐怕也沒有辦法。」

子夫點點頭，說：「我早想到了，只是沒說出口罷了。」停了一會兒，又說：「皇宮裏容不得我，放我走不就得了，幹嘛將我打入冷宮，死不死活不活的？」

春月說：「你已是皇帝的人了，由不得你啊！」

秋花說：「皇宮是個火坑，你進得來出不去的。」

子夫聽了她倆的話，那俏眼裏早已是熱淚盈眶了。

子夫這時方才明白，自己是被打進冷宮裏的女人。難怪那天宮監總管叮囑自己：非經允許，不得擅離延年殿！她從小就聽母親衛媼講過，歷朝歷代，凡失寵的皇后、妃嬪都要被打入冷宮的；打入冷宮，意味著失去一切人身自由，任人宰割，直至老死，死後用蘆席一捲了事。可那是皇后、妃嬪呀！我衛子夫又算是什麼呢？既不是皇后，又不是妃嬪，只是被皇帝睡了一回而已，何至於此？早知如此，那天何必跟隨那個皇帝進入皇宮這個火坑啊！

從春天到夏天，從夏天到秋天，子夫的期待一掃而光，取而代之的是怨恨，是揪心斷腸的怨恨。她怨恨自己進了曹府的那個歌舞班，怨恨那天遇見了皇帝，怨恨他占了她的便宜，怨恨太皇太后和陳阿嬌母女殘酷無情。此時此刻，她想起了她的童年生活，那是一種多麼美好、多麼開心的生活啊！

子夫記得，她七八歲的時候，常和大姐君孺、二姐少兒，以及村裏的其他小姐妹們，手拉著手兒，蹦蹦跳跳，打打鬧鬧，盡情地玩耍。她們在一起玩丟手帕的遊戲，眾人拉開距離，圍個圓圈，蹲在地上，假裝閉上眼睛。一個人手持手帕，走在眾人的背後，選中對象暗暗丟下手帕，然後，若無其事似地繞著圓圈小跑。選中的對象發覺身後有手帕，撿起來追趕丟手帕者，一圈內追上了算贏，追不上算輸。如果選中的對象根本沒發現身後有手帕，丟手帕者小跑一圈後將她捉住，她也算輸。輸了的當然要受處罰，或唱一支歌，或學幾聲狗叫貓叫，或模仿鴨子走路。這時，眾姐妹們大呼小叫，樂樂呵呵，快活死啦！

子夫記得，她十一二歲的時候，常和姐妹們到野外去挑野菜。野外，碧草如茵，紅花似火，暖風裊裊，蜂蝶飛舞。她們揮動小鏟，一邊挑著野菜，一邊唱著民歌：

風兒吹，
花兒香，
春天裏走來春姑娘。
姐妹們相約挑野菜，
挑呀挑到小河旁。
小河水，
嘩嘩響，
水上一對花鴛鴦。

鴛鴦鴛鴦莫笑我，

我呀——

想著盼著當新娘！

春光明媚，歌聲甜美，子夫唱得特別響亮。唱完，她說你想著盼著當新娘，你說她想著盼著當新娘，手指劃著鼻子，互相嘲笑：「羞死！羞死！」純真爛漫的歡笑聲響徹野外的上空。那是一種無拘無束，不知道愁苦和煩惱的甜蜜生活。人是自由的，心是自由的，土壕裏捉迷藏，城河邊採野果，長安大街上吃著冰糖葫蘆，看著賣藝人唱歌跳舞，耍雜技盪秋千，消遙自在，任來任往。

誰知如今卻落到了這種地步！一座延年殿，一個小院落，人們都說它是冷宮。冷宮確實冷啊！子夫被禁錮在這裏，沒有自由，沒有歡樂，更沒有愛情，因此能不怨恨嗎？皇宮裏的人爭風吃醋，災難卻落在一個無辜的平民女子身上，這世道是何等不公平！子夫想吶喊，想控訴，想衝出牢寵，可是在那樣的環境裏，呼天不應，叫地不靈，又有什麼用呢？

**皇宮裏是是非非，爭爭鬥鬥，到處陷阱，充滿血腥。衛子夫由期待而怨恨，由怨恨而絕望，在一個清冷漆黑的風雨之夜，投繯自盡，了卻一生。**

關中的秋天特別短促，匆匆一閃就過去了，接著而來的是北風凜冽，大雪紛飛的冬天。那年的冬天很冷很冷，子夫的心裏比寒冷的冬天還要冷。她曾指望武帝會突然地出現在她的面前，看她一眼，招呼一聲，可是日復一日，月復一月，根本不見武帝的蹤影。聽李貴說，他平時很少回宮，帶著一幫侍從在上林苑遊獵，忽兒在藍田的宜春苑，忽兒在南山的御宿川，忽兒在周至的長楊宮，行蹤莫定。子夫滿腔怨恨，傷心透頂，入冬不久就病倒了。

子夫病臥在床，幸虧李貴、春月和秋花精心照料，使她感到生活中尚有些許溫情。為了打發那百無聊賴的時光，春月和秋花常坐在她的身邊，給她講述歷史上皇宮裏發生的一些稀奇古怪的故事。這些故事是她倆從其他宮中的宮女那兒聽來的。

春月講道——

戰國時候江南有個楚國，國王叫懷王，王后叫鄭袖。鄭袖美貌而有心機，深受懷王寵愛。後來，魏國給懷王送來一個美女，姿色出眾，貌若天仙。懷王好色，移寵於魏美人，漸漸將鄭袖疏遠了。

鄭袖見懷王喜新厭舊，心裏很生氣，臉上卻裝出若無其事的樣子。對待魏美人像自家妹妹，要什麼給什麼，還派人送上門去。懷王見鄭袖寬宏大度，非常高興，對人誇獎說：「女人侍奉丈夫，全憑一個『色』字，女人之間互相嫉妒，爭風吃醋，這是常情。可我的王后不一樣，她知道寡人喜歡魏美人，不僅不嫉妒，反而跟她處得極好。可以說，王后喜愛魏美人簡直勝寡人幾分。」

其實，鄭袖所做的一切全是假象，她先給自己樹立一個「不妒」的形象，然後設計陷害魏美人。

一天，鄭袖對魏美人說：「大王非常愛慕你的美貌，但有一點不滿意。」

魏美人說：「哪一點呢？」

鄭袖說：「你的鼻子。」

魏美人不解地問：「我的鼻子怎麼啦？」

鄭袖說：「我也說不清楚，反正大王不喜歡你的鼻子。」

魏美人手摸鼻子，莫名其妙。鄭袖裝出很熱心的樣子，湊上去悄聲說：「傻妹妹，這好辦！大王不喜歡你的鼻子，你以後見他，拿一朵鮮花將鼻子遮蓋起來，不就得了！」

魏美人感激鄭袖，以為她很關心自己。此後，她每次見懷王，都用鮮花遮住鼻子，聞那鮮花的香味。

懷王大惑不解，就去問鄭袖說：「魏美人見我，老用鮮花遮鼻，這是什麼意思？」

鄭袖說：「我知道。」卻又裝出難於啟口的樣子。懷王再三追問，鄭袖才說：「魏美人是討厭你身上有狐臭味呢！」

懷王一聽，肺都要氣炸了，大聲罵道：「這個悍婦！」當即下令：割掉魏美人的鼻子！

魏美人被割了鼻子，方知上了鄭袖的大當。鄭袖爭寵奪愛，使出了卑劣無恥的狡詐手段。

秋月講道——

戰國時候的事情太遠，我就說個本朝的事情。本朝開國皇帝高祖劉邦，皇后叫呂雉，兇狠得很呢！她原先是個農婦，嫁給劉邦，後來劉邦當了皇帝，她就成了皇后。她長得粗手笨腳，土裏土氣，是個鄉巴佬，劉邦壓根兒不喜歡她。劉邦另有許多寵妃，其中最寵愛戚姬，洗腳時也要將她抱坐在膝蓋上。戚姬生了個兒子叫如意，劉邦喜歡如意，曾想立他為皇太子，呂雉極力反對，沒有立成。

多少年以後，劉邦死了，皇太子劉盈繼位，呂雉成了皇太后，大權在握。這個皇太后把劉邦寵愛的妃嬪都當作情敵，長期壓抑著的妒火熊熊燃燒，一個一個地加以收拾。她最痛恨戚姬，劉邦葬事剛了，她就將戚姬囚禁起來，剝去羅衣，剃光頭髮，強迫其穿上囚服，套上鐵索，到作坊舂米。

戚姬過慣了衣來伸手、飯來張口的生活，如今受到這般待遇，又羞又恨。她的兒子如意封作趙王，不在京城。她一邊舂米，一邊想著遠方的兒子，如泣如訴地唱道：「子為王，母為虜，終日舂薄暮，常與死為伍！相隔三千里，當誰使告汝？」

呂雉派有專人監視著戚姬的一舉一動。她聽說戚姬舂米唱歌，思念兒子，不由大怒，狠狠地說：「哼！指望你的兒子，妄想！」她立即下令召回趙王劉如意，神不知鬼不覺地將他毒死了。

戚姬得知兒子被呂雉毒死，悲痛欲絕。呂雉覺得猶不解恨，又傳令砍去戚姬的手和腳，挖去眼睛，用藥熏耳，以毒灌喉，然後扔進茅廁，掛個牌子，號曰「人彘」。一天，她還拉著皇帝劉盈去參觀「人彘」，猙獰地大笑不止……

春月和秋花講述這些故事，是因為閒著無聊，權當消遣。當時實行的是舊曆，以十月為歲首，新年後的前幾個月都是冬天，晝短夜長，煩人哪！

子夫聽春月和秋花講述故事，心態很是平靜。她幾乎不表現任何喜怒哀樂，只是靜靜地聽著而已。可是當她一個人時，尤其在風雪呼號的漫長黑夜間，她會回味那些故事，並因故事中的人物而氣憤而悲哀。她常作惡夢，有時夢見陳阿嬌，一個妖裏妖氣的女人，手持一把鋒銳的刀子，刀子上晃蕩著一朵鮮花，三晃蕩兩晃蕩，突然自己的鼻子不見了，鮮血淋漓。她感到窒息，想喊叫，可是喊叫不出來，嚇出一身冷汗，醒了方知是在作夢。有時夢見呂雉，頭戴斗笠，身披蓑衣，不知怎麼一閃，斗笠、蓑衣不見了，變成一個珠光寶氣的老太婆。老太婆凶神惡煞，一手拿棍子，一手拿刀子，見女人就打就砍，片時地上躺倒上百個女人，有的沒有頭髮，有的沒有手腳，有的沒有眼睛和耳朵，陰森可怕極了。猛然間，那根棍子擊向自己的頭頂，刀子戳進自己的心窩，她倒在地上，一會兒頭不見了，四肢不見了，只剩一個血肉模糊的身子。又一會兒，這個身子被扔進茅廁裏，蛆蟲亂拱，臭氣熏天。老太婆哈哈大笑，眨了眨眼，搖了搖頭，頓時變成陳阿嬌，陰陽怪氣地大喊：「看哪！人彘！人彘！」這時，衛子夫醒了，心跳氣喘，汗濕襦衣。

子夫病臥在床，整整一個冬天，既不見好，也不見壞。她想了很多很多，想得最多的是皇宮等於監獄等於火坑，在這裏，多少美貌女子斷送了青春，斷送了性命！聽說未央宮裏有好幾處冷宮，囚禁著文帝朝和景帝朝的「罪女」，她們都五六十歲了，紅顏逝盡，滿頭白髮，生老病死，無人過問。她們唯一的「罪過」就在於她們被皇帝寵幸過，成了皇帝的人，後來失寵，進了冷宮。子夫料想自己的命運必然和那些「罪女」一樣，真是可悲可嘆呀！

轉眼又是上巳節，衛子夫就是一年前的這天晚上被武帝帶進未央宮的，至今已整整一年了。這天早飯過後，皇后陳阿嬌突然在一群宮女的簇擁下，來到延年殿。李貴、春月和秋花感到突然，勉強跪地迎接。陳阿嬌沙著嗓子說：「起來吧！我來瞧瞧皇帝的心上人，一年了，我還沒見過這野女人的模樣呢！」

陳阿嬌一步三搖，逕直走進子夫的房間。春月緊跟在後面，向子夫說：「這是皇后娘娘！」並對陳阿嬌說：「衛貴人一個冬天都病著。」

陳阿嬌尖聲尖氣地說：「喲——！還是貴人哪！沒聽說過。癩蝦蟆也想吃天鵝肉，我看貴個屁！」

子夫正在床上躺著，本想起身給陳阿嬌施禮的，聽陳阿嬌這樣說話，知她此來不懷好意，所以索性躺著沒動彈，只拿眼睛瞅著她。瞅著瞅著不禁想笑，原來陳阿嬌一隻眼大一隻眼小，蹋蹋鼻子，還是個腫眼泡，鼓鼓的，活像池塘裏的青蛙，又像是金魚。陳阿嬌也看清了子夫，但見她青絲黑亮，秀目生輝，唇紅齒白，淺淺的酒窩裏蘊含著無限風情。雖說久病沒有化妝，但那雪膚花顏顯然具有魅力，足以征服任何一個男人。她不由吸了一口涼氣，心想這個野女人的姿色勝過自己百倍千倍，難怪皇帝一見傾心呢！

陳阿嬌故意一笑，說：「喲——！果真是個美人胚兒！只可惜忘了自己的斤兩，一個歌伎也配做皇帝的妃嬪？你就給我在這冷宮裏待著吧，死後我命人用一張蘆席捲了你，抬出城去餵狗！」說畢，一轉身一揚手，揚長而去。

子夫自始至終沒說一句話。她明白，陳阿嬌專門在上巳節這一天到延年殿來，是為了奚落她羞辱她，在她心靈的瘡口上再撒一把鹽。人家的話固然尖刻，然而倒是實話。自己出身微賤，怎能高攀皇家？武帝之所以寵幸自己，不過是一時心血來潮，圖個快活。這不？他快活之後，不就將自己忘得一乾二淨了？陳阿嬌的話是對的，自己只能在這冷宮裏待一輩子，最後無聲無息地死去。

春月和秋花老大不平。春月說：「瞧陳阿嬌那德性，真叫人噁心！」

秋花說：「假若她不是皇后，我真想抽她兩個耳光！」

素來老實的李貴也憤憤地說：「跑上門來欺侮人，不像話！不像話！」

這天晚上，春月和秋花特意做了幾樣小菜，子夫也破例起身下床，與他們一起圍坐在一張小桌旁吃飯。她的興致顯得特別好，笑著給這個夾菜，給那個夾菜。

春月說：「衛姐！你笑起來真好看！」

秋花說：「讓陳阿攬看到衛姐的笑，會嫉妒得跳河！」

子夫沒理會她們，說：「春月、秋花年齡不小了，有機會得跳出皇宮這個火坑，找個好婆家，安安生生過日子。」

春月、秋花說：「只怕難跳出這個火坑呢！」

子夫轉臉對李貴說：「李哥也是，能離開皇宮就離開皇宮，成個家，做個小買賣什麼的，省得侍候人。」

春月、秋花聽了這話，吃吃地偷笑。

子夫說：「鬼丫頭，這有什麼可笑的？」

秋花湊近子夫耳邊說：「李哥是宮監，成不了家的。」

子夫也笑了，說：「這倒是我的疏忽了。」

晚飯過後，子夫靜靜地坐著，神情黯然。她打量了一下李貴，又深情地注視著春月、秋花，眼角似乎有淚滴在閃亮。許久，她站起來，說：「歇息吧！」隨後，漫不經心地進了自己的房間，關上了房門。

春月悄聲說：「我看衛姐今天有點異樣。」

秋花點頭，說：「就是。」

李貴嘆口氣，說：「她心裏苦啊！」

這是一個清冷、漆黑的夜晚。起風了，下雨了，風吹雨點打在窗戶上，劈哩啪啦地響。春月、秋花收拾完碗筷，輕手輕腳地進房，和衣躺在床上。她倆牽掛著子夫，側耳傾聽隔壁房裏的動靜。約莫二更時分，春月聽見子夫在房裏打開首飾盒，好像在化妝，一會兒又聽見她在低聲啜泣，好像傾訴著什麼心事。春月輕輕拉了拉秋花，秋花也聽見了。接下來是挪動杌子的聲音，好像……

春月和秋花只覺得毛髮一豎，說：「不好！衛姐有事兒！」二人一骨碌起身，奪門而出，撲向子夫的房門。房門關著，她倆拍門大叫：「衛姐！衛姐！」裏邊沒有答應，二人退後幾步，憋氣鼓勁，猛地向前一撞，算是把門撞開了。抬眼一看，不由大驚失色，但見子夫濃妝盛飾，站在杌子上，兩手抓著白綢做成的繩環，正套向脖子……

「禍兮福所倚，福兮禍所伏」

## 衛子夫想死沒有死，復原了平常人的平常心。她想家想娘，平陽公主神通廣大，巧妙地將衛媼帶進了皇宮。

春月和秋花撞開房門，見衛子夫正欲投繯自盡，大喊一聲「衛姐」，一個箭步衝上前去，將子夫緊緊抱住。

秋花不知所措，只是喊道：「衛姐！衛姐！」

春月說：「快叫李哥來！」

秋花去叫李貴。李貴進房，看著子夫，鼻子一酸，說：「唉！你這是何苦哩！」

子夫被扶坐到床上，秋花倒了一杯水遞給她。她推開不喝，那眼淚就像浩浩流水，簌簌地滾落下來，嗚咽著說：「求求你們，就讓我死吧！」

春月、秋花，李貴都理解子夫內心的痛楚，知道她聰明美貌，跟隨武帝進宮，實指望出人頭地，榮華富貴，豈料太皇太后和陳阿嬌母女從中作梗，將她打入冷宮。她只有十七歲，正處於含苞待放的年齡，豈願在冷宮中度過一生？皇家權威和傳統勢力像一塊巨大的石頭，而她只不過是一粒微小的塵土，微塵與巨石相比，未免蒼白無力。因此她要自殺，自殺是對苟活的反叛，自殺是向命運的抗爭。

他們不知道該怎樣安慰和開導子夫，在陪她默默流淚以後，便把所有憤恨都發洩到了陳阿嬌身上。他們大罵陳阿嬌是妖精，是豬婆，是母夜叉，是臭狗屎。這三個好心腸的宮監宮女，除此以外還能有什麼表示呢？

子夫漸漸恢復了平靜，說：「難為李哥和春月、秋花妹妹了。我也是不想死啊！只是這冷宮何時能熬出頭？我熬不出頭，也牽累了你們哪？」

春月和秋花說：「嘿！什麼牽累不牽累的，我們天生的這個命！」

李貴也說：「讓我侍候其他什麼人，還不知是受罪是享福呢！我啊，只願侍候貴人！」

子夫深深被他們的真誠和坦率所打動，情不自禁地又流下淚來。半晌，她苦笑著說：「不知怎的，這幾天我只是想家，想娘，恐怕這輩子也見不上她老人家了。」

李貴和春月、秋花都是沒家沒娘的，聽了子夫的話，你看我，我看你，不知說什麼好。許久，李貴撓著頭說：「貴人想家想娘，這得從長計議，相信會有機會的。」

子夫自殺未遂的事就這樣過去了。此後，李貴、春月和秋花格外留心，生怕她再生傻念。那些日子，他們常在一起商量子夫想家想娘的難題，感到很是棘手。子夫出宮或者衛母進宮，幾乎都是癡心妄想。這邊出不去，那邊進不來，母女怎能見面？他們苦思冥想了好幾天，春月突然拍著手說：「我看，這事只有去求平陽公主，興許她有辦法。」

秋花說：「恐怕只能如此了。」

春月和秋花是宮女，不經允許是不能出宮的。李貴相對比較自由，藉口購物到大街上逛一逛，還是可以的。他們周周密密地商量一番，決定瞞著子夫，由李貴出宮作一次試探，去求平陽公主，成了最好，不成也沒有關係。

這一年多來，覆盎門內的曹府一切正常。平陽公主自將子夫當作「奇貨」進獻給武帝後，原以為子夫會得寵，自己也會因此沾光。她已經得到好處了，那就是武帝賞賜的千斤黃金。不料，宮中傳出消息，說太皇太后、館陶長公主和陳阿嬌要挾武帝，子夫竟被打入冷宮了。她還聽說，太皇太后、館陶長公主和陳阿嬌對武帝前往咸陽接回金俗大姐很是不滿，並且還埋怨起父皇景帝和母親太后來，意思是說：王太后狡猾地隱瞞了入宮前的隱私，景帝當初如果知道她已婚並生有女兒，那麼就不可能寵她，若此，她也就不可能成為皇后和皇太后了。

平陽公主非常氣憤，心想這幫人真是吃飽了撐的，聯手處置了衛子夫不說，竟然還把自己的母后也扯進去，實在可恨！她想找武帝問個究竟，討個辦法，可是武帝很少回宮，她根本見不到他。

衛媼得知子夫的境況，暗暗流淚。子夫入宮的那一天，她和君孺、少兒都很高興，以為子夫有了一個好的歸宿，可喜可慶；不想幾天後卻傳來凶訊，說子夫被打入冷宮了。這凶訊猶如晴天霹靂，嚇得她險些昏厥。從那以後，她一下子變得蒼老了許多，即使鄭季百般安慰溫存，也難改變她的心境。一年多了，她多想見女兒一面啊！可是，皇宮的高牆深院，豈是一個農婦、女傭進得的？看來，她臨死以前恐怕再也見不到她的三妞了。啊！窮人的命怎麼這樣苦？

突然有一天，曹府來了一位不速之客，他就是李貴。他先找到衛媼，講明身分和子夫的簡單情況。當衛媼聽說子夫企圖自殺時，心如刀絞，哭成了淚人。李貴要見平陽公主，請公主設法，讓她們母女見上一面。衛媼急忙帶李貴去見公主。公主明白了事情的原委，沉吟未語。衛媼「撲通」一聲跪在地上，流著淚說：「公主！請看在主僕多年的份上，求你幫這個忙。我只要看子夫一眼，死也安心了！」

公主將衛媼扶起，說：「衛嫂起來，這事關係重大，得容我想出個萬全的辦法來！」她讓李貴先回宮去，等事情有了眉目再說。

平陽公主是樂於成全衛媼和子夫見面的。一來衛媼在曹府為僕多年，主僕之間確實有著深厚的感情；二來，子夫是她送進宮的，萬一有個三長兩短，那簡直是自己的罪過。子夫身在冷宮，肯定是出不來的，要讓她們母女見面，只有帶衛媼進宮。可是皇宮戒備森嚴，怎樣才能帶她進宮呢？

恰好再過幾天就是五月初五端午節。這一天，宮廷、民間都有吃粽子、賽龍舟、插艾草、懸菖蒲、飲雄黃酒、戴香包等習俗。尤其是吃粽子，那是為紀念戰國時楚國詩人屈原五月初五投汨羅江而死流傳下來的習俗，經久不衰。平陽公主眉頭一皺，突然眼睛一亮，笑道：「辦法有了！」

原來，未央宮坐北朝南，南、北二門分別稱南闕和北闕，群臣奏事多從北闕進出，所以北闕成了宮城事實上的正門。從北闕進宮，迎面是北司馬門，進了北司馬門，便是「後宮八區」。正中是椒房殿，兩側是昭陽殿、飛翔殿等八殿。皇后陳阿嬌住在「後宮八區」第一殿昭陽殿，偏南；衛子夫被禁錮在延年殿，偏東北。皇家公主坐車進宮，車子停在延年殿西側，下車，徒步前往昭陽殿，這期間，車上藏個人是盡可以進入延年殿去做自己的事的。雖然宮中戒備森嚴，但侍衛們對堂堂公主又敢怎麼樣？

平陽公主想了這個妙著，非常興奮，跟衛媼一說，讓她扮作乳娘，以給皇后送粽子為名，隨自己進宮去見子夫。衛媼千恩萬謝，滿心歡喜。公主又命姜嫂選上等糯米和紅棗、豆沙，包了一竹籃粽子，初四晚上煮熟，以備初五送禮。公主是討厭和憎恨陳阿嬌的，可是為使衛媼和子夫母女見面，不得不假裝跟陳阿嬌套熱呼。

初五早飯過後，平陽公主和穿戴齊整的衛媼乘坐馬車進宮，隨行的還有一個侍女。趕車人自然是鄭季了。車至未央宮北闕，戎裝佩劍的守門侍衛向前檢查。侍衛見車上坐著平陽公主，不敢擋駕。但公主身邊坐著兩個人，則是要盤問的。公主說：「她二人，一是我的乳娘，一是我的侍女，跟我一起給皇后送粽子來了，信不過？」

侍衛點頭哈腰，說：「不敢！不敢！」接著將手一揚，說：「放行！」

鄭季搖動馬鞭，車子緩緩進了宮城。

車進北闕，再進北司馬門，折向東行，很快到了延年殿的西側。車子停下，平陽公主向衛媼交代：「至多半個時辰，不可耽擱！另外，你給子夫捎句話，就說我叫她萬事要忍，忍！」說罷與侍女下車，讓侍女提著竹籃，向南，從容地走向昭陽殿。

二人到了昭陽殿門前，侍女通報：「平陽公主來看望皇后！」

陳阿嬌正在殿內閉目養神，聽到通報覺得意外，心想她來幹什麼？趕緊起身，說：「快請！快請！」

公主進門，陳阿嬌早迎了上來，滿臉堆笑，說：「喲——！什麼風把公主吹來了？」

公主也笑著說：「昭陽殿門樓太高，平時不敢來打攪，今日是端午節，特地給皇后送粽子來了。」

陳阿嬌又驚又喜地說：「喲——！難為公主惦記著我。」

公主說：「自家姐妹，我這個姐姐不惦記兄弟媳婦還惦記誰呀？」

這幾句恭維話，陳阿嬌聽來，要多舒服有多舒服。在她的印象中，平陽公主與自己不大合卯，彼此基本上沒有什麼交往，自己雖說是皇后，但容貌、氣質皆不如公主，自己往公主跟前一站，自覺矮了一截。她沒有想到公主會親自給自己送粽子，而且把自己視為「自家姐妹」。因此，她頗有一種飄飄然的感覺，心想皇后這頂桂冠還是有威懾力的，就連高傲的平陽公主也上門來巴結了。

陳阿嬌拉著平陽公主，走到桌旁坐下，宮女上茶。公主讓侍女遞上竹籃，說：「這些粽子是我親自包的，上等的糯米和紅棗、豆沙，蘸上蜂蜜和砂糖，好吃極了。阿嬌，你快嘗嘗！」

陳阿嬌聽公主叫自己的小名，越見親切，再看那粽子，大小、形狀像一個模子裏倒出來的，整齊劃一，有稜有角。她即命宮女剝了一個，放在碟裏，米白棗紅豆沙紫，透出淡淡的蘆葉清香，令人垂涎。她用筷子夾了一角，蘸上些許蜂蜜和砂糖，送進嘴裏。呀！涼涼的，軟軟的，甜甜的，香香的，真好吃！她朝公主一笑，說：「好吃！好吃！我長這麼大，還沒吃過這麼好吃的粽子呢！」

公主笑著說：「好吃，那就多吃點！」

平陽公主一邊看著陳阿嬌吃粽子，一邊海闊天空，漫無邊際地跟她閒聊起來。說新近長安街市上賣的一種香水，五兩黃金一小瓶，房裏灑上兩三滴，香味兒數日不息；說南山裏有個山民，養了一隻烏龜，那是一隻千年老龜，一天突然開口說話，說某地某處藏著一罐金子，山民前往挖掘，果然挖出了金子，發了大財……

其實，長安街市上根本沒有賣過這種香水，南山裏也根本沒有什麼養烏龜的山民。平陽公主是在即興胡編，故意拖延時間，好讓衛媼和子夫母女見面多說一會兒話。陳阿嬌吃得津津有味，聽得孜孜入神，哪會想到延年殿裏出現的那摧肝裂膽的感人一幕呢？

## 延年殿裏摧肝裂膽的感人一幕，衛子夫抱住母親，哭訴痛苦和屈辱。衛媼敘說家事，並轉達平陽公主的話：「萬事要忍！」

平陽公主和侍女前腳下車，沒走多遠，衛媼也急不可待地跟著下車，身子一閃，便進了延年殿。李貴已從曹府處得知平陽公主和衛媼當日進宮的安排，正在殿門口等著，見衛媼準時到來，微微一笑算是打了招呼，隨即引她見春月和秋花。而後他回到殿門口，蹲著裝出悠閒的樣子，實際上起著瞭望放哨的作用。

春月和秋花引衛媼突然出現在衛子夫的面前，子夫疑是作夢，簡直不敢相信自己的眼睛。她是不知道李貴他們的策劃和安排的，因為他們要給她一個驚喜，從中感受到生活的樂趣。春月和秋花看得出衛姐確實驚喜，相視一笑，說：「抓緊時間，快說說貼心話！」她倆退出，隨手關了房門。

子夫掙扎著起身，大喊一聲：「娘——！」兩腿一彎，跪到地上，抱著母親的雙腿，渾身抽搐著哭泣起來。

衛媼也是熱淚縱橫，撫摸著子夫的頭髮，顫抖著說：「妞兒，你受苦了！」

衛媼扶起子夫，讓她坐到床沿上，自己緊挨著她坐下，雙手捧起她的臉，仔細端詳，發現她俏模樣依舊，只是瘦了些，眼光也不像先前的明亮。子夫凝視母親，見她頭上生出不少白髮，臉上添了幾道皺紋，柔和的目光裏充滿慈愛。子夫情不自禁，將自己的臉貼著母親的臉，深情地又叫一聲：「娘！」

衛媼抓住子夫的雙手，說：「妞兒，我們的時間不多，趕緊揀要緊的話說。」

子夫說：「女兒見娘一面，死了也甘心了。」

衛媼說：「別說傻話。平陽公主特地叫我捎話，讓你萬事要忍，要忍！」

子夫說：「那要忍到何年何月呀？」

衛媼說：「留得青山在，不怕沒柴燒。時間、年齡就是本錢，只要忍，老天爺總會開眼的。」

子夫似懂非懂，只是咬著牙，點了點頭，說：「娘！女兒再不會做自殺那樣的蠢事了。」

衛媼拍拍子夫的手，說：「這就對了！不明不白地死，不值得！」

子夫激情過去，擦了擦眼睛，問道：「兄弟姐姐，他們可好？」

衛媼點頭，說：「好！好！」接著，她簡略地告訴子夫這一年多來家中的情況。

自子夫上年進宮以後，曹府的歌舞班就解散了，大妞君孺、二妞少兒回到了凹凹莊的家中。不想少兒的肚子一天天大了起來，衛媼未免驚慌。三問兩問，少兒說肚裡的孩子是曹府的管家霍仲孺的。這個霍仲孺利用管家之便，給了她一點好處，並用甜言蜜語，引她上勾。少兒生性輕佻，經不住誘惑，糊裏糊塗地跟霍仲孺睡到了一塊，於是肚子便大起來了。臨盆分娩，生了一個壯實的兒子，隨霍仲孺姓，取名叫去病。霍仲孺在城裏租賃一間房子，常把少兒和去病接過去住幾天。霍仲孺比少兒大十七八歲，又不是合法夫妻，所以兩人經常鬥嘴吵架，少兒一賭氣，就抱著去病回到凹凹莊。霍仲孺光棍一個，一人吃飽，全家不餓，後來就很少到凹凹莊來找少兒了，當然談不上生活方面有什麼接濟。所以，衛媼又當母親又當外婆，得養活少兒和去病母子。

少兒第一次失身，總該吸取點教訓吧？可是她不，又與一個叫陳掌的人鬼混上了，私相往來，打得火熱。這個陳掌，聽說是漢初開國功臣陳平的曾孫，他的哥哥叫陳何，犯了什麼罪被棄市，家道破敗。陳掌在一個衙門裏充當尋常小吏，年齡二十多歲，長得眉清目秀。少兒鬼迷心竅，看了上陳掌的長相，執意要跟他結婚。霍仲孺那邊不答應，吵鬧了幾回，終因無媒無證，眼睜睜地看著少兒改嫁陳掌。這不？他們今年四月才結的婚。少兒嫁給陳掌，總不能將去病帶過去當個「拖油瓶」吧，沒有法子，去病只好留在凹凹莊，由衛媼撫養。去病長得虎頭虎腦的，說不定將來會有出息呢！

還有衛青，十五六歲了，長得膀大腰圓，健壯得像頭牛。他聽那個庠序先生講打仗的故事著了迷，整日夢想著當兵，有朝一日能混上個將軍。別人告訴他說，當將軍要文武雙全，他倒有心，學習認字，很有長進，竟能讀什麼《孫子兵法》一類的兵書了。上年底，衛青跟著村裏人去了一趟甘泉，遇見一個相面的，直怔怔地看著他，驚詫地說：「小兄弟，別看你現在窮困，將來必為貴人！」衛青淡漠地一笑，說：「嘿！但求吃飽肚子就成，還妄想什麼富貴？」相面的說：「我這個人相面，不會錯的。小兄弟，你日後官至封侯哩！」衛青見他說得離譜，轉身自去。不過，他的心裏卻是喜滋滋的，因為人生在世，誰不想顯達封侯啊！衛青回到家裏，將相面人的話跟母親一說，衛媼笑出了眼淚，說：「青兒！但願如此！」

衛青長大了，總不能老在家裏閒著。一天，衛媼去見平陽公主，求她在曹府替衛青安排個雜差，看門、掃地、務花都行。公主召衛青入見，沒料想竟是一個美貌少年，圓臉大眼，眉宇間顯露出一股英氣。公主當下很喜歡衛青，答應用為騎奴。所謂騎奴，就是牧馬的奴隸，平時牧馬，當主人外出時，常常騎馬相隨，充當護衛，兼起儀仗的作用。衛青從此在曹府有吃有穿，衛媼也了卻了一樁心事。

衛長君還是那樣老實厚道。衛媼用當初王太后的賞錢購置了二畝薄地，長君在薄地裏經營，種些蔬菜，挑到城裏去賣，自食其力，與世無爭。君孺平時待在家裏繡花、做飯，偶爾去給長君幫點小忙。少兒改嫁後，照料霍去病的任務主要落在了她的身上。她埋怨二妹少兒，同情三妹子夫，默默地承擔起做姐姐的責任。

衛媼雜七雜八地敘說著家事，子夫聽了，感慨萬千，偎在母親的胸前，說：「娘！女兒不孝，不僅不能替你分憂，還讓你擔驚受怕，女兒對不起你！」說著，眼淚又流了下來。

衛媼輕輕拍著子夫的肩膀，說：「妞兒！娘是受苦人，不妨事的。只是你無論如何要挺住，不敢有其他什麼想法，萬一你有個好歹，娘怎麼活呀？嗯？」

子夫懂得娘的意思，輕輕地點了點頭。

稍停，子夫仰臉說：「娘！你就讓鄭叔叔搬到我們家和你一起住吧！」

衛媼搖頭，說：「不行啊！你想想，娘都這把歲數了，兩兒三女，還有個外孫，那樣做不讓人笑掉大牙呀！」

子夫說：「只是苦了娘了！」

衛媼說：「娘苦些沒關係，只要你們少受些苦就好！」

衛媼和子夫手拉著手，心貼著心，說不完的家常話，道不完的母女情。可惜沒有時間了，衛媼得趕快離開。李貴在殿門口示意春月和秋花，春月和秋花迫不得已，推門進房，說：「大娘！外邊催了。」

衛媼起身，子夫淚水嘩嘩，踉蹌著跪倒在地，伸著雙臂，喊道：「娘——！」

衛媼的心都要碎了，不敢看子夫一眼。

春月和秋花說：「大娘！你放心，我們會照管好衛姐的。」衛媼含淚點頭，算是表示謝意，狠心一邁步，走出房門，聽得身後又是一聲淒厲的呼喊：「娘——！」

昭陽殿裏，平陽公主和陳阿嬌說話，十分投機。約莫過了半個時辰，公主起身告辭，陳阿嬌盛情挽留。公主說：「往日我們姐妹交往不多，以後我是會常來看望妹妹的。」

陳阿嬌說：「喲——！怎敢勞動姐姐大駕？有機會我倒要去拜訪姐姐，聽說姐姐家歌舞班很不錯的，出了衛子夫那樣的標緻人物。」

公主說：「嘿！別提了，自從出了個衛子夫，我將歌舞班解散了。」

陳阿嬌說：「這倒怪可惜的。看來衛子夫是個妖孽，專給你我添麻煩。皇帝將她打入冷宮，真是罪有應得！」

公主說：「可不是嘛！一個普通歌女，竟敢迷惑皇帝！」

陳阿嬌說：「她迷惑不成啦！冷宮的滋味夠她受的！」

她們走到昭陽殿的門口，平陽公主說：「妹妹留步！」

陳阿嬌說：「再送送嘛！」

公主說：「外面風大，姐姐怕妹妹著涼。」

陳阿嬌說：「那好！姐姐慢走！」公主和侍女走了，陳阿嬌折身回宮。

平陽公主和侍女走到延年殿西側，見衛媼已坐在車上，立即上車。鄭季抖動馬鞭，馬車啟動，出了北司馬門，出了宮城。

陳阿嬌回坐到原位，心裏高興，呼喚宮女說：「平陽公主送來的粽子真好吃，再給我剝一個來！」

## 18 皇后陳阿嬌自作聰明，把衛子夫列入遣散宮女的名冊。武帝又見美人，萌發舊情。命運之神再次向衛子夫綻開微笑，她重新得寵了，並且懷孕了。

衛子夫自與母親見面以後，心情漸漸好轉，飲食略有增加，臉上重新出現了笑容。她領悟到，生死由命，富貴在天，沒有必要自尋煩惱。既然命運注定自己這輩子老死在延年殿，那就順其自然好了，憂愁、抗爭又有何用？平陽公主讓自己萬事要忍，看來她是對的。一個「忍」字，概括了世上多少弱女子的種種悲哀和不幸。

五月過後，盛夏來臨。漢武帝從上林苑遊獵回宮，作短暫的休息。宮監總管向他報告，說皇宮裏的宮女太多，有的年齡偏大，有的沒有差事，白花府庫的金錢。武帝命他審視優劣，分別去留，登記一個名冊呈閱。宮監總管答應一聲「遵旨」，然後通知各宮各殿，速速將需要遣散的宮女名單上報，以便審視。

數日後，名冊擬就，共有二百多人。這班悶居深宮的宮女，厭惡皇宮單調而寂寞的生活，巴不得出宮回家，另行擇配，免誤終身，所以被列入名冊的無不歡欣鼓舞。

陳阿嬌身為皇后，乃中宮之主，對於遣散宮女這樣的大事，她是要過問的。她從宮監總管那裏要了名冊，逐一察看，沒有發現什麼不妥之處，點頭讚許。突然，她想起了延年殿，想起了延年殿的衛子夫。按照常規，衛子夫被武帝寵幸過，不當視為一般的宮女，當然不屬這次遣散之列。再說，衛子夫被打入冷宮，按理不會再有出頭之日的。可是，這個女人太年輕太美麗了，說不定皇帝有一天還會想起她，被她狐媚，被她迷惑。那樣可就壞啦！衛子夫一旦重新得寵，自己還會有好日子過嗎？

陳阿嬌想到這裏，不由打了一個冷顫。她繼而又想，這次遣散宮女倒是個好機會，何不將衛子夫也當作宮女遣散出去？這樣，就徹底消除了隱患，絕了皇帝的想頭，豈不很好？於是，她嘴角露出一絲笑意，叫來宮監總管，說：「把延年殿的衛子夫，還有那兩個宮女，叫什麼來著？」

宮監總管答：「春月和秋花。」

陳阿嬌說：「對！春月和秋花，也登記在名冊上，一起遣散出宮。」

宮監總管略顯遲疑，說：「回皇后的話，衛子夫去年移居延年殿，皇上吩咐過奴才，說此事不得有差錯，若有差錯，唯奴才是問的，是不是……」

陳阿嬌警覺地問：「皇上這樣吩咐過？」

宮監總管說：「奴才不敢撒謊！」

這樣一來，陳阿嬌更加堅定了遣散衛子夫出宮的決心。因為衛子夫在宮中遲早是個禍害，皇帝偏袒著這個狐狸精哪！她定定神，說：「你把延年殿的三個人寫上名冊，皇上那邊，我自會跟他說。」

宮監總管沒奈何，只得說：「是！」

延年殿裏，衛子夫、春月和秋花得知名字上了遣散宮女的名冊，很是高興。尤其是子夫，當初入宮，曾充滿嚮往和憧憬，本想陪伴風流天子，風風光光地度過一生，偏偏遭人嫉妒，入宮一夜便被打入冷宮，至今未見天子一面，恰似囚犯一般，諸事不得自由。只說這輩子老死宮中，不料老天爺有眼，給了自己一個出宮的機會，自己回家去，可以和家人團聚，可以繼續當歌伎，自由自在，快快活活。春月和秋花未免有些傷感，她倆既沒有家，又沒有父母，出宮去無依無靠，到何處安身啊？

子夫說：「這，你倆不用擔心，出宮後就住我家，我們三姐妹今生今世不分離！」

春月和秋花說：「你家人多，怕不方便。」

子夫說：「嘿！娘最疼我，她有辦法。」

春月和秋花聽衛姐這樣一說，懸著的心落了地，很是歡喜。

當晚，春月和秋花早早做飯，傾其所有，炒了幾個小菜。李貴不知從什麼地方搞來一壺酒，他要為相處了一年多的衛貴人和春月、秋花妹妹餞行。紅燭點亮，四個人圍桌坐下，李貴斟酒，先敬子夫，次敬春月和秋花，祝賀她們即將開始新的生活。李貴心腸較軟，眼睛一酸，竟然流下淚來，說：「你們都是好人，好人應該有好報。明天你們都出宮了，我還得留下，怪冷清的。」

子夫熱酒下肚，面泛桃花，眼灼星輝，斟杯酒回敬李貴，說：「李哥待我兄妹情深，我這輩子永遠記著你。」

春月和秋花也各敬李貴一杯酒，說：「我們也是一樣，永遠記著李哥。」

他們喝酒、吃菜、說話，夜闌更深方散。

翌日上午，武帝親御龍興殿，觀看遣散宮女。龍興殿是未央宮的一座便殿，宮中的瑣雜事務多在此殿處理。

殿外，宮女聚集，花花綠綠一片。她們當中，多數人按捺不住內心的激動，急切地渴望從此脫離苦海，走向宮外，另謀生路。少數人宮外無親無故，一旦被遣散，飯碗沒有著落，前景茫然，因此心情矛盾，既嚮往出宮又留戀宮中。

宮女們排成長隊，依次進入龍興殿。宮監總管手捧名冊，每念一個宮女的名字，那宮女便走過武帝的面前，斂手施禮，說一聲「謝萬歲恩典」。武帝若沒有什麼表示，即意味著這個宮女獲准遣散了。

宮監總管逐一念著宮女們名字，宮女們逐一從武帝面前走過。兩百多人快發落完了，武帝靜靜地坐著，雙目凝視，沒說一句話，表明他默許這些宮女遣散，不必囉嗦。

「衛子夫——！」宮監總管又念了一個名字。

武帝聽到這個名字，像是遭了電擊一般，渾身一震。衛子夫？怎麼她也在遣散的宮女之列？

這一年多來，武帝是時時惦記著和想念著衛子夫的。他記得，上年上巳節，在平陽公主家，第一次見到子夫，便迷上了她的絕代姿色和優美歌舞。他和她做愛，那是一種最甜美最銷魂的享受。他將她帶進皇宮，有心納為妃嬪，不想皇后陳阿嬌醋勁大發，拉著館陶長公主跑到太皇太后那裏告黑狀，太皇太后板著面孔下令，把子夫錮置冷宮。自己當時出於江山重於美人的考慮，違心地冷落了子夫，甚至違背諾言，沒有回去見她一面，實在辜負她了，委屈她了。他記得，他吩咐宮監總管將子夫安置在延年殿，不許有半點歧視。怎麼？今日遣散宮女，其中竟有子夫？

這時，子夫款款進殿，冉冉而至。武帝傾身，睜大眼睛，但見子夫穿一身淺綠色長裙，簡約梳妝，不施脂粉，眉黛唇朱，膚白如雪，鴉鬢蟬鬢，漆黑閃亮，亭亭玉立，猶如芙蓉出水，光彩照人。她還像從前那樣嫵媚，只是清瘦了好幾分。

子夫走至武帝座前施禮，逼住嬌喉，嗚嗚咽咽地說：「奴婢情願遣散出宮。」那聲音仍然似鶯啼燕喃，撩人心扉。

武帝看著子夫，觸起前情，又驚又愧，又憐又愛，當下起身，拉住子夫的雙手，囁嚅著說：「朕……朕有負於卿。」

子夫聽了這話，淚如雨下，一滴一滴，直滴到武帝的手背上。武帝越發憐惜，撫慰著說：「卿的苦楚，朕能想像，只是往日之事，朕也是迫不得已，願卿諒解。好在今非昔比，還望卿留在宮中，留在朕的身邊。」

子夫仍在流淚，欲語未語。武帝轉身命宮監總管說：「你立即將衛貴人安頓到合歡殿，遣散其餘宮女的事以後再說。」

宮監總管答應：「遵旨。」

春月和秋花是緊跟在子夫的後面等候遣散的。這樣一來，她倆也就出不了宮了。

這一切都是在瞬間發生的，不容子夫有過多的考慮。當武帝起身拉住她的雙手的時候，她看了他一眼，那眼神裏有愁苦，有悲哀，有怨恨，同時也有愛戀。她的身子畢竟被他占有了，她已是他的人了，誰也否定不了這個事實。他雖然無情無義，對待女人像對待衣服一樣，想穿就穿，想扔就扔，然而人家是皇帝呀！自古以來，有幾個皇帝是有情意的？況且，他冷落自己也是事出有因，他的祖母、姑母和陳阿嬌施加壓力，他也是身不由主啊！因此，當他要她留在宮中的時候，她很想對他說個「不」字，可是「不」字到了嘴邊又縮回去了。她又何嘗不想跟他重新和好，歡度那銷魂奪魄的迷人時光？

子夫正在出神，宮監總管恭敬地說：「衛貴人且與春月、秋花姑娘先回延年殿，奴才隨後就來。」

子夫又看了武帝一眼，武帝正含笑注視著她。她面頰一紅，便由春月、秋花扶著，出了龍興殿。

李貴正在延年殿閒坐，心裏空落落的，見子夫她們回來，忙問：「讓走啦？」

秋花拉著長腔，說：「走不成啦！」

李貴不解，又問：「怎麼啦？」

春月說：「皇上又將衛姐留下了。」

李貴一拍手，說：「那好哇！我們幾個人又在一起了。」

秋花說：「好什麼呀！是福是禍說不定呢！」

須臾，宮監總管來接子夫，移居合歡殿。子夫問：「就我一人？」

宮監總管說：「萬歲吩咐，李貴、春月和秋花跟隨侍候貴人。」子夫心頭一熱，思量武帝夠細心的嘛！

合歡殿是未央宮「後宮八區」中的一殿，位於椒房殿的西面。殿內彩飾纖縟，裛以藻繡，文以朱綠，翡翠火齊，絡以美玉，玉階彤庭，珊瑚碧樹，景象極其侈靡華麗。武帝讓子夫移居此殿，顯然是對她另眼相看了。

當晚，武帝興致勃發，微笑前來。子夫盛妝迎接，正欲下拜。武帝急忙阻攔，攬她入懷，重敘一年多的離情別緒。子夫故意說道：「臣女不敢再近皇上，倘若被中宮得知，臣女死不足惜，恐怕於皇上也有許多不便！」

武帝說：「今非昔比，誰也奈何不得朕的。」

子夫說：「誰也奈何不了皇上，臣女可又要進冷宮了。」

武帝說：「不會不會！沒有朕的命令，誰也沒有那個膽的。」

子夫說：「但願如此。」

武帝說：「朕午睡作夢，夢見你站在花園裏，身後有幾株梓樹，『梓』與『子』同音，朕尚無子，莫非應在你的身上，應該替朕生子嗎？」

子夫且嬌且羞，說：「哪能呢？」

此時此刻，二人都是欲火燃燒，情濃意熾，遂攜手入房，再圖好事。俗話說：「久別勝過新婚。」武帝和子夫相隔一年多，再溫男歡女愛之事，那種歡暢和痛快是難以用筆墨形容的。

一宵湛露，特別覃恩，十月歡苗，就此布種。衛子夫重新得寵，果真懷孕了！

**19 牧馬的衛青閱讀兵書，使得皇帝大為驚奇。衛青恰是衛子夫的弟弟，皇帝的小舅子。竇太主母女敲山震虎，欲害衛青，皇帝當然不答應。**

衛子夫重新得寵，這是陳阿嬌所始料不及的。武帝將她安置在合歡殿，等於視她為正式妃嬪，這更使陳阿嬌大感意外。陳阿嬌後悔在遺散的宮女中增加了衛子夫的名字，反使武帝得以與她見面生情，致有今日。早知如此，不若不予理會，讓那個狐狸精無聲無息地老死宮中算了。錯！錯！錯！陳阿嬌深深感到自己的棋走錯了。她異常恚恨，前去找武帝理論，哭著鬧著，要武帝莫忘金屋藏嬌的諾言。武帝冷笑一聲，說：「金屋藏嬌？不錯，朕說過這話，可是你這個『嬌』得給朕生下麟兒呀！大漢江山不能沒有皇嗣，你生不了，朕另找人生，這不成嗎？衛子夫剛得寵幸，就懷孕了，你也懷孕呀！懷不了就回你的昭陽殿去，少給朕添麻煩！」

武帝一番話，揭到陳阿嬌的短處。陳阿嬌無詞可駁，憤憤退去。她一面出錢求醫，服用各種秘方神藥，以求能夠懷孕，一面絞盡腦汁，多方設計，欲害新得寵的歌伎。怎奈老天偏不肯作人美，任她如何謀劃，始終沒有效應。宮中規矩，每月初一、十五，各宮的妃嬪都要前往昭陽殿向皇后請安，接受訓示。武帝擔心子夫前去謁見皇后，會受到皇后的無端指斥，所以專門頒旨，每月初一、十五，子夫不必去向皇后請安。陳阿嬌聞旨，心口像被捅了一刀，恨恨地說：「皇帝這樣袒護那個狐狸精，她不是比皇后還皇后了嗎？」

陳阿嬌憤憤不平，回家去找母親竇太主密商，總想除去情敵。竇太主就是館陶長公主，武帝的姑母。因為年齡大了，女兒陳阿嬌是皇后，所以從太皇太后姓，尊稱竇太主。竇太主聽說武帝重寵那個冷宮中的歌伎，冷落了她的寶貝女兒，當然生氣，拉著陳阿嬌的手，說：「走！找太皇太后去！」她剛想出門，又退了回來，說：「不行啊！太皇太后近來一直臥病在床，氣息奄奄，她管不了咱娘兒倆的事啦！」

陳阿嬌故作嬌態，說：「娘！你總得有個辦法呀！」

竇太主搓著手說：「對，總得有個辦法，總得有個辦法！」

竇太主有個家僮叫董偃，十七八歲，長得唇紅齒白，聰明伶俐。他見主人母女著急，便湊上前說：「小人倒有一法。」

竇太主和陳阿嬌忙問：「快說！你有何法？」

董偃說：「皇上新寵衛子夫，在她身上不好下手。小人聽說衛子夫有個弟弟叫衛青，前不久在上林苑建章宮混個了差使，不如將他抓來，給他一點厲害，讓衛子夫知道自己到底幾斤幾兩！」

陳阿嬌撇撇嘴，說：「那又怎麼著？你就是殺了衛青，衛子夫不照樣待在合歡殿？」

董偃說：「不！這叫殺雞給猴看！我們整治衛青，觀察一下合歡殿的反應，如果沒有動靜，就再……」

竇太主沉吟片刻，說：「眼下也只有這個治標不治本的辦法了，不妨一試！」停了停，又說：「小董子！去叫幾個家丁來，我要當面交代！」

董偃討好地一笑，說：「是！小人這就去叫人。」

花開兩朵，各摘一支。且說衛青，他是怎麼到建章宮當差的呢？

那是衛子夫重新得寵後不久，一天，武帝帶領一幫騎士去滻河邊射獵，駿馬奔馳，鼓樂喧天。草叢中竄出一隻白兔，武帝看見，策馬追逐，追到一個土丘旁，白兔不見了，卻見十餘匹馬在吃草。

那馬匹匹高大健壯，毛色溜光，紅色白色黃色棕色，映襯著綠茵茵的草地，煞是好看。可是牧馬人呢？怎麼不見影呀？武帝大喊一聲：「哦——！有人嗎？」

「人在這裏！」

武帝循聲望去，但見土丘一角，坐著一個壯實的青年，背倚楊樹，正在讀書。武帝覺得好奇，下馬走到青年跟前，說：「呵！一邊牧馬，一邊讀書，好興致啊！」

青年見來人衣著華貴，英氣勃勃，料知不是等閒之輩，便說：「閒著也是閒著，讀書權當消遣。」

武帝說：「敢問你讀的是什麼書？」

青年沒有答話，雙手將一束竹簡遞給來人。

武帝接過，展開讀道：「兵者，國之大事也。死生之地，存亡之道，不可不察也。故經之以五事，校之以計而索其情。一曰道，二曰天，三曰地，四曰將，五曰法……」武帝大驚，說：「你讀《孫子兵法》？」

青年淡淡一笑，說：「怎麼？牧馬人讀兵書，稀奇不是？」

「這，這，不是，不是」，武帝掩飾著尷尬說，「不過，敢問這位兄弟，你讀兵書為了什麼？」

「為了有朝一日能當將軍，抗擊匈奴，保家衛國！」青年朗聲回答，語氣堅定。

「好！」武帝情不自禁地喝采，向著青年豎出大拇指。進而問青年道：「敢問兄弟尊姓大名，何方人氏，從事何業？」

青年抱拳答道：「在下姓衛名青，祖籍河東平陽（山西臨汾西南），現在家住京城，權為平陽公主家騎奴。」

「嗨！原來是自家人呀！」武帝興奮地拍拍青年的肩膀，哈哈大笑。

青年莫名其妙，疑惑地問：「你是……」

這時，隨武帝射獵的騎士們飛馳至土丘旁，下馬跪地，呼道：「萬歲無恙！」

面對此情此景，衛青驚詫萬分，原來眼前這個衣著華貴、英氣勃勃的人竟是皇帝，當然也就是平陽公主的弟弟和自己的姐夫。他趕忙跪地叩頭，說：「小人有眼無珠，怠慢皇上，罪該萬死！」

武帝笑著將衛青扶起，說：「朕聽平陽公主和子夫說起過你，沒想到在這裏見面，也算有緣！」他非常欣賞這個小舅子的身材、儀表，以及勤奮好學、立志報國的精神，又說：「哎！你就不要在平陽公主家當騎奴了，這一點朕自會跟平陽公主打招呼。從明日起，你可到建章宮當差做騎士，陪朕射獵。」

「謝萬歲！」衛青又跪地叩頭。

「公孫賀，公孫敖！」武帝喚出騎士隊伍中的二人，交代說：「衛青到建章宮當差，你們好生安排！」

「遵旨！」公孫賀、公孫敖大聲回答，走過去熱情地跟衛青說話，彼此間就算結識了。

武帝和衛青告別，帶領騎士們呼喇喇地馳去。衛青打一聲呼哨，放牧的馬聚攏來。他摸摸紅馬白馬的眼睛，拍拍黃馬棕馬的肚皮，內心充滿喜悅，趕著馬群回曹府。

晚上，武帝回宮，把射獵遇見衛青及對他的安排跟子夫說了，子夫很是高興。武帝又派人告訴平陽公主，說是看中衛青，擬加重用。平陽公主沒啥說的，滿口答應。

就這樣，衛青到建章宮當差了。

建章宮位於長安城西側，是上林苑中的一座離宮。武帝射獵，多從此宮出發，射獵歸來亦常在此宮歇腳。衛青從曹府到建章宮，從騎奴到騎士，跨越了人生里程的一個重要階段。他已是武帝手下的一員士兵了，身分、地位、生活待遇等都發生了巨大的變化。他活動的社會圈子突然擴大了，建章宮的騎士們一下子都成了他的朋友。其中，騎士隊長公孫賀、公孫敖兄弟遵從武帝的囑託，特別關照衛青，他們彼此間很快結成肝膽相照、生死不渝的至交。

這一天，武帝和騎士們約定，辰時過後從建章宮出發，去渭河邊射獵。衛青早早起身，按照慣例，精心地到建章宮外蹓馬。太陽升起不久，霧氣籠罩地面，花瓣草葉上閃動著晶瑩的露珠。衛青牽著馬在城河邊蹓躂，走近一片樹林，冷不防從樹林中竄出幾個蒙面的彪形大漢來。衛青一愣神兒，一個蒙面人眼尖手快，把一個黑布口袋，「謔」地一下套到了他的頭上。衛青尚未反應過來，另外幾個蒙面人手腳麻利，用粗粗的繩索三繞兩繞，將他縛了個結實。

衛青拚命掙扎，大喊：「救命——！救命——！」

「不准喊！再喊揍死你！」衛青臉上挨了重重的一拳。

說時遲，那時快，幾個蒙面人橫抱著衛青，放到一匹馬背上，用繩索縛緊，然後發一聲口哨，各自上馬，綁架了衛青，急馳而去。

建章宮門前有個宮監正在掃地，隱約聽見了衛青的呼救聲。他驚慌地跑進宮門大喊：「快來人哪！快來人哪！衛青出事啦！」

公孫賀、公孫敖等一幫騎士正在整理衣冠，急忙跑出門察看，順著宮監手指的方向，但見幾匹快馬沿著城河岸，向南飛馳。公孫敖性烈如火，把手一揚，說：「快！追！」騎士們都是訓練有素的壯漢猛士，聽了隊長一聲號令，立即牽過馬來，縱身一躍，流星趕月般地追了下去。

不用說，綁架衛青的蒙面人不是別人，正是竇太主指派的家丁。竇太主給他們下達的命令是：「去！到建章宮給我把衛青抓來，活要見人，死要見屍！」董偃站在一邊，加重語氣，交代說：「要幹得機密利索，不可暴露你們的身分！」

蒙面人得手以後，飛馬馳回竇太主的莊園，以向主人交差。他們樂於幹這種事兒，因為事後能得到數目可觀的賞錢。他們沿城河岸快馬疾馳，直城門和章城門一閃而過，眨眼間到了長安城的西南角，拐向東，過了西安門。後面沒有什麼動靜，便隨手放鬆韁繩，緩緩前行。

就在這時，公孫敖帶領的十幾個騎士呼喇喇地插肩馳過，掉轉馬頭，截住了他們的去路。公孫敖圓睜怒目，大喝一聲：「強賊！大白天跑到建章宮綁架騎士，真是狗膽包天！」

衛青聽出是公孫敖的聲音，掙扎著喊道：「公孫哥哥！快快救我！」

那幾個蒙面人沒料到情況突變，策馬要逃。公孫敖命令騎士們向前，兩三個對付一個，揮拳踢腳，不費吹灰之力，便將蒙面人統統打下馬來。

公孫敖去馬背上解開衛青，揭去黑布口袋，說：「好兄弟！你受驚了！」

衛青揉揉眼睛定定神，說：「無妨無妨！只是我平白無故，這夥混蛋為何要綁架我？」

公孫敖說：「這好辦，問問這夥混蛋便知。」

騎士們已扯去蒙面人的面罩，見他們都是五大三粗的莽漢。公孫敖板起面孔，問其中一個領頭模樣的人說：「敢問你們是哪路神仙，為何綁架我衛青兄弟？」

那個人叫朱大頭，腦袋很大，鬢角一撮白毛非常顯眼。朱大頭支支吾吾，不想回答。

公孫敖怒不可遏，朝他臉上猛擊一拳，朱大頭頓時鼻青臉腫，鼻孔裏已流出血來。其他騎士照樣畫葫蘆，或拳擊，或腳踢，將幾個混蛋收拾得服服帖帖。

朱大頭見勢不好，只得說：「我們是奉命行事。」

公孫敖怒目圓睜，厲聲喝道：「奉誰之命？」

朱大頭遲遲偎偎，看看公孫敖，看看同夥，無奈，只得低頭說：「竇太主！」

衛青渾身冒火，說：「什麼竇太主？我跟她無冤無仇，她為何要綁架我？」

朱大頭說：「這個，我們就不知道了。」

公孫敖見事情涉及到竇太主，不由皺起了眉頭。這時，公孫賀騎馬趕到，公孫敖便跟他商量，如何處置為好？公孫賀說：「看來這事兒與後宮有關，非同小可，得奏明皇上。」於是二人決定，帶朱大頭回建章宮盤問，其他人放掉。

公孫賀、公孫敖、衛青等回到建章宮，恰在這時，宮監通報：「皇上駕到！」

眾人相視一笑，說：「來得正是時候！」

武帝一身獵裝，英姿勃勃，大步走進建章宮。他是按約定來召騎士們一起去渭河邊射獵的。騎士們跪地接駕，口呼萬歲。武帝命他們平身，說：「準備好了沒有？好了就出發！」

公孫賀挪前一步，彎腰抱拳，說：「臣有一事啟奏：就在陛下駕臨之前，有人到建章宮綁架衛青。」

武帝一驚，詫異地說：「到建章宮綁架朕的騎士？誰有這個膽？」

公孫賀說：「據綁架人供認，他們是受竇太主指使。」

武帝又一驚，急切地問：「竇太主指使？那麼綁架人何在？」

公孫敖從一邊推上朱大頭。朱大頭跪地，一五一十地敘說了竇太主下達的命令，說綁架衛青，活要見人，死要見屍云云。

武帝勃然大怒，說：「豈有此理！豈有此理！」他詳細詢問綁架的經過，衛青和公孫敖據實奏明。朱大頭倒乖巧，一一點頭認賬。

武帝心想，哼！這顯然是皇后陳阿嬌嫉妒衛子夫得寵，回家與竇太主密商，企圖在衛青身上下毒手，敲山震虎，殺雞給猴看。這未免太過分了，簡直不把我這個皇帝放在眼裏！想到這裏，他的臉脹得通紅，一擺手，說：「今天不射獵了，回宮！」說罷步出建章宮，憤憤而去。

公孫賀喚過朱大頭，厲聲說：「滾！回去告訴你的主子，就說建章宮是皇帝的離宮，到這兒綁架人可得小心點！」

朱大頭不敢吭聲，灰溜溜地退去。

## 20 騎奴衛青因禍得福，皇帝萬歲御賜婚姻，三對新人同日成婚。陳阿嬌鬼迷心竅，竟在昭陽殿裏祈禳，事情敗露，皇帝能饒過她嗎？

武帝逕直回宮，氣猶未消。他先到昭陽殿找陳阿嬌問個明白，可是殿裏的宮女說：「皇后這幾日都住在竇太主家，沒有回過昭陽殿。」武帝更是氣憤，心想果然不出所料，她住她母親家，母女合謀，能幹什麼好事？

武帝隨即來到合歡殿。衛子夫笑臉迎接，一看武帝氣色不好，忙陪著小心問：「皇上這是……」

武帝伸手將子夫攬在懷裏，把衛青遭綁架的事敘說一遍。子夫聽著聽著，簌簌流下淚來，說：「竇太主和皇后妒恨臣妾，殃及臣妾家人，萬望皇上替臣妾作主。」

武帝說：「哼！她們欲害衛青，朕偏擢用衛青，看她們誰還敢動他一根汗毛！」當即頒旨，正式任命衛青為侍中。侍中，是自列侯以下至郎中的加官職銜，沒有定員，侍從皇帝左右，出入宮廷。衛青因禍得福，從此成為朝廷的命官，走上了建功立業的光輝歷程。

竇太主欲殺衛青，弄巧成拙，反令衛青升任侍中，真是悔恨不迭，啞巴吃黃連——有苦沒法說。皇后陳阿嬌更是悶悶不樂，咬牙切齒妒恨衛子夫，偏偏武帝寵著她護著她，急切裏無計可施。武帝已很長時間未到昭陽殿歇宿了，龍顏咫尺，似隔天涯。她搖頭嘆氣，長鎖蛾眉，終日不展，琢磨著到底有什麼法子能使武帝撇開那個狐狸精回到自己身邊呢？

衛子夫生活得越來越快活。她臨盆生產，生了一個女兒，取名劉妍。武帝開始當爸爸了，笑逐顏開，正式封子夫為夫人，再提拔衛青為大中大夫。就是子夫和衛青的哥哥，那個種菜的衛長君，也受職為侍中。

這時，原先的宮監總管年老回家，子夫說動武帝，讓李貴當了宮監總管。還有春月和秋花，子夫將二人視為自己的妹妹，奏請武帝關心一下她倆的婚事。武帝高興，命春月嫁衛青，秋花嫁公孫敖。子夫的大姐君孺，尚未婚嫁。武帝成人之美，命她嫁公孫賀。

這是御賜婚姻，榮耀得不能再榮耀的，真是人人歡欣，個個滿意。子夫為使武帝開心，提議衛青和春月、公孫敖和秋花、公孫賀和君孺，同日成婚，同時舉行婚禮。武帝拍手叫好，命以宮廷名義，給三對新人各送一份豐厚的喜禮。這一天，長安城中吹吹打打，熱熱鬧鬧，三對新人成就了美滿姻緣。最高興的當然是子夫的母親衛媼，這個受了一輩子苦、拉扯了一幫兒女的農婦、女僕，如今成了皇帝的岳母。三對新人跪拜高堂，都呼她為娘，她樂得嘴都合不上了，眼裏滾動著喜悅的淚花。

武帝又有旨下：任命公孫賀為太僕，公孫敖為大中大夫，就連衛少兒的丈夫陳掌也受官詹事。喜上加喜，人人山呼萬歲，個個感謝龍恩，皇宮內外，一片歡騰。

竇太主和陳阿嬌目睹衛子夫滿門榮寵，驟躋顯貴，氣得翻腸倒肚，兩眼發直。恰在這時，她們的靠山太皇太后生命垂危，數日後竟嗚呼哀哉、命歸西天了。這噩耗對竇太主和陳阿嬌來說，真可謂是五雷擊頂，雪上加霜。她們意識到，從此以後再沒有人能駕馭武帝了，武帝這匹小馬駒要騰開四蹄無拘無束地奔馳了。

太皇太后辭世是件大事。朝廷發喪，舉國致哀，喪禮的盛大和隆重自不待言。喪禮過後，人人都喘了一口氣。王太后對女兒平陽公主說：「竇氏外戚氣數已盡，下面要看我們王氏的了。」

平陽公主說：「這個自然。但外戚干政終究不是好事，就看弟弟皇帝如何處置了。」

王太后說：「他總不至於胳膊肘朝外拐吧？我要他讓你舅爺田蚡當丞相。」

合歡殿裏的子夫也暗暗高興，她知道武帝登基多年，只畏懼太皇太后一人，如今太皇太后「升天」，武帝可以放開手腳獨斷專行了，自己的日子也會好過多了。她又給自己物色了兩個貼身侍女，定名叫夏荷和冬梅。春月、秋花、夏荷、冬梅，圖個四季吉利的意思。

武帝呢？表面上自然要盡孝盡哀，內心裏卻在謝天謝地。他已經二十多歲了，早就期待著獨自處理朝政這一天的到來。最不開心的當然是竇太主，頗有一種大樹倒了無處乘涼的感覺。不過，她也是得到了好處的，因為太皇太后留下遺囑，所有財產歸她所有。太皇太后在長樂宮住了幾十年，積攢的金銀珠寶無數。竇太主親自清點，裝箱裝櫃，宮廷派了馬車，整整搬運三天，都搬運到竇太主家中去了。

陳阿嬌依舊苦悶，太皇太后一死，除母親竇太主外，再沒有人向著她說話了，苦悶中帶著幾分憂愁和悲哀。

武帝開始親政，果然是大刀闊斧，萬象更新。他礙於母親王太后的情面，任命田蚡為丞相。可是這個田蚡常常拿出舅爺的派頭，指手畫腳。他還招權納賄，把皇家的官職換成金銀珠寶，中飽私囊。一天，田蚡又念了一長串名單，說這個當任縣令，那個當任郡守。武帝不耐煩了，帶著怒氣問道：「你任命的官吏完了沒有？朕還想任命幾個官吏呢！」又一次，田蚡想擴建自己的府第，要武帝在城裏撥給他一塊好地。武帝冷笑著說：「好呀！你把御林軍的軍械庫拆了吧！」田蚡見外甥皇帝是個厲害角色，從此有些收斂，再不敢猖獗放肆了。

武帝親政，徹底拋棄了「黃老學說」，改用儒學取而代之。當時有個叫董仲舒的大學者，上書武帝說：孔子修《春秋》，把「一統」作為首要大事，把「忠君」作為最高原則。「忠君」與「一統」是天地宇宙間的常規，也是古往今來必須遵循的根本道理。要在政治上實行「忠君」、「一統」，在學術思想上就必須「罷黜百家，尊崇儒術」。否則，百家百說，思想混亂，臣民無所適從，朝廷也就無法統一。董仲舒的理論正適應當時的政治形勢，投合武帝的心意。武帝於是下令實行，開辦太學，重用儒生，儒學從此取得獨尊的政治地位，並成為後世歷朝歷代的統治思想。

武帝處理朝政之暇，幾乎都在合歡殿與子夫調情說笑。子夫又生了一個女兒，取名劉媢，武帝就是兩個女兒的爸爸了。兩個女兒長得娟秀水靈，活潑可愛，活像小衛子夫。武帝常抱著女兒，舉過頭頂，搖動著，逗她們玩耍。每當這時，子夫總在一邊深情地微笑，慶幸她與武帝的情愛有了值得驕傲的結晶。皇家公主屬於金枝玉葉，武帝分別封劉妍、劉媢為陽石公主和諸邑公主。

昭陽殿裏的陳阿嬌百無聊賴。她已幾個月沒見武帝的面了，她感到寂寞，感到冷清。當她一個人夜臥錦床的時候，想像武帝摟著衛子夫弄歡做愛的情景，渾身像被小蟲叮咬一般，翻來覆去，不能入眠。她恨死衛子夫了，恨她姿色美貌，恨她能夠生育，恨她迷住了、奪走了武帝的心。衛子夫連生兩個女兒，使她非常嫉妒，嫉妒之餘又有幾分幸災樂禍。因為皇女不等於皇兒，只要衛子夫不生兒子，那麼她陳阿嬌就還有機會，還有可能把失掉的寵愛奪回來。

陳阿嬌整天盼望武帝到昭陽殿來，盼望武帝在她身上耕耘布種。可是盼望的結果都是失望，武帝根本沒有到昭陽殿來的意思。她感到心灰意冷，更加遷恨於衛子夫，此人不死，不得安寧。

有傳言說，宮外有個叫楚服的女巫，擅長祈禳，能夠咒人致死，十分靈驗。陳阿嬌聽了異常高興，立即命心腹宮監召楚服入宮，要她設法祈禳，咒死衛子夫，許諾事成以後，酬謝黃金五十斤。楚服滿口應承，自誇玄法精通，保證指日有效。陳阿嬌大喜，心想衛子夫啊衛子夫，這下子有了剋星，看你還能活幾天？

祈禳一稱巫蠱，就是用一個木刻小人，寫上某人的姓名，埋在地下，然後日夜詛咒，據說能將那個人咒死。這實際上是一種荒唐的騙術，完全不足信的。陳阿嬌鬼迷心竅，相信騙術，也是自欺欺人。楚服自有一幫女徒，她帶著她們，鬼鬼祟祟地進入昭陽殿，在一間小屋裏設壇齋醮，焚香念咒，嘰哩咕嚕，誰也聽不懂說些什麼。祈禳每日兩次，兩個月過去，並不見應驗。

陳阿嬌責問楚服說：「巫師！你的法術怎麼不靈呀？」

楚服回答說：「皇后放心，再過一月，衛子夫必死無疑！」

俗話說：「要得人不知，除非己莫為。」時間一長，陳阿嬌召女巫祈禳的風聲傳了出來。李貴已是宮監總管，未央宮的宮監、宮女都歸他統管。李貴當下傳喚昭陽殿的宮監、宮女問話，宮監、宮女遂將祈禳之事和盤托出。李貴暗暗吃驚，打發宮監、宮女回去，反覆叮嚀：「此事萬萬不可聲張！」

李貴匆匆來到合歡殿，將獲悉的情況一五一十地告訴了子夫。子夫更是吃驚，說：「你不會弄錯吧？」

李貴說：「錯不了！這些日子，我是常常看到不三不四的女人出入昭陽殿的。」

子夫不由得俏眼冒火，黛眉倒豎，咬牙切齒地說：「好個陳阿嬌！你竟這樣咒我，莫怪我兔子急了也要咬人呢！」

這天早朝過後，武帝又回到合歡殿，只見子夫淚水汪汪，神情沮喪。武帝忙問：「愛卿為何傷心？」

子夫「哇」地一聲大哭起來，邊哭邊說：「皇上，你還是將臣妾打入冷宮吧！」

武帝莫名其妙，說：「愛卿為何說這種話？」

子夫抽泣著說：「臣妾一介民女，承蒙皇上垂愛，封為夫人。只是皇后容不得臣妾，臣妾無法侍奉皇上啦！」

武帝又問：「皇后怎麼啦？」

子夫邊抹眼淚，邊將李貴的話隻字不漏地告訴了武帝。

武帝不聽猶可，聽了肺都要氣炸了，立命侍衛持刀執劍前往昭陽殿，當場將楚服及女徒捉住，五花大綁，交刑部審訊。刑部一嚇二哄，不由楚服不招，將所有罪名都推到皇后頭上。刑部錄了口供，楚服及女徒一一畫押。刑部作出判決，說女巫楚服受皇后指使，竟在昭陽殿祈禳，大逆無道，罪應梟斬。此外，一幫女徒及宮監、宮女，統統連坐，一概處死。

武帝覽那口供和判決，朱筆一揮，批了個「准」字。於是，楚服被推出市曹，先行梟首，再將連坐的罪囚，盡數牽出，一刀一個，共計殺了三百餘人。

陳阿嬌自楚服被捉，嚇得魂不附體，幾天幾夜不曾合眼。及楚服、女徒、宮監、宮女被殺，她更嚇得魂飛魄散，渾身發軟。須臾，聖旨下：廢去陳阿嬌皇后名號，沒收皇后的冊書和璽綬，即日徙居長門宮。

陳阿嬌衣冠不整，癱坐在地上，想哭哭不出來，想喊喊不出來，臉色煞白，兩眼發直，簡直像個木頭人，精神和肉體完全麻木了。

# 昭陽殿裏新主人

## 21 竇太主花心俏意，且將愛女放在一邊，私通十八歲的家僮董偃，老婦少夫，快樂無比。武帝登門造訪，稱呼年輕的姑父為「主人翁」。

皇后陳阿嬌被廢，徙居長門宮，昔日的威風一掃而光，就像秋後嚴霜打過的花葉，徹底蔫了。長門宮位於長安城的東南方向，原是竇太主家莊園的一部分，名叫長門園。當陳阿嬌哭哭啼啼徙居長門宮的時候，竇太主正摟著少年情夫董郎睡得香香甜甜的呢！

董郎便是董偃。竇太主過去稱他為小董子，現在則稱他為董郎了。董偃是一個賣珠婦的兒子，跟隨母親賣珠，一天到了竇太主家。竇太主見他年少美貌，眉清目秀，不禁憐愛，詢問年齡，方知只有十三歲。竇太主遂對董母說：「我替你教養此兒，你可願意？」董母正嫌拖帶著兒子賣珠是個累贅，聽了這話，喜從天降，感謝不迭。董偃從此成為竇太主的家僮，竇太主派人教他書算，並及騎射御車等事。董偃是秀外慧中，有所教授，無不心領神會。當然，他最擅長的還是侍奉竇太主，曲承意旨，馴謹無違，搔癢、捶背、按摩等活兒，幹得特別出色，因此極討竇太主的歡喜。

光陰匆匆，轉瞬五年，堂邑侯陳午突然患病死了。竇太主說不來是傷心還是高興，哭了幾聲卻沒有眼淚。家僮董偃是竇太主最信任的男人，喪葬事項，均由他全權料理。董偃天生聰明幹練，裏裏外外忙了多日，一切按部就班，井井有條，贏得眾人的稱讚。

竇太主年過五十，垂老喪夫，也是意中情事，算不得什麼苦孀。偏她出身皇家，華衣美食，保養得好，看去尚像三四十歲，就是她的性情，也還似中年時候，不耐嫠居。可巧身邊有個董偃，年滿十八歲，出落得強壯風流，活脫脫一個青年美男子。陳午死後，董偃穿房入戶，不避嫌疑。竇太主由近生愛、由愛生情，居然降尊就卑，放下長公主的身分，勾引家僮同床共枕。董偃雖然不甚情願，但主人有命，不敢違慢，只好勉為效力，日夕承歡。老婦得了少夫，自然愜意，許諾自己的萬貫家產，任由心愛的董郎揮霍。區區賣珠婦的兒子，得此奇遇，真是聞所未聞，見所未見。五十多歲女人的身子沒有什麼稀罕，那些閃光發亮的金銀珠寶才真正令人目眩呢！

竇太主私通家僮的事，一時傳遍京城，無人不知，無人不曉。竇太主根本不顧什麼臉面名聲，親自出面，招邀一幫趨炎附勢的官吏，令董偃與他們交往，以抬高董偃的身價。董偃廣交賓客所需資財，任令恣取，只是每日金滿百斤，錢滿百萬，帛滿千匹，方由太主裁奪。董偃好像平白得了一個金窟，取之不盡，用之不竭，樂得任情揮霍，遍結交遊。以致朝廷的名公巨卿，都爭相與之往來，見面統稱他為董君。

論年齡，董偃比陳阿嬌還小七八歲。因此，陳阿嬌對母親私通董偃，心裡總覺得彆扭，甚至感到噁心。

一天，她拐彎抹角地對母親說：「娘！你是不是可以給女兒尋一個門第、地位相稱的繼父？」

竇太主瞪了女兒一眼，板著臉說：「娘的事你少管，你還是先管好你自己的事吧！」

話不投機半句多，陳阿嬌再沒言語，扭頭回了昭陽殿。

武帝對於丈母娘的花心俏情倒是滿不在乎，心想老婦有個少夫陪伴，豈不很好？一天他和子夫閒聊聊起這事兒，子夫也說：「太主心滿意足，別再打攪皇上就好了。」武帝點頭，說：「但願如此！」

董偃花天酒地，揮金如土。他有個好友叫袁叔，一次悄悄對他說：「足下私侍太主，蹈不測罪，難道能長此安享嗎？」

董偃被人提醒，覺得不無道理，連忙問袁叔道：「袁兄可有妙計？」

袁叔說：「我為足下設想，必須討得皇上的歡心。太主家前面的長門園，距文帝祠廟不遠，皇上去年前來祭廟，恨無宿宮可以休息。足下若稟告太主，將長門園獻給皇上，皇上必喜。皇上若知道此意出自足下，必對足下有好感，足下便可高枕無憂了。」

董偃一聽，說：「這事好辦！」當即稟告竇太主。竇太主對她的董郎是言聽計從，果然奉書入奏，願獻長門園。

武帝大喜，一面稱讚竇太主大公無私，一面命擴建長門園，改名長門宮。袁叔從中取巧，坐得竇太主贈送的黃金一百斤。

長門園改稱長門宮。誰知這個長門宮竟成了廢后陳阿嬌的冷宮呢！

陳阿嬌被廢，竇太主又愧又懼。因為陳阿嬌是她的寶貝女兒，她為使女兒坐穩皇后的寶座，花費了不少心血。她曾在太皇太后跟前告狀，硬逼著武帝冷落了衛子夫；而後又指派家丁綁架衛青，企圖敲山震虎。不想女兒竟在昭陽殿裏祈禳咒人，犯下了大逆無道的罪行，以致被廢了皇后名號，貶入冷宮。她丟人現眼，罪有應得，做母親的縱有天大的神通，又怎能相救？況且，太皇太后已經命歸西天，竇氏外戚的靠山崩塌，武帝已經羽翼豐滿，誰也奈何他不得。自己雖說在武帝成為太子、皇帝時有過功勞，但彼一時此一時，今非昔比啊！武帝通情達理倒還好說，倘若翻下臉來，問自己一個教女無方的罪名，自己還不是吃不了兜著走？

竇太主思來想去，先到長樂宮去見王太后，求她在武帝面前美言，莫要虧待陳阿嬌。王太后是得過竇太主的好處的，自然滿口應承。竇太主稱謝而出。而後，她又到未央宮，當面向武帝求情。武帝追念舊情，避座答禮，並用好言勸慰，表示不會讓陳阿嬌吃苦。她千恩萬謝，一掃驕矜之色，恭敬退去。

陳阿嬌已經是死豬不怕開水燙了。竇太主且將女兒放過一邊，更多的是在考慮自己，考慮自己和董偃的事兒。她和董偃不算正式夫妻，但也同正式夫妻差不多，她要設法替董偃謀個前程。可是該怎麼辦呢？她卻沒有主意。她將想法告訴董偃，董偃轉問好友袁叔。袁叔想了想，附在董偃耳邊說如此如此，必有好戲。董偃轉告竇太主，竇太主即刻假裝生病，並放出風來，說病得很重，恐怕很快就要追隨太皇太后和陳午而去了。

武帝得知竇太主患病的消息，信以為真，追念姑母兼岳母的情分，一天親臨竇太主家探疾問候。竇太主故意唏噓，且泣且謝說：「我蒙陛下厚恩，先帝遺德，列為公主，賞賜食邑，天高地厚，愧無以報，若有不測，屍填溝壑，遺恨實多！所以許有私願，願陛下政躬有暇，養精遊神，隨時臨我家園林，使我能奉觴上壽，娛樂左右，我就雖死無恨了！」

武帝說：「太主何必憂慮，但願早日病癒，朕自當常來遊宴，只是隨從太多，免不得要太主破費哩！」

竇太主詭秘地一笑，說：「陛下就是把皇家禁軍都開來，我也是管得起酒宴的。」

武帝說：「那就好！那就好！」說畢，命起駕回宮。

武帝剛走，竇太主便從床上跳下來，喚來董偃，坐在他的腿上，笑瞇瞇地說：「親蛋蛋！我給你把皇上請到家裏來了！」董偃高興，摟著她嘻嘻哈哈調笑了一番。

數日後，竇太主自稱病癒，進見武帝。武帝命取錢千萬，賜予太主，並設宴與飲，衛子夫作陪。這是太主和子夫首次見面，太主見子夫那國色天香的容貌和氣質，不由暗暗吃驚，心想天下竟有這般天造地設的大美人，難怪武帝的心被她迷住，陳阿嬌嫉妒卻鬥她不過呢！自己若是個男人，也是會迷戀子夫而冷落阿嬌的。武帝與太主說笑，暗寓諷詞，意謂少夫陪老婦，神仙都羡慕。太主聽出了話中的意思，稍微紅了臉，只顧左右而言他，含糊答應數語，宴畢歸去。

衛子夫笑著對武帝說：「皇上剛才所言夠尖刻的，臣妾直怕太主受不住。」

武帝也笑著說：「她呀！臉皮比城牆還要厚，才不在乎呢！」

半個月後，武帝乘坐御輦，又親臨竇太主家。太主聽說鑾駕將到，急忙脫去華麗衣衫，改穿著普通平民的褂褲，下身繫了一條蔽膝的圍裙，彷彿一個燒火做飯的婢女似的。武帝到來，入堂就座，見她這般服飾，早就看透她的心思，便笑著說：「不必裝模作樣了，快叫主人翁出來吧！」

太主聽了「主人翁」三字，不禁赧顏，慌忙跪伏地上，自卸簪珥，連連叩頭，說：「臣妾自知無狀，負陛下恩德，罪當伏誅，陛下不忍加刑，謝謝！謝謝！」

武帝繼續笑著說：「好啦！好啦！且叫主人翁出來，朕也認識認識姑父。」

武帝又是「主人翁」，又是「姑父」，等於默認了竇太主和董偃的關係。太主鬆了口氣，退下引了董偃，拜謁武帝。董偃穿著一身布衣，打扮得像個廚師，惶恐匍伏地上，不敢言語。太主代他說話：「館陶長公主廚人董偃，昧死拜謁陛下！」

武帝大笑，起座扶起董偃，命賜衣冠，坐下陪自己飲酒。酒宴擺出，武帝、太主和董偃互相敬酒，開懷暢飲，直至日落西山，方才撤席。

武帝回宮，太主格外大方，取出許多金銀帛絹，請武帝頒賜隨行的將軍、列侯、侍衛。眾人吃了喝了，又得到豐厚的賞賜，都感謝太主的恩惠。太主本來貪財，平時積貯，不可勝計，且太皇太后去世，遺下無數私房，都歸太主受用。這次為了董偃一人，她卻毫不吝惜，花錢如流水，只是要以此買動人心。俗語有言：錢可通靈。這樣一來，無論何等人物，既受了太主的好處，就沒有不巴結逢迎的道理。況且，連天子都稱董偃為主人翁，其他人何不順著竿子爬？因此，這個董偃一時竟成了長安城中一個大紅大紫的新權貴，人人湊奉，爭相趨集，小小年紀，竟有人尊稱他為董公呢！

董偃平步獲寵，名聲鵲起。竇太主心裏美滋滋的。她只顧自己歡樂快活，早將寶貝女兒陳阿嬌遺忘了。

## 陳阿嬌廢黜長門宮，妄想再登失去的皇后寶座，重金購得《長門賦》，沒有獲得武帝的同情。董偃賜死，竇太主和陳阿嬌也命歸西天。

廢后陳阿嬌住在長門宮裏，武帝寬宏大度，確實沒有讓她受苦。她有不少宮監、宮女侍候，吃的穿的跟在昭陽殿沒有什麼兩樣。長門宮既然是冷宮，她當然不能自由行動，活動範圍只限於長門宮內，要出宮那是絕對不行的。

陳阿嬌自小就是個驕縱任性的女人，受不得半點約束。如今她被圈在一個狹小的天地裏，遠離權勢中心和上流社會，心中老大不平。特別是意識到皇后的位子有可能被那個野女人、狐狸精衛子夫所取代，更感到惱火和憤恨。她詛咒衛子夫，但願蒼天保佑，叫那個賤人永遠不要生兒子，生不了兒子，就很難成為皇后。皇后，一個神聖的名號，豈能叫衛子夫玷污和糟蹋？

陳阿嬌年方二十多歲，在她看來，自己尚是一株含苞待放的鮮花，一枝秀色可餐的紅杏，雖說自己的姿色難能盡如人意，但脫光衣服，都是女人，照樣對男人具有吸引力。她已好長好長時間沒和男人幹那種事兒了，每想起那種事兒，總覺得身心冒火，饑渴難耐。

陳阿嬌在長門宮裏，消息還是靈通的。她常指派宮監、宮女外出打探情況，知道母親竇太主裝病，知道武帝兩次看望太主，知道母親和董偃弄奸耍猾，騙得武帝默認了他們的關係。她由此又痛恨起母親和董偃來，他們只圖他們熱火，全然忘記自己身處冷宮了。她也痛恨武帝，武帝看望太主，就不能到一牆之隔的長門宮來看自己一眼？自己畢竟曾是皇后呀！

陳阿嬌思前想後，突然有所領悟，領悟到母親竇太主是個有心計有本事的女人。她與董偃私通，一老一少，相當於祖孫兩輩偷情。可是你看她多會安排和周旋？獻出長門園，假裝生病，使錢買通武帝的屬下，介紹董偃與達官權貴交遊。這不？她與董偃的關係，幾乎合法化了，誰也不認為他們的曖昧是醜事；而且董偃的地位正在升高，竟有人稱他為董公了。看來，改變命運還得靠自己謀劃。我陳阿嬌的心計和本事並不比母親差嘛！

陳阿嬌決心效法母親竇太主，施展計謀，改變命運，最重要的當然是設法打動武帝的心，促使他回心轉意，赦免自己走出清冷幽寂的長門宮。當初，她當皇后的時候，曾聽武帝極口稱讚過一個人，譽他妙筆生花，舉世無雙。這個人便是大名鼎鼎的司馬相如。倘若能夠搬動司馬相如，寫出一篇聲情並茂的文章，上達武帝，使武帝追念舊情，或許能有轉機。陳阿嬌想到這裏，不禁暗暗歡喜，立即喚來貼身宮監張才，讓他打聽司馬相如現在哪裏。

司馬相如自獻《上林賦》以後，封為郎官，成為武帝的文學侍從。繼拜中郎將，持節出使西夷，有人彈劾他出使時私受賄賂，以致坐罪免官，與嬌妻卓文君閒居茂陵。武帝終究愛惜司馬相如的才華，不久重新召他為郎官，任為孝文園令。武帝迷信神仙，司馬相如曾作《大人賦》，借諛作規，被武帝嘆為奇文。大凡才子多半好色。這時卓文君華色漸衰，司馬相如欲納一個茂陵女為妾。卓文君好不傷感，遂作一篇《白頭吟》，責他薄幸。司馬相如又羞又愧，納妾之議擱起不提。後來，他患了糖尿病，請假回了成都老家。

張才將打聽到的情況告訴陳阿嬌。陳阿嬌取出私房錢黃金百斤，交給張才，讓他到成都去找司馬相如，請求代作一賦，黃金權當酬金。張才跋山涉水，輾轉到了成都，找到司馬相如，送上黃金，說明事情的原委。司馬相如見有那樣多的酬金，並不推辭，當即揮毫落墨，力疾成文。文章因受長門宮的陳阿嬌所請而作，採用的是流行的賦體，所以後人便將這篇文章定名為《長門賦》。

《長門賦》同司馬相如其他的賦文一樣，寫得縱橫捭闔，富麗華贍。它著重寫陳阿嬌幽居長門宮的孤寂愁苦，以及盼望武帝降恩光臨的心情，字閃句灼，真切動人：

夫何一佳人兮，步逍遙以自虞。魂踰佚而不反兮，形枯槁而獨居。言我朝往而暮來兮，飲食樂而忘人。心慊移而不省故兮，交得意而相親。伊予志之慢愚兮，懷貞愨之歡心。願賜問而自進兮，得尚君之玉音。奉虛言而望誠兮，期城南之離宮。修薄具而自設兮，君曾不肯乎幸臨。廓獨潛而專精兮，天漂漂而疾風。登蘭臺而遙望兮，神怳怳而外淫。浮雲鬱而四塞兮，天窈窈而晝陰。雷殷殷而響起兮，聲象君之車音。飄風回而起閨兮，舉帷幄之襜襜。桂樹交而相紛兮，芳酷烈之誾誾。孔雀集而相存兮，玄猿嘯而長吟。翡翠脅翼而來萃兮，鸞鳳翔而北南。心憑噫而不舒兮，邪氣壯而攻中。下蘭臺而周覽兮，步從容於深宮。正殿塊以造天兮，鬱並起而穹崇。間從倚於東廂兮，觀夫靡靡而無窮。擠玉戶以撼金鋪兮，聲噌吰而似鐘音。刻木蘭以為榱兮，飾文杏以為樑。羅豐茸之遊樹兮，離樓梧而相撐。施瑰木之欂櫨兮，委參差以槺梁。時彷彿以物類兮，象積石之將將。五色炫以相曜兮，爛耀耀而成光。致錯石之瓴甓兮，象玳瑁之文章。張羅綺之幔帷兮，垂楚組之連綱。撫柱楣以從容兮，覽曲臺之央央。白鶴噭以哀號兮，孤雌跱於枯楊。日黃昏而望絕兮，悵獨託於空堂。懸明月以自照兮，徂清夜於洞房。援雅琴以變調兮，奏愁思之不可長。案流徵以卻轉兮，聲幼妙而複揚。貫曆覽其中操兮，意慷慨而自卬。左右悲而垂淚兮，涕流離而縱橫。舒息悒而增欷兮，蹝履起而彷徨。揄長袂以自翳兮，數昔日之諐殃。無面目之可顯兮，遂頹思而就床。摶芳若以為枕兮，席荃蘭而茝香。忽寢寐而夢想兮，魄若君之在旁。惕悟覺而無見兮，魂廷廷若有亡。眾雞鳴而愁予兮，起視月之精光。觀眾星之行列兮，畢昴出於東方。望中庭之藹藹兮，若季秋之降霜。夜漫漫其若歲兮，懷鬱鬱其不可再更。淡偃蹇而待曙兮，荒亭亭而複明。妾人竊自悲兮，究年歲而不敢忘。

張才懷揣《長門賦》回到長安，將它交給陳阿嬌。陳阿嬌似懂非懂，命宮監、宮女照文誦讀，長門宮裏，一片悠悠揚揚的讀賦聲。宮監總管李貴把情況奏告武帝。武帝派人查問，方知陳阿嬌命人誦讀《長門賦》，意在促使自己感動舊念，赦免她的罪行。

武帝也將《長門賦》讀了幾遍，司馬相如的文采和情思，確實令他折服。不過，他很清楚一個基本事實，就是陳阿嬌的孤寂和期待不值得同情。他將陳阿嬌和衛子夫進行了一番對比，認為她們是兩種截然不同類型的女人。陳阿嬌出身豪門，從小嬌生慣養，受其母竇太主思想影響很深，自以為尊貴，驕縱任性，兇狠奇妒。她有干政的欲望，得勢不饒人，視衛子夫為情敵，必欲置其於死地而後快，竟敢在昭陽殿搞巫蠱，實屬大逆不道。況且，她婚後多年不育，犯了皇后第一大忌。這種女人一旦重新得勢，必然攪得皇家不得安寧。而衛子夫出身寒微，年輕貌美，最大的長處在於沒有政治背景，容易滿足，性格溫順，恪守本分，不會干預朝政，也不會陷害他人。比方陳阿嬌，可以說是她的生死對頭，但陳阿嬌被廢後，她從未表現出幸災樂禍的意思，更沒有說過陳阿嬌的壞話，落井下石。后妃嘛，只能是皇帝的附屬物，一切唯皇帝是從，如果位置擺得不當，甚或想左右皇帝的意志，那就大錯特錯了。

武帝權衡陳阿嬌和衛子夫二人，決意不去理會陳阿嬌，繼續寵幸衛子夫。至於陳阿嬌的母親竇太主，已經沒有了昔日的威風和氣派，武帝對她是恩威並重，絕不讓她東山再起。

竇太主利用錢財，替少夫董偃爭得了尊崇的地位。她很得意，完全不顧人們背後的議論，公然攜帶董偃入朝，招搖過市。武帝不想使太主難堪，同時也喜愛董偃的伶俐，允許他自由出入宮禁。董偃使出渾身解數，鬥雞鬥狗，蹴鞠騎射，樣樣精通，大獲武帝的歡心。沒有多久，君臣二人就成了很要好的朋友。

董偃親近天顏，竇太主喜不自禁。她經常入宮看望子夫，有說有笑，好像她們之間從未發生過什麼不愉快的事兒。子夫心地單純，不記前嫌，敬畏太主的身分，以禮相待，一片真誠。她們的話題多集中在兩個小公主身上，兩個小公主生在福窩窩裏，長得越來越可愛了。繼陽石、諸邑公主之後，子夫又懷孕了。太主嘴上說：「這回該生個牛牛娃了！」心裏卻說：「但願還是個女兒，只要你不生兒子，就當不了皇后。」每當這時，子夫總是甜甜地一笑，說：「生兒生女由不得人哪！」

這一天，竇太主又入宮和子夫說話。武帝在宣室殿置備酒宴，命召董偃作陪，與太主合歡。宣室殿是未央宮前殿的正室，皇帝多在這裏召見大臣，齋居決事，處理國家大政。可巧這天輪到給事中東方朔執戟為衛，侍立殿側。他聽武帝命人宣召董偃，急忙執戟入殿，跪地奏道：「董偃犯有三條斬罪，怎能召他進宣室殿？」

武帝遲疑，問道：「什嗎？三條斬罪？」

東方朔說：「不錯！董偃以賤臣私通太主，便是第一大罪；敗常瀆禮，敢違王制，便是第二大罪；陛下春秋日富，正應披覽經典，留心庶政，董偃不遵經勸學，反以靡麗紛華，蠱惑陛下，便是第三大罪。這乃國家大賊，人主火蜮，罪無逾此，死有餘辜！況且，宣室殿是先帝規定的處理國政的重地，弄臣小人不得入內。董偃算是何等人物？陛下要引進宣室，無異於養虎為患，臣實在替陛下擔憂啊！」

武帝默然不答，良久方說：「朕已吩咐下去，不好變更，今日不妨暫行，後當改過，卿以為如何？」

東方朔正色奏道：「不可不可！宣室正殿，佞人斷不可入內！自古以來篡逆大禍，多由淫亂釀成。春秋時豎刁為淫，齊國大亂，慶父不死，魯難未平。陛下若不預防，禍胎從此種根了！」

東方朔是武帝信任的忠臣，他的諫言一針見血，武帝也覺悚然，不禁點頭稱是，於是改變主意，命移酒宴於北宮，董偃從東司馬門入宴。

北宮位於未央宮的北面，西臨桂宮，宮中有前殿、壽宮、神仙宮等建築。那是皇帝遊樂的場所，其地位、性質遠不如未央宮宣室殿。竇太主開始聽武帝吩咐置備酒宴於宣室殿，心中大喜，暗想武帝對於自己和董偃是非常看重的，得以在那裏飲酒吃飯，能有幾人？一會兒，又聽說移宴於北宮，竇太主的心不由得一沉，知道有人進諫，促使武帝改變了主意。她感到掃興和沮喪，強作笑顏，前往北宮赴宴。董偃也從東司馬門入宮，與她交會於內。從此，東司馬門改稱東交門。

北宮酒宴，吃得索然無味，各人都有自己的心事。竇太主意識到，她在武帝的心目中已不再具有政治地位，充其量是親戚姑母而已。董偃有點緊張，不明白以後會發生什麼事情。武帝熱情地勸太主和董偃多多飲酒，心裏卻在想：這兩個狗男女不是好人，得提防著！

武帝天資聰穎，一經旁人提醒，頓時豁然貫通。北宮酒宴的次日，武帝命賜東方朔黃金三十斤，以表彰他正言直諫的膽略和氣魄，而且此後不再寵信董偃。竇太主和董偃遭到冷落，心灰意冷，一蹶不振。後來，竇太主年逾六十，頭禿齒豁，怎樣打扮也引不起董偃的興趣。董偃不再顧念老婦，穿街過巷，尋花問柳，只管自己快活。竇太主埋怨董偃負情忘恩，董偃諷刺竇太主枯花老柳。武帝有所耳聞，乘機定了董偃一個死罪，賜死。竇太主又活了三五年，病歿。武帝想是顧念姑母在陰間孤單，特令將太主和董偃合葬於霸陵旁。

竇太主死了，廢后陳阿嬌更加悲鬱。一篇《長門賦》根本挽不轉武帝的心意，她感到徹底的絕望，萬念俱灰，不久也病死了。她被葬於霸陵附近的郎官亭，距竇太主和董偃的合葬墓不過三五里。

## 23 武帝初攻匈奴，出師不利，遷怒於屯將軍王恢，定了死罪。皇太后講情，武帝置若罔聞，這是為什麼呢？

竇太皇太后，竇太主和陳阿嬌老少三代女人相繼死去，武帝長長地喘了一口氣，頗有一種如釋重負之感。這些年來，他跟這三個女人周旋，空耗了不少精力，徒生了許多閒氣。現在謝天謝地，他解脫了，自由了，可以放開手腳幹大事了。衛子夫以溫順見長，是斷不會妨礙自己手腳的。她又生了一個女兒，她的心思全放在三個小公主身上。三個小妞，圓圓的臉蛋，黑亮的眼睛，胖呼呼的胳膊和小手，多討人喜歡啊！

武帝想幹的頭等大事就是北伐匈奴。堂堂大漢朝，地大物博，人口眾多，老受匈奴欺凌，有損國威，太不像話！「和親」政策固然可以換取一時的安寧，但是匈奴從來都是言而無信，前腳娶了漢朝的公主，後腳就又侵犯漢朝的邊境，實在令人氣憤。武帝血氣方剛，不能容忍這種情況繼續存在下去，恨不得立即出兵，把匈奴的氣焰打下去。

可是朝臣們分為主戰、主和兩派，意見完全相反。西元前一三四年，朝廷就戰、和問題進行過一場辯論，以御史大夫韓安國為首的主和派占了優勢。武帝忍氣吞聲，硬是從民間物色了一個姑娘，冒充漢家公主，又陪嫁了很多金銀絹帛，送給了匈奴單于。武帝回到後宮大發脾氣，衛子夫陪著小心，說：「心急吃不了熱飯，來日方長嘛！」她讓陽石和諸邑公主拉著武帝捉迷藏，武帝這才消了氣。

第二年，事情出現了變化。雁門郡馬邑（山西朔縣）土豪聶壹，透過大行王恢上書武帝，說：「匈奴終為邊患，現在不妨趁他和親無備，誘令入塞，伏兵邀擊，必獲大勝。」

武帝正為去年的和親窩著一肚子火，此時聽了聶壹的建議，立刻心動，決定再次說服朝臣，對匈奴用兵。滿朝文武聚集於未央宮前殿，見武帝緊繃著臉，略帶怒容，一個個屏聲斂氣，肅然站立。

武帝開門見山地說：「自高皇帝建漢以來，我朝對匈奴一直實行和親政策。和親和親，卻未帶來和平！匈奴單于言而無信，以為我大漢無人，更加傲慢無禮，屢犯漢境，搞得人心惶惶。朕身為皇帝，萬分關切邊境軍民的安全，為他們生命財產所受到的損失十分痛心。現在朕已打定主意，舉兵攻伐匈奴，不知眾卿有何高見？」

武帝先入為主，旗幟鮮明地表明了立場，使主戰派受到鼓舞。力主攻伐匈奴的王恢首先回應，大聲奏道：「陛下的決策非常英明！臣聽說戰國時期的代國（河北西北部），北面有強大的匈奴為敵，南面要與中原各國交戰，可是仍然能養老撫幼，按時耕種，倉廩充實，使得匈奴不敢輕易侵犯。如今以陛下的神威，海內統一，天下同心，兵多將廣，國力強盛，而匈奴反而侵擾不止，原因何在？原因在於我朝一向妥協求和，被匈奴視為軟弱可欺。所以臣認為是該反擊懲罰他們的時候了！」

「你說的不對」，力主求和的韓安國古板地反駁說：「天子的氣度應該寬大，不能以一己的私怨動用天下的人力財力。高皇帝當年在平城被匈奴圍困了七天，饑寒交迫，可是解圍以後並不氣惱，反派劉敬奉上千金與匈奴和親。文帝也曾想反擊匈奴，但勞而無功，只好依舊實行和親的老辦法。高皇帝和文帝已為我們做出了榜樣，我們應該遵循不變，萬萬不可舉兵出擊！」

武帝聽了這番話，臉色鐵青，暗暗用目光示意王恢，鼓勵他大膽地與韓安國辯論。王恢受到鼓勵，衝著韓安國說：「御史大夫所言未免片面！常言道：五帝之禮不相襲，三王之樂不相復。這不是聖王們故意標新立異，而是各自依據時勢的變化而採取適宜的禮樂制度。高皇帝當年不報平城之仇，是因為天下初定，國內疲憊，不宜調動人力財力。而現在，邊境不寧，軍民傷死，運送屍體的柩車一輛接一輛地馳回內地，這難道不讓人痛心嗎？有血氣的公卿大臣、黎民百姓都為匈奴的暴行而憤恨，你怎麼能說這是皇帝一人的『私怨』呢？況且如今我朝國力強盛，不僅高皇帝時期無法相比，就是文帝、景帝時期也無法比擬。手握強兵而見死不救，卻標榜什麼帝王的寬宏大度，實在荒謬！」王恢轉身拱手對武帝說：「因此，臣以為只有出兵攻伐匈奴才是上策！」

這場辯論持續了好幾天，最後主戰派擊敗了主和派。武帝興高采烈，親自部署起具體的用兵方略來。

武帝任命韓安國為護軍將軍兼統帥，王恢為屯將軍，公孫賀為輕車將軍，李廣為驍騎將軍，李息為材官將軍，率領兵馬三十萬，悄悄出發。同時命聶壹充當間諜，藉著做買賣的機會，逃奔匈奴，施行誘兵之計。

聶壹見了匈奴單于，獻計說：「自從和親以後，漢朝對邊境防備鬆弛。我手下養有數百名壯士，可以混入馬邑城，殺死縣令、縣丞，將城池獻給大王，可得財物無數。但請大王發兵接應，方保無慮。」匈奴單于過去一直和聶壹做著生意，彼此關係密切，所以滿口答應。聶壹回到馬邑，從死囚牢裏提出兩個犯人，砍了腦袋，冒充是縣令、縣丞的人頭，懸掛於馬邑城頭。匈奴的密探將見到的情況回報單于，單于大喜，信以為真，立刻親率十萬鐵騎由武州（山西左雲）侵入塞內，直奔馬邑。

這時，三十萬漢軍正埋伏在馬邑城四周的山谷中，等匈奴兵進入包圍圈內，便可四面出擊，將敵人一舉殲滅。

可是，匈奴單于在進兵途中看到牛羊分布原野，卻無人放牧，心中不由生疑。他順便攻取了一個邊哨，捉住了漢朝的尉史，三拷兩問，尉史供出了漢軍的全部秘密。單于大吃一驚，慌忙撤軍，退到塞外。埋伏於馬邑的漢軍得到消息，再發兵追擊，可惜為時太晚，連匈奴兵的影子也沒有看見。

一場精心策劃的軍事行動夭折了，而且一無所獲，使得武帝萬分惱火。因為這樣一來，不僅主戰派，就連武帝本人，臉上都沒了光彩。漢軍班師，武帝把全部怒火發洩到王恢的頭上，責問說：「你的任務是攻擊敵人的輜重。匈奴雖然逃竄，你總可以率輕騎追擊他們的輜重呀！而你卻臨陣怯敵，貽誤軍機！」

王恢振振有詞，說：「原先給臣的命令，是等匈奴單于進至馬邑，雙方交戰以後，臣率兵攻其輜重，這樣是可以穩獲成功的。但後來匈奴單于中途逃回，臣只有三萬人馬，怎能敵過匈奴的十萬鐵騎？如果硬要追擊，只有全軍覆滅一個下場。臣知道回來以後難免一死，但總算給陛下保全了三萬士卒，這樣死亦無憾！」

武帝怒猶未息，命將王恢交付廷尉（主管司法的最高級官員）審決。廷尉揣摩武帝心意，以延誤軍機的罪名，將王恢判了死罪。王恢不甘就此喪命，囑令家人取出千兩黃金獻給丞相田蚡，求他出面說情，以赦免自己一死。

田蚡時為丞相，內依太后，外冠群僚，可是武帝對他沒有好感。他知道外甥皇帝是個厲害角色，不敢直接向武帝說情，於是便去長信宮拜謁王太后。

王太后這些年來安居長信宮，頤養天年，心寬體胖。自太皇太后和竇太主死了以後，親生的武帝親政，雷厲風行；同母異父兒子田蚡入膺相位，大權在握；三個女兒平陽、南宮、隆慮公主，還有金俗，都成家立業，大富大貴；衛子夫又替她生了三個孫女，一個比一個水靈。她算得上是萬事如意、洪福齊天了。朝廷的事，她是滿可以不管的，可是田蚡尋上門來，說：「王恢謀擊匈奴，伏兵馬邑，本來是一條好計，偏被匈奴獲悉軍情，計行未果，雖然無功，罪不至死。如果殺了王恢，反是長了匈奴的氣焰，豈不是一誤再誤嗎？」太后不知田蚡受了王恢的賄賂，就事論事，說：「倒也是。」次日，武帝入宮問安，她便將田蚡的話轉告武帝，叮嚀說：「徹兒！王恢死刑，不妨從寬處理！」

武帝挺納悶，心想太后為何要插手王恢一案？嗯！這肯定是田蚡背後搗鬼。他很生氣，說：「馬邑之役，本是王恢主謀，出兵三十萬，望得大功。不想匈奴逃竄，沒有中計，王恢何不邀擊一陣，殺獲數人，借慰眾心？可是他貪生怕死，逗留不出，若不按律加誅，孩兒如何得謝天下呢？」武帝回宮，立即命廷尉，執行王恢的死刑。王恢在獄中得知消息，長嘆一聲自殺了，免得身首兩分。

王太后和武帝之間，可謂母子情深。現在，為了王恢一案，武帝竟對母后的話置若罔聞，不予理睬，緣由何在？表面看武帝是公而忘私，實際上他是懷恨母后和舅爺，藉著王恢出氣呢！

原來，武帝曾經寵愛一個美貌少年叫韓嫣，飲食起居混在一起，形影不離。有人說武帝與他搞同性戀，不知是真是假，無從證明。武帝賞賜給韓嫣無數錢財，韓嫣富有，任情揮霍，甚至用黃金作彈丸，彈取鳥雀。他每外出彈鳥，後邊必跟隨一群兒童，專門拾取他彈鳥的彈丸，一粒彈丸足夠平民家一年的吃用。因此，長安城裏流傳兩句歌謠，叫做「苦饑寒，逐金丸」。武帝耳有所聞，但從未責備過韓嫣，寵愛如故。韓嫣恃寵驕縱，把誰都不放在眼裏，一次遇見江都王劉非，裝作沒看見似的，揚長而過。劉非氣惱，將所見所聞告訴了王太后。太后遂派人暗中調查韓嫣，發現他與一個宮女私通，穢不可聞。太后大怒，命賜韓嫣自盡。武帝替他說情，請求從寬。太后不准，反而訓斥了武帝一頓。韓嫣放蕩了數年，飲鴆斃命。

因為韓嫣事件，武帝覺得母后不給自己面子，很是介意。現在，太后給王恢說情，他以眼還眼，不予理睬。何況，王恢的背後還有丞相田蚡，他實在瞧不起這個舅爺，所以硬是定了王恢的死罪。田蚡貪婪驕橫，多行不義，於西元前一三一年病死。此前，太皇太后的堂侄竇嬰也因罪被賜死。

竇嬰、田蚡之死，標誌著竇氏、王氏外戚徹底退出了漢朝的政治舞臺。此後衛氏外戚取而代之，抗擊匈奴，建功立業，在漢朝歷史上寫下了光輝的篇章。

## 24

**衛媼已是皇帝的岳母，一改當年的寒酸相，成為雍容富態的貴婦。她六十歲生日，兒女們為之祝壽，好不熱鬧。**

西元前一二九年夏天，山嶂疊翠，溪水瀲灩，柳煙籠罩，百花齊放。長安城尚冠里衛府門前車水馬龍，花團錦簇，一片喜慶氣氛。

衛府係大中大夫衛青的府第。大中大夫，地位僅次於九卿，衛青自任此職以後，鳥槍換炮，今非昔比。他成了武帝的妻弟，朝廷的要員，精通軍事，俸祿優厚，便在尚冠里修建了寬敞的府第。他的母親衛媼早就不在平陽公主家當女傭了，因為衛媼已是武帝的岳母，兒女們都有出息，享受不完的富貴，哪能再幹那種下賤事？

衛媼的一生是先苦後甜、先賤後貴的一生。她一生經歷的酸甜苦辣太多太多了，現在該到享福的時候了。這些年來，她遇見的全是喜事，子夫重新得寵，連生了三個女兒；長君和衛青都做了官，衛青娶妻春月，且生了兒子衛伉；君孺嫁公孫賀，生了兒子公孫敬聲；少兒改嫁陳掌，陳掌官居詹事，少兒與霍仲孺生的兒子霍去病由她撫養，已經十二歲了，圓臉大眼，聰明可愛。秋花嫁公孫敖，小日子甜美。春月和秋花由於子夫的關係，都把她當作親娘，親熱得不得了。如今的衛媼，兒孫滿堂，披金掛銀，一改當年的寒酸相，而成為雍容富態的貴婦了。

衛媼在凹凹莊的老家早已無人居住，長君種過的菜地租了出去，兩間破舊的草房空鎖著。她搬進城裏與衛青、春月住在一起，霍去病和衛伉成為她的心肝寶貝。老少三代親親熱熱，不乏幸福安詳的天倫之樂。

衛媼近年來遇見的唯一傷心事兒是鄭季得病死了。她和鄭季不算合法夫妻，但畢竟相好一場，私通多年，且生了兒子衛青。鄭季一輩子都在曹府餵馬、趕車，病重時也捨不得離開馬廄，最後就在那裏斷了氣。衛青出面替生父操辦喪事，平陽公主執意捐一口上等棺木，武帝和子夫也送了黃金五十兩，錦緞五十匹。衛媼不便出面臨喪，只在暗裏偷偷哭過幾回。她默默禱告，但願人有來生，來生自己要和鄭季堂堂正正地做一對夫妻！

鄭季死後三年，六月的一天是衛媼六十歲生日，兒女們都忙著替她祝壽。衛媼的本意是一切從簡，窮苦人出身，祝壽幹什嗎?全家人聚在一起吃頓團圓飯就行了。可是衛青等人堅持要熱鬧一番，說六十歲是知天命的大壽，娘辛苦一輩子，說什麼也要大操大辦，祝賀祝賀。子夫也是這個意思，她把意思跟武帝說了，武帝滿口贊成，說還要親自赴衛府替岳母祝壽。這樣一來，事情可就鬧大了，衛府上下人來人往，忙得不可開交，到處紅紅火火，喜氣洋洋。

公孫賀和君孺最早來到衛府。公孫賀官太傅，這是一個大官的加銜，並無實職，但地位崇高，僅次於太師。他們送給衛媼的壽禮是兩件青銅器，一叫鎏金銅鳳凰，在一個半球形底座上，對面站立著各高一尺的鳳鳥和凰鳥，昂首張口，奮翅翹尾，冠尾相接，眼珠閃亮，通體鎏金，所有的羽紋纖細清晰；一叫錯金臥虎，褐色底座，上臥一虎，高一尺，寬四寸，長約二尺五寸，虎身為錯金花紋，項上戴塗金項圈，塗金項圈下，又臥一幼虎，老虎溫順，幼虎頑皮，虎虎情深。

陳掌和少兒接著到來。陳掌官詹事，職掌皇后、太子家事。當時，武帝尚無皇后和太子，所以他只是管管皇宮中的雜務。霍去病憎恨生母少兒及繼父陳掌，見他們到來，未加理會，拉著公孫敬聲到後園打鳥去了。陳掌和少兒送給衛媪的壽禮是一個竹節熏爐和一根楠木手杖。熏爐高約一尺五寸，高柄竹節豆形，蓋如博山，通體鎏金，座上透雕兩條蟠龍，線條流暢，形象生動；拐杖通體絳紅色，上刻鳥獸圖案及漢隸「福如東海，壽比南山」八字，扶手彎曲，鑲金錯銀，閃閃發亮。

公孫敖和秋花隨後亦到。公孫敖自救了衛青以後，被武帝擢為大中大夫，常隨武帝外出馳獵。他們送給衛媪的壽禮是兩件玉器，一件是藍田玉製作的鋪首（建築裝飾物），由一塊整玉琢磨而成，體近扁方，正面中央淺浮雕一獸面，正面下端有雙眼、齒紋及銜環鼻樑。兩眼側端雕四靈：青龍、朱雀、白虎、玄武。再一件是羽人奔馬，玉料為羊脂白玉，圓雕，馬昂頭挺胸，張口露齒，兩目前視，雙耳豎立，身軀肥圓，用陰線刻出飛翼，四肢粗短，作奔騰前躍狀，足踏刻雲紋的長方形托板，似在無垠的太空遨遊；馬上一個羽人，頭繫方巾，披長髮，著短衣，背生短翼，兩手緊按馬頭，威武逍遙，給人一種仙風道骨、飄逸飛騰之感。

衛青和春月忙著接待客人，喜氣洋溢，笑容可掬。他們能為衛媪盡點孝心而高興，也為難得的家人團聚而開心。

不一時，長樂宮的宮監送來了王太后的禮物，兩斤人參和十匹錦緞。在王太后的心目中，衛媪已不是給她做漿水湯餅和攪團、油塔的女傭，而是她的親家、她的朋友了。衛媪六十大壽，她不能親自前來祝壽，而壽禮是不可不送的。平陽公主也讓人送來了禮物，一個錯金銀雲紋犀尊和一個彩繪雁魚燈。自衛子夫重新得寵以後，平陽公主不再叫衛媪為衛嫂了，改叫大娘。她讓人捎話說：自己本想親自登門給大娘祝壽的，但考慮到這是衛氏家人團聚，所以就不打擾了。

衛青的同僚和下屬也送來不少壽禮，吃的穿的用的玩賞的，各式各樣，應有盡有。所有壽禮都擺在大廳一側的長條桌上，千姿百態，五光十色。

時近中午，衛府門前喧鬧起來。宮監高聲呼喊：「皇帝駕到！」衛青率領家人迎接，齊刷刷地跪了一地，口稱：「萬歲萬歲萬萬歲！」

武帝步下御輦，子夫步下鳳輦，宮娥彩女前呼後擁，緩緩進入衛府。子夫的後面，跟隨著陽石公主劉妍和諸邑公主劉媚。三公主劉娟年方周歲，由宮女抱著隨行。

武帝和子夫進入衛府，站在庭院裏左右環視。庭院很大，除了茂密的槐樹外，沒有什麼奢華的建築。庭院的東端是一個跑馬場，馬樁上拴著兩匹高頭大馬，還有一個箭靶，靶上插有幾支羽箭。武帝明白，這是衛青居家騎馬習武的地方，難怪他騎技高超、武藝出眾呢！

衛青快步走至武帝身側，彎腰拱手，恭謹地說：「陛下駕臨，寒舍生輝！」接著將手一擺，說：「請！」

武帝一笑，順著衛青手指的方向，大搖大擺地進入大廳。衛媼穿戴得整整齊齊，正在大廳裏坐著。按照禮儀，武帝進來，她也是要跪地迎接的。可是武帝是她的女婿，一個女婿半個兒，岳母跪女婿總有點不合情理。所以當她起身剛要下跪的時候，武帝趕緊走過去扶住她說：「免禮免禮！」

衛媼仍舊坐下。這時子夫、劉妍、劉媚和宮女們都跪到地上，恭祝老人家長壽吉祥。衛媼笑得合不攏嘴，叫眾人起身，把劉妍、劉媚拉到跟前，在她倆的臉蛋上各親了一口；再從宮女手中接過劉娟，緊緊地摟在懷裏。她喜愛這三個外孫女，但因為她們生活在皇宮，她是難得見到她們的。

武帝、子夫坐下，吩咐宮監總管李貴呈上他們送給衛媼的壽禮：黃金六百斤，白銀六百錠，玉如意一個，透光鏡一面。那玉如意係用青白色玉料製成，體作長條形，像一個勺的形狀，有長柄，柄前有扁圓形結，供老人搔癢之用，寓事事如意。那透光鏡係青銅質，圓形，鏡背有紋飾和銘文。銘文曰：「清質以昭明，光象乎日月。」最奇者，這面透光鏡當光線照射鏡面時，在牆上可以清晰地反映出與鏡背紋飾和銘文相應的影像來。當時無人能解其中的奧秘，都稱它為「魔鏡」。

家人到齊，開始祝壽。大廳正中鑲著一幅南極仙翁的畫像，鬚髮皆白，滿臉含笑，右手執一支仙杖，左手托一枚仙桃，像是在祝福所有的老人長生不老。畫像前懸掛著一個磨盤大的紅「壽」字，下方桌上放置六十個壽桃，點亮六十支紅燭，象徵主人六十歲生日，多壽多福。衛媼端坐在紅木椅上，滿面春風，神采飛揚。她作夢也沒有想到能有今天這樣的風光，老臉笑成一朵花，內心裏除了喜悅之外還是喜悅。

武帝是一跪天地，二跪祖宗，三跪父母，此外再不下跪的，所以只站起身，向著衛媼拱一拱手，彎一彎腰，就算行過大禮了。

子夫帶著三個公主，跪地叩頭，說：「恭賀娘高壽洪福！」劉娟年紀太小，不會叩頭，一下子趴在地上，逗得所有的人都哈哈大笑。

再下來是長君，公孫賀和君孺帶著公孫敬聲，陳掌和少兒，公孫敖和秋月，依次叩頭祝壽，說些恭喜祝福的話。

霍去病本應隨陳掌和少兒一起叩頭的，但他堅持以外孫的名義，獨自向外婆祝壽，弄得陳掌和少兒漲紅了臉，很不好意思。

衛青和春月帶著衛伉，也叩頭祝壽。最後是女傭男僕以及侍候衛子夫的宮女，還有李貴等人，也都叩頭祝壽。衛媼笑逐顏開，說：「哎呀！折煞老身了！折煞老身了！」

祝壽禮罷，便是開宴。由於是家宴，所以也不拘什麼禮節，乾脆男人一桌，女人一桌，大吃大喝起來。

男桌以武帝為中心，邊吃喝邊說些騎馬射箭之事，很是投機。當說到匈奴屢犯漢境之時，公孫賀、公孫敖和衛青無不慷慨激昂，說：「堂堂大漢朝，物華天寶，人傑地靈，常受匈奴的欺侮，實在窩囊！」

霍去病也是英氣勃勃，說：「兵書上說，兩強相當勇者勝。單憑一個『勇』字，足以殺他個匈奴人仰馬翻！」

武帝從見去病第一眼起，就喜愛上了這個機靈的少年，現在聽他說出這種話，頗感驚訝，問道：「小東西！你讀過兵書？」

去病滿臉泛紅，一時無語。衛青代他回答道：「臣這個外甥，脾氣、稟性跟臣一樣，喜愛騎馬射箭，渴望馳騁疆場，但凡臣讀的兵書，他都讀過。」

武帝讚許地說：「好！但願卿等在戰場上建功立業，報效國家！」

公孫賀、公孫敖、衛青等抱拳答道：「謹遵聖命！」

女桌上，衛媪坐首席，子夫次席。實際上，三個小公主成了不是中心的中心，所有女人的心思、話題幾乎都集中在她們身上。女傭新上一道菜叫蒸豚，即蒸小豬。那是漢朝一道上等菜肴，豬齡在二至五個月之間，去毛塗抹佐料，渾豬籠蒸，色澤紅亮，味香肉嫩。三個公主都沒見過小豬，劉妍要啃豬蹄，劉媚要吃豬耳朵，劉娟抓住豬尾巴敲打桌沿，逗得滿桌的女人放聲大笑，前仰後合。

吃。衛媼慈祥地笑著，這是她一生中最開心的時刻。子夫溫順地看著三個女兒，專夾些帶酸味的菜

細心的春月湊著她的耳邊悄聲說：「衛姐是不是又有喜了？」

子夫紅著臉，說：「也怪！過去愛吃辣的，近來光想吃酸的。」

秋花耳尖，聽到了她們的談話，冒失地說：「酸男辣女，衛姐這回肯定生個兒子。」

君孺、少兒附和著說：「對！妹妹該生個帶牛牛的娃了！」

劉姸、劉媢不解地問：「什麼叫帶牛牛的娃呀？」

衛媼慈愛地撫摸著外孫女的頭髮，說：「傻妞！帶牛牛的娃就是你們的小弟弟！」

頓時，哄堂大笑，笑聲壓過了男桌的說話聲。

這頓家宴，足足吃了兩個時辰，人人飯足酒飽，個個紅光滿面。略過片刻，武帝和子夫帶著三個小公主回宮，少不了又是一番禮儀。

武帝坐進御輦，心情舒暢，因為他今天物色到了幾位堪以擔當重任、抗擊匈奴的將領。

子夫坐進鳳輦，心裏甜甜的，嚮往著趕快生個皇子。

三個公主由宮女夏荷、冬梅侍候著，坐進另一輛車裏。劉媢突然天真地問劉姸道：「你說這馬為什麼只有一條尾巴？」

劉姸睜大眼睛，說：「兩條尾巴攪在一起，馬還怎麼拉車走路呀？」

夏荷和冬梅聽她倆問得奇怪，答得奇怪，忍不住抿嘴笑了起來。

## 25 衛青攻伐匈奴打了勝仗，衛子夫替大漢生了皇子。武帝欣喜萬分，冊立衛子夫為皇后。冊后大典隆重熱烈，皇后頭戴金光閃閃的鳳冠，入主昭陽殿。

越年早春的一天，丞相薛澤手持邊報奏事，說匈奴又大舉入侵，直攻到上谷郡（河北懷來東南），一路殺掠百姓，搶奪財物，氣焰張狂。

武帝一拍龍案，怒道：「朕正準備攻伐匈奴，他們倒找上門來了！好！朕就給他一點顏色看看！」

次日早朝，武帝宣布集中兵力攻伐匈奴，眾無異議。於是，武帝命衛青為車騎將軍，公孫賀為輕車將軍，公孫敖為騎將軍，李廣為驍騎將軍，各率軍一萬，分四路齊赴邊塞，共擊匈奴。

四路軍中，公孫賀和李廣是久經沙場的名將，而衛青和公孫敖則是第一次領兵出征的新手。薛澤遲疑地說：「陛下重用衛青、公孫敖二將，是不是……」

武帝說：「朕和衛青、公孫敖相處多年，發現他們武藝高強，具有將帥之才，況且年輕英勇，相信能夠不負重託，馬到成功。」

薛澤說：「陛下英明，慧眼識人，臣就不必饒舌了。」

武帝召見四將，給他們規定了進兵的路線，嚴肅地告誡說：「這次並非大規模地征討匈奴，你們只須在邊塞各要口迎擊敵人，給他們些厲害嘗嘗就算完成了任務。等我們準備充分了，再狠狠地收拾他們！」

衛青等四將齊聲回答：「謹遵聖命！」

衛青領兵出發，衛媼、春月千叮嚀萬囑咐，含淚相送。子夫也託宮監傳話說：「邊境上真刀真槍，不比尋常，兄弟務要小心！」

霍去病見衛青頭戴金盔，身穿戰袍，足踏皮靴，英武逼人，十分羨慕，吵鬧著要跟舅舅到邊境去殺胡人。衛青撫摸著去病的頭，笑著說：「你還小，等長大了，舅舅一定帶你上前線！」衛媼也說：「看把你能的！胡人都是青面獠牙，力足搏虎，你這麼小年紀，打得過人家？」去病不服氣地說：「打仗憑智謀，靠勇敢，我誰也不怕！」

衛青一拍去病的肩膀，說：「好！有志氣！」

衛青率領兵馬，日夜兼程，到達上谷。他在那裏稍作休整，便繼續向北挺進，直抵匈奴腹地龍城（蒙古鄂爾渾河西側）。漢匈兩軍相遇，衛青身先士卒，躍馬舞刀，衝入敵陣。漢軍緊隨其後，奮勇殺敵。一日裏擊殺匈奴將士七百餘人。

衛青一路取得了勝利，而其他三路卻出人意料地失利了。公孫賀出雲中（內蒙托克托東北），無功而還。公孫敖出代郡（河北蔚縣東北），吃了敗仗，損兵折將七千餘人。李廣出雁門（山西右玉東南），竟被匈奴俘獲，幸賴騎射技藝高超，途中奪馬逃歸。

四路兵馬回到長安，武帝又喜又恨。喜的是衛青初步顯露出卓越的軍事才幹，深入敵境，斬殺胡人，戰績雖然不算輝煌，但總是為大漢朝和自己掙得了面子。因此，他封衛青為關內侯。恨的是公孫賀、公孫敖和李廣辜負了他的期望，公孫敖和李廣當斬。二將的家人嚇得魂不附體，趕緊變賣家產，打通關節，總算保住了二將的性命，贖為庶人。春月和秋花是姐妹，衛青和公孫敖是連襟。

衛青和春月為贖公孫敖死罪，特意給秋花送去一百兩黃金。

當衛青凱旋封爵關內侯的時候，子夫臨盆生產。武帝守候在合歡殿，既興奮又焦急。種種跡象表明，子夫懷的是男孩。武帝年近三十歲，太想得一皇子了，因為大漢江山不能後繼無人啊！王太后和平陽公主，衛媼和君孺、少兒，還有春月和秋花，都不約而同地聚集到合歡殿，等待著一個莊嚴、神聖時刻的到來。

子夫躺在床上，肚痛一陣緊似一陣。過去懷三個小公主的時候，她愛吃辣的，這次懷孕，愛吃酸的。按照酸男辣女的說法，所懷當是男孩無疑。而且這次懷孕，肚子特別圓大，胎兒蹬踢特別有力，也是男孩的徵兆。她跟武帝一樣，太想生個男孩了，老生女孩頗有一種負疚之感，生了男孩，不僅使武帝皇嗣有繼，而且對自己對衛氏也很有利。母以子貴，這是皇宮中亙古不變的信條。自己要在未央宮裏站穩腳跟，趕快生個皇子，是最最要緊最最關鍵的啊！

宮女們端湯送水，進進出出。接生婆淨手等待，老成穩重。武帝陪著王太后和衛媼說話，有點心不在焉。人人都在期盼：子夫啊子夫，你可一定得生個帶牛牛的娃！

宮女不時向武帝等人報告消息，說：「快了！快了！」

這是一個緊張的時刻，一時無人說話，眼睛盯著子夫的寢室。

猛然聽得「哇——！」地一聲，嬰兒降生了，啼哭了。那聲音洪亮有力，震撼人心。一個宮女飛快地跑出來，興奮地跪在武帝面前，報告說：「恭喜皇上，夫人生了皇子！」

武帝一聽，「謔」地站起，搓著雙手，來去走動，說：「好！好！好！」

王太后和衛媼眉開眼笑，說：「難為子夫了！」

平陽公主、君孺、少兒、春月、秋花喜笑盈盈，齊向武帝賀喜。平陽公主意味深長地說：「我早就看出子夫非等閒女子，今日靈驗了吧！」

武帝說：「謝謝皇姐！謝謝皇姐！」

過了片刻，接生婆將嬰兒包裹嚴實，抱出來讓武帝觀看。武帝心情激動，抱著嬰兒，左看右瞧，溫和地在嬰兒臉上親了一口。王太后抱過嬰兒，仔細端詳，見他活像武帝剛出生時的模樣。衛媪和平陽公主等圍上來，有說像武帝，有說像子夫，有說融合了二人的長處，都是恭維話。武帝心花怒放，咧著嘴笑，一時不知說什麼才好。

武帝壯年得子，真正嘗到了做爸爸的滋味。此前，他雖已成為三個女兒的爸爸，但是他不滿足，認為只有做兒子的爸爸才是真正意義上的爸爸，名副其實的爸爸。於公，大漢江山有人繼承；於私，劉氏香火有人奉祠。所以，他內心深處的那種欣喜和滿足是難以用言語表述的。他感激子夫，認為子夫比那個死去的陳阿嬌不知強多少倍！產後的子夫臉面清瘦，明眸皓齒，雪膚青絲，倍顯柔媚。武帝拉著子夫的手，商量了幾次，決定新生的皇子叫據。據，證據、憑據的意思，意味著劉據是他倆相愛的憑證。同時，據又有憑依、依靠的意義，表示武帝以後的大漢江山要靠劉據繼承發展了。子夫溫順地一笑，說：「臣妾給皇上生了皇子，總算沒辜負皇上的垂愛。至於皇子叫什麼名字，聽憑皇上做主，臣妾不敢妄議！」

武帝親了一下子夫的額頭，說：「你呀！凡事百依百順，實在叫人心疼！」

三月，劉據滿月。由於衛子夫奶水充足，劉據吃得白白胖胖，渾身是肉。武帝越看越愛，常將他舉過頭頂轉圈圈，哈哈大笑。自劉據出生以後，武帝就考慮立子夫為皇后的事兒了。為此，他徵求過母親王太后和皇姐平陽公主的意見，太后和公主舉起雙手贊成。她們將子夫和陳阿嬌進行一番對比，認為子夫各方面都勝過陳阿嬌。武帝還找丞相薛澤等人商量過，薛澤說：「衛夫人除出身微賤外，其他方面無可挑剔。」

武帝說：「出身由不得人！出身微賤自有出身微賤的好處，起碼知道世事的艱難，不易產生驕縱。陳阿嬌出身高貴，可是怎麼樣？盡給朕添麻煩！」

薛澤見武帝心意已定，不便多言，順水推舟地說：「陛下聖明！中宮位缺多時，此事不宜拖延！」

武帝說：「明日早朝朕就宣布。」

當晚，武帝將立后的決定告訴了子夫。子夫先是一怔，接著滿臉含笑，跪地說道：「臣妾謝皇上恩典。只是臣妾德疏才薄，恐怕有負國母尊號。」

武帝扶起子夫，說：「朕相信你會成為皇子皇女的好媽媽，也會成為黎民百姓的好國母！」

那一夜，子夫一夜不曾合眼。她很激動，難以相信所發生的一切。她初進宮時，只是嚮往榮華富貴，擺脫凹凹莊那種貧苦清寒的生活。沒想到剛入宮門，竟惹惱了陳阿嬌，以致被禁錮在冷宮一年多。她自殺過，卻被春月、秋花救活了。後來重新得寵，生了三女一兒。特別是兒子劉據，一下子改變了她的命運。她知道，武帝之所以決定立她為皇后，完全是由於劉據的緣故，母以子貴嘛，她是沾了劉據的光啦！

次日早朝，武帝宣布了立后的決定。文武百官沒有異議，跪地高呼萬歲。丞相薛澤被任命為冊后使，具體負責冊立皇后的事宜。

三月十五日，春風和煦，鳥語花香，隆重的冊后大典在昭陽殿舉行。昭陽殿位列未央宮「後宮八區」之首，向為皇后的寢殿。殿內以椒泥塗抹牆壁，大廳漆成朱紅色，樑柱彩繪，雕刻龍蛇，橫木上鑲著鎏金釭，釭上裝嵌藍田美玉和明珠翠羽，交錯雜列，熠熠閃光。門檻用鎏金銅鑲裹，階道用白玉石砌就，門簾用彩色珍珠串成，風至簾響，珩珮叮噹。自陳阿嬌被廢後，昭陽殿一直空著，今日它要改換新主人了。

武帝頭戴皇冠，身穿龍袍，端坐在大廳正中的龍椅上，旁邊還有一張鳳椅，誰坐上鳳椅，誰就是皇后了。文臣武將衣冠鮮明，整齊排列。

一陣鼓樂奏過，禮儀官高聲喊道：「皇后升座！」

歡快的樂曲響起，宮門大開，十六個花枝招展的宮女，簇擁著天仙一般的衛子夫，慢慢悠悠走了進來。子夫走至武帝跟前，跪地三拜，口呼：「萬歲萬歲萬萬歲！」那聲音如鶯啼柳枝，珠落玉盤，清純悅耳。

武帝伸出右手，指著鳳椅，說：「愛卿坐！」

子夫說：「謝萬歲！」撩衣站起，略走幾步，轉身面向文武百官，輕輕坐到了鳳椅上。

樂隊奏響莊嚴的樂曲，禮儀官高聲喊道：「冊后使宣讀冊后詔書！」

薛澤跨出班列一步，展示詔書，朗聲讀道：

大漢天子承天昭運，曰：天地暢和，陰陽調順，萬物之統也。茲有衛氏子夫，環姿艷逸，儀靜體閒，溫順賢淑，且生皇子據。今據《關雎》之禮，特冊立衛氏子夫為皇后，其赦天下，與民更始。欽此。

樂曲又變得歡快熱烈起來。薛澤手捧詔書，走至子夫跟前，跪地呈奉。子夫亦起身跪地，雙手接過。有了這份冊后詔書，她就是名副其實的皇后了。

禮儀官又喊道：「進鳳冠！」

大廳一側出來一個宮女，手捧漆盤，盤裏放置鳳冠，鳳冠上有三龍三鳳，龍鳳全是金製。中間龍口銜珠寶，左右二龍各銜長串珠結；鳳口銜珠滴，鳳身滿飾翠雲、仙芝草圖案。鳳冠上共鑲珍珠三千六百顆，寶石三百六十粒，價值無比。子夫戴上鳳冠，越顯高貴端莊，光彩照人。

禮儀官再喊道：「進璽綬！」

大廳一側又出來一個宮女，手捧漆盤，盤裏放置璽綬。璽，即皇后的印章，正方體，用潔白的和闐玉琢成，印上部雕一立體螭虎為紐，四側陰線刻雲紋，印面陽刻遒勁篆書「皇后之璽」；綬，一種絲質帶子，懸於衣服上標明人物身分，兼作裝飾品。子夫雙手接過璽綬，轉動明眸，深情地朝武帝一笑。

禮儀官再喊道：「朝拜皇后！」

文武百官一齊跪地叩頭，口呼：「吾皇萬歲！」「皇后千歲！」呼罷起立，目不斜視。

禮儀官最後喊道：「禮止！」樂隊演奏的樂曲進入尾聲，百官魚貫退去。

冊后大典結束了，子夫成為皇后，成為昭陽殿的新主人，開始了一種尊寵的全新的生活。當夜，武帝和子夫第一次在昭陽殿裏尋歡做愛，情濃意熾，那滋味比往昔倍加甜美。

# 衛氏外戚的功勳

26

**皇帝一句話，可以使人進入天堂，也可以使人進入地獄。新皇后抱定宗旨，千萬不要觸犯皇帝，勉勵衛氏外戚為國家和皇帝效力。張騫出使歸來，西域的珍奇使人著迷。**

衛子夫當了皇后，入主昭陽殿，幾乎所有的人都很高興。最高興的當然還是子夫自己，民女——歌伎——夫人——皇后，她走過了一條不平凡的傳奇般的人生里程。

子夫非常清楚，自己之所以當上皇后，並非自己有什麼特殊的能耐，不過是武帝的一句話而已。皇帝一句話，可以使人進入天堂，也可以使人進入地獄。這正是皇帝的權勢、威嚴之所在。

子夫因此抱定一個宗旨：千萬不要觸犯皇帝。在皇帝與皇后的關係中，皇帝始終處於主宰的支配地位，皇后只是一個附屬物，一件點綴品。子夫曾經回過一趟衛府，看望母親衛媼和弟弟衛青等人。她將自己的想法跟家人說了，衛媼連聲稱是，衛青若有所思，說：「姐姐的話不錯！作為皇上的親戚，我們衛氏除了為國家和皇上效力外，別無所圖！」

子夫說：「對呀！弟弟和我想到一塊了！」

這年秋天，匈奴兩萬騎兵再次蹂躪漢朝的邊境，殺死遼西（遼寧義縣）太守，掠去百姓兩千餘人。武帝接到邊報，大怒，立即命衛青統率精騎三萬，從雁門出塞，又命李息從代郡出塞配合衛青，合擊匈奴。由於漢朝的兵力比較集中，衛青調度有方，這一仗共殲滅匈奴五千人，取得了漢朝對匈奴作戰以來的第一次大勝利。

衛青凱旋長安，武帝龍顏大悅，興致勃勃地對朝臣們說：「眾位卿家以為朕用衛青為車騎將軍如何？」文武百官齊聲稱頌武帝聖明。從此，他們對年輕的衛青作為軍事統帥不得不刮目相看了。

衛青兩次出擊匈奴都獲得勝利，名聲大震。武帝特別器重這個小舅子，凡軍事方面的重大問題都要與衛青商量。這天，武帝和衛青在宣室殿商量軍情。武帝說：「多少年來，都是匈奴犯我，我犯匈奴，打的是防禦戰，非常被動。」

衛青說：「這是國力所致！國力不濟，攻伐匈奴總是心有餘而力不足。現在情況有變，我朝有力量變被動為主動了，實行主動出擊。」

武帝說：「對呀！從戰略防禦轉為戰略進攻，這是解除匈奴威脅的根本大計。」停了片刻，又問衛青道：「卿以為戰略進攻，當以何處為首要目標？」

衛青想了想說：「河南之地。」

武帝哈哈大笑，說：「朕也是這樣想的，正是英雄所見略同啊！」

所謂「河南之地」是指黃河流域的河套地區。這裏土地肥沃，農產豐富，水草甘美，不僅適宜於農業生產，而且是天然的牧場，距長安不足千里，實是京師的北部屏障。秦朝時，大將蒙恬北征匈奴，收復了這一地區，築城立塞，派兵駐守。秦末動亂，匈奴乘機又占領了這塊富饒的寶地，並以此作為侵擾中原的基地。漢朝前期，這種情況仍未改變，因而對中原構成嚴重的威脅。現在，武帝和衛青不約而同地要收復河南之地，表現了兩位戰略家獨到的見解和眼光。

元朔二年即西元前一二七年，匈奴用大部分兵力侵犯上谷和漁陽二郡，河南之地出現了空虛。武帝抓住這一戰機，指示衛青說：「卿這次出兵，暫且不管上谷和漁陽，可以引軍西進，抄襲匈奴的西部陣線，打他個首尾難顧！」

衛青遵命，率兵出雲中，進擊盤踞在河南的匈奴樓煩王和白羊王。同時，李息率兵出代郡，以牽制匈奴的東方兵力。武帝明確地命令李息：「卿部只守不攻，拖住敵人就是勝利！」

衛青兵出雲中，秘密北上，忽而掉轉方向，沿黃河西進。匈奴樓煩王和白羊王毫無防範，突然遇到漢軍的攻擊，以為是神兵天降，銳不可當。匈奴軍頓時土崩瓦解，二王見勢不妙，只帶著少數親兵倉皇北逃。衛青指揮漢軍窮追不捨，一直追到高闕（蒙古陰山長城口）。

這次戰役，漢軍取得了巨大的勝利，共斬殺匈奴軍兩千三百餘人，俘虜三千零七十一人，繳獲牛羊馬百萬餘頭，收復了整個河南之地，擴大了漢朝的疆土。而衛青的騎兵、車輛、輜重幾乎沒有什麼損失，全甲兵而返。

武帝接到戰報，高興極了，告訴皇后子夫說：「車騎將軍，好樣的！」他將皇兒劉據舉過頭頂，搖晃著說：「舅舅打勝仗！舅舅打勝仗！」子夫滿臉含笑，說：「當心點，別嚇著據兒！」

漢軍控制了河南地區，武帝立即在那裏設置了朔方郡和五原郡，治所分別在今蒙古烏拉特前旗南和包頭市西北。並重修秦朝所築的舊長城，設置烽燧，移民徙邊，以增強邊防力量。此後，朔方郡和五原郡成了京師長安的北部屏衛以及出擊匈奴的重要基地。

衛青回到長安，長安人民傾城出動，迎接這位抗擊匈奴的民族英雄。武帝異常興奮，特封他為長平侯。隨衛青出征的部將蘇建和張次公，也分別被封為平陵侯和岸頭侯。

衛青辭別武帝回家，一進門，母親衛媼告訴他一個喜訊：春月又生了個兒子。衛青進內室看望春月，春月正給兒子餵奶。衛青歉意地說：「對不起！你坐月子，我不在你的身邊。」

春月衝他一笑，說：「你是將軍，還能老守著婆娘？」

衛青仔細端詳新生的兒子，說：「小傢伙像你還是像我？」

春月說：「當然像你啦！將門虎子嘛！」

衛青說：「像我最好！咦？伉兒呢？」

春月說：「肯定又跟去病出去瘋了！他呀和去病一樣，光想學你領兵打仗！」

衛青說：「最好！領兵打仗才叫真男兒，有出息！」

春月說：「你給老二起個名字吧！」

衛青想了想，說：「老大叫衛伉，老二就叫衛伐（後改名衛不疑）吧，攻伐匈奴！」

春月說：「只怕老二長大，匈奴早叫他爸伐完了！」

衛青說：「那再好不過了！早伐完早安生，天下就太平了。」

不知不覺又過了一年。春暖花開時節，出使西域的張騫回來了。張騫自建元二年（西元前一三九年）出使，一去就是十三年，音信全無。武帝只道他早已不在人世，沒料想他卻滿臉鬍鬚、風塵僕僕地回到了長安。武帝在未央宮前殿予以召見，張騫得以重睹龍顏，拜倒在地，泣不成聲。張騫當初離開長安時，隨從有一百多人，而今重返故國時，卻只有隨從甘父一人了。武帝詢問出使經過，張騫扼要敘述了死裏逃生的情況。

原來，當時長安通西域的道路是被匈奴封鎖著的。張騫一行想悄悄越過河西走廊，不想被機警的匈奴騎兵抓獲了，送到大漠以北的匈奴王庭。匈奴單于利誘張騫投降，未予殺害，還給他娶了妻子。張騫身陷異域，心懷故國，一直精心保存著漢節，即漢朝使者的憑證。隨從們分散而去，只有甘父死心塌地地跟隨著他。

眨眼間過了十年，張騫和甘父找到機會，一起逃走了。他二人並沒有逃回長安，毅然繼續西行，決意不完成使命絕不回頭。西行的道路非常艱苦，茫茫的雪山，浩瀚的沙漠，有時行走數日，不見人煙，天天為饑餓所迫。幸虧甘父一手好獵藝，獵取野物可以充饑。

張騫和甘父歷經千辛萬苦，終於在嬀水流域（中亞的阿姆河流域）找到了大月氏。大月氏王被匈奴單于砍去頭顱以後，夫人繼任大月氏王，帶領部落跋涉遷移，權且定居在嬀水流域。大月氏王給張騫以使節的禮遇和款待，卻不願因以往的民族仇恨再重返東方作戰。張騫和甘父滯留一年多，未能說服大月氏人，只得怏怏踏上歸途。

他們在歸途中又被匈奴人抓獲，扣留了一年有餘。這一年，匈奴發生內亂，他們乘機逃脫，餐風露宿，回到長安。由於十多年的艱辛，不滿四十歲的張騫，頭髮變得花白了。

武帝聽了張騫的敘述，深為感動，說：「卿出使多年，不辱王命，忠心可嘉。」繼而又問：「西域到底有多大？那裏什麼樣子？」

張騫回答說：「西域廣袤，東起玉門陽關，西限巍峨蔥嶺，東西六千餘里，南北一千餘里，大大小小三十六國，禮樂制度完備者有大宛、大夏、月氏、康居、烏孫、樓蘭、東師、條支、安息等。那裏山川秀美，物產豐饒，風土人情跟中原大不一樣，男女老少善於騎馬，愛穿色彩鮮艷的衣裙，夜晚點燃篝火，唱歌跳舞，通宵達旦。」

武帝興奮地說：「有意思！有意思！那麼，從西域再往西往南，又是什麼地方呢？」

張騫回答說：「臣曾途經大夏國，看到集市上有很多我國邛地（四川西昌）出產的竹杖和蜀布在出售。臣問當地人：『這些東西來自哪裏？』當地人答：『來自東南一千多里外的身毒國（印度）。』如此看來，這個身毒國當在我國的西南方向，距離蜀地不會太遠。至於更遠的地方，臣知之甚少，不敢妄言。」

張騫一席話，使武帝眼睛一亮，心胸大開。他不禁感嘆道：「人說山外有山，天外有天，確實如此啊！我們原先只知有大漢有匈奴，想不到大漢、匈奴以外，世界還大得很呢！」進而加重語氣道：「好！朕這就派人通好身毒，並要繼續通好西域，樹威惠利，讓它們做大漢的外屬之國！」

朝臣們拱手稱頌道：「萬歲聖明！」

武帝興致不減，看著張騫說：「張騫！卿出使西域，做了一件前人從未做過的事，朕封卿為大中大夫，封甘父為奉使君。你二人預作準備，不久還要出使的！」

張騫、甘父跪拜說：「謝皇上龍恩！」

武帝目光炯炯，轉而對朝臣們說：「當務之急還是匈奴，不滅胡賊，朕心不甘！」他的神色嚴厲，語氣堅定，顯示出攻滅匈奴的信念和決心如石似鐵，不可動搖。

六月，匈奴出於對漢朝攻占河南地區的報復，又出動數萬騎兵侵犯代郡，殺死代郡太守，繼入雁門，殺掠百姓千餘人。武帝怒不可遏，正欲發兵還擊。怎奈王太后突然病故，武帝強按怒火，忙著給母后辦理喪事，暫將匈奴置於一邊。

太后之死，屬於國喪，喪禮是相當隆重的。未央宮和長樂宮內外，哀樂低迴，輓幛高懸。太后居住的長信宮設置靈堂，文武百官白衣白幘，前往弔唁。武帝因為韓嫣事件，一度與太后關係不太融洽。但太后畢竟是他的生母，孝心、孝道還是要盡到的。他也穿了孝服，天天到靈前祭奠，大殮時命將太后生前喜歡的器具，如銅鏡、銀梳、玉如意、熏香爐等，一概殮葬。

哭喪停殯七日，太后靈柩送往陽陵（咸陽市張家灣附近）與景帝合葬。武帝和子夫，平陽、南宮、隆慮公主和修成君金俗，王公大臣及其命婦等，清一色的白衣白帽白鞋白襪，或坐車，或騎馬，行進在送靈隊伍的前面。樂隊奏哀樂，女人們眼角含淚，其中兩人哭得格外傷心。一人是平陽公主，最愛太后，母女情深。她的丈夫平陽侯曹壽，近來得了一種怪病，頭疼腦熱，常出虛汗，渾身乏力，茶飯不進，只是氣息奄奄挨度時日了。太后撇她而去，曹壽再撒手人寰，她這輩子還能靠誰呀？再一人是金俗，太后和金王孫的女兒。她的榮華富貴都是太后帶來的，若不是太后，她只能是咸陽的一個貧婦而已，怎會置身於皇家？

喪禮延續了半個多月，風光了一生的王太后歸宿陽陵。武帝節哀，重提戰事，他要讓北方的匈奴嘗嘗大漢的厲害，自食侵略他人的苦果。

## 27 武帝雄才偉略，攻伐匈奴改「防胡」為「滅胡」。衛青遠程奔襲，戰果輝煌，升任大將軍，三個兒子包括一個尚在襁褓中的嬰兒，皆封列侯。

匈奴攻襲代郡、雁門，見漢朝沒有還擊，似乎嘗到了甜頭。第二年又三路出兵，直攻代郡、定襄（山西北部）和上郡（陝西北部），大肆燒殺搶掠。

匈奴的猖獗激起了武帝的滿腔怒火。他立刻召集公卿大臣，憤慨地說：「經過幾次交戰，可以看出，匈奴是畏懼我大漢朝的，我們也有力量把他們打敗。但是到目前為止，我們的邊患沒有解除，百姓依然受害，這不是別的原因，而是我們沒有確定把匈奴這個禍根徹底拔掉的決心。過去那種水來土屯、敵侵我防的策略太被動了！我們現在不應該滿足於『防胡』，而是要『滅胡』！」

「滅胡？」幾個大臣聽了，大吃一驚，說道：「匈奴占地萬里，行蹤飄忽不定。我們僅為了防禦，尚且動用大量兵力，如果要消滅它，恐怕非要竭盡人力財力不可！」

武帝攥著拳頭，堅定地說：「被動防禦，禍根難除，看起來費用少一些，但貽患百年，危害極大。如果主動出擊，鏟除禍根，則是一勞永逸，造逼萬代，所費雖多，卻功德無量！」

衛青等一批將領堅決支持武帝的意見，說：「膿瘡，把它剜掉病就好了，如果天天抹藥，無濟於事。」

「說得好！我們就剜掉匈奴這個膿瘡！」武帝吩咐，全國上下精心準備，聽候命令，萬眾一心，攻滅匈奴。

元朔五年即西元前一二四年春天，武帝命車騎將軍衛青統率六將軍共十餘萬精兵，浩浩蕩蕩，從三路大舉攻討匈奴。蘇建、李沮、公孫賀、李蔡四將出朔方郡，李息、張次公二將出右北平郡（河北承德一帶），而衛青本人親率三萬鐵騎從高闕出塞，主攻匈奴右賢王。

自河南戰役以後，匈奴王庭遠遁塞北，設置於大漠南沿，距離高闕約六七百里。右賢王認為漢軍不可能主動出擊，更不可能深入腹地打到他的眼皮底下來。他全然不作防備，整日飲酒取樂，悠哉悠哉。衛青根據獲得的情報，針對右賢王麻痹輕敵的判斷錯誤，命令將士日夜兼行，遠程奔襲，打他個措手不及。

兵貴神速。當衛青的軍隊在一天夜晚將右賢王大帳團團包圍的時候，右賢王正酩酊大醉不省人事呢！衛青一聲令下，金鼓齊鳴，萬馬奔騰，漢軍吶喊著直向右賢王的大帳衝擊。右賢王在夢中忽然聽到洪水決堤、驚雷貫耳般的巨響，迷怔了半響才明白是怎麼回事兒。他嚇得魂不附體，根本無心抵抗，忙拉著一個愛妾，在幾百名騎士的護衛下突圍逃竄。

衛青發現右賢王逃跑，急命輕騎校衛郭成等率兵追擊，一直追了百餘里。天亮了，再看戰場上，到處是敵人的屍體，殘壞的車輛，破爛的旗幟，匈奴裨王（小王）十餘人跪在地上，戰戰兢兢。這些裨王，連同匈奴部眾一萬五千多人，牛羊牲畜百萬餘頭，都成了衛青的戰利品。

這是自古以來從未有過的輝煌勝利。捷報飛馬傳送到長安，武帝簡直不敢相信這是事實，高興得坐都坐不住了。他雙手抱起子夫，就地轉了一個圓圈，又抱起兒子劉據，親了又親。連聲誇道：「車騎將軍了不起！了不起！」

子夫甜甜地一笑，說：「說到底是皇上聖明啊！」

武帝立即召集公卿大臣，興致勃勃地說：「衛青功勞蓋世，我要封他為大將軍，位在所有將軍之上。」

新任丞相公孫弘說：「我朝並無大將軍這一職銜呀！」

武帝說：「過去沒有，朕設置一個不就有了？」

「大將軍」印很快刻了出來。武帝性急，不等衛青回朝，就派出使者攜帶「大將軍」印，火速趕到邊塞迎接衛青。他鄭重吩咐使者說：「衛青一入塞，你就在他的軍中，代表朕用最隆重的禮儀封他為大將軍。朕要讓全軍將士和舉國官民都知道，對於英勇殺敵、立功沙漠的人，朕是毫不吝惜官職和金錢的。」

經過漠南戰役，衛青由車騎將軍升任大將軍，實際上就是全軍的統帥了。他滿懷勝利的喜悅回到長安，武帝為之舉行了規模空前的凱旋禮儀。武帝看著英武的衛青和驍勇的將士，喜形於色，得意非凡。從他的臉上，文武百官看出了他想說而沒有說的話：「朕主動出擊匈奴的決策，破格提拔衛青的膽識，不是超人一等嗎？」

武帝環視文武百官，神采飛揚，說：「看來，朕封衛青為大將軍，還不足以褒獎他的豐功偉績。現在朕宣布：除衛青原有的封邑外，再增封八千三百戶！衛青的三個兒子，皆封列侯！」

衛青原有封邑三千多戶，加上增封，總數達到一萬二千多戶。自從漢朝建國以來，只有開國功臣蕭何才有如此豐厚的賞賜。衛青原有衛伉、衛伐兩個兒子，出征期間，春月又替他生了第三個兒子衛騧（後改名衛登），衛騧尚在襁褓中，竟也封侯！文武百官大吃一驚，就是衛青自己也覺得承受不起呢！

衛青拜伏在地，推辭說：「陛下皇恩浩蕩，國人咸知。怎奈臣征匈奴，立功建勳，這是上靠陛下神威，下賴將士驍勇。臣懇請重重封賞隨征的將士，至於臣子，年幼無知，不敢受賞！」

武帝點頭，笑道：「大將軍不必推辭，諸位將校和士兵們的功勞，朕是不會忘記的。」於是下令，封公孫賀等六人為列侯，李息等四人為關內侯。所有士兵，犒賞金銀帛緞。武帝這樣做，就是要獎賞勇武，激勵士氣，準備更大規模地攻伐匈奴，直至根絕這個為害中原數百年的禍患。

衛青滿面春風回到家中，衛媼、春月和霍去病等笑嘻嘻地迎了上來。春月懷抱新生的兒子衛騶，衛青接過去美美地親了一口。衛青問春月道：「大兒子叫衛伉，二兒子叫衛伐，三兒子怎麼叫衛騶呢？」

春月說：「衛騶有福，名字還是皇上賜的呢！」

衛青疑惑不解，說：「皇上給咱兒子賜名？」

衛媼笑得合不攏嘴，說：「春月剛生下三孫孫，子夫告訴了皇上。那天，恰好有人給皇上獻了一匹騶馬，皇上愛馬，一高興，就跟子夫說：『衛青的三兒子就叫衛騶吧！願他像父親一樣，長大了也成為一匹駿馬，馳騁沙場。』子夫捎了話來，三孫孫就叫衛騶了。」

衛青大笑，說：「好！但願騶兒日後成為千里駒，勝過爸爸！」

霍去病早將衛青的軍刀拿在手裏，左揮右舞，嘴裏喊著：「衝啊！殺啊！」衛青瞧那架勢，讚許地說：「呵！滿像回事嘛！」

春月說：「去病最想上前線了，你下次出征得帶著他。」

去病說：「舅舅！你可不要把匈奴人殺完了，好歹給我留一些！」

衛青拍著去病的肩膀，說：「傻外甥！匈奴人多著哪，殺不完的。再說，我們攻討匈奴，並不殺普通的匈奴人，專殺那些跟我們作對的頭面人物！」

去病說：「這個自然，我懂！」

衛青說：「懂就好！」

下午，公孫敖和秋花來訪，他倆是來感謝衛青的。公孫敖首次出征，損兵折將七千餘人，險些丟了性命。他被贖為庶人，就是尋常的平民，在家裏閒著。這期間，衛青屢建功勳，使他羨慕不已。春天，衛青又率兵出征，公孫敖考慮秋花跟子夫姐妹相稱，就讓秋花找子夫，求她在武帝跟前說情，讓自己隨征殺敵。子夫說：「涉及到國家大事，我是不便向皇帝開口的。是不是這樣？我讓衛青去跟皇帝說好了，保險能成。」於是，子夫叫衛青幫公孫敖的忙。衛青和公孫敖原是很要好的朋友，又是連襟，樂意照辦，跟武帝一說，武帝滿口應允。因此，公孫敖得以以校尉身分，跟隨衛青出征。這次，公孫敖作戰英勇，立了大功，武帝所封的六個列侯中就有公孫敖，為合騎侯。公孫敖和秋花感謝衛青，故而來訪。

衛青和春月熱情款待公孫敖和秋花，並派人把公孫賀和君孺請了來，開懷暢飲，直至深夜方才散去。

第二天，衛青和春月帶著三個兒子進宮看望武帝和子夫。衛青從塞外購得兩件狐皮大衣，一件毛色金黃，一件毛色雪白，作為禮物送給武帝和子夫。武帝和子夫試穿了一下，非常合身，顯得華貴而高雅。衛青還給三個公主和劉據各送了一件小禮物，其中送給劉據的是一隻長命富貴鎖，銀質金邊，掛在脖子上，驅邪避災，吉祥呈瑞。

衛伉、衛伐和陽石、諸邑公主年齡相仿，難得在一起玩耍，很是開心。子夫抱著劉據，春月抱著衛騧，坐在一邊說話，十分投機。武帝和衛青擺開圍棋對弈。當時的圍棋為縱橫十七條線，合兩百八十九個著子點，子分黑白，象徵陰陽。武帝棋藝高超，弈到一百七十五手，衛青推枰認輸。武帝哈哈大笑，說：「大將軍在戰場上所向無敵，在棋盤上還有待長進啊！」

衛青亦笑道：「臣在戰場上和棋盤上都是一個子兒，陛下指向哪裏，臣就衝向哪裏！」

武帝高興，大聲說：「好！」

這時，一個更雄偉的攻滅匈奴的方案，已在武帝心中醞釀成熟了。

**自古英雄出少年。衛子夫和衛青的外甥霍去病嶄露頭角，勇冠三軍，十八歲因軍功封為冠軍侯，更給衛氏外戚爭得了巨大的榮譽。**

河南戰役和漠南戰役大捷，印證了武帝戰略決策的英明正確，顯示了衛青統兵征戰的軍事天才。衛子夫見自己的丈夫和弟弟建功立業，心裏像吃了冰糖葫蘆一樣甜蜜。公孫賀是她的姐夫，封南窌侯；公孫敖算她的妹夫，封合騎侯。還有弟弟的三個兒子也都封了侯，衛氏外戚個個都是英雄好漢，這使子夫感到驕傲和自豪。不久，她的外甥霍去病又嶄露頭角，勇冠三軍，更給衛氏外戚爭得了巨大的榮譽。

那是元朔六年即西元前一二三年，衛青又統率蘇建、李沮、公孫賀、公孫敖、李廣、趙信六將從定襄出塞，攻擊匈奴。霍去病十八歲了，吵著鬧著要隨衛青出征。衛青不敢擅作主張，專門請示武帝。武帝很欣賞去病初生牛犢不怕虎的氣概，說：「年輕人需要在風口浪尖上闖蕩，大將軍不妨帶他去做個幫手。」衛青遵旨，給了去病一個剽姚校尉的頭銜，帶他出發了。

去病出征，衛媼最為擔心。去病是她一把屎一把尿拉扯大的，如今要上戰場，她真心疼。去病滿不在乎，說：「姥姥！我長大了，又有舅舅保護，沒事！」

衛媼說：「恐怕得跟你娘商量一下吧？」

去病從來不想親娘少兒，說：「不用商量！去病只有姥姥沒有娘！」

衛青大軍出塞，所向披靡，殲滅匈奴數千人，而後返回定襄，稍作休整。一月以後，再度出塞，在更廣闊的範圍內向匈奴發動進攻。匈奴連吃幾次敗仗，這次也豁出去了，聚集重兵作頑強的抵抗。戰鬥至為激烈，直殺得天昏地暗，日月無光。衛青直接指揮的公孫賀、公孫敖、李廣、李沮部，在激戰中雖有傷亡，但仍取得巨大勝利，共斬殺敵軍萬餘人。而蘇建、趙信部卻損失慘重，三千騎兵傷亡殆盡，蘇建單騎逃歸，趙信則投降了匈奴。衛青清點兵馬，獨不見外甥去病，不由大驚失色，焦急不安。去病是個毛頭小伙子，首次出征，萬一有個閃失，自己回師怎麼交代啊？

再說戰鬥打響以後，剽姚校尉霍去病率領部下的八百名輕騎兵，如狼似虎地衝入匈奴軍陣，大砍大殺，好不痛快。慢慢地，他們脫離了部隊的主力，成了一支孤軍。去病遙見北方有匈奴的游兵，索性帶領部下追了過去，這一追竟深入敵境數百里。恰遇匈奴營帳，他們發一聲喊，趁其不備，馳殺了過去。營帳內外的匈奴兵沒想到漢軍會在這裏出現，立時亂作一團。去病等大發神威，猛烈攻殺，共斬殺敵軍二千零二十八人，匈奴單于的大父（叔祖父）藉若侯產也被砍了頭顱。同時活抓了三人，經審問，知道他們分別是匈奴的相國、當戶和叔父羅姑比。去病得勝回營，獻上藉若侯產的人頭和三個俘囚。衛青大喜，說：「好一個剽姚校尉！『剽姚』二字，你是當之無愧了！」「剽姚」，勁疾之貌，就是驃悍、勇猛、迅疾的意思。

將軍蘇建單騎逃歸，應當如何處置？衛青詢問軍罰官周霸。周霸說：「自從大將軍率兵出征以來，從未處斬過部將。現在蘇建喪失全軍，獨自歸來，應當處斬，以此可樹大將軍之威。」

衛青搖頭，說：「我以皇親身分受到皇上信賴，又是大將軍，不愁沒有威信。你要我用斬蘇建以樹立威信，實在不合我意。皇上命我帶兵出征，雖然給了我殺人斬將的權力，我也不應自作主張，擅誅將校。蘇建是皇上親自任命的將軍，他違犯軍法，應送皇上處置。我這樣做，也是為其他將領做個不敢專權的榜樣。」這番話說得周霸等人心服口服，他們深感衛青居功不傲，奉法守職，品格非其他外戚可比。

蘇建被押解朝廷，武帝赦免了他的死罪，令其家人贖為庶人。

衛青回師長安，向武帝稟報了出征經過。武帝聽說去病驍勇異常，功冠全軍，特別高興，立即下令褒獎，以一千六百戶封他為冠軍侯。十八歲的小伙子，因軍功而封侯，這在歷史上是從未有過的。去病因此成為英雄，受人敬仰。子夫心中有點不安，說：「霍去病是臣妾的外甥，皇上可不要偏愛於他。」

武帝說：「不論是誰，只要在戰場上建立了功勳，朕都是要厚加封賞的。」

去病一日之間成了長安城中的風雲人物，上自公侯大臣，下至平民百姓，幾乎無人不知，無人不曉。慣於趨炎附勢之徒，認識和不認識的都登門造訪，衛府一時門庭若市。衛府住著一位大將軍，如今又出了一位年輕的冠軍侯，誰不想目睹一下兩位英雄的風采？

去病應酬了幾日，頗覺乏味，乾脆托詞不見造訪者，約了部下到軍中蹴鞠。蹴鞠就是踢足球，去病是個蹴鞠好手。當時的鞠用皮革製成，實心，中間填以蘆花、棉絮等鬆軟之物，彈性較差。去病蹴鞠，十分投入，敢於拚搶和射門，每次都踢得大汗淋漓，氣喘吁吁。

去病十八歲了，該娶妻成家了。衛媼曾和子夫商量過此事。子夫說：「去病已封列侯，尋個門當戶對的怕不容易。」

衛媼說：「可不是嘛！娘正為此事犯難呢！」

恰在這時，有個千金小姐從淮南回到長安，順理成章地成了去病的妻子。這個千金小姐不是別人，正是王太后的外孫女，修成君的女兒，武帝的外甥女金娥。修成君金俗生有一兒一女，兒子號修成子仲，女兒叫金娥。王太后偏愛金俗，一心想讓金娥配個王侯，安享富貴。她先看中齊王劉次昌，派人說媒，不想劉次昌亂倫敗俗，說媒未成。她繼看中淮南王兒子劉遷，淮南王意欲攀葛附藤，口頭答應，誰知王太后病故，婚事耽擱了下來。兩年後，金俗舊事重提，並派人將女兒送至淮南，欲與劉遷完婚。淮南王見王太后已死，無勢可援，遂不承認這樁婚事，命兒子劉遷將金娥趕回長安。

子夫聽說金娥回來，靈機一動，跟武帝說：「何不讓金娥嫁給去病？」

武帝一拍腦門兒，說：「對呀！這倒是天作地合的一對！」

於是，武帝和子夫做媒，去病和金娥結為夫妻。由於這層關係，衛氏外戚和皇家的聯繫更緊密了。

淮南王叫劉安，其弟衡山王叫劉賜，論輩分算是武帝的叔父。他二人心懷叵測，不日串通謀反，妄想篡奪江山。武帝毫不留情，派兵鎮壓。劉安、劉賜自殺，株連死者達數萬人！金娥因禍得福，嫁了如意郎君，第二年便給去病生了個兒子，取名霍嬗。

又是春暖花開時節。南山冰融，渭河水漲，柳枝搖綠，群芳吐艷，一輪鮮活的旭日升起，整座長安城沐浴著璀璨的金光，高大宏偉的城墻以及十二座城門顯露出雄姿，巍峨壯麗的未央宮、長樂宮、桂宮、北宮呈現出異彩。尤其是未央宮，北闕和南闕油漆一新，插滿五彩繽紛的旗幟，門楣上懸掛新製的大紅燈籠。所有的樹木經過修剪，整整齊齊，花圃裏百花齊放，爭奇鬥艷。未央宮前殿東西長一百一十七．五米，深三十五．二五米，高八十二．二五米，以木蘭為棼橑，文杏為樑柱，金鋪玉戶，華榱璧當，雕楹玉碣，重軒鏤檻，金絲鑲為牆上的壁帶，並嵌珍珠、翡翠，富麗堂皇。殿上殿下鋪著紅地毯，精美絕倫的陳設令人眼花繚亂。

未央宮以及未央宮前殿為何如此盛妝？這是因為這一天要在這裏舉行盛大而隆重的儀式：冊立太子。皇帝登基、冊立皇后和冊立太子，是封建社會最重要的三大儀式，規格、禮儀十分講究，絲毫不得馬虎。

武帝登基已經十九年了，年滿三十四歲。長子劉據，轉眼間也已經七歲，粗通人事。劉據生性溫和，剛勁不足，柔勁有餘，性格的主導傾向像母親而不像父親。但是，武帝還是非常喜愛他，因為他是長子，皇后子夫親生，他的舅舅衛青、表兄霍去病封侯拜將，征伐匈奴，功勳卓著，可以說是支撐著大漢的半壁江山，堪稱中流砥柱。因此，他決定冊立劉據為太子，一來可以儲作國本，冀定人心；二來可以激勵衛氏外戚，效力朝廷更加忠誠。

武帝將這一決定告訴丞相公孫弘。公孫弘拜伏在地，連呼：「皇上聖明！皇上聖明！」

他也將決定告訴衛青和霍去病。衛青和霍去病說：「冊立皇太子是國家大事，臣等身為勳戚，不便多言，諸事聽憑皇上聖決。」武帝還將決定告訴衛子夫，子夫心情激動，熱淚盈眶，跪地說：「臣妾和據兒都屬於皇上，皇上愛怎麼做就怎麼做！」

四月的一天，百官排列，在未央宮前殿舉行了冊立太子的大典，禮儀熱烈而又隆重。武帝想到自己後繼有人，非常高興，頒詔大赦天下，所有朝臣官升一級，並派遣謁者巡行郡縣，訪貧問苦，凡孤寡老人及孝子孝女，皆賜帛賜米，以示皇恩。於是舉國歡呼，到處一片頌揚聲。

劉據成為太子，便不能隨子夫住昭陽殿了，要搬到北宮裏的太子宮居住。子夫真有點捨不得，但那是皇家的規矩，不容更改的。武帝命德高望重、學識淵博的石德為太子少傅，教授劉據的學業。子夫挑選幾個忠實的宮監和宮女，料理劉據的飲食起居。北宮和未央宮之間，有紫房複道相通。劉據每天下午，經複道回未央宮一趟，向父皇和母后請安。從此以後，等候、盼望劉據回來，就成了衛子夫時時牽掛著的一件大事了。

## 29 霍去病大忠大勇，智謀超群，攻無不克，戰無不勝，戰功顯赫，聲望如虹，誰不欽佩和羨慕？

當元狩元年（西元前一二二年）四月劉據被冊立為太子的時候，匈奴單于又派遣萬名騎兵侵犯上谷郡，殺死當地吏民數百人。武帝微微一笑，暗暗說：「你在東線捅我一指頭，我就在西線搧你一巴掌。」於是精心部署了河西戰役。

次年三月，武帝任命霍去病為驃騎將軍，率領騎兵一萬，由隴西郡（甘肅南部）出發，孤軍深入沙漠，尋找匈奴主力，能戰則戰，不能戰也要弄清楚匈奴主力的位置。

武帝的這一任命太大膽了，許多有經驗的老將都連連搖頭。有的說：「驃騎將軍才剛剛二十歲，固然勇猛無畏，可是讓他單獨率兵出征，不是太冒險了嗎？」也有的說：「孤軍深入乃兵家之大忌，更何況驃騎將軍要深入的地方是荒無人煙的沙漠呢？」

武帝相信自己慧眼識英才，笑著對大臣們說：「你們只知其一，不知其二。霍去病的長處就是敢於而且善於孤軍深入。他年輕氣盛，無所畏懼，而此時的匈奴已被我們打得膽戰心驚。朕以為若用謹慎的老將出征，倒不如用火氣旺盛的小將容易建立奇功。朕喜愛的就是奇才，追求的就是奇功，諸位但放寬心，靜聽佳音吧！」

去病獨自領兵出征，衛媼、金娥最為擔心。衛青說：「不妨事！去病有能力應付戰場上的情況的。」

宮中子夫也覺得玄。武帝安慰她說：「自古英雄出少年，何況去病已不是少年了，他會馬到成功的。」

去病雄赳赳、氣昂昂，領兵出發了。衛青為他送行，叮囑說：「出奇制勝，貴在一個『奇』字，切記切記！」

去病點頭，說：「外甥記住了！」

去病兵出隴西郡，越過焉耆山（甘肅山丹縣東南胭脂山），深入大漠一千餘里，在皋蘭山下遭遇匈奴大軍。匈奴軍根本沒有想到這裏會出現漢軍，全然未作防備。去病一聲令下，漢軍像下山的猛虎，像出海的蛟龍，直搗敵陣，左右攻殺。匈奴軍倉促應戰，陣腳潰亂，一敗塗地。折蘭王、盧胡王被殺死，昆邪王的太子、相國和都尉被生擒，死傷多達一萬八千人。就連休屠王祭天用的金佛像，也成了漢軍的戰利品。

捷報飛馬送達長安。武帝振奮，群臣吃驚。衛媪、衛青、金娥歡天喜地。子夫高興得直搖頭，說：「真是想不到，去病竟有這樣大的能耐！」武帝立即下令，加封霍去病食邑兩千兩百戶。

去病回師休整，駐軍隴西待命。兩個月後，武帝又命去病和公孫敖率兵從北地郡（甘肅慶陽西南）出塞，對盤踞在河西遠處的匈奴軍，實行縱深大迂迴，以圖將其包圍殲滅。同時，武帝命李廣、張騫率兵出右北平，從東線牽制匈奴兵力，策應西線的攻擊戰。

東、西二線四位將軍同時對匈奴作戰，戰績大不一樣。東線方面，李廣、張騫兵分兩路夾擊匈奴左賢王，李部先至，張部誤期，打了一場消耗戰。西線方面，公孫敖部在沙漠中迷失了方向，使霍去病部再次陷入孤軍作戰的境地。當時可供選擇的方案有兩個：一是引兵返回，空耗軍資；二是孤軍深入，這要冒最大的風險。因為河西一帶山地起伏，河川縱橫，道路崎嶇，匈奴軍數量上占絕對優勢，且熟悉地形，以逸待勞，善於在沙漠地區作戰。驃騎將軍霍去病此時此刻所想的是掃除匈奴，保衛國家，即使葬身沙漠，也在所不惜。因此，他斷然選擇了後一個方案，率領數萬騎兵，從靈武（寧夏靈武）渡過黃河北上，翻越賀蘭山，穿過浩瀚的巴丹吉林沙漠，直抵居延海畔，再繞道由北向南，沿弱水（甘肅黑河）溯流而上，深入迂迴兩千多里，到達祁連山（甘肅張掖西南）。這裏正是匈奴渾邪王和休屠王軍隊的側背，居高臨下。匈奴軍作夢也沒有想到側背會出現漢軍，只把眼睛盯著東方。去病令旗一指，驍勇的漢軍以迅雷不及掩耳之勢，突入匈奴軍營。匈奴軍驚慌失措，丟盔棄甲，有的尚未反應過來，便成了刀下鬼。

這是一場短兵相接的戰鬥，殘酷而慘烈。結果，漢軍殺死匈奴軍三萬餘人，俘獲匈奴單于閼氏（王后）、番王、王母、王子及相國、將軍、當戶、都尉六十三人，匈奴酋塗王率部兩千五百人跪降。此外，去病的部將趙破奴還斬殺了匈奴遬濮王，俘獲了稽沮王。去病的騎兵，也有十分之三的人倒在血泊中。

這次戰役，開創了中國古代騎兵縱深迂迴圍殲敵人的戰略戰術，以少勝多，以弱克強。去病以其非凡的膽略，頑強的毅力，證明他是一位出類拔萃的軍事家。

河西戰役的勝利，殲滅了匈奴軍的西部主力，等於切斷了匈奴的右臂，基本解除了匈奴對漢都長安的威脅。捷報傳到長安，幾乎所有的人都驚得目瞪口呆，進而由衷地讚嘆說：「皇上不僅有知人之明，而且用人的膽量更是了不起啊！」

武帝欣喜若狂，晚上在宮中和子夫飲酒，情不自禁地說：「來！為驃騎將軍的戰功乾杯！」

子夫笑著加了一句：「也為皇上的聖明乾杯！」

去病班師回朝，武帝親自慰問，加封食邑五千四百戶。趙破奴等有功將領俱封列侯。公孫敖和張騫當斬，家人贖為庶人。

武帝太愛去病這個年輕有為的將軍了，愛他臨危不懼，處變不驚，愛他一往無前，銳不可當，愛他衛國殺敵，赤膽忠心。大漢朝要開拓疆土，國富民強，多麼需要這樣的人才啊！

武帝一次和去病閒談，勸他學學孫吳兵法。去病別有見地，說：「為將之道，必須根據實際情況，隨時運謀，何必拘泥於古法呢？」武帝又賜給去病一座府第，命去察看滿意與否。去病婉言辭謝，說：「匈奴未滅，無以為家也！」

去病大忠大勇的品格和憂國忘家的情懷，使武帝深為感動。武帝因而更加寵愛他和器重他。在武帝的心目中，衛青和去病的地位及作用幾乎完全相等了，子夫也因為這一弟一甥而穩固後宮，安享榮寵。

匈奴單于因河西戰役兩次慘敗而異常震怒，暴跳如雷。當時匈奴人中流傳著一首歌謠說：「亡我祁連山，使我六畜不蕃息！失我焉支山，使我婦女無顏色！」匈奴單于聽了越發惱火，大罵渾邪王和休屠王是草包、飯桶、窩囊廢，丟盡了匈奴人的臉面。他召二王速赴王庭，欲予治罪。渾邪王和休屠王接到召書，嚇得渾身發抖，知道回到王庭，必死無疑。二人一商量，說：「既然單于無情，莫怪我們無義。」於是決定率領本部人馬投降漢朝。

正在邊境駐防的漢將李息見到渾邪王、休屠王派來的請降使者，不敢怠慢，立即將這一情況馳報武帝。武帝聽了這意外的喜訊，先是一怔，繼而哈哈大笑，說：「匈奴啊匈奴！你終於向朕屈服了！」轉而一想又覺得不大對頭，因為匈奴刁詐多變，反覆無常，這次降漢會不會是故意設下的圈套，以詐降為計乘機襲邊？

武帝感到事態複雜，趕忙召集心腹謀臣商議對策，最後決定：派驃騎將軍霍去病率騎兵一萬、車輛兩萬到邊塞迎降。如果是真降，去病的官職和威望足以當得起最高級的皇帝使者；如果是詐降，去病便可率領鐵騎，將計就計，就地殲滅敵人。

去病率兵出發了。武帝尚不放心，叮嚀說：「卿說過為將之道，要善於隨時運謀，這回全看卿的了！」

去病說：「陛下放心，臣自會臨時處置，見機而作！」

武帝回宮，子夫小心翼翼地問：「去病擔當如此重任，皇上有把握嗎？」

武帝從容答道：「他一定能成！」

事實表明，武帝的考慮和安排是很高明的。當去病大軍抵達邊塞時，匈奴內部情況果然發生了變化。休屠王突然反悔，不願降漢。渾邪王見其變卦，索性一狠心，將他殺了，兩部合併成一部，共四萬多人，繼續向東方前進。

當漢軍和匈奴軍列陣相對的時候，渾邪王的裨將見漢軍人數遠遠少於匈奴軍，頓時又心生他想，不願投降了，甚至躍躍欲試，企圖襲擊漢軍。去病早就做好了兩手準備，當機立斷，一面直接與渾邪王談判，一面命部眾出擊，殺死膽敢輕舉妄動的敵軍八千多人。其餘的匈奴軍見去病威嚴難犯，不得不跟隨渾邪王乖乖投降。

為防再生不測，去病命人將渾邪王用快車送往長安朝見皇帝，自己則和萬名騎兵統領著號稱十萬實際上只有三萬多的降漢匈奴軍，緩緩返回長安。

渾邪王到長安後，武帝在未央宮前殿予以召見。他初次嘗到外邦番王來朝的滋味，高興極了，儼然是普天下皇帝的架勢。為了顯示自己的大度和大漢朝的富庶，他對渾邪王特別優待，封他為漯陰侯，食邑萬戶，渾邪王的四個裨王也封為列侯，賞賜的金銀財物如流水，幾天就從國庫裏支出了一百億緡。投降的匈奴人，分別安置於隴西、北地、上郡、朔方、雲中五郡，作為大漢的屬國，史稱「五屬國」。其後，武帝命在河西走廊直至羅布泊一帶築城建塞，設置武威、張掖、酒泉、敦煌四郡，委派官吏進行直接行政管理。這樣，漢朝的政治區域向西部大幅度延伸了，漢朝通往西域及中亞各國的道路隨之打通了。

去病威逼匈奴渾邪王降漢，立下大功，再次受到武帝的嘉獎，增封食邑一千七百戶。去病的聲望，如日中天，就是大將軍衛青，對於外甥的才幹和功勳，也只有佩服和羡慕了。

## 30 漢北戰役，漢朝與匈奴決戰的戰役。衛青和霍去病分率騎兵集團，跨越大漠作戰，給予匈奴毀滅性的打擊。勝利之師凱旋，天下第一夫人格外榮寵，光芒四射，迎來了一生中最值得驕傲的歲月。

匈奴的西部主力受到重創，一蹶不振，然而東部主力仍很強大，且很猖狂。元狩三年（西元前一二〇年）又兵分兩路，大規模侵入右北平和定襄二郡，殺死和擄掠吏民一千餘人。

武帝接到邊報，召集公卿大臣商量下一步的軍事方略。他說：「河西戰役獲勝，渾邪王來降，是我朝對匈奴作戰的一個轉捩點，下一步我們該攻伐匈奴單于本部了。朕原想讓將士們休整休整，現在看不行哪！匈奴單于並沒有從慘敗中吸取教訓，變本加厲地侵犯我朝東方邊境。因此，我們要趁熱打鐵，一鼓作氣，摧毀匈奴單于本部，永絕後患！」武帝說到這裏，握緊拳頭，往下一砸，表示了堅定不移的決心。

衛青第一個表態，說：「陛下深謀遠慮，為國為民，決定英明。」

去病接著表態，說：「陛下一聲令下，臣願統兵直搗匈奴單于本部，生擒敵酋獻於闕下！」

武帝含笑點頭。他非常喜愛衛青、去病舅甥二將，自他倆領兵征伐匈奴以來，攻無不克，戰無不勝，所向無敵啊！

新任的丞相李蔡心存疑慮，說：「匈奴屢屢受挫，現已將王庭移於大漠以北。我軍要攻伐匈奴單于本部，需深入漠北作戰。那裏一片荒蕪，水草奇缺，人跡罕至，弄不好進得去出不來，還請陛下三思！」

衛青說：「匈奴單于實行的是疲敵戰術，想利用我軍穿越大漠筋疲力竭之時，以逸待勞，從中得利。我軍不妨步步為營，穩紮穩打，可以破他的疲敵戰術。」

去病說：「除了穩紮穩打以外，還要出其不意，攻其不備。因為這些年來，陛下把用兵目標集中在西線，狂妄的匈奴單于產生了一種誤解，以為陛下不敢穿越沙漠直取王庭。敵人的這種麻痹思想，正好可以利用，我們要火速穿越大漠，突然出現在匈奴單于面前，打他個措手不及！」

「好！」武帝目光炯炯，興奮地說：「我們就來個穩、快結合，直搗匈奴腹心！」

謀劃中的漠北戰役是漢軍與匈奴軍的一場生死決戰，誰也不敢掉以輕心。武帝用了整整一年的時間，為這次決定性的戰役做準備，招募士兵，徵集糧草，打造兵器，製作軍服和旗幟，各項事項緊張而有秩序地進行。

元狩四年（西元前一一九年）春天，一切就緒。武帝命衛青為統帥，集中十萬騎兵，分為兩個大型騎兵集團，一個集團由衛青兼任總指揮，下置四將軍，率騎兵五萬，從定襄出塞。另一個集團由霍去病任總指揮，也率騎兵五萬及一批青年將校，從代郡出塞。兩個騎兵集團都要深入漠北，一舉將匈奴單于本部殲滅。為了保證戰役的勝利，另外徵調了步兵和民夫五十萬人，馬四十四萬匹，運輸作戰物資。

這是開天闢地以來罕見的一支攻伐大軍，旌旗蔽日，刀槍耀目，馬馳車滾，衣甲鮮明。出征的將士一個個弓上弦，刀出鞘，精神抖擻，神采飛揚。他們決心為國家效力，為民族而戰，眉宇間顯露出英勇果敢、壯懷激烈的雄心和豪情。

武帝送別了衛青和去病，回到昭陽殿，興高采烈地對子夫說：「這是一支多麼了不起的勁旅啊！衛青和去病一定能攻滅匈奴單于的！」

子夫說：「託皇上的福，但願他們早奏凱歌！」

武帝突然想起一事，對子夫說：「朕已頒詔設樂府機構，任命李延年為協律都尉，負責採集民間歌謠。卿能歌善舞，勝利之日，朕還要欣賞欣賞卿的歌喉和舞姿呢！」

子夫靦腆地一笑，說：「多年沒唱沒跳了，恐怕唱不好跳不動了！」

武帝說：「基本功夫尚在嘛！」

子夫說：「久不練習，基本功夫會荒廢的。」

武帝說：「那倒是！」

衛青和霍去病兩路鐵騎，浩浩蕩蕩地離開邊塞，進入一望無際的大漠地區。大漠裏丘陵縱橫，溝壑遍地，沙嶺連著沙嶺，猶如金色的波濤，此起彼伏，綿延不絕。大漠裏的氣候變幻無常，忽兒紅日當空，大地發燙，忽兒風起雲湧，沙石飛揚，陰晴轉換全在一瞬間。英勇的漢軍長途跋涉，歷盡艱難，憑著堅韌不拔的頑強毅力和團結精神，順利穿越了這一「死亡地帶」。

按照武帝的部署，去病部眾精銳，從東線對付匈奴單于；衛青老練穩重，從西線對付匈奴左賢王。可是穿過大漠方才發現，兩路大軍捕捉的目標正好相反：衛青遇上了匈奴單于，而去病碰上了左賢王。

衛青穩步向前推進，命李廣、趙食其二將率部攻擊匈奴單于軍的側翼，自己則率主力直接進攻匈奴單于中軍，並約定時間會師合擊敵人。可是，李廣、趙食其在行軍中途迷失了方向，沒有按計劃與主力會師，合擊敵人成了泡影。這增加了衛青發動正面攻擊的困難。衛青審時度勢，鎮定自若，命用武剛車（一種車頂與四周都用皮革防護的戰車）圍成堅固的營壘，把最精銳的騎兵隱蔽在營壘中，偃旗息鼓。然後派遣五千騎兵向匈奴單于軍發起攻擊。

匈奴單于看這架勢，得意地一笑，以為漢軍能夠投入戰鬥的只有這五千騎兵罷了，營壘中必是一些老弱病殘和輜重。他立即率領一萬騎兵直朝漢軍撲來，恨不得一口吞下衛青及其遠道而來的敵人。

這是一場惡戰，誰也不肯退縮，因為退縮就意味著死亡。金鼓齊鳴，人吼馬嘶，刀光劍影，血肉橫飛，五千漢軍死死拖住一萬匈奴軍，誰也沒占上風。雙方直殺到黃昏時分，天氣突變，大風驟起，沙飛石走，黃塵蔽天，兩軍對陣，只聞其聲，不見其人。衛青抓住這個時機，一聲令下，武剛車向兩旁推開，隱藏在營壘裏的五千精銳鐵騎呼嘯而出，像黑色旋風分成兩股，從左右兩翼包抄敵人。頓時，殺聲震天，蹄聲撼地，戰場上鋪天蓋地奔馳著漢軍的鐵騎，鐵騎所到之處，匈奴軍人仰馬翻，呼爹喚娘，死傷一片。匈奴單于驚呼：「上當了！上當了！」趕忙撥轉馬頭，在數百名騎兵的護衛下，趁著蒼茫暮色，倉皇突圍向西北方向逃去。戰鬥一直進行到深夜。衛青從俘虜口中得知匈奴單于已經逃跑，立即派出輕騎連夜追擊。可惜為時太晚，漢軍追擊了二百多里，不見匈奴單于蹤跡，這才止步。

這場大戰，雖然沒有活捉匈奴單于，但重創了匈奴單于軍主力，共殲敵和俘敵一萬九千餘人。衛青率軍繼續向前挺進，直抵寘顏山趙信城（蒙古杭愛山下），奪取了匈奴的大批屯糧，補充了軍隊的給養。漢軍在那裏停留一日離開，放火焚燒了趙信城，凱旋返回祖國。

當西線衛青與匈奴單于激戰的時候，東線霍去病迅疾進軍，勢如飆風，已深入漠北兩千餘里，向匈奴左賢王發動了猛烈的進攻。左賢王起初疑惑道：「在這不毛之地，誰吃了虎心豹膽，竟敢騷擾本王？」當看到漢軍的旗幟特別是斗大的「霍」字帥旗時，直嚇得心驚肉跳，喃喃說道：「他們……他們是從地下鑽出來不成？」他根本不敢和漢軍對陣，只顧自己策馬逃命。漢軍一場好殺，共斬首七萬餘人，俘獲番王三人，將軍、相國、當戶、都尉八十三人。

去病乘勝北進，直抵狼居胥山（蒙古烏蘭巴托東），在其主峰上積土為壇，舉行了祭天典禮；又在狼居胥山不遠處的姑衍山闢地為場，舉行了祭地儀式。祭天祭地，實際上是慶祝征伐匈奴戰爭取得的偉大勝利。去病繼續北進，搜殲匈奴殘敵，直達瀚海（俄羅斯貝加爾湖）之畔，然後凱旋。

漠北戰役是漢朝與匈奴之間規模最大的一次戰爭，也是彼此間決定勝負的一次決戰。此次決戰，使匈奴軍受到了毀滅性的打擊，元氣大傷，一時再無力振兵南侵，不得不遷徙到漠北更遠的地方。從此，「漠南無王庭」，漢朝北部邊境出現了一個相對和平安定的局面。

衛青和去病率領勝利之師回到長安。武帝和文武百官以及長安百姓像過盛大的節日，給予抗擊匈奴的英雄以最熱烈的歡迎。武帝無法表達內心的喜悅，拍著衛青和去病的肩膀，連聲說：「好樣的！好樣的！」

衛青和去病拱手抱拳，說：「全賴陛下神威！」文武百官依次向前問候大將軍和驃騎將軍，致賀致敬。衛青和去病逐一答禮，將功勞歸於聖明的武帝和驍勇的將士。

次日早朝，百官朝拜，山呼萬歲。武帝聽來，那萬歲聲是特別的響亮，特別的動聽。他環視群臣，滿面笑容，大聲說道：「自高皇帝建漢以來，匈奴一直是我朝北方的大害。如今，衛青和去病二卿統領大軍，深入漠北作戰，建立了罕世殊勳，朝廷再無邊患之憂，百姓自可安居樂業。你們說，朕該如何褒獎大將軍和驃騎將軍？」

這一問倒把群臣給問住了，因為衛青和去病的功勞太大了，官爵夠高了，再該如何褒獎呢？

武帝哈哈大笑，說：「各位不知道吧！朕來告訴你們：自即日起，罷太尉之職，而置大司馬一職，位列三公。衛青和霍去病皆拜大司馬，軍銜和爵位照舊。大司馬大將軍和大司馬驃騎將軍俸祿相等。」

武帝說完，群臣皆驚。因為大司馬與大將軍聯稱，意味著衛青已為內朝百官之首；大司馬與驃騎將軍聯稱，則意味著霍去病升任全軍統帥。武帝時，朝官有內朝和外朝之分，內朝是決策機關，外朝是執行機關，大司馬大將軍為內朝首腦，丞相為外朝長官。就是說，作為大司馬大將軍的衛青，權力實際上超過丞相了。加上霍去病，舅甥二人軍政大權在握，顯赫無比。

參加漠北戰役的有功將領皆得封賞。唯右將軍李廣延誤軍機，應當問罪。李廣不願受辱，引刀自刎。李廣的兒子李敢時在去病軍中，奮勇殺敵，封爵關內侯。李敢認為父親隨衛青出征，死得不明不白，故而對衛青懷恨在心。只是衛青正在扶搖直上，他的憤恨無法發洩罷了。

以衛青和霍去病為代表的衛氏外戚，為國家和武帝爭得了榮譽，也為衛子夫爭得了榮譽。因此，天下第一夫人格外榮寵，光芒四射，迎來了一生中最值得驕傲的歲月。

「獨不見衛子夫霸天下」

## 31 震天撼地的長安鑼鼓，輕巧活潑的彩蓮船和盪秋千，異彩紛呈的驚險雜技，展示了大漢的時代精神和長安的社會風貌。

攻伐匈奴的戰爭取得了輝煌的勝利，邊境太平，百姓安寧，武帝感到無比的歡暢和開心。他舒展臂膀，長長地出了一口氣，說：「戰事大捷，匈奴遠遁，朕該好好地輕鬆輕鬆了。」

子夫輕輕按摩武帝的後頸，說：「是啊！皇上確實該輕鬆輕鬆了！」

武帝拉過子夫的纖手，讓她坐到自己的腿上，說：「朕要輕鬆，朝臣將士們也要輕鬆，卿說該怎麼個輕鬆法？」

子夫緊偎在武帝的懷裏，想了想，說：「攻伐匈奴是皇上的決策，大獲全勝靠的是將士和百姓。這個時候，皇上應當與民同樂。」

「與民同樂？好！好！」武帝讚賞子夫的主意，隨即頒下旨來：官署放假，城門敞開，狂歡三日，與民同樂。

此旨一下，長安城像過節一樣，大街小巷，皇宮內外，到處歡聲笑語，一片忙碌。

狂歡主要在未央宮北面、桂宮和北宮周圍的大街上進行。未央宮北闕正對著南北向的橫門大街，北闕前面是東西向的直城門大街，橫門大街和直城門大街交匯處，形成一個占地廣闊的廣場。橫門大街西側是桂宮，東側是北宮，二宮的北面是東西向的雍門大街。雍門大街北面，東市、西市相對。北宮和東市的東面是南北向的廚城門大街，再往東則是安門大街。所有的大街端直無折，長度不等，安門大街最長，五千五百米；橫門大街、直城門大街、雍門大街、廚城門大街各長三千米。寬度幾乎相同，約四十五米左右。大街上有兩條筆直的磚砌排水溝，道路實際上被分成三股道，中股道專供皇帝行走，稱「馳道」。這一次，因為是官民狂歡，武帝破例下令，官吏和平民可以在馳道上行走。此舉又贏得一片頌揚聲。

未央宮北闕披紅掛綠，張燈結彩。這裏無疑是狂歡的中心場所。武帝、子夫、太子劉據，陽石公主劉姸、諸邑公主劉媚和三公主劉娟，以及王公大臣們早早登上了北闕城樓，但見大街上人山人海，花團錦簇，氣象萬千。子夫和她的兒女們是第一次見到這樣壯觀、這樣熱烈的場景，不由地發出一聲「呀——！」眼睛發亮，驚歎不已。

子夫心裏充滿激動和喜悅。她十六歲進宮，眨眼間已經二十年，從少女成為四個兒女的媽媽，從一個歌伎成為尊寵榮耀的國母。世事的發展很快，人生的變化太大，一切的一切，想也不敢想啊！

劉據感到驕傲和自豪。他是太子，按照通常的觀點，他不僅是父皇的兒子，而且是上天的兒子，廣大富饒的大漢江山姓「劉」，父皇和他便是這江山的當然主人。看下面大街上湧動的人流，現在是父皇的臣民，日後不也是自己的臣民嗎？

三位公主都長大了，鮮麗娟俏，如花似玉。她們直是驚奇，驚奇場面真大，人數真多！大姐劉姸已到少女敏感的年齡，渴望能見到一張熟悉的面孔——公孫敬聲。公孫敬聲是公孫賀和衛君孺的兒子，陽石公主的姨表弟。因為是親戚，陽石公主和公孫敬聲常常見面，一起說笑，一起玩耍，青梅竹馬，兩小無猜。

武帝、子夫、劉據落座。武帝居中，子夫居左，劉據居右。皇帝、皇后、太子，這是天下最尊崇最重要的三個人，坐於北闕城樓，三星閃灼，萬眾矚目。

大司馬大將軍衛青和大司馬驃騎將軍霍去病頭戴金盔，身穿甲胄，腰懸佩劍，威風凜凜地站在皇帝、皇后、太子的身後。再後面，王公大臣們排成一線，肅然端立。至於三位公主，還有平陽、隆慮、南宮公主，修成君金俗，以及朝廷命婦等，不能占有中心位置，只能站在城樓的兩角。

轟轟隆隆一陣巨響，北闕城樓下面的廣場上敲起了高亢昂揚的鑼鼓。敲鑼鼓的足有七八百人，身穿黃衣黃褲，腰繫猩紅綢，頭紮漂白巾，腳登踏雲鞋，腿裹蛇皮帶，胸前英雄結，鬢角武士花，英俊威武，灑脫不俗。那鑼，有大鑼小鑼，還有鈸、鑔，金光鋥亮。那鼓，有大鼓小鼓，大鼓架在木座上，小鼓懸於胸前或腰間，鼓身大紅，鼓面淡黃。鑼槌、鼓槌的一端裹纏紅布，敲打起來，紅布翻飛，像大海中洶湧起紅色的波浪。

七八百人一起敲打鑼鼓，並隨著亢奮的旋律跑步、跳躍、旋轉、進退，做出各種隊形圖案變化，什麼獅子搖頭、雙龍擺尾、金蛇盤陣、仙鶴翹足，什麼百鳥朝鳳、孔雀開屏、葵花向陽、日月爭輝，什麼華山石、驪山松、鑽地楊、插地柳，花樣百出，名目繁多。最撩人心扉的還是那鑼聲鼓聲，時而粗獷激越，震天撼地，時而清新爽朗，柔和悠揚。這是一群名不見經傳的平民演奏家，他們用節奏強烈、格調明快的鑼鼓聲，表達喜悅，抒發激情。

武帝微笑點頭，讚許鑼鼓敲得好，面向子夫，說：「長安鑼鼓是天下一絕，奔放火爆而有韻味，就像猛烈的西北風和深厚的黃土地，最能體現關中人的性格。」

子夫溫和地一笑，說：「可不是嘛！臣妾自小就愛聽這激動人心的鑼鼓聲。」

武帝又說：「此時此刻，朕的手腳直癢癢，真想步下城樓，走到那夥漢子中間，痛痛快快地敲一陣子，過把癮！」

劉據聽見這話，說：「兒臣跟父皇一塊去！兒臣也想敲鑼打鼓！」

子夫慈愛地一笑，說：「你父皇說說而已，你還當真的？人來瘋！」

廣場上和大街上，到處是人頭、彩旗和花束，人們的歡呼聲、鑼鼓聲響聲一片。武帝高興，大聲說：「走！到下邊看熱鬧去！」說罷，拉著子夫站了起來。

朝臣們一陣騷動，大驚失色。丞相李蔡快步向前，跪地說：「下邊人多亂雜，為陛下安全考慮，是否……」

「少來什麼『是否』」，武帝一擺手說，「朕坐在城樓上，能算是『與民同樂』？」

衛青和霍去病最了解武帝的脾氣，從來是說一不二的。他倆趕忙喚來陽石、諸邑和三公主，讓她們跟在武帝、子夫和劉據的後面，然後命令十幾個精幹侍衛，開道殿後，精心保衛皇帝、皇后和太子、公主。

武帝一行下了北闕城樓，鑼鼓敲得近乎瘋狂，翻江倒海，山崩地裂。武帝和子夫向人們招手致意，人們發出歡呼，彩旗搖動，花束高舉。他們走過廣場，沿著橫門大街向北，到了東市和西市附近。那裏是個十字街，街中央正在表演彩蓮船，人群圍得水洩不通。侍衛好不容易擠出一條人縫，導引皇帝、皇后一家人到前邊站定。武帝和子夫看那彩蓮船，係用竹架紮結而成，綾緞裝糊，飾以彩絹，花團錦簇。船中間為樓閣式船篷，船篷上配置絲線織結的網眼，點綴各色亮片，四角懸掛明鏡及紅紗燈籠。船頭豎蓮花燈，船尾立鯉魚燈。一個俊俏少婦，身著彩衣花裙，滿頭珠翠，耳墜金環，腕戴銀鐲，立於小船中間，走動碎步，操作船體，晃晃悠悠。船旁一個男子，面塗粉墨，耳戴髯口，扮著艄工模樣，不停地划槳。船舷兩側各有兩名花枝招展的少女，手持彩絹，伴以鑼、簫、鉦等響器，且行且舞。彩蓮船四周，還有青年男女化妝扮作的魚、蝦、蚌、龜、荷花、菱角，東穿西行；大頭侏儒身穿花衣，踩著高翹，滑稽地走動。船中少婦和艄公配合做出各種舞蹈動作，時而月下泛舟，隨波逐流，時而溯流而上，搏擊潮頭。悠緩時，二人對唱，少女幫腔，插科打諢，詼諧幽默，直樂得觀看的人拍手跺腳，笑得前仰後合。

武帝、子夫、劉據從未見過這樣精彩的彩蓮船，直看得眼花繚亂。劉妍、劉媚、劉娟更是開心，不由得學那船中少婦的樣子，搖搖擺擺起來。衛青和霍去病相視一笑，意思是說：傻公主，皇宮外的新鮮事多著哪！

武帝一行接著東行，到了廚城門大街。那裏有鬥雞的，有鬥狗的，有投石的，有擊劍的，有盪秋千的。劉妍和劉媚看見盪秋千的少女，手抓蕩繩，腳蹬蕩板，來去擺蕩，輕盈如燕，非常羡慕。二人悄悄耳語，退後幾步靠近去病，說：「表哥！我倆也要盪秋千！」

去病說：「你們的父皇、母后都在，跟他們說去！」

劉妍說：「不行！父皇、母后不會同意的！」

去病說：「噢！你們的父皇、母后不同意，就來纏我？」

劉媚說：「我倆最相信表哥了！」

別看去病身為大司馬驃騎將軍，可是畢竟還是青年，比三個公主妹妹年長不了許多，她們求他的事兒件件能成。他上前與盪秋千的少女說了幾句話，少女下來，讓出秋千。劉妍、劉媚趕忙跑過去。去病扶劉媚先盪，劉媚嚇得心跳手軟，雙腳跨不上盪板。去病笑道：「你不行，還是讓姐姐盪吧！」劉妍膽大，伸手抓住盪繩，抬腳跨上盪板，一彎腰一使勁兒，那秋千便前後盪了起來。去病讚許地說：「你還真行！」

劉妍盪著秋千，一上一下，一前一後，輕輕飄飄，衣裙飛揚，像鶯穿柳枝，似燕舞花叢。四周人鼓掌喝采，引得子夫回頭一瞧，不禁嚇出一身冷汗。武帝也看到了，同時看到秋千下面有去病在保護著劉妍，微笑著說：「不妨事的。」

劉妍盪罷秋千，心滿意足，臉泛桃花，香汗涔涔，拉著劉媚趕上父皇和母后。子夫掏出絲帕替她擦汗，又疼又愛地埋怨說：「看把你瘋的！」武帝說：「女兒愛盪秋千，好辦好辦！回宮去架個高大的秋千就是！」

武帝一行沿著廚城門大街向南，走到和直城門大街的交匯處。那裏是一個丁字街，人們或站或坐，圍成一個大場子。場子周圍跳躍著人扮的假面，面具飾為虎、豹、熊、獅獸形，有它們在，誰也不敢跨進場子一步。場子中央正在演出名為《唐鎊追人》的雜技，就是後世所說的走索。兩根立柱，架繫四五丈長的繩索，兩個少女一個穿紅，一個著綠，手持花傘，從兩頭走向中央。繩子搖晃，少女一閃一閃，就是掉不下來。二人接近，屏住呼吸，不知怎麼一轉身，便交錯而過，互換了位子。少女再向背而行，猛地同時縱身騰空，連翻兩個跟頭，穩穩地站到了地上。

下面的節目有《緣竿》，有《銛鋒》，有《跳丸劍》，都很驚險奇特。太子劉據最愛看的還算《沖狹》，俗稱「劍透門」。那是用蘆葦裹以茅草，紮成圓環，圓環內側插上利刀，刀尖相對。圓環或並列，或疊架，表演者裸著上身，只穿短褲，來去飛躍著從圓環中間穿過，身子竟沒被刀尖劃破！幾個來回以後，有人點燃了圓環，火熊熊，煙騰騰，表演者發一聲喊，縱身從燃燒著的圓環中間穿過，沒傷著，沒燒著，簡直神極了。

人們齊聲叫好，劉據也忘情地大喊：「好！好！」三位公主捂著眼睛，驚呼：「嚇死我了！嚇死我了！」

子夫閃動明眸，看著武帝，笑道：「孩兒們今日大開眼界了！」

武帝說：「你和孩兒們高興，我也高興。」

壓場節目叫做《蝘蜓魚龍》，這是化妝樂舞和魔術相結合的大型雜技。神話傳說中的巨獸——蝘蜓盤臥地上，長約百丈，形象古怪，神態溫和。伴隨著忽緊忽慢的樂曲，蝘蜓蠕動，突然間背上顯現出一座神山，崔嵬嶙峋。由人化妝的動物在神山上嬉戲，錦鹿奔跑，鴕鳥跳躍，白象垂鼻，群猴相逐，大魚變而成龍，龍又變作仙車，熊貓、兔子、烏龜、蟾蜍，爭搶著，攀援仙車緩緩進了山洞……

子夫、劉據和三位公主看著這神奇的一幕，又驚又喜又納悶兒，老半天說不出話來。就連衛青、霍去病以及侍衛們，也覺得不可思議，驚歎道：「太絕了！太妙了！」武帝所想更深一層，說：「我大漢文化博大精深，神奇之物多得很呢！」

武帝、子夫、劉據等圍著北宮，轉了個大圈，約莫走了十多里路。衛青看看天色，去武帝耳邊悄聲說：「陛下該回宮了！」

武帝點頭，說：「好！回宮！」

武帝一行返回北闕，突然有人指指戳戳地說：「那不是皇帝皇后嗎？」語音剛落，人人仰首踮足，爭睹武帝和子夫的風采，接著呼喇喇地跪地，高呼：「皇帝萬歲！皇后千歲！」武帝、子夫微笑著，緩緩進了未央宮。

# 32 皇帝親耕，皇后親蠶，鼓勵農商，祈求豐年。然而戰爭給社會造成創傷，給人民帶來苦難，豈是親耕親蠶所能彌合、補償的？

狂歡同樂延續了三日，熱熱鬧鬧，有聲有色。下來該幹什麼呢？武帝又徵詢子夫的意見。子夫想了想，說：「國以農為本，君以民為本。眼下正值春耕時節，不若選個吉日，皇上親耕，臣妾親蠶，這對勸率天下農桑，興許有些用場。」

武帝拍手大笑，說：「呵！朕的皇后也關注國計民生大事呢，難得難得！」

子夫粉臉一紅，說：「臣妾只是給皇上提個醒嘛！」

武帝說：「嗯！這個醒提得好！」

親耕、親蠶是從遠古時代沿傳下來的禮儀，春天三月或四月，皇帝躬親農事，皇后躬親蠶桑，為百姓做個樣子，目的在於鼓勵發展農業生產。

親耕、親蠶的儀式多在同一天舉行，取農、桑並重的意思。這一天是上好的晴天，春風和煦，陽光明媚，遠山堆綠，近水閃碧，蔚藍的天空飄過絲絲白雲，大路旁小路邊開滿豔色花朵，輕盈的飛燕掠過，鴨、鵝戲水，不時拍打著翅膀，發出「呱！呱！」和「哦！哦！」的叫聲。

長安城南面中門安門大開，武帝的御輦和子夫的鳳輦在儀仗隊、侍衛隊的護擁下，次第而出，後面緊跟著達官權貴及其命婦的車馬。所有的人衣冠鮮麗，所有的車、所有的馬裝飾華美，人、車、馬形成一條湧動著的彩色河流，從城裏流向城外。城外風和日麗，鳥語花香，人們不由得舒展四肢，呼氣吸氣，盡情享受那春光的甜蜜和芬芳。

長安城南七八里，有個叫魚化堡的村莊。丞相李蔡經過勘察，確定皇帝親耕、皇后親蠶的儀式在這裏舉行。御輦、鳳輦及大隊車馬抵達，村民跪拜，高呼萬歲，恭迎皇帝和皇后光臨。

魚化堡村頭早建起兩個土臺，正方形，邊長一丈二尺，高三尺，北側有土階供人上下。土臺的中央各有一張圓桌，分別供奉先農神像和嫘祖神像，像前供奉果品，放置香爐。先農是為遠古傳說中的神農氏，教導人類播種五穀，按時收穫，所以世界上有了糧食。嫘祖是為黃帝的正妃，最早發明養蠶和繅絲織造，所以世界上有了衣服。

樂隊奏響莊嚴肅穆的樂曲。武帝登上東邊的土臺，子夫登上西邊的土臺。禮儀官點燃炷香，遞給武帝和子夫。武帝和子夫雙手捧香，面向先農神像和嫘祖神像，彎腰三拜，然後把香插在香爐裏。轉身面對台下的官吏和村民，舉起雙手。樂隊奏出歡暢悠揚的樂曲，樂止禮止。

武帝和子夫步下土臺。三公、九卿迎著武帝，朝廷命婦迎著子夫，分別走向東邊和西邊——皇帝和皇后要親手扶犁耕地和採桑餵蠶了。

東邊一片麥田，由於天旱，麥苗稀稀拉拉，並顯得枯黃。麥田間隔中間有一塊白地，幾個老農牽牛扶犁在地邊等候，牛角和犁把上都繫著紅綾製作的團花。老農見武帝到來，就地跪拜。武帝抬抬手，說：「免禮免禮！」一邊解扣脫衣，一邊和老農聊起農事。

「怎麼樣，年景還好吧？」

「託皇上的福，湊合。」

「打的糧食夠吃嗎？」

「託皇上的福，湊合。」

「朕看這麥苗稀疏枯黃，想是缺水缺肥吧？」

「可不是嘛！去冬今春，沒有下過透雨，又缺少人力畜力，想管好麥田，卻力不從心哪！」

「你們村的青年呢？驃馬呢？」

「嗨！皇上難道不知道？兵役、徭役重啊！青年從軍打仗，十成死了三成；驃馬應徵服役，十成死了七成。村裏還能有多少青年、驃馬？」

武帝沉吟，略有所思。他知道，攻伐匈奴的戰爭雖然取得了巨大的勝利，同時也付出了巨大的代價，耗費了無數的人力、物力和財力。就說最後那場決戰吧，衛青、霍去病出征時驃馬十四萬匹，而歸來時只剩兩萬多匹，損失極其慘重。慘重的損失最終要由百姓承受，百姓確實受苦啦！

武帝尷尬地笑了笑，說：「好啦！以後的日子會好起來的！」

老農點頭，連聲說：「但願如此！但願如此！」

武帝脫去外衣，露出緊身小襖和絳色長褲，手扶犁把，開始親耕。牛由老農牽引，武帝只是扶犁跟著前進而已。可是那犁不聽使喚，忽兒左，忽兒右；按緊犁把，犁鏵滑出地面，滑得飛快；抬高犁把，犁鏵又插進土裏，動彈不了。武帝急得額頭冒汗。老農笑著說：「皇上別急，心平氣靜手扶穩就行了！」

左晃右晃，彆彆扭扭，武帝總算犁了一個來回。看那犁溝，東拐西拐，深深淺淺，實在不像樣子。武帝感到不好意思，說：「沒想到耕地還這麼難！」

老農說：「皇上文韜武略，治國安邦，想大事，做大事。至於耕種收割，自然是草民們的事了。」

按照禮儀，皇帝以下，三公、九卿也是要耕地的。丞相李蔡先耕，情況跟武帝差不多。大司馬大將軍衛青次耕，不用老農牽牛。扶犁揚鞭，自個兒耕了一個來回，沉穩老練，犁溝筆直，且很勻稱，博得武帝和老農一陣稱讚。大司馬驃騎將軍霍去病也撩衣捲袖，一顯身手。可是犁鏵畢竟不是刀槍，他耕地速度挺快，質量卻不怎麼樣。

當武帝在東邊耕地的時候，子夫由命婦們簇擁著，來到西邊的桑園裏。命婦當中，有平陽公主，她是武帝的大姐，平陽侯曹壽的夫人。有春月和金娥，她倆分別是大司馬大將軍衛青和大司馬驃騎將軍霍去病的夫人，還有丞相李蔡的夫人等，都是朝廷誥封的貴夫人。幾個衣裙整齊、頭臉乾淨的村婦已在桑園裏等候，見子夫到來，一起跪地迎接，口呼：「皇后千歲！各位夫人吉祥！」

子夫滿面笑容，說：「免禮！快起來！快起來！」

「謝皇后！」村婦們起身站立。

桑園是經過修整的，一條小溪環繞，幾道籬笆圈就，鬆軟的土壤褐黃色，不見一株雜草。桑樹不高，枝條泛青，碧綠的桑葉肥厚鮮嫩。一個領頭的村婦遞給子夫一個竹籃，一把桑鉤，竹籃和桑鉤上都纏著紅綾。村婦說：「請皇后採桑！」

子夫接過竹籃、桑鉤，含笑點頭。她走近一株桑樹，將竹籃置於地上，左手舉鉤鉤住枝條，右手採摘桑葉，採摘幾片便彎腰放在竹籃裏。她身段窈窕，衣飾華麗，雪膚花顏，長髮披肩，春日裏採桑，活像樂府詩《陌上桑》裏的美女羅敷！當然，子夫的氣質、心境與羅敷大不相同。她小時候在凹凹莊是採過桑的，那時不過是衛媼家三妞，一個黃毛丫頭而已，如今是皇后是國母了，採桑不是因為好玩，而是要為天下女人做出榜樣，鼓勵重視和發展蠶桑事業，透過勞動過上豐衣足食的生活。因此，她是懷著崇高和聖潔的感情，舉那桑鉤採那桑葉的，桑葉雖小，卻含有她的祝福她的希望。

子夫採桑過後，下面由平陽公主、春月、金娥、丞相夫人逐一採桑。竹籃漸滿，村婦們導引她們走進桑園一側的兩間草房裏。

草房便是蠶房，大大小小的蒲籃裏，乳白色的蠶寶寶吃著桑葉，「沙沙」作響。那個領頭的村婦說：「請皇后和各位夫人餵蠶！」子夫等把新採的桑葉輕輕放在蒲籃裏，蠶寶寶靈敏得很，都蠕動著來吃新鮮的桑葉。初時，桑葉蓋住蠶寶寶，蒲籃裏一層碧綠；片刻，蠶寶寶吃掉桑葉，蒲籃裏只見一層乳白了。子夫等趕忙又在蒲籃裏撒一層桑葉。

子夫手拉領頭的村婦，走到一邊，溫和地問：「大嫂！年景怎麼樣？日子過得還好嗎？」

村婦答：「嗨！託皇后的福，窮日子窮過！」

子夫又問：「家裏幾口人？孩子他爹幹什嗎？」

村婦答：「五口，爺爺、奶奶、我和兩個孩子。孩子他爹……他爹前年死了！」

子夫一怔，心想自己不該問的，卻又無意問道：「病死的？」

村婦搖頭，答道：「哪能？他被徵去當兵，死在漠北了，連個屍首也沒弄回來！」

子夫不由心頭一震，鼻子發酸，險些落下淚來。她拍著村婦的手背，說：「難為你了！上有老，下有小，不易啊！不過你得挺住，把孩子拉扯大，以後的日子會好起來的！」

村婦說：「謝皇后關照！」

時近中午，親耕、親蠶的儀式結束。武帝和子夫會合，準備回城。武帝登上御輦，突然靈機一動，說：「今日天氣晴好，何不去遊覽昆明池？」眾人齊聲回應，於是車馬啟動，直向昆明池馳去。

魚化堡的村民們跪拜在地，高呼：「皇帝萬歲！皇后千歲！」

車馬去遠，村民們站起，七嘴八舌，大發議論。這個說：「什麼親耕、親蠶？全是聾子耳朵——樣子貨！」那個說：「耕地採桑，來三五個人不就得了？動用那麼多的車馬，興師動眾，划得來嗎？」老農們說：「皇帝這個人倒是挺精神的！」村婦們說：「皇后最溫和最可親了！」

於是，議論集中到皇后身上。你一句，他一句，勾畫出皇后的輪廓：她叫衛子夫，覆盎門外凹凹莊人，當過歌伎，天生的絕好姿色，受到皇帝寵愛，立為皇后。她生的兒子為太子，三個女兒封公主。耕地的大司馬大將軍衛青是她的弟弟，大司馬驃騎將軍霍去病是她的外甥。

採桑餵蠶的幾個女人中，一個是她和皇帝的姐姐，一個是她的弟媳婦，一個是她的外甥媳婦。滿門榮寵，了不得啊！長安城裏流傳一首民謠說：「生男無喜，生女無怒，獨不見衛子夫霸天下！」如今這個世道，女人最吃香最值錢啦！

「那就讓婆娘們光生女兒不生兒子吧！」

不知誰怪腔怪調地喊了這麼一句。村民們無不捧腹大笑，笑聲迴盪，傳向很遠很遠的地方。

## 33 昆明池煙波浩渺，風景如畫。一曲《上邪》歌，唱出了衛子夫和所有癡情女子的心聲：即使天荒地老，堅貞的愛情永不改變。

武帝的御輦，子夫的鳳輦，達官權貴及其命婦的車馬，浩浩蕩蕩，風馳電掣，不消半個時辰，便到了昆明池。

昆明池位於長安城西南十五里，地處上林苑中，開鑿於元狩三年（西元前一二〇年）。武帝開鑿此池的本意在於練習水軍，攻伐西南的越嶲國和昆明國，沒料想竣工以後，卻成了融軍事、運輸、灌溉、供水和遊覽諸多功能為一體的大型綜合水利設施，京城以及附近的百姓得利頗多。

張騫出使西域歸來，不是提到過一個身毒國嗎？稱它在中國的西南，販運中國的筇竹和蜀布，遠銷到大夏國。武帝雄才偉略，立即派遣使臣前往身毒國看個究竟。數月以後，那個使臣卻回來了，說：「西南一帶，山水險惡，虎狼出沒，樹木蔽天，沒有路徑，根本去不了身毒國。」

武帝問：「卿具體到了何處？」

使臣答：「滇池，那滇池周長三百里，水天相接，廣闊無邊，浪高一丈，勢可吞沒天地，憑人力是無法渡越的。」

武帝又問：「滇池邊可有人煙？」

使臣答：「有。那裏有越嶲和昆明二國，基本上是刀耕火種，洞居生食。但國人的水性極好，善於水戰，他們的國王揚言有朝一日要與我大漢決一高下呢！」

「什嗎?要與我大漢決一高下?」武帝大怒,當即下令仿照滇池樣式,鑿一大池,練習水軍,練習好了,便去攻伐越嶲國和昆明國,打通通往身毒國的道路。並御定池名,叫昆明池。

昆明池址選擇西周靈沼故址,重新開挖擴大,以水域深廣為原則,不惜成本。當時,征伐匈奴的戰事正緊,青壯年都當兵去了,鑿池的民夫奇缺。武帝頒旨,讓隴西、北地、上郡的戍卒減下一半來,加上歷年來獲罪正在服刑的謫吏,共五六十萬人,集中到水利工地上。這些戍卒和謫吏赤著腳,光著脊樑,憑鍁翻鍬挖,肩挑車拉,硬是在一個小池沼的基礎上,開鑿出一個偌大的昆明池來。

昆明池周長四十里,煙波浩渺,水量充沛。池中池畔建有許多精美的建築,綠樹環繞,芳草萋萋,岸上花開,水中魚躍,因而在人們心目中,它更是一處以湖光水色為主的優美風景區。今天,武帝和子夫率眾到此遊覽,自然是人人歡欣,個個愜意。

子夫是第一次到昆明池遊覽。她放眼看去,但見碧波蕩漾,水天一色,池中有舟船行駛,天空有水鳥飛翔,花木扶疏,宮觀隱約,頓時覺得胸懷舒展,心曠神怡,不禁讚歎道:「呀!真美!」

武帝笑道:「朕帶卿到豫章臺去看一看,那裏還更美呢!」

池中備有龍船。船身似龍,通體彩繪,船頭張鳳蓋,船尾插華旗,艙裏鋪著錦繡地毯,豪奢無比。武帝手拉子夫登上龍船,李蔡、衛青、霍去病、平陽公主、春月、金娥、丞相夫人等登上另一艘大船,錨起船行,緩緩駛向豫章臺。

豫章臺建於昆明池中心的土島上,紅牆碧瓦,翹角飛簷。土島南北長,東西窄,兩頭圓尖,像昆明池中一條永不沉沒的船,因此人稱「豫章大船」。豫章臺處於土島中央最高處,坐北向南,巍然高聳，恰似「豫章大船」的「船樓」。土島南端臨水處，建殿七間，玲瓏別緻，以桂為柱，風來自香，名稱靈波殿。

武帝和子夫在靈波殿棄船登岸，回顧池中，只見水氣迷濛，波光粼粼。子夫忽然指著水中一塊似動非動的巨石，急切地說：「皇上快看，那是什嗎？」

武帝看了一眼，笑著說：「那是石鯨，石刻的鯨魚，長足三丈。石鯨臥波，池水奔湧，猛一看石鯨像在游動不是？」

子夫甜甜地一笑，說：「噢！原來如此，臣妾真的當是活鯨呢！」

土島上遍植榆槐、楊柳、桃李，翠葉初綻，透出嫩綠。牡丹、月季、芍藥、海棠花開，姹紫嫣紅。武帝和子夫穿越樹隙花叢，登上豫章臺，居高臨下，憑欄四眺，昆明池全景盡收眼底。

南面水域非常開闊，密密麻麻行駛著數百艘船隻。大的叫樓船——將帥指揮船，船上艙樓高三丈，門窗彩繪；船尾樓櫓粗長，士兵赤著上身搖櫓，有節奏地打著號子：「嗨！嗨！嗨！」小的叫戈船，就是戰船，滿載戈、矛、刀、戟等兵器。所有船隻插滿五顏六色的旗幟，風吹旗動，水中映出船隻和旗幟的倒影，絢麗奪目。

子夫多年身處深宮，何曾見過這種場面?好奇地問武帝道：「這些船是……」

「練習水軍用的！」武帝笑著回答。這些年來，武帝一直關注著他的水軍，轉身喚過衛青和霍去病，問：「大將軍和驃騎將軍以為水軍練習得怎麼樣了?」

衛青恭敬地答道：「可以投入實戰了，陛下！」

去病答道：「陛下的水軍和騎兵一樣，必能攻無不克，戰無不勝！」

武帝哈哈大笑，說：「好！朕的騎兵征服了匈奴，朕的水軍還要征服越嶲國和昆明國，看他西南蠻夷還敢不敢跟我大漢作對！」

衛青和去病抱拳低頭，說：「陛下聖明！」

武帝和子夫再看西面水域，遠處船來船往，十分忙碌。子夫說：「那些好像不是戰船。」

武帝說：「卿的眼力還行！那些是漕運船，它們沿黃河、渭河、灃河，把關東的糧食、布帛運至昆明池，以供京城使用。」

子夫說：「關東？那麼遠！」

武帝說：「普天之下，莫非王土；率土之濱，莫非王臣。普天下的土地、百姓、財富都是朕的！」

子夫似懂非懂地點頭，再看西面岸上，有一尊石像矗立，回頭看東面岸上，也有一尊石像矗立，隱隱約約，不太真切。她問武帝：「兩尊石像可有講究嗎？」

武帝笑道：「當然有！朕鑿昆明池，象徵天上銀河，東面的石像象徵牽牛星，西面的石像象徵織女星。牛郎、織女隔一碧水，苦相望，長相思，豈不動人？」

子夫笑著說：「皇上應該成人之美，讓牛郎和織女挨在一起才是呀！」

武帝也笑著說：「那樣的話，美麗的神話就索然無味了！」

丞相李蔡聽了武帝和子夫的話，向前湊趣說：「臣近日見過一篇七言古詩，專寫牛郎、織女的，頗有情味。」

武帝高興，說：「那好！誦來聽聽！」

李蔡清清嗓子，朗聲誦道：

迢迢牽牛星，
皎皎河漢女。
纖纖擢素手，
箚箚弄機杼。
終日不成章，
泣涕零如雨。
河漢清且淺，
相去復幾許？
盈盈一水間，
脈脈不得語。

武帝樂得直拍手，說：「好極了！這詩正切合眼前的景象！」

平陽公主、春月和金娥站在一邊觀賞池景。李蔡誦詩，她們饒有興味地聽著，春月和金娥面帶微笑，平陽公主卻顯得抑鬱。當李蔡誦到「盈盈一水間，脈脈不得語」的時候，子夫看見公主掏出手絹，悄悄擦了擦眼角。子夫知道，她是因為平陽侯曹壽前年病死，眼下只有織女，沒有牛郎，故而觸景傷情了。

武帝和子夫等飽覽了昆明池景色，坐在通風敞亮的畫廊小憩。侍女進獻茶水、糕點，眾人一邊品嘗，一邊說話。這時，昆明池中駛過幾隻彩繪小船，船上抑揚鏗鏘，鍾、鼓、簫、笛、琴、瑟等樂器敲擊吹彈，演奏出鼓吹樂曲，非常美妙動聽。更有一班歌伎，妝扮得仙女一般，站立船頭，面向豫章臺，舒長袖，放嬌喉，唱起了城裏人難得聽到的棹歌。畫船逐碧波漂流，樂歌乘清風迴旋，如詩如畫，似夢似幻。所有的人都陶醉了，目不轉睛地看著，全神貫注地聽著，這一切真是太美妙啦！

小船慢慢遠去，武帝凝視子夫，突然說：「噯！朕想起來了，協律都尉李延年主管樂府，收集了很多樂府歌，卿跟他學歌，學得怎麼樣了?是不是唱一曲，給朕和眾人聽聽?」

子夫微笑推辭說：「長久不唱了，喉嚨不靈了，還是免了吧！」

衛青、霍去病、平陽公主、春月、金娥等齊聲說：「不能免不能免!請皇后唱一曲！」

武帝發話，眾人捧場，子夫料是推辭不掉的。於是站起身來，向武帝彎腰施禮，說：「那好！臣妾就獻醜了，唱一曲《上邪》吧！」她站好姿勢，理理鬢角，撣撣衣服，啟動朱唇，唱道：

上邪！
我欲與君相知，
長命無絕衰。
山無陵，
江水為竭，

冬雷震震，
夏雨雪，
天地合，
乃敢與君絕！

這是一首民間情歌，表現一個感情深摯而強烈的女子，對心愛之人所發的堅貞誓言，意謂即使天荒地老，純真的愛情也永不改變。子夫深刻地理解了歌詞的內容，並滿懷激情地表達了出來，極富表現力和感染力。

武帝情不自禁地喝采道：「唱得好！」其他人也異口同聲稱讚道：「好！好！」

子夫面頰緋紅，再向武帝施禮，說：「出醜了！」然後坐下。這時，她的心中洶湧著波瀾，久久不能平靜。她知道，歌是連結她和武帝的紐帶，當年在平陽公主家，正是一曲《關雎》歌，使她和武帝相識並成就了好事。轉眼二十年過去，她又給武帝唱《上邪》歌，寓意夫妻相愛，生死不渝。她愛武帝，忠貞專一，這是沒有疑問的；反過來，武帝對自己也會這樣嗎？她嚮往這樣卻又不敢奢望，因為歷朝歷代都實行帝王多妻制，更何況貪腥好色原本就是每個帝王的天性！

這一天，皇帝親耕，皇后親桑，並遊覽了景色宜人的昆明池。武帝、子夫、達官權貴及其命婦盡情盡興，十分開心，太陽下山、晚霞湧彩時才返回長安城。

## 34 孀居的平陽公主決意再嫁，指名道姓要嫁衛青，而且不當偏房。衛子夫奉命說服誥命夫人春月，勸其讓位，棄主就賓。其中難場誰能體諒？

武帝遊覽昆明池，突然想起一個人，就是張騫。張騫自參加河西戰役，獲罪當斬，被贖為庶人後，一直閒居在家。次日早朝，武帝召見張騫，封為中郎將，命他率領三百人，每人配備駿馬兩匹，驅趕萬頭牛羊，攜帶價值數千萬緡的絲綢繒帛，第二次出使西域。

張騫因自己再次受到重用而感動，眼含熱淚，堅定地說：「臣率領的不僅是外交使團，而且是友好商團。臣等一定忠於職守，完成任務，報答陛下！」

武帝退朝回昭陽殿。子夫正在梳妝，回臉笑道：「皇上發現沒有？大姐平陽公主好像心情不好。」

武帝說：「大姐心情不好？朕倒沒有注意。」

子夫說：「昨日遊覽昆明池，李丞相誦詩時，臣妾見她擦眼淚了。」

武帝說：「哦！『盈盈一水間，脈脈不得語』，她想是懷念死去的姐夫，觸景傷情了。」

子夫說：「臣妾也是這樣想的。大姐盛年守寡，怪可憐的。」

武帝說：「她可以再嫁人嘛！只要她看中誰，朕立刻就讓他們成親！」

子夫說：「看皇上說的，二度婚姻，總得精挑細選嘛！」

武帝說：「那倒是。」

當武帝和子夫在昭陽殿說著平陽公主的時候，平陽公主還躺在自家的床上，懶得起身。她的心情確實不好，因為丈夫曹壽死去二年了，二年的孤單和寂寞使她心煩，使她意亂。就說昨天吧，皇帝親耕皇后親桑，接著遊覽昆明池，武帝和子夫，衛青和春月，去病和金娥，還有李蔡和丞相夫人，都是成雙成對，形影不離，唯獨她平陽公主孤身一人，像一隻失落的母雁。那個老不死的李蔡還誦一首什麼臭詩，什麼「泣涕零如雨」，什麼「脈脈不得語」，這不是用刀子捅自己的心窩嗎？因此，她覺得憂傷和淒然，險些落淚。回家後飯也沒吃，蒙頭便睡，卻又睡不著。鴛鴦枕頭鴛鴦被，偏偏沒有鴛鴦同床共枕，也是徒具虛名了。

平陽公主終於起床，侍女上前替她梳妝。她面對銅鏡，仔細端詳自己的臉，柳眉杏眼，粉腮朱唇，白淨而又豐滿。頭上珠翠，耳下金環，一片富態。雖說額頭有幾道皺紋，但一抹粉一畫眉，並不顯眼。她對著銅鏡笑了笑，銅鏡裏的公主依然嫵媚動人。

侍女看到主子發笑，暗暗高興，說：「公主平日老是愁眉不展，今日笑來，特別好看。」

公主說：「死丫頭倒會說話，我都快四十歲了，有什麼好看的？」

侍女說：「公主是金枝玉葉，好看就是好看！」

公主並不氣惱，反問侍女說：「噯！我問你，現在朝廷大員中，誰最顯貴？」

侍女料定主子想什麼好事了，拿明白裝糊塗，便撇著嘴說：「自然是衛大將軍啦！」

公主聽了「衛大將軍」四字，心中怦然一跳。繼而又明知故問：「他不是我家騎奴嗎？怎算是最顯貴呢？」

侍女揣摩主子的心思，順著話題朝下說：「現在可比不得從前啦！身為大司馬大將軍，姐姐為皇后，兒子皆封侯，除了當今皇上外，還有何人像他那樣尊崇顯貴呢？」

公主坐著發怔，思量侍女所言全然不假。衛青自入朝為官以後，攻伐匈奴，屢戰屢勝，封侯拜將，滿門榮崇。況且他正在壯年，身材狀貌，陽剛雄偉，比起死鬼曹壽來，大不相同。論眼下的門第和地位，她平陽公主再嫁，若能嫁得大司馬大將軍衛青，並不冤枉，也算後半生的福氣。可是，可是他衛青已有妻子春月，朝廷誥命夫人，自己嫁過去，難道當偏房做小妾不成？

公主不禁為難了，心裏又煩亂起來。

她左思右想，猛地想到皇后衛子夫，看來，只有此人能幫自己的忙。她清楚地記得，二十年前送「奇貨」子夫隨武帝入宮，自己叮嚀說：「將來尊貴，可別忘了我這個牽紅線的！」子夫回答說：「公主大恩，子夫至死不忘！」如今，子夫早為皇后，尊貴了，顯赫了，總應該報答自己的大恩吧？子夫應承了，自會說動皇帝，好事不就成了！

平陽公主是個想得到說得到做得到的女人，當即淡妝細抹，收拾齊整，坐車進了未央宮，到昭陽殿去見子夫。子夫正在繡花，見公主到來，趕忙起身迎接，笑著說：「我和皇上早晨還說大姐來著，沒想到晌午就見著大姐了！」

公主也笑著說：「大姐不在跟前，你倆嚼舌頭，光說大姐壞話。」

子夫說：「哪能？我和皇上關心大姐呢！」

公主說：「哦！關心大姐？怎麼個關心法？」

子夫說：「給大姐物色郎君呀！」

公主聽到「郎君」二字，小鹿撞胸，紅雲抹面，也顧不得什麼羞恥，大方地說：「妹妹看哪個郎君與大姐相配呀？」

子夫說：「能與大姐相配的恐怕是鳳毛麟角，必須是功成名就，文武雙全。」

公主是有備而來，心想不必兜圈子了，乾脆把窗戶紙捅破，求子夫撮合。她裝模作樣，故作遲疑，然後現山見水地說：「別人都說我跟大司馬大將軍最合適，妹妹看……」

子夫詫異，問道：「大姐是說我弟弟衛青？」

公主以反詰語氣作答：「朝中有幾個大司馬大將軍？」

子夫想了想，說：「我倒是樂意跟大姐親上加親，只是衛青已有妻子春月，且有三個兒子，大姐嫁過去，這名分……」

公主說：「正是因為名分，大姐不是求妹妹幫忙來了？」

子夫聽公主口氣，是非嫁衛青不可了，而且是要當正房妻子不做偏房小妾的。子夫知道，公主是自己昔日的主人，也是恩人，自己曾經許諾要報恩的。公主的事就是自己的事，此忙豈能不幫？然而事情涉及到衛青和春月，他倆怎麼想，尚不可知。因此，不可貿然，不可造次，得有個迴旋的餘地。子夫依然笑著，熱情地說：「大姐放心，我幫忙是沒有問題的，不過事出突然，容我跟皇上商量商量，行不？」

公主似羞非羞，說：「這個自然，這個自然。」說罷告別辭去。

晚上，武帝回宮，子夫急切地敘說了公主來訪的意圖。武帝大笑，說：「呵！卿嫁於朕，朕的大姐嫁於卿的弟弟，兩家姐弟，互為婚姻，等價交換，各不吃虧嘛！」

子夫笑道：「皇上別說笑話了，這事如何處置？」

武帝說：「衛青為大司馬大將軍，可娶三妻四妾；大姐孀居，可擇意中人再嫁。這有什麼不好處置的？」

子夫說：「一娶一嫁，倒是不難，難就難在衛青早有妻子春月，朝廷誥命夫人，大姐嫁過去，什麼名分？是正房還是偏房？算妻還是算妾？」

武帝說：「嗯！卿想的比朕想的周全！是呀！大姐是皇家公主，當偏房？算妾？恐怕不行，不僅大姐不願意，朕的臉上也不好看。」武帝來回走動，撓著耳朵，想了好久，站定晃著手指，說：「這事恐怕只能為難春月了，棄主就賓。」

「棄主就賓？」

「對！棄主就賓。就是叫春月讓出正房當偏房。」

「這？」

「這什嗎？就這麼定！對了，卿明日可回衛府一趟，跟家中人說說，特別要跟春月說通。」

這等於是聖命了，子夫不敢多說。

翌日上午，子夫乘坐鳳輦回衛府。衛媼、衛青、春月、霍去病、金娥，以及衛伉、衛伐、衛騧、霍嬗等歡喜不盡，子夫每次回衛府，都會給府中帶來無限的歡樂和喜悅。

子夫先和衛媼、衛青說話，其他人且退。子夫開門見山，單刀直入地說明了事情的原委，末了加重語氣說：「看來，公主再嫁要成為衛家的媳婦，已經鐵定了。公主執意，皇上點頭，不答應也得答應。我今日也是奉命而來的。」

衛媼和衛青聽了子夫的話，驚得目瞪口呆。平陽公主，他們昔日的主人，金枝玉葉，威風八面，衛媼曾是她的女僕，衛青曾是她的騎奴，怎麼忽而天翻地覆，她要變成衛媼的兒媳、衛青的夫人呢？

衛青不知所措，急得直搓手，說：「這，這……」

衛媼皺著眉頭，說：「這是哪兒跟哪兒呀？」

子夫拉著母親的手，望著弟弟，接著說：「公主嫁過來未嘗不是好事，皇家和衛氏外戚聯姻又多了一層關係，有利於兒孫們的前程。可眼下有個難處，就是公主嫁過來，什麼名分？堂堂公主，皇帝大姐，讓人家當偏房做小妾不成？這涉及春月妹妹，只能委屈她讓位，棄主就賓了。」

衛媼說：「春月這些年來孝敬娘，跟親閨女一樣，棄主就賓，叫人怎麼向她開口？」

子夫說：「春月那邊，我去說。」

衛媼和衛青苦笑無語。子夫起身，娉娉婷婷，走進春月的房間。

春月正坐在桌邊做鞋，那是一雙虎頭鞋，白布底，黑布面，做成虎頭模樣，再用彩色絲線繡出虎眼、虎鼻、虎耳、虎嘴、虎鬚，造型優美，色彩鮮明，富有濃郁的民間特色。她見子夫進來，起身笑臉迎接，說：「姐姐難得回家一次，快想死妹妹了。」

子夫拉著春月的手，走至桌前，拿起虎頭鞋欣賞著，說：「妹妹手工越來越精巧了。」

春月說：「什麼精巧？騸兒穿鞋忒費，我是湊合著給他做做罷了。」

子夫問：「三個侄兒呢？」

春月答：「他們三個是猴子屁股，坐不住的，不知到哪兒瘋去了。虧得皇上封他們為列侯，我看不如封為尖屁股猴更合適。」

子夫大笑，說：「妹妹真會說話。」

春月忙著給子夫倒茶。子夫回身關了房門。房裏只有她們姐妹二人，子夫注視春月，突然膝蓋一彎，跪到地上，說：「春月妹妹，姐姐對不住你！」

子夫跪得突然，跪得蹊蹺，嚇得春月驚慌失措，手忙腳亂。春月無暇多想，趕緊也跪到地上，語無倫次地說：「姐姐這是，這是……」

子夫說：「姐姐有事求妹妹，務請妹妹答應。」

春月說：「姐姐快起，有話好說！別忘了，姐姐是皇后啊！」

子夫和春月彼此扶持著，站起身來，坐下。春月看著子夫的眼睛，說：「姐姐說吧，妹妹聽著。」

子夫幾次欲言又止，不忍說，可又不得不說。半晌，這才說道：「平陽公主寡居二年，急於再嫁，眾多朝臣中，她偏看中大司馬大將軍衛青。昨天，她到昭陽殿造訪，要皇上和我從中撮合。皇上點了頭，可難死我啦！按說，衛青弟官高爵顯，納個偏房不算什麼，妹妹寬宏大量，大概也不會介意。可是，她是公主，皇上的大姐，看重名分，嫁誰都不會當偏房做妾的。」

春月慢慢低下頭，木然無語。子夫繼續說：「這樣，問題就來了，衛青弟弟的正房、原配夫人當然是妹妹。現在，平陽公主插進來，要占妹妹的位置，怎麼辦？所以皇上要我回來跟妹妹說，要妹妹讓位，棄主就賓。我實在不忍心說這個話，可是不說不行呀！好妹妹，你的意見呢？」

春月心裏亂成一鍋粥。她從沒想到會碰上這麼一個問題。她和妹妹秋花從小失去父母，被人賣進宮中，把不是姐姐的姐姐子夫當作親人。子夫顯貴，兩姐妹跟著沾光，春月嫁給衛青，秋花嫁給公孫敖。衛青封侯拜將，春月成為誥命夫人，三個兒子均封列侯，榮耀至極。不料現在出來個平陽公主，不僅要奪走她的丈夫，而且要霸占她的正房，天下哪有這種不講理不道德的事？可是誰有能力阻擋這種事呢？因為平陽公主上邊還有皇帝，他們指派子夫說服自己讓位，等於皇帝、皇后、公主三人對一人，自己不讓位行嗎？子夫夾在中間，確夠難的，她剛才的一跪，集中說明了她的難場。自己要是不同意，她怎麼回去交差？姐姐呀姐姐！再難再難的事情應該由妹妹承擔，哪能叫你皇后作難啊？

春月心平氣靜，苦笑著說：「既然到了這一步，我讓位就是了，大司馬大將軍的正房正妻就是她平陽公主了。」

子夫一把將春月摟在懷裏，動情地說：「委屈你了！我的好妹妹！好弟媳！」

春月沒有說話，淚水奪眶而出，像江河決堤，流個沒完沒了。

## 35

**衛青和平陽公主都是二入洞房，梅開二度，輕車熟路，極盡枕席風光。外柔內剛的春月失蹤了。霍去病公報私怨，射殺李敢。武帝袒護，不了了之。**

衛子夫回宮覆命。武帝大喜，說：「朕知道，此事非卿不能辦成。」

子夫不解地問：「這是為何？」

武帝得意地說：「春月原是宮女，現為朝廷誥命夫人。要她讓位，硬了不行，軟了也不行。她把卿當姐姐，卿不硬不軟，她能不聽卿的話？」

子夫差一點想說「為了說服春月，臣妾屈尊下跪來著」，可是話到嘴邊又打住了，改口說：「春月外柔內剛，但願別生枝節才好。」

武帝顧不上什麼枝節，當即頒旨，令大司馬大將軍衛青娶平陽公主，即日成婚。

聖旨一下，衛府頓時忙碌起來，專門收拾一個院落，布置洞房，裝飾廳堂，紅紅綠綠靡麗紛華。衛青不知是喜是愧，或閉門讀書，或騎馬射箭，難得開口說話。春月倒很坦然，仍以主婦身分，指揮家人忙這忙那。衛伉、衛伐、衛騧三兄弟聚在一起，大發牢騷，說：「平陽公主嫁給爹，我們怎麼稱呼她？我們有娘，難道再稱她為娘不成？」

成婚之日，衛青被人妝扮一新，戴一朵大紅花，騎一匹黃驃馬，樂隊吹打彈拉，去覆盎門裏的曹府迎親。平陽公主早已妝扮停當，豔服盛飾，由六個大紅宮燈導引，步出府門，登上鳳輦。片刻便到衛府，立即舉行婚禮，儀文繁縟，雅樂鏗鏘。四座賓朋，男紅女綠，歡笑著向兩個新人道賀，你一言，他一語，都說是天賜的美滿良緣。聽著鋪天蓋地的喜慶話，衛青麻木著臉，只管點頭，不見喜色。平陽公主笑瞇瞇，喜滋滋，像是掉進糖罐罐裏，要多甜蜜有多甜蜜。衛媪陪著眾人笑，那心裏感覺堵得慌。當初，平陽公主嫁曹壽的時候，是她將公主和曹壽引進洞房的，次日早上參見公主，公主還賞給她二十枚莢錢。公主是主人，她是僕人，她好幾次給公主下跪過。不料二十多年過去，公主卻進了她的家，成了她的兒媳，拜她這位高堂，真是哪兒跟哪兒呀！

在一片歡笑聲中，衛青和平陽公主被引入洞房。衛青返回廳堂陪客。美酒佳釀，大魚大肉，眾人吃了個痛快，月明星高時方才散去。衛青飲了不少酒，略顯醉意，搖擺著回轉洞房。平陽公主已經卸去豔服盛飾，只穿一件緊身的粉紅絲裙，露出豐肩軟體，玉臂雪膚。公主幫著衛青解帶脫衣，衛青聞到她身上滿是撩人的香水味兒。夜闌更深，公主拉衛青上床，鑽進那翡翠衾，成就那鴛鴦夢。此時此刻，衛青全然忘卻了多日的煩惱，使出本領，大顯神通。平陽公主像是乾柴遇到烈火，盡情張狂，樂不可支。衛青畢竟比曹壽雄壯，她張狂了一陣以後，早已心跳氣喘，筋疲力竭，平躺著，任由衛青擺弄。

武帝和子夫沒有參加衛青和平陽公主的婚禮，因為他們考慮，皇帝、皇后在場，禮儀上有諸多不便，所以免了，只派宮監總管李貴送去一份豐厚喜禮：黃金千斤，錦緞千匹，青銅器和玉器各兩件。並讓李貴捎話說：「喜酒日後是要補上的。」

次日黎明，武帝上朝。子夫起床，侍女幫她梳妝。李貴匆匆進殿，報告說：「稟皇后，剛才衛府派人送話，說春月夫人夜間失蹤了。」

子夫臉色大變，心砰砰亂跳，腦海裏飛快地閃過一個念頭：「春月出事了！」她吩咐李貴：

「速速備車，即刻去衛府！」

皇后應急外出不乘鳳輦，只乘簡便舒適的輜車。子夫帶著侍女，乘車趕到衛府，家裏的人都在，公孫賀和君孺、公孫敖和秋花也在，亂哄哄的，沒有頭緒。衛騧年齡最幼，跑過來一頭扎到子夫的懷裏，大哭著說：「姑姑，我要娘！」

子夫摟著衛騧，坐下，問道：「這是怎麼回事？」

衛媪流著淚說：「聽金娥說吧！」

金娥說：「平日，舅母和我起得最早，招呼這府裏府外的事。今日卻不見舅母的影子，我去她房間叫她，久久沒見答應。房門虛掩著，我推門一看，房裏有點異樣。我趕緊叫家人四處尋找，壓根兒找不到。」

秋花淚流滿面，說：「姐姐肯定為姐夫和公主的事想不開，尋短見了！」

衛伉、衛伐拿眼睛瞪著他們的父親，犀利的眼光在說：「是你逼死了娘！」衛青痳木著臉，神情沮喪。霍去病和公孫賀、公孫敖站在一邊，無話可說。

衛媪看著子夫，歎著氣說：「府裏亂了套，這才派人去宮中給你送話。」

君孺說：「我和秋月也是娘派人叫來的。」

子夫起身，去春月房中察看，但見床上放著四堆衣服，分別是衛青、衛伉、衛伐、衛騧的，乾乾淨淨，整整齊齊。子夫見過的那雙虎頭鞋放在衛騧衣堆的上面，已經做好了，精緻美麗。梳妝檯上首飾盒開著，裏面是春月用過的簪、釵、步搖、耳環等首飾，一件不少。春月的衣服鞋襪也不見少。最顯眼的是朝廷賜給誥命夫人的誥服，紅底，黑邊，繡花，沒整沒疊，被隨手丟棄在地上。這似乎是向人們表示：什麼御賜誥服，去你的！我不稀罕！

子夫看到房裏景象，胸口發悶，淚水簌簌，嗚咽著說：「春月妹妹，姐姐對不住你，你可千萬別做傻事啊！」

子夫思量，憑春月的性格，不大可能自尋短見，因為她放不下三個兒子以及曾經相依為命的秋花妹妹。她多是一時想不開，藏到什麼地方去了，因為丈夫和名分被人奪走，世態炎涼，人情淡薄，所以避而遠之，不見不煩。

子夫回到原座，環視眾人，說：「事已至此，急也無用，只有留心在意，慢慢尋找就是了。這事不宜張揚，傳出去，皇帝、我、公主及全家人的面子都不好看。金娥！春月不在，家中的事你就要多操心了！」

金娥說：「這是自然的。」

子夫辭別衛媼和眾人，去見新弟媳平陽公主，老遠就裝笑說：「恭喜恭喜！皇上和我昨日沒來喝喜酒，公主，大姐，不！得叫弟媳婦，以後得給補上！」

平陽公主不好意思地說：「喜什麼呀！我前腳進門，春月後腳就不見了，好難堪喲！」

子夫說：「公主不必在意，一家人不說兩家話，想來春月不會出事的。」

公主說：「但願如此。」

子夫和公主說了一會兒話，告辭回宮，把衛府的情況跟武帝敘說一遍。武帝說：「怪不得早朝時，衛青和去病揹話請假，說家中有事，原來是這麼回事。」

子夫說：「臣妾擔心生出枝節，結果枝節還是出來了。」

武帝說：「不就是春月失蹤嘛！算不上什麼枝節的。好在大姐有了好的歸宿，這是最重要的。」

子夫看了武帝一眼，心裏想道：「瞧他多自私！光偏向他的大姐！」

幾天過去，一切又恢復了平靜。這天，衛青和霍去病在軍帳宴請諸將，酒過三巡，關內侯李敢突然站起，橫眉怒目，手指衛青，厲聲說道：「我父李廣，率兵攻伐匈奴，經歷大小七十餘戰，匈奴膽寒，稱他為飛將軍！去年，他年過花甲，仍隨大將軍出征，竟引刀自刎，死得不明不白。今日，當著大夥的面，你要說個清楚，到底是怎麼回事？」說著一蹦老高，要向衛青撲去。

李敢突然發難，眾將皆驚，上前阻擋。衛青止住眾將，從容說道：「李廣英雄蓋世，老當益壯，我也是欽佩的。漠北戰役，他迷失道路，延誤軍機，我並沒有拿他怎麼樣，準備上奏朝廷，恭請皇上裁決。誰知他怕受刀筆吏之辱，自殺了。情況就是這樣！」

李敢根本不信衛青的解釋，聲嘶力竭地喊道：「不對！你是恃權仗勢，公報私仇，故意殺了我父親！」喊罷，一個箭步衝到衛青跟前，攥緊拳頭，擊中衛青面部。眾將驚慌，急忙抱住李敢，再看衛青，面部青腫，鼻孔已流出血來。

去病看得真切，怒不可遏，起身要和李敢拚命。衛青捂著鼻子，喝止去病，說：「罷了罷了！」去病怒視李敢，李敢哼了一聲，轉身走出軍帳。

李敢毆打大司馬大將軍衛青，很快傳遍京城。衛青回府，平陽公主最為心疼，一面替衛青敷藥，一面憤憤地說：「反了反了！告訴皇上，非懲治他李敢不可！」

衛青笑了笑，說：「不就是挨了一拳嘛！無須小題大作。」

幾日後，武帝去甘泉宮（陝西淳化境）遊獵。衛青居家養傷，霍去病及眾將從行，李敢也在其中。甘泉宮一帶，山高坡陡，溝深林密，豺狼虎豹，大白天也敢出來捕食，全無顧忌。武帝到此遊獵，旌旗飄飄，鼓角陣陣，千騎馳逐，萬人吶喊，嚇得眾多的野獸東奔西突，爭相逃命。

李敢發現一隻麋鹿奔跑，立即抖韁，策馬追了過去。偏巧不巧，霍去病騎著大馬，手持弓箭，威風凜凜地橫在前面山崗上。李敢並不在意，自管追趕麋鹿，飛越山崗。去病年輕氣盛，猛然想起李敢在酒宴上辱罵、毆打舅舅衛青那件事，不由怒從心頭起，惡向膽邊生，見他李敢毫無防備，便左手持弓，右手搭箭，朝著李敢後心，盡力射去。李敢中箭，翻身落馬，掙扎著抬起頭，手指去病，咬牙切齒，恨恨地說：「你！你！」話沒說完，傾刻斃命。

去病射殺李敢，消息傳得飛快。

衛青在家中接到報告，不禁吸了口涼氣，說：「傻外甥，怎能這樣幹？」

平陽公主撇嘴說：「我看去病幹得好！誰讓他李敢羞辱大將軍來著？」

衛嫗和金娥臉色憂鬱，說：「人命關天哪！皇上怪罪下來，如何是好？」

他們趕緊將這個消息轉告宮中的子夫，子夫吃驚地說：「這孩子，毛手毛腳，怎會闖下這樣的禍事？」

衛青、子夫等焦急地等待著，可甘泉宮方面並沒有什麼動靜。半月後，武帝回長安，去病照樣活蹦亂跳，笑瞇瞇回到家裏。衛青急切地問：「那事了結啦？」

去病大笑，說：「不了結怎麼著？皇上說他李敢是被麋鹿觸斃的，與我無干。」

衛嫗、金娥歡喜地說：「與你無干就好，無干就好！」

衛青知道，這是武帝欣賞去病戰功，故意偏袒外戚，硬是昧著良心說瞎話啊！昭陽殿裏，子夫陪小心，悄聲問武帝道：「聽說去病射死李敢，皇上……」

「小事一樁！」武帝一揮手說，「去病青年英勇，功比天高，朕如何捨得將他治罪？至於李敢，朕說是被麋鹿觸斃的，不就結了！」

子夫一面感謝武帝龍恩，一面暗暗歎道：「皇家袒護外戚，人情大於國法，李敢怕是死難瞑目了！」

花開花落，轉眼到了元狩六年（西元前一一七年）九月，大司馬驃騎將軍、冠軍侯霍去病忽然患了重病，臥床不起。這樣一來，衛府裏又亂開了，人人臉上布著陰雲，鎖著愁霧，預示著什麼不幸的事情正在臨近。

# 虛無縹緲神仙夢

# 36

霍去病英年早逝，多少人為之痛悼，為之哭泣。葬禮極其隆重，曠古未聞。人生人死，此乃自然法則，漢武帝卻從中領悟出非常非常玄奧的道理來。

霍去病患病非常突然，前一天還在校場操練兵馬，第二天便躺倒了。開始不過頭有點疼，腦有點熱，沒當回事。沒料想一天過後發起高燒，口乾舌燥，面頰赤紅，身上燒得灼手。再過一天，嘴裏、腋下、肚臍周圍生出許多紅色斑點，很快傳遍全身。高燒依然不退，漸漸神志昏迷，口中發出囈語，什麼匈奴、大漠、李敢、鬼蜮，斷斷續續，互不連貫。

去病病重，急壞了所有人。衛媼日夜守候在病床邊。金娥哭成了淚人。衛青和平陽公主指揮四處求醫，抓藥熬藥。君孺和秋花也過來幫忙，給衛伉、衛伐、衛騧和霍嬗等做點飯吃。少兒聞訊匆忙趕了來，她是去病的生母，可是去病剛斷奶她就改嫁給陳掌，去病恨她，從未叫過她一聲娘。她趕了來，站也不是，坐也不是，獨自垂淚。守候在去病身邊的還有一人，名叫霍光，去病的同父異母弟弟。霍仲孺當年和少兒分手後，賭氣回到老家平陽，另娶一妻，生下霍光。去病長大，知道生父姓名，幾年前北伐回軍途中，路過平陽，專門尋訪仲孺，父子聚首，感慨繫之。仲孺將霍光託付給去病，隨兄進京以討前程。去病留給仲孺和繼母若干金銀，讓他們購置田宅，招買奴婢，安享天年。霍光補充郎官，去病患病，他自然要來侍候，端湯餵藥，格外盡心。

武帝和子夫得知去病病重，也很焦急。武帝親派御醫，天天去給去病診治。太子劉據和公主劉妍、劉媚、劉娟吵鬧著要去衛府探視，因為去病不僅是他們的表兄，而且是他們心目中的偶像。

去病病情越發嚴重，高燒不退，遍身紅斑，紅斑潰爛，流出白裏帶黃的膿水。神志也更加昏迷，已是氣息奄奄了。

衛媼、衛青、金娥等束手無策。這時，武帝、子夫攜帶太子、公主探視來了。所有的禮儀略過，武帝和子夫逕自走至去病床前。衛青就去病耳邊說：「去病！皇上和皇后來看你了！」

「妖怪！匈奴！李敢！鬼！鬼！」去病扭動身子，沙著嗓子，正在夢境，說著胡話。

「去病！你醒醒！皇上和皇后來看你了！」

這一回，去病像是聽見了，艱難地睜開乾澀的眼睛，矇矓地看到了武帝和子夫。他掙扎著想起身，武帝向前按住，說：「別動！躺著說話就是了。」

去病喘著氣，有氣無力地說：「皇上！皇后！臣不行了！」

武帝安慰說：「卿是國家棟樑，一代功臣，不妨事的！」

子夫抓著去病滾燙的手，寬解說：「去病，好外甥！你會好的！」

劉據、劉妍、劉媚、劉娟齊聲說：「表哥！你快好起來，我們還要跟你學騎馬呢！」

去病想笑一笑回答太子和公主，可是沒笑出來。停了停，又說：「臣姥姥、弟弟、妻兒，拜託皇上、皇后了。」

武帝點頭。子夫說：「還有你娘，你娘！二姐，你過來！」子夫叫過少兒，讓少兒抓住去病的手，說：「去病，她是你娘！你就叫她一聲娘吧！」

去病模模糊糊地注視生母，眼角滲出一滴淚水，嘴唇微動，許久才輕聲吐出一個字來：

「娘！」

「去病！娘對不起你！」少兒大叫一聲，珠淚滾滾，把臉和去病的臉緊緊地貼在一起。

這時，去病身子抽搐，喉嚨痰湧，兩眼發直，接著腿一直，頭一歪，斷氣了。

「去病！」「兒子！」「外孫！」「夫君！」「外甥！」「爹爹！」「表哥！」所有的人發出急切的呼喊，繼而失聲痛哭起來。衛媼、少兒、金娥哭得尤為傷心。衛媼雖說是去病的姥姥，卻像母親一樣撫養去病，看著他長大，看著他從軍，看著他建功立業，看著他娶妻生子，如今他卻先她而去了。少兒雖是去病的生母，卻沒有給去病什麼母愛，去病成就大器，她更問心有愧，不敢正面看去病一眼，盼星星盼月亮，好不容易盼到去病叫她一聲娘，去病卻永遠地閉上了眼睛。金娥嫁去病才六七年，只指望相親相愛，白頭偕老，沒料想去病竟英年早逝，撇下她和年幼的霍嬗，以後的日子可怎麼過啊？

武帝悲痛啜泣，子夫淚流滿面，太子和公主哭得抬不起頭來。衛青和平陽公主上前，一人扶武帝，一人扶子夫，說：「皇上和皇后節哀，且到一邊歇息。」武帝、子夫、太子、公主隨衛青夫婦來到大廳，大廳裏家人開始忙碌，準備布置靈堂了。

武帝、子夫坐下，衛青說：「去病在朝，是大司馬大將軍；在家，是臣的外甥。他的喪事，臣是要辦得風風光光的。」

武帝說：「不！去病是國家重臣，功高蓋世，他的喪事應由朝廷來辦，所有費用從國庫開支！」

子夫說：「這樣，會不會引起朝臣非議？」

武帝說：「非議什嗎？朕就是要讓天下臣民都知道，凡國家功臣、民族英雄，朝廷是不會虧待他們的！」

衛青和平陽公主跪拜，說：「謝皇上！」

武帝攜太子、公主先行回宮，命子夫留在衛府幫助料理喪事。一個時辰過後，聖旨下：大司馬驃騎將軍、冠軍侯霍去病謚景桓侯；陪葬茂陵，喪禮務要隆重，停殯五日，王公大臣及三軍將士皆送葬。

聖旨一下，從長安城到茂陵，從未央宮到衛府，一片忙碌。長安城十二座城門樓和未央宮北闕城樓皆幛白布，白布上綴以大大小小的黑花。衛府裏設置靈堂，百官眾將前往祭奠。茂陵方面，臨時徵調一萬民夫，營築去病墓塚。

茂陵是武帝生前為自己所建的陵寢，距長安城九十里，因位於槐里縣茂鄉（陝西興平縣東南），故名。早在武帝即位的第二年即西元前一三九年，茂陵就開始修建了，規模宏大，耗費無數。先建陵園，繼築陵塚，同時設置茂陵縣，縣城居民多達六萬一千戶，二十七萬七千餘人。許多文武大臣、富戶名門遷居於此，成為一種榮耀，一種時尚。武帝十分喜愛去病，特命將去病墓塚築在自己陵寢東北一里的地方，以便死後能和愛將朝夕相處，共商冥國大事。

霍去病墓塚幾天內便營築好了。底部南北長九十二米，東西長六十一米，頂部南北長十五米，東西長八米，高十五．五米。封土上面堆積天然石塊，整體造型酷似祁連山。不言而喻，這是為了紀念、表彰墓主人在祁連山一帶所創建的輝煌功業。

出殯之日，武帝和子夫親臨衛府祭奠，眼含淚水送別去病。哀樂奏響，去病的樟棺被抬上靈車，衛媪、衛青和平陽公主垂淚，少兒、金娥呼天搶地，哭得死去活來。衛青的兒子，君孺的兒子，太子劉據和三位公主，還有霍嬗等，捂臉嗚咽，泣不成聲。

文武大臣和三軍將士皆為去病送葬，衣冠、車馬、兵仗皆飾黑、白兩色，放眼望去，像是緩緩流動的黑色和白色潮水，場景壯觀。

武帝、子夫和衛媼送靈車至衛府門口，微揚著手說：「去病！你慢走！」聲音嘶啞，淚水嘩嘩，靜靜地站在那裡，目送送靈隊伍起程。

其他人或坐車或騎馬，都去送葬。子夫特別叮嚀君孺和秋花說：「你倆多留心些，照管好少兒和金娥。」太子、公主自有宮監、宮女侍候，那是不用操心的。

送靈隊伍最前面是儀仗，一百匹大馬，一百名士兵，高擎黑布鑲邊的「霍」字帥旗。次是靈車，駕四馬，兩側各有四將騎馬護衛。靈車後面，是去病的家人和親戚，都坐輜軿車。再後面是王公大臣以及三軍將士，黑鴉鴉一片，不見首尾。

靈車出長安城西面章城門（一稱便門），逶迤西行，跨便門橋過渭河，西向茂陵。從長安城到茂陵，每十五里搭一靈棚，靈車經過時，當地官吏率眾焚香進果，跪拜祭奠。不少當初受霍去病招降的匈奴士兵，也自動聚集，身穿黑甲，肅立道路兩旁，向英年早逝的大漢名將致敬。

靈車至茂陵，大司馬大將軍衛青奉武帝聖命，為去病舉行安葬儀式，隨即安葬。那是天哭地泣、摧肝裂膽的一刻，靈柩置於墓穴中，士兵揮鍬填土，少兒、金娥、霍嬗跪地，聲嘶力竭地哭著喊著，要跳進墓穴，隨兒子、夫君、爹爹而去。君孺、秋花、公孫敬聲等使勁將三人抱住，淚水和黃土攪和在一起，他們都成了淚人和土人了。

去病入土，士兵們將新製作的石刻雕像置於墓上和墓前，躍馬、臥馬、臥象、牯牛、伏虎、野豬、怪獸吃羊、蛙、蟾等等。其中一件叫馬踏匈奴，是群雕中的主像。高一·六八米，長一·九米，依天然石塊擬形，雕刻一匹碩壯有力、器宇軒昂的戰馬形象，馬蹄下踩著一個披頭散髮的匈奴人。馬的造型古樸遒勁，雄渾敦厚，大雕刀，粗線條，微昂的頭顱，深陷的眼窩，健美的馬腿，豐滿的前胸和後臀，還有起伏的關節，簡潔明快，形神兼備，給人以英姿勃發、威風凜凜的強烈印象。那個匈奴人蜷伏在馬蹄下，赤足上屈，仰面朝天，頭髮散開，面目猙獰，手中緊握弓箭，似在作垂死的掙扎。一馬一人，馬的高大、雄健與人的微小、猥瑣形成鮮明的對比，從而表現了一個巨大而深刻的主題：正氣必定壓倒邪氣，愛國者必定戰勝侵略者。

去病的家人和親戚看了這些石刻雕像，心裏略覺安慰：一個二十四歲的青年將軍，朝廷給予這樣的禮遇，本朝沒有，曠古未聞。

去病葬禮前後歷時十餘日，武帝心難平靜，一直在想：一個大活人怎麼說死就死了呢？人生無常，人生如夢，人生像朝露一閃，人生似白駒過隙，確實確實如此啊！

一天，武帝突然沒頭沒腦地問子夫道：「你說世界上有神鬼嗎？」子夫罔然未答。武帝緊鎖眉頭，忽兒又自言自語地說：「去病斷氣前夕，大叫什麼來著？噢！叫妖怪叫鬼了。看來神鬼是有的，神鬼要了去病的命。」

子夫莫名其妙，不安地問：「皇上怎麼啦？」

武帝好像沒有聽見，繼續念叨著：「神鬼要了去病的命，神鬼要了去病的命……」

## 37 衛子夫姿色漸衰，武帝另寵王夫人和李夫人。天子迷信神仙，怪誕妖妄的方術之士乘機到長安城兜攬生意，演出了一幕幕光怪陸離的滑稽戲。

年年歲歲花相似，歲歲年年人不同。當霍去病英年早逝的時候，武帝和子夫都快四十歲了。男人處在這個年齡，正值壯年，精力旺盛；女人處在這個年齡，青春已過，容顏漸衰。尤其是像子夫這樣的女人，先後生過四個兒女，身心操勞，姿色、精神大不如前了。

子夫額頭、眼角增加了許多皺紋，皮膚變得粗糙，肌肉變得鬆弛，最顯著的是兩個乳房，鬆軟地下垂著，完全失去了彈性。還有一頭烏黑發亮的青絲，也變得稀疏了，仔細察看，還能尋出幾根白髮。床上功夫更是一天不如一天，心有餘而力不足，以致武帝在她身上，再也找不到從前的那種快感和樂趣了。

歷史上從來就沒有愛情專一的皇帝，武帝也不例外。他很快寵幸一位年輕貌美的王夫人，王夫人生了一兒，取名劉閎。不想王夫人紅顏薄命，受寵不滿三年就死了。武帝快快不樂，一日和衛青、平陽公主等飲酒，召協律都尉李延年唱歌解悶。李延年極善音律歌舞，當下抖擻精神，高歌一曲。

北方有佳人，
絕世而獨立。
一顧傾人城，

再顧傾人國。
寧不知傾城與傾國，
佳人難再得！

這首李延年自編自唱的《佳人歌》，歌詞誇張，旋律優美，末尾二句經數次重複，由高亢轉低迴，餘音裊裊，韻味無窮。武帝聽得入神，讚嘆道：「唱得太好啦！可是世界上果真有傾城傾國的佳人嗎？」

平陽公主插言道：「聽說李延年有個妹妹，就是這樣的佳人，不僅姿色艷麗，而且善歌善舞。」

武帝說：「哦？那就趕快引來，朕要見她。」

李延年退下，不一時便引了妹妹來見武帝。武帝注目端詳，但見她十六七歲，身材苗條，衣飾合體，柳眉杏眼，粉頰朱唇，淺淺的兩個酒窩，淡淡的一抹笑意，處處透出清純，現出秀媚，恰似荷粉露垂，杏花煙潤。武帝龍心大悅，問道：「你可願意留在宮中侍候朕？」

李女跪地叩頭，輕啟嬌喉，答道：「奴婢願意侍候皇上。」

武帝喜不自禁，起身扶起李女，攜手進入寢殿，顛鸞倒鳳，暢施雨露，那種激情，那種快樂，自然是可想而知了。

李女得寵，封為夫人。當年生下一兒，取名劉髆。

子夫見武帝新寵不斷，心裏總覺得酸酸的。不過，她是個想得開看得開的女人，皇帝嘛，寵幸妃嬪天經地義，爭風吃醋大可不必。爭風吃醋有什麼好處？當初陳阿嬌就是個活生生的例子，自己可不敢當第二個陳阿嬌。因此，子夫對王夫人和李夫人，總是以禮相待，友好相處。凡武帝的妃嬪，她一概稱為妹妹，而且從來不以皇后的派頭教訓和指責她們。她所想的只有一點，要盡量表現謙和溫順，寬宏大度，唯有如此，皇后的地位才能穩固。

武帝寵幸李夫人，快慰無比。可是，霍去病早逝的陰影一直在他腦海裏盤旋。他是迷信神鬼的，相信神鬼存在，並且主宰著世界。他迷戀皇帝的尊嚴和權力，也迷戀皇帝的作為和生活，而這一切，必須以活著、健康、長壽為前提，如果像霍去病那樣突然死去，豈不是一切都完了？因此，他渴望長生不老和長生不死，渴望和神仙對話，求得神仙幫助，找到長生不老和長生不死的秘方。

先前，武帝結識過一個叫李少君的方士，自稱活了七八百歲，曾和春秋時的齊桓公打過交道。他雲山霧罩地胡謅說：「陛下只要虔誠地祭祀灶神，就可以役使神鬼，那時再煉丹砂，丹砂可以化為黃金。用這樣的黃金鍛成酒器食具，常用就能益壽延年，然後就可以到海上尋訪仙人了。這時再到泰山封禪，就可以長生不死，白日升天。古代的黃帝就是這樣成仙的。」

武帝全神貫注地聽著，李少君進而信口雌黃地胡吹說：「我曾經遊於海上，遇見安期生。他請我吃棗，那棗竟和瓜一樣大。安期生也是個仙人，他和蓬萊三神山的眾仙是好朋友，陛下想到蓬萊仙山，最好先找到安期生。可是這位神仙脾氣古怪，只有碰上和他脾氣相投的人才肯現身，否則就隱匿起來，即使踏破鐵鞋也無法找到。」

武帝糊裏糊塗，把這番謊話信以為真，四時八節，親自祭祀灶神，還招請方士在宮中煉丹砂，派人到海上去找安期生。可是丹砂沒有煉成黃金，安期生也未見蹤影，「活神仙」李少君卻偶染風寒，嗚呼哀哉了。武帝可不說他是病死的，硬說是「羽化成仙」了。

剛剛死了個李少君，緊跟著來了個李少翁，談神說鬼更加帶勁。這時，那個李夫人突然患重病，臥床不起。武帝心疼嬌妃，守候在床邊。李夫人啜泣著說：「臣妾命薄，恐不能侍候陛下了。臣妾兄長李延年和李廣利，還有髆兒，懇望陛下關照。」武帝點頭，說：「愛妃且莫傷感，朕命名醫前來診治，愛妃必會康復的。」

數日後，李夫人不僅沒有康復，反而越見嚴重，竟病危了，面皮蠟黃，形容枯槁，當初的風韻一絲不存。武帝殷勤探問，她偏以被蒙頭，不肯見面。武帝用手揭被，她卻轉臉向內，終不從命。武帝怏怏退出。侍女們責怪她違忤君心，不料她唏噓說道：「女人以色事君，色衰而愛弛，愛弛則恩絕。現在我病至將死，姿色醜陋，皇上見了必然噁心，還會關照我的兄長和髆兒嗎？」

侍女聽了，方才大悟，心想：色衰而愛弛，愛弛則恩絕，夫人總結的這個規律挺有普遍性的哩！又過三日，紅顏委蛻，玉骨銷香，李夫人竟然死了。

武帝悲悼，命以皇后禮儀安葬了愛妃。繼在甘泉宮繪畫遺容，朝夕凝視。俗話說，日有所思，夜有所夢。武帝時時思念李夫人，遂致夢中恍惚，夢見她贈予蘅蕪香草，醒後尚有餘香，歷久不散。武帝倒有情致，因名寢殿為遺芳夢室。

武帝痛失愛妃，心情淒然。李少翁揣摩武帝的心思，聲稱擅長一種「招魂術」，能招李夫人魂靈來和武帝見面。武帝大喜，命其作法。李少翁騰出一間淨室，四周張帷，並索取李夫人生前衣服，預備招魂。到了夜間，帷外點燃紅燭，帷內坐著武帝，李少翁裝神弄鬼，東面噴水，西面念咒，折騰了兩三個時辰，果有一個美貌女子，款款而至。武帝在帷內癡望，不覺出神，瞧那女子身材、容貌，恰似李夫人。他急忙站起，要和李夫人說話，卻被李少翁阻住，定睛再看，那美貌女子卻不見了。武帝垂頭喪氣，連連嘆息，隨口吟道：「是邪，非邪？立而望之，偏何姍姍其來遲！」

當夜，武帝思不能寐，特作賦一篇，寄託悲感。賦曰：

美連娟以修嫮兮，命櫟絕而不長。飾新宮以延貯兮，泯不歸乎故鄉。慘鬱鬱其蕪穢兮，隱處幽而懷傷。釋輿馬於山椒兮，奄修夜之不陽。秋氣憯以淒淚兮，桂枝落而銷亡。神煢煢以遙思兮，精浮游而出彊。託沉陰以壙久兮，惜蕃華之未央。念窮極之不還兮，唯幼眇之相羊。函菱荴以俟風兮，芳雜襲以彌章。的容與以猗靡兮，縹飄姚虖愈莊。燕淫衍而撫楹兮，連流視而娥揚。既激感而心逐兮，包紅顏而弗明。驩接狎以離別兮，宵寐夢之芒芒。忽仙化而不返兮，魄放逸以飛揚。何靈魂之紛紛兮，哀悲回以躊躇。勢路日以遠兮，遂荒忽而辭去。超兮西征，屑兮不見。浸淫敞克，寂兮無音。思若流波，怛兮在心。

亂曰：佳俠函光，隕朱榮兮。嫉妒闒茸，將安程兮！方時隆盛，年夭傷兮。弟子增欷，洿沫悵兮。悲愁於邑，喧不可止兮。嚮不虛應，亦雲已兮。嫶妍嘆息，嘆稚子兮。慟慓不言，倚所恃兮。仁者不逝，豈約親兮？既往不來，申以信兮。去彼昭昭，就冥冥兮。既下新宮，不復故庭兮。嗚呼哀哉，想魂靈兮。

這篇賦詞藻華美，感情真摯，不失為一首深沉的戀歌和悲歌。

李少翁使了「招魂術」，武帝佩服得五體投地，封他為文成將軍，待以客禮，命他使出更大本領，招來神仙一見。李少翁煞有介事，在甘泉宮增築臺觀，繪塑許多奇形怪狀的偶像，或稱天神，或稱地祇，或稱泰一神，焚香供奉。武帝深信，諸事照辦。怎奈神仙杳遠，始終不肯光臨，武帝未免疑惑，李少翁也有點坐立不安。

李少翁生怕露餡，忽又想出一法，以騙武帝。他悄悄用一塊白帛糊塗亂畫，寫了一卷誰也看不懂的「天書」，摻進草料中餵進牛肚，然後裝模作樣地對武帝說：「這頭牛肚子裏當有天書。」武帝命人把牛殺了，剖開肚子，果然發現一卷「天書」，文字雜亂怪誕，不知何意。武帝細看，心裏一震，「天書」的筆跡不正是李少翁的筆跡嗎?他知道上當了，立命將李少翁逮捕下獄，嚴刑拷問。李少翁吃刑不過，一一招認了所作所為。武帝臉色大變，脾氣大發，命將李少翁推出去斬了。

武帝殺了李少翁，生了一場病，暫在甘泉宮休養，半月不癒。適有上郡一個巫師，自言能通神語，善知吉凶。武帝派人迎入，向他問病。巫師便作神語道：「天子不必過憂，三日內自癒。」說也奇怪，三日之後，武帝果然病除，身體康復如前。武帝大喜，隨即帶了巫師回京，在北宮中更闢壽宮，特置神座，張羽旗，設供具，朝夕供奉，尊號神君。神君不會說話，聽憑那個巫師傳達，積錄成書，名為「畫法」。巫師和李少君、李少翁是一路貨色，藉著神語，常說李少翁枉死。武帝追悔莫及，真不該殺死那個會使「招魂術」的文成將軍李少翁。

這天，巫師又傳神語，說神仙欲與武帝見面，地方在高不在低。武帝興奮不已，遍觀京師，發現城門樓和長樂宮前殿、未央宮前殿雖然巍峨高大，但神仙大概不會屈尊到這些「低」處來。「在高不在低」，當然是越高越好，因為神仙行止都是在極高極高的空中的。他立即下令，在未央宮裏再造一座柏梁臺，要高出長安城中所有的建築，自己要在高臺上會見神仙。

# 38

**為了和神仙見面，武帝下令修建了高聳入雲的柏梁臺。他在柏梁臺會見各國使團，受到朝拜和稱頌，倒真有點飄飄欲仙的感覺。**

皇帝一聲令下，百官雷厲風行。元鼎二年（西元前一一五年）正月，一座高聳入雲的柏梁臺建成了。

柏梁臺位於未央宮北闕的西側，高二十丈，合今約四十七米。二十四根一抱多粗的銅柱參天矗立，上面平鋪木板，木板上建尖頂翹檐亭式樓閣，樓閣樑架均用珍貴的香柏木，濃烈的香氣風傳數十里。柏梁臺南側，用木板鑲砌坡式階梯，供人上下。尖頂部位，置一昂首展翅的銅鳳凰，柏梁臺因此又稱鳳闕。

武帝時時刻刻關注著柏梁臺工程的進展，工程竣工，便迫不及待地登臺觀覽。他沿著階梯，拾級而上，登上樓閣，憑欄四眺，呀！那是一種多麼開闊多麼壯美的景象啊！南山白雪皚皚，渭河碧水如帶，東面霸陵和西面昆明池歷歷在目，似乎伸手可及。整座長安城就在下面，城牆環抱，宮殿棋布，大街上馬車奔馳，小巷裏行人匆匆。凜冽的西北風發出尖銳的呼嘯，高處不勝寒。

神仙大概怕冷，冬天沒來和武帝見面。春暖花開之時，武帝興致勃發，特在柏梁臺上舉行酒會，宴請俸祿在二千石以上的王公大臣。酒酣耳熱，武帝說：「朕今日和眾卿作聯句詩如何？」

眾人答：「謹遵聖命！」

武帝說：「聯句詩是每人一句，句各七字，每句用韻，一句一意。這一句一意嘛，要切合身份，各述所職，如何？」

眾人答：「這未免難了點。不過，陛下有興致，臣等奉和就是了。」

武帝說：「那好！朕起頭：日月星辰和四時。」

梁王聯：「驂駕駟車從梁來。」

大司馬大將軍聯：「郡國士馬羽林材。」

丞相聯：「總領天下誠難治。」

太傅聯：「和撫四夷不易哉。」

御史大夫聯：「刀筆之吏臣執之。」

太常聯：「撞鐘擊鼓聲中詩。」

宗正聯：「宗室廣大日益滋。」……

王公大臣們的聯句有優有劣，有雅有俗，惹得武帝哈哈大笑，說：「好！朕有文武雙全的眾愛卿輔佐，大漢必能長治久安！」

眾人跪地高呼：「吾皇萬歲萬歲萬萬歲！」

武帝開創的這種聯句詩傳至後世，竟成為一種詩體，稱「柏梁體」。這恐怕是武帝始料所未及的。

柏梁臺落成，太子劉據，公主劉妍、劉媚、劉娟，衛青的兒子衛伉、衛伐、衛騎，公孫賀和衛君孺的兒子公孫敬聲，霍去病和金娥的兒子霍嬗等一幫年輕人都想上臺一遊，以飽眼福。可那是武帝擬和神仙見面的地方，豈是嘰嘰喳喳的晚輩遊得的？眾人聚在一起，鼓動劉據，再由劉據鼓動皇后，讓子夫跟武帝說情，准許他們登一回柏梁臺。結果，事情還真的成了，武帝破例恩准，規定：只此一次，下不為例。眾人歡呼，大呼小叫地登上了柏梁臺。

柏梁臺真高啊！藍天白雲，飛鵲啼鶯，四面風來，撩人心扉。劉據、衛伉等又蹦又跳，大聲呼喊。三位公主則小心翼翼，嚇得不敢喘氣。

衛伉舉起雙臂，聽任風吹起衣襟，說：「看！我快要飛起來了！」

衛伐笑著說：「哥哥且莫飛，萬一掉下臺去，可就要羽化成仙了。」

公孫敬聲說：「有人光想羽化成仙，我可不想，天上哪有人間好？」

陽石公主劉姸怯生生地問：「天上真有神仙嗎？」

諸邑公主劉媚和三公主劉娟說：「父皇說有，想必有吧？」

劉據說：「神仙這玩藝兒，你相信就有，不相信就沒有。」

衛伉和公孫敬聲說：「神仙？誰見過？幾個鼻子幾隻眼睛？」

衛騶和霍嬗年紀尚小，東瞧西看，直覺得驚奇好玩。

這幫年輕人中，劉姸年齡最大，公孫敬聲次之，相差不到一歲。正因為如此，他們二人之間有著一種非常微妙的感情，總願意在一起遊玩說話，那樣就非常開心。二人都已到了婚嫁的年齡，常常夢想，要是天公作美，讓彼此結成姻緣，那該多麼甜蜜啊！

這年夏天，中郎將張騫二次出使西域返回故國，並引帶烏孫國的使團到長安拜見武帝。武帝在未央宮前殿盛情接見，但見來自萬里以外的異邦客人，頭戴錦繡小帽，身穿鮮艷長袍，高鼻樑，藍眼睛，齊刷刷地跪拜，嘰哩咕嚕地高呼。張騫向前翻譯，說：「他們奉烏孫國王之命，祝福大漢天子萬壽無疆，祝願烏孫國和大漢世代友好！」

武帝笑逐顏開，虛榮心得到很大的滿足，心想萬里威服，百國來朝，當這樣的皇帝才算過癮哩！他讓張騫告訴使團，大漢天子感謝烏孫國王的美意，歡迎使團在長安遊覽觀光。張騫將武帝的話翻譯成烏孫語，使團成員齊聲說：「亞克西！」起身退出。

武帝問張騫道：「亞克西是什麼意思？」

張騫答：「就是好、很好的意思！」

武帝微笑點頭，又問張騫道：「卿二次出使有何見聞？」

張騫恭敬地答道：「臣此次出使一路順利，到達烏孫國，並派副使前往大宛、康居、安息、大月氏、大夏等國。任務突出兩條，一是通好，二是通商。西域各國普遍羡慕我國的文明，嘆服陛下的神威，願與我國友好相處，並開展貿易，互助互利。」

武帝說：「很好！朕現在封你為大行，主管外交事務，籌建蕃邸，供外國人居住；並培訓譯員，加強和外國人溝通。」

張騫跪拜，說：「謝皇上！遵旨！」

不長時間裏，張騫派出的副使陸續回國，而且都引帶回各國的使團。武帝一一接見，每接見一次，虛榮心都得到一次滿足。他讓外國使團好好地逛逛大漢的京城，領略一下上國的風光。外國人哪裏見過這麼雄偉壯麗的都城宮殿，這麼繁榮富庶的街市商肆？一個個都目瞪口呆，嘖嘖不已，讚嘆說：「這不是城市，簡直是天堂！」

說到天堂，武帝決定帶領各國使團遊觀柏梁臺。柏梁臺那樣崇高，登上去就離天堂仙境不遠了！

這一天是個上好的晴天。武帝身穿龍袍，頭戴冕旒，早早登上柏梁臺。龍袍玄底，間以紅、黃二色，繡繪十二章紋（圖案），依次為日、月、星辰、山、龍、華蟲、宗彝、藻、火、粉米、黼、黻。日、月、星，取意照臨光明，如三光之耀；山，取意耕雲播雨或重鎮四方；龍，取意應機布教而善於變化；華蟲，雉屬，取意富於文彩；宗彝，係宗廟祭祀禮器，象徵忠孝，取意具有深淺之知和威猛之德；藻，係水草，取意冰清玉潔；火，取意火炎向上，萬民向歸上命；粉米，取意潔白滋養，若聚米形，具有濟養之德；黼，畫一全斧形狀，白刃黑銎，取意果決果斷；黻，畫兩己相背形狀，取意明辨是非，背惡向善。冕旒，寬七寸，長一尺二寸，上部玄色，下部朱綠色，紅綠彩線串十二條白玉垂珠，前六條垂四寸，後六條垂三寸。前面的垂珠擋住視線，取意視而不見，即尊者不必去看那些不該看的東西。後面垂珠靠近耳邊，取意充耳不聞，即尊者務要獨斷，切莫輕信讒言。

武帝坐定，王公大臣站立，皇家禁軍侍衛。歡快的迎賓曲奏響，各國使團登上柏梁臺。這些異國他鄉的客人孤陋寡聞，何曾見過這樣高大的建築和這樣氣派的場面？當下跪地，朝拜武帝，用各種語言祝福大漢天子萬壽無疆。

武帝哈哈大笑，倒真有點飄飄欲仙的感覺，朗聲說：「平身！各位既到長安，就請多走走，多看看，我大漢的國門是敞開的，熱忱歡迎八方賓客。請各位回國以後，注意宣播大漢文明，轉達朕對各國人民的敬意！今天，各國朋友遊觀柏梁臺，實是一件盛事，朕特賜每人黃金五十斤，絲綢五十匹，以資紀念！」

各國使團歡呼雀躍，許多人豎起大拇指，稱讚大漢天子的盛情和慷慨。而後，紛紛走出樓閣，憑欄四望，八百里秦川和長安城全景盡收眼底，蒼茫，遼闊，雄偉，壯麗。他們欣喜，他們陶醉，「啊！」「哦！」的驚嘆聲隨著清風白雲，傳得很遠很遠。

皇帝尊崇，生活美好，武帝更加奢望長生不老和長生不死了。他又記起壽宮裏的那個巫師，巫師說神仙要與自己見面，地方在高不在低，現在高高的柏梁臺建成了，怎麼不見神仙露面呢？他派宮監傳召巫師問話，宮監回奏說：「巫師十日前出宮，至今不見蹤影。搜看他的住處，狼藉不堪，此人十有八九逃跑了。」

武帝頓時臉色鐵青，尷尬地說：「這怎麼可能呢？怎麼可能呢？」

巫師逃跑了，搜遍長安城也沒有搜到。武帝悶悶不樂，原因倒不是巫師欺騙了他，而是沒有巫師，不識神語，他怎麼和神仙見面呢？恰在這時，樂成侯丁義迎合旨意，推薦一個方士欒大，說此人更有神通，上天入地，呼風喚雨，無所不能，足以幫助聖上找到神仙。武帝一聽，龍顏大悅，所有愁悶煩惱一掃而光，立即傳召欒大。於是欒大進宮，演出了一幕更加荒謬絕倫的滑稽戲。

## 39 迷信神仙的滑稽戲愈演愈烈，武帝把大公主劉妍也貼賠了進去。有句俗語叫「癩蛤蟆想吃天鵝肉」，欒大這隻癩蛤蟆還真的吃到天鵝肉了！

欒大是武帝之弟膠東王劉寄的家人，作為奴僕，生性刁猾，竟與主人之妃丁氏偷情。而這個丁氏的弟弟，正是樂成侯丁義。皇帝迷信神仙，方士投其所好。欒大覺得有機可乘，有利可圖，就讓丁氏透過丁義推薦自己。這樣，他便到了京師。

欒大四十多歲，身材不高，臉色灰黃，眼睛不停地閃眨，飄忽的眼神裏藏著幾分怪異。右下巴長一顆黑痣，黑痣上幾根黃毛，一寸多長。武帝初見欒大，以為此人相貌猥瑣，心中不喜，及相交談，方知人不可貌相，海水不可斗量，眼前的欒大能耐大著哩！

欒大能言善辯，牛皮吹破天臉都不紅。他說：「臣在膠東，經常出入大海，有幸遇見安期生、羨門生等位仙人，得拜為師，傳授方術。這些仙人老師好生了得，親口對我說，黃金可以煉成，黃河決口可以堵住，不死之藥可以找到，海上仙人可以請來。只是……」

欒大吞吞吐吐不說了。武帝急切問：「只是什嗎？」

欒大許久才說：「仙人老師說，李少翁死得冤枉，有此前車之鑒，誰還敢輕言仙方仙藥？」

武帝趕忙搪塞說：「先生千萬莫聽外面閒傳，李少翁實是誤吃馬肝，中毒而死的。先生若有方術，儘管說來，只要能求得不死之藥，朕是不會吝惜錢財的。」

欒大說：「臣的仙人老師從不有求於人，只有別人去求他們。陛下如果想把他們請來，以求不死之藥，那麼必須讓派出的使者身分高貴起來，還要成為陛下的親屬。只有這樣，仙人老師才肯和使者見面。」

武帝已經幾次上當受騙，只恐欒大空言無術，未免沉吟。欒大窺破武帝心意，隨手從衣袖中掏出兩枚石頭磨成的棋子，說：「臣可以讓這兩枚棋子互相打架，拉也拉不開。」

武帝不信，說：「哪有這種事？」

欒大當場表演，也不知使的什麼手法，但見兩枚棋子直往一處亂碰，用手拉開，一鬆手，就又碰在一起，叮叮噹噹，真像打架一般。

武帝和滿朝文武看得呆了，嘖嘖稱奇。

欒大得意地一笑，把棋子收入衣袖中，說：「雕蟲小技，不必驚訝，請再看下面的。」他令殿前侍臣，取過小旗數百杆，分插各處。然後將手一拍，喝一聲「疾！」，立時便有微風徐徐吹來。他再念念有詞，加了幾句咒語，風勢變大，把幾百杆小旗捲到空中，自相撞擊。文官武將看此情景，驚愕萬分，連聲說：「神了!神了！」武帝也是見所未見，聞所未聞，禁不住失聲喝采：「好！」片刻，風定旗落，紛紛墜地。

武帝大開眼界，覺得李少君、李少翁、巫師和欒大相比，真是小巫見大巫了。於是面授欒大為五利將軍，御駕前效力。欒大似乎不在乎這個職銜，道個「謝」字，揚長而去。

武帝見欒大不大高興，料他是嫌一個將軍職銜，尚不足以使其身分高貴起來。過了一個多月，又封他為天士將軍、地士將軍、大通將軍，一個職銜一顆金印。欒大心猶不足，武帝索性有求必應，再加封他為樂通侯，食邑二千戶，賜一處上等府第，車馬帷帳、日用家具、金銀器皿一應俱全，另加千名奴僕。一個江湖騙子，平白得此奇遇，出輿蓋，入僕御，一呼百諾，頤指氣使，直叫文武百官瞠目結舌。

欒大一下子高貴了，抖起來了。可是還未成為武帝的親屬，心仍不甘。武帝急於尋求真仙，乾脆許諾，把大公主劉妍嫁他為妻。欒大詭詐地一笑，說：「臣謝皇上！啊，不！小婿謝岳父大人了！」文臣武將目睹此情此景，氣得吹鬍子瞪眼睛，可是誰也不敢言語。眾人知道，皇帝已被神仙迷住心竅，什麼相反意見都聽不進去的，倘若惹得皇帝生氣，那麼丟官丟爵是篤定的，弄不好連性命也保不住，何必自找殺身之禍呢？

武帝回昭陽殿，告訴子夫說，他已許諾把劉妍嫁欒大了。子夫不敢相信自己的耳朵，說：「皇上開什麼玩笑呀？」

「不是開玩笑，是正正經經的！」

子夫看武帝嚴厲的神色，不禁倒吸了一口涼氣，說：「欒大年齡不僅比妍兒大一倍多，而且比皇上還大幾歲，這門親事合適嗎？」

武帝說：「年齡懸殊沒有關係，重要的是欒大身佩四將軍印綬，且封樂通侯，妍兒嫁給他也算是門當戶對了。」

子夫說：「妍兒自小和公孫敬聲相好，二人都有那個意思，只是沒有把話挑明。現在叫她嫁欒大，恐怕轉不過彎來。」

武帝不耐煩地說：「首先你要轉過彎來！兒女婚姻，歷來是父母做主，朕為皇帝為父親，難道做不了妍兒的主？」

子夫連連搖手，說：「不！不！臣妾不是那個意思。臣妾是說……」

「你別說了！」武帝打斷子夫的話，說：「當務之急，朕要尋求真仙，而欒大正是朕要尋求真仙的牽線者和架橋人。欒大需要高貴的身分，需要成為皇親，以便和神仙往來，朕自然要滿足他，否則尋求真仙的事就吹了，你懂嗎？好啦！就這麼定了！你告訴妍兒，幫她準備準備，近日成親。」武帝說完，一甩手走了。

子夫傻了眼，硬著頭皮叫來劉妍，告訴她武帝的決定。劉妍根本不信，說：「不！欒大年齡比父皇還大，父皇怎會將我許嫁給他？」

子夫說：「你父皇一心想長生不老和長生不死，什麼樣的事都做得出來的。欒大封官封侯、賜錢賜物不就是個例子？」

劉妍憤憤地說：「欒大是個騙子，敬聲兄弟說他耍的棋子打架、小旗捲空，不過用了一種障眼法、覘風術，全是騙人的把戲。」

劉妍所說的敬聲兄弟就是公孫敬聲，公孫賀和衛君孺的兒子。劉妍的意中人正是這個年輕英俊的敬聲兄弟，醜八怪欒大，不過是隻癩蛤蟆，哪配吃天鵝肉？

子夫理解劉妍的心思，說：「娘知道妍兒和敬聲兄弟要好，可是父命難違，聖命難違，這由不得兒也由不得娘啊！」

「我不嫁，就是不嫁！」劉妍賭氣，嘴噘臉吊地回了自己的房間。

下午，劉妍悄悄找到宮監總管李貴，要了一輛馬車去衛府。衛府有她姥姥衛媼和舅舅衛青，她想求得他們的幫助，取消這門親事。衛青早朝時知道武帝許諾要將劉妍嫁欒大為妻，回家後立即告訴了母親。衛媪以手杖擊地，連聲說：「造孽啊！造孽啊！為了自己成仙，竟然捨棄親生女兒，還算人嗎？」

劉妍進來，一頭撲到衛媪的懷裏，淚水嘩嘩地說：「姥姥！舅舅！快救救我！」

衛媪摟著外孫女，心裏發堵，淚如雨下，轉臉對衛青說：「青兒，你是大司馬大將軍，能眼睜睜地看著妍兒叫欒大那畜牲糟蹋了？」

衛青搖頭嘆氣，說：「皇帝的家事，外戚不能插手。再說，現在的皇帝已不是幾年前的皇帝了，別人的話他是聽不進去的！」

衛媪說：「你讓平陽公主回去勸勸皇帝，叫他收回成命。」

衛青還是搖頭嘆氣，說：「不行哪！皇帝滿腦子神仙神仙，誰也勸不轉他的。」

衛媪將劉妍摟得更緊，喃喃地說：「苦了我妍兒了！造孽呀！」

劉妍來衛府，本想姥姥和舅舅能幫助她擺脫欒大，怎奈皇權蓋天，姥姥和舅舅都無能為力。她絕望了，跺著腳喊道：「這輩子為何要生在帝王家！」

劉妍坐車回宮，特意讓車夫繞道太僕公孫賀府前。她很想進府中看一眼公孫敬聲，可是那樣成何體統？她眼望紅底黑邊的府門，眼含淚花，輕聲說：「敬聲兄弟，你我今生無緣，但求來世吧！」

公孫府中，公孫賀正把早朝時武帝的決定告訴衛君孺和公孫敬聲。君孺嘆息說：「好端端的一株牡丹花，怎會插到牛糞堆上呢？」敬聲一蹦老高，說：「不行！我不讓妍姐嫁給欒大那個騙子、流氓！」

公孫賀按住敬聲，說：「傻兒子，你姸姐是皇帝的公主，皇帝看中欒大那個騙子、流氓，誰能阻擋他？」

「這，這……」敬聲垂頭喪氣，啞然無語。

三日過後，欒大披紅掛彩，喜氣洋洋地迎娶劉姸。子夫抱著女兒，大哭一場，眼看著她隨欒大而去。洞房花燭之夜，欒大喝得醉醺醺的，看那愛妻，美艷艷，嬌滴滴，恰似仙女下凡，西施轉世。他去擁抱劉姸，伸手在劉姸身上亂摸。劉姸使勁將他推開，他沒站穩，「撲通」一聲跌坐到地上。他咧嘴獰笑，說：「哈哈！你父皇只要神仙不要女兒，把你嫁給老子，你就是老子名正言順的婆娘。你嫌老子年老醜陋不是？沒有關係，老子的傢伙挺硬梆，包叫你受用快活！」他爬起來，淫笑著，餓虎下山似地撲向劉姸，三拉兩扯，剝光了她的衣服，露出她白淨、細膩、光滑的胴體。他等不及上床，乘勢將一絲不掛的劉姸按倒在床前的榻板上……

## 欒大糊弄武帝，聰明反被聰明誤，斷送了性命。衛氏和皇家的關係更緊密了，焉知福禍？守寡的劉妍最可憐，公孫敬聲造訪，使她又發出了笑聲。

騙子、流氓欒大封將拜侯，而且成了武帝的女婿，白天出入朝廷，前護後擁；夜裏懷抱嬌妻，恣意取樂。他已做了活神仙，哪還顧上去尋找什麼仙人老師？

武帝催促欒大動身，欒大支支吾吾應付。武帝為了討好欒大，再命刻玉印，鏤成天道將軍四字，特派大臣夜著羽衣，授予欒大。欒大再沒有理由延宕了，只好整頓行裝，辭過武帝，別了劉妍，前往海上尋找仙人老師。

劉妍謝天謝地，折磨她摧殘她的惡魔終於離開了。數月以來，每見那個惡魔，她都戰戰兢兢，不寒而慄。惡魔野蠻凶狠，沒有人性，指派家丁看管著她，不准她跨出房門一步。夜裏，他把她的身子當作發洩獸欲的工具，擰她的臉，抓她的乳房，橫七豎八，恣意淫樂，淫樂夠了，像豬一般哼哼，自顧睡去。她偷偷哭泣，想殺死他，還想自殺，可是家丁看管嚴密，殺人和自殺都不能得手。

欒大耀武揚威地起程了。武帝有點放心不下，密遣一個內侍扮作平民，暗中跟隨去，偵察他的行蹤。欒大全不知情，到了東海邊上，畫地為壇，拜禱一番，隨後到泰山，閒逛了數日。繼到膠東，跟劉寄之妃丁氏鬼混半月，送給她無數金銀，而後折回長安。

內侍把這一切看在眼裏，覺得好氣好笑好恨，抄在欒大前頭，回京報告武帝。武帝勃然大怒，當即派出士兵，守住長安城門。欒大坐車，口中哼著曲兒，悠哉悠哉地進了霸城門。士兵衝上前去，不容分說，五花大綁，押解來見武帝。欒大尚要捏造仙人老師言語，辯解開脫。武帝喚出內侍，把他在海邊拜禱、泰山遊玩、膠東鬼混的詳情和盤托出。欒大情知露餡，趕忙小雞啄食一般，跪地叩頭，說：「小婿該死！小婿該死！」

武帝聽了「小婿」二字，不禁面紅耳赤，更是怒火中燒，大喝一聲：「推出去斬了！」須臾，士兵獻上欒大血淋淋的人頭。

武帝迷信神仙，在欒大身上下的本錢最多，上的當也最大。他恨恨回宮，無顏去見子夫。子夫聞訊，尋了來，流著淚說：「皇上！只可憐我們的公主妍兒了！」

武帝且羞且愧，說：「走！朕和卿看看妍兒去！」

武帝和子夫坐車來到欒府，那是武帝御賜給欒大的豪華府第，門楣上「欒府」二字比斗還大。武帝氣惱地說：「趕快給朕將這二字除去！今後長安城中再不許出現『欒』字！」

隨行侍衛答應一聲「是！」立即派人鑿去「欒府」二字。

劉妍聽得父皇、母后到來，勉強出房迎接。她一不跪拜，二不請安，只是嘻嘻哈哈地笑著，口中念念有詞，說：「玉皇大帝娶了王母娘娘，王母娘娘生了個女兒，玉皇大帝原是仙人，還要成仙，成為仙中之仙，硬將女兒嫁給蛤蟆將軍……」

子夫見女兒衣裙不整，披頭散髮，面黃肌瘦，神情恍惚，胡言亂語，不禁心如刀割，淒然淚下，一把抱住劉妍，說：「苦了你了，我的妍兒！」

劉妍掙扎著，說：「別碰我！我還要去赴王母娘娘的蟠桃宴呢！」

武帝見花容月貌、活潑可愛的劉妍成了這般模樣，心裡很不是滋味，訕訕地對子夫說：「卿留下開導開導她，朕回去了。」

武帝轉身回宮。劉妍緊緊抱住子夫，委屈、痛苦、怨恨一齊湧上心頭，大叫一聲「娘——！」淚水像渭河決堤，奔流不息。

衛府裏的衛媼也在流淚。欒大被斬，她是高興的，可是想到苦命的外孫女妍兒，她的心像被針扎，隱隱發痛。妍兒花一般的年齡，花一般的容貌，竟叫欒大那個畜牲糟蹋了。這是什麼世道？千不怪，萬不怪，全怪那個想神仙想得發了瘋的皇帝，為了自己成仙，全然不顧女兒終身，枉為人父！唉！妍兒年輕守寡，今後的日子可怎麼過啊！還有春月，這麼多年活不見人，死不見屍，到底是死是活？世界這麼大，為什麼受磨難的都是女人呢？

衛青很少說話，恪守外戚本分，不插手皇家事務，不議論皇帝是非。他很同情劉妍的遭遇，卻苦於愛莫能助。平陽公主自嫁衛青以後，心滿意足。春月失蹤，曾使她一度難堪，好在事情很快過去了，一切又恢復了平靜。武帝把劉妍嫁給欒大，她有看法卻不便明言，因為她知道武帝的性情，一旦迷戀上什麼，即使九牛十虎也拉不轉他的。

欒大被斬，公孫賀、衛君孺、公孫敬聲直覺得痛快。尤其是敬聲，憎恨欒大，說：「此人應該千刀萬剮，光斬首實在便宜了這個無賴！」他要去看望和安慰劉妍，公孫賀和衛君孺婉言勸止，說：「現在正在風頭上，且莫招惹是非，來日方長，以後再去不遲。」敬聲從來是順從父母的，父母勸止，只好作罷。

子夫在劉妍那裏住了三天，劉妍的情緒漸漸穩定。子夫回宮，自然地想到劉媢和劉娟的終身大事。劉妍的不幸對她的刺激很大，假如讓劉妍早早出嫁，比方嫁給她喜歡的公孫敬聲，那該多好啊！欒大死了，萬一再出來個欒二、欒三，狠心的武帝會不會再拿劉媚、劉娟的終身作賭注？想到這裏，她渾身起了一層雞皮疙瘩，於是鼓起勇氣找武帝，商量商量劉媚和劉娟的婚事。

武帝新近又寵幸一個姓尹的美女，封為婕妤，住飛翔殿。子夫到了那裏，尹婕妤起身迎接。子夫說明來意，武帝這回倒是通情達理，滿口應允，隨口問子夫道：「卿以為媚兒、娟兒嫁誰家合適？」

子夫說：「這要由皇上做主。皇上既然問臣妾，臣妾無妨提個線索，就是臣妾的弟弟衛青兒子衛伉和衛伐。他倆和媚兒、娟兒是姑表親，年齡相仿，彼此也很熟的。」

武帝故作驚訝，說：「呵！卿的胳膊真會朝裏拐呀！朕大姐已嫁衛青，朕的兩個女兒還要嫁給卿的兩個侄兒！你們衛氏可真貪心哪！」

子夫慌忙跪地，說：「臣妾只是提個線索，成與不成，還要由皇上做主。」

武帝哈哈大笑，說：「起來吧！妍兒的事，朕錯了；媚兒、娟兒的事，朕依卿了！」

子夫叩頭，說：「謝皇上！」

次日早朝，武帝頒旨，宜春侯衛伉尚諸邑公主劉媚，陰安侯衛伐尚三公主劉娟，即日成婚。兩對新人同日成婚，少不了一番喜慶，一番鋪張，一番熱鬧。衛媼緊鎖的眉頭難得地舒展開來，說：「兩個外孫女成了兩個孫媳婦，我們衛氏注定要跟皇家結親了。」

子夫長長地出了口氣，說：「媚兒、娟兒的終身有靠，我這顆懸著的心總算落地了。」

衛青不見喜色，反見隱憂，說：「我們衛氏距皇家太緊太近，說不準是福是禍呢？」

平陽公主瞪了丈夫一眼，說：「皇家怎麼啦？皇家是虎，是狼？能把你們衛氏生吞了，活吃了？」

公孫敬聲參加了衛伉和衛伐的婚禮，多喝了幾杯酒，並不急於回家，改道去看望劉妍。劉妍孀居，兩個妹妹大喜，她是不便到場的。

敬聲突然造訪，劉妍喜出望外。她所接觸的同輩人中，就數敬聲這個弟弟討人喜歡。高高的個頭，白白的臉龐，粗眉毛，大眼睛，眉宇間透露出一種陽剛氣概。她曾嚮往和憧憬嫁給敬聲，夫妻恩愛，比翼雙飛，生死不渝。沒料想平地鑽出個魔鬼欒大，瞎了眼的父皇迷信神仙，捨棄女兒，竟將自己送給魔鬼，飽受凌辱！幸虧欒大死了，假若魔鬼不死，那麼自己今生今世只能在火坑裏煎熬，永無出頭之日了。

劉妍迎接敬聲，進入廳房，賓主分坐。自武帝和子夫看望劉妍以後，那些粗悍的奴僕都被打發走了，子夫專門從宮中挑選幾個宮監和宮女，前來侍候劉妍。劉妍吩咐，自己和敬聲弟弟說話，不必侍候。眾人退下。

敬聲凝視劉妍，只見她綠衣粉裙，淡淡梳妝，臉上缺少先前那樣的紅潤，眼睛也沒有先前那樣的明亮，但是婀娜的身姿，烏黑的長髮，白皙的皮膚，以及粉頰上的兩個酒窩，還像先前那樣，沒有變化。

劉妍見敬聲凝視自己，略顯惶恐，問道：「敬聲弟弟從何處來？」

敬聲回答：「衛伉、衛伐和劉媢、劉娟今日大婚，我剛從那兒來。」

劉妍聽到「大婚」二字，黯然神傷，眼眶濕潤，說：「弟弟、妹妹們都比我強。」

敬聲說：「妍姐不必傷感，來日方長。」

劉妍立時流下淚來，說：「像我這樣，來日長什麼呀！」

敬聲見劉妍流淚，起身走過去，雙手捧起她的臉蛋直視她的眼睛，說：「有我和你在一起，來日就是長！」

劉妍沒有動彈，淚水嘩嘩，說：「傻弟弟，我的身子叫那畜牲弄髒了呀！」

敬聲說：「那不是你的錯，你在我心目中，還是先前的妍姐！」

劉妍聽了這話，情不自禁地起身，伸開雙臂，緊緊地抱住敬聲，輕聲呼喚道：「敬聲！我的好弟弟！」敬聲覺得臉紅心跳、熱血奔湧，也緊緊地抱住劉妍，張嘴吻她的長髮、她的秀眼、她的粉腮、她的朱唇。兩人的舌頭碰在一起，捲在一起，吮吸，吮吸，直想把對方的身子、魂魄吮吸進肚裏。

兩人瘋狂地熱吻一陣以後，敬聲鬆手，說：「今日就讓我住這裏好嗎？」

劉妍臉泛紅霞，說：「今日不行，我沒有一點兒準備。來日吧，弟弟不是說來日方長嗎？」

敬聲說：「好哇！你拿我的話堵我的嘴了，看我胳肢你！」說罷，就要胳肢劉妍的腋下。劉妍一扭腰閃開了，同時發出銀鈴般的笑聲。她已經好長好長時間沒笑了，今日笑來，特別好看，特別動聽。

# 流水落花春去也

# 41

武帝又有新寵，衛子夫身價大跌。史皇孫出世，武帝感嘆：「兒孫催人老啊！」公孫敬聲和陽石公主偷情，情濃意熾時進來一個手攥利刃的黑衣蒙面人。

武帝和子夫的長子劉據自元狩元年（西元前一二二年）被立為皇太子以後，一年年長大了。他先隨老師石德學習《公羊春秋》，繼從學者瑕丘江公學習《穀梁傳》，學業大進。他除了攻讀史書外，最大的愛好是向舅舅衛青學習騎馬射箭。表哥霍去病也曾是他習武的好教練，可惜表哥死了，父皇和舅舅成為他心目中最崇敬的兩個人。

元鼎四年（西元前一一三年），劉據十六歲，到了獨立生活的年齡了。武帝命在覆盎門外南向五里處，新建一座太子宮，名稱博望苑，供劉據居住。博望，取意廣博觀望。武帝期望劉據博覽典籍，廣闊胸襟，審時度勢，招納賢才，以便日後繼承皇位。

劉據先前在北宮讀書，每日必回未央宮向父皇和母后請安。武帝經常不在宮中，子夫則是天天見到兒子的。子夫非常疼愛劉據，三個女兒都已出嫁，劉據就是她跟前的唯一寶貝疙瘩了。現在劉據移住城外的博望苑，十天半月才回昭陽殿一次，她覺得心裏空落落的，無聊得很。

劉據住在博望苑，倒很自由，結識了許多新朋友。劉據喜好奇珍異玩，朋友們投其所好，爭進異瑞，玉器陶器，銅鼎甬鐘，漏壺熏爐，金盤銀燈等，分類陳設，擺滿幾個房間。詹事陳掌替他管理家務，諸事井井有條。

劉據該大婚了。按照禮制，太子正妻曰妃，嬪妾曰良娣和孺子，共三個等級。劉據納婚次序，應該先妃後良娣後孺子。可是太子妃暫無合適的人選，武帝別出心裁，讓劉據先納個姓史的女子為良娣，稱史良娣。子夫覺得彆扭，說：「據兒初婚，所娶當然是正妻，不稱妃而稱良娣，想來總是怪怪的。」

武帝瞪了子夫一眼，說：「怪什嗎？太子妃將來就可能是皇后，史良娣她配嗎？」

子夫不再言語。她知道，武帝除寵幸尹婕妤外，又寵幸一個李姬，自己的身價大跌了，雖然還是皇后，可是說話的份量大不如前了。她回房中照照鏡子，見臉上的皺紋越來越多，頭上的青絲開始脫落，不禁嘆息道：「老了！色衰而愛弛，愛弛則恩絕，此話不假啊！」

武帝一面貪戀女色，一面迷信神仙的熱情依然不減。這時，他更熱衷於巡遊和封禪，企圖透過此舉找到「得道成仙」的捷徑。

雍縣（陝西鳳翔）有座天帝廟，所有皇帝都自詡天帝的兒子，武帝當然要前往祭祀。祭畢，西越隴阪（甘肅平涼西），登上崆峒山，直到祖厲河（黃河支流，源於今甘肅會寧）才返回。

祭過天帝，自然要祭后土。后土是與天帝相對應的尊神，是專管農業生產、五穀豐歉的土地神。武帝說：「朕親自祭祀了天帝，不祭祀后土不行，有天無地，神靈不悅，難怪朕的很多願望難以實現呢！」汾陰（山西河津南）有座后土祠，武帝又專程前往祭祀。祭畢取道滎陽（河南滎陽北），到了洛陽。洛陽住著一個叫姬嘉的破落書生，據說是周朝的後裔。武帝興起，下詔封他為「周子南君」，讓他供奉先祖的香煙。這個舉措叫「繼絕世」，把斷絕祭祀的先朝帝王重新祭祀起來，他覺得能夠取得神仙的好感，於己有百利而無一害。

祭祀了天帝廟和后土祠，神異之事接踵而來。一個巫師在后土祠旁見地上隆起一塊，挖開一看，原來土裏埋著一尊形制怪異的銅鼎。這是「天地賜寶」，立即送到甘泉宮供奉。公卿大臣們爭搶著向前捧場，異口同聲，說寶鼎是天帝降下的符瑞，專門送給有功德、享天命的當今天子的。武帝聽了渾身舒坦，心想精誠則靈，自己的虔誠恭敬終於有所回報了。

沒過多久，方士公孫卿宣布了一個驚人的發現，說：「遠古時候的黃帝也曾在某年得過一尊寶鼎，那年冬至的時刻是『辛巳朔旦』，而今年的冬至日也是『辛巳朔旦』。黃帝因得寶鼎而得道成仙，飛升上天，以此相推，當今皇上也會成仙升天的。」

武帝聽了這番話，大驚大喜，立刻召見公孫卿，詢問成仙升天之事。公孫卿大弄玄虛地說：「臣已故老師申公，常和神仙安期生來往，安期生傳授給他一本《寶鼎神書》。書上說：『漢朝的興盛當在高祖皇帝的曾孫之時，到時寶鼎將會出世，天子要和神仙相會，同時要行封禪大典。』自古以來，行封禪大典的共有七十二位帝王，其中只有黃帝封禪泰山，封禪泰山後就成仙升天了！」

武帝掐著手指推算，自己正是高祖皇帝的曾孫，寶鼎已經出世，所缺者就是封禪泰山了。因此決定，要盡快封禪泰山，那樣就會成仙升天了。他很興奮，任命公孫卿為郎官，去太室山（嵩山的一部分）修治宮館和神廟，恭候神仙降臨。

武帝準備封禪泰山，如醉如癡，不想周邊地區屢屢出事。南越國的丞相呂嘉殺死南越王和王后，以及漢朝使臣，公然反漢。西羌十萬兵馬攻陷故安（甘肅臨洮南），包圍枹罕（甘肅臨夏東北），氣焰囂張。匈奴殘餘勢力復起，攻入太原，殺死太原太守。東越王餘善也扯起反漢的旗幟，自稱皇帝，攻州掠縣。武帝從容調度，或派兵鎮壓，或施用智謀，把這些麻煩事都解決了，局勢又平定了下來。

這期間，史良娣生了個兒子，取名劉進，俗稱史皇孫。劉據做了父親，滿心歡喜，興沖沖地到未央宮報告父皇和母后。武帝又長一輩，做爺爺了，卻不見喜色，感嘆道：「兒孫催人老啊！」子夫倒很高興，即刻和劉據一起，到博望苑看望孫子。

史良娣正給兒子餵奶，見婆婆到來，趕忙要下地行禮。子夫止住她，說：「別動，當心月子裏招風著涼。」子夫俯身細看劉進，圓圓的腦袋，高高的鼻樑，頭髮淡黃，眼珠漆黑，活脫脫一個肉蛋蛋，跟劉據初出生時一模一樣。她將肉蛋蛋抱起，親著他的嫩臉，劉進「啊」地一聲哭了起來。她笑著說：「我是你奶奶，你還認生呀？」

子夫將孫子遞還兒媳，嘆了口氣，說：「我的兒子也有了兒子了，時光過得真快啊！」

劉據說：「母后不必傷感，你的兒子和孫子日後會孝敬你的。」

子夫心有所思，自言自語地說：「靠不住，靠不住的。誰知道日後是什麼樣子呢？」

子夫離開博望苑，順道去看望劉妍。劉妍自嫁欒大以後，再未回過未央宮。欒大活著的時候，她想回回不去；欒大死後，她則是根本不想回了。因為她憎恨父皇武帝，是他斷送了她的青春、她的愛情，是他使她年紀輕輕變成寡婦，雖說是皇家公主，卻無顏走到別人面前。然而，她想念母后子夫，母后對自己以及妹妹、弟弟，總是那樣慈愛，那樣關心，那樣體貼。母后為何住在未央宮呢？皇宮清規戒律，母女難能見得一面。

偏巧，子夫看望劉妍，劉妍欣喜，笑著迎接母后。子夫見劉妍臉色紅潤了，眼睛明亮了，神態朗和，笑靨鮮麗，心情一下子輕鬆了許多。

母女落座。子夫說：「娘剛從博望苑來，史良娣給你據弟生了個兒子，你當姑姑了。」

劉妍說：「是嗎？據弟和史良娣半月前來看過我，說是就這幾日臨盆的。」

子夫說：「還有誰來看過你？」

劉妍說：「公孫敬聲，衛伉、衛伐和媚妹、娟妹，還有霍嬗，都來過的。」

子夫說：「這就好！你們小字輩本該勤走動、多來往的。」

劉妍突然問道：「父皇有了孫子，高興嗎？」

子夫沉吟半晌，說：「他只說了一句話：『兒孫催人老啊！』再沒有什麼表示。」

劉妍撇著嘴說：「哼！他只圖自己長生不老和長生不死，哪管兒孫死活？」

子夫嘆氣說：「唉！你父皇變了，不沾昭陽殿的邊了，你們又不在娘跟前，娘想找個親人說話都沒有了。」

正在這時，公孫敬聲大步走了進來。他見皇后姨娘在，顯得不好意思，向前施禮，說：「皇后姨娘好！」

劉妍笑著說：「皇后是皇后，姨娘是姨娘，哪有皇后、姨娘連在一起稱呼的？」

敬聲更不好意思了，說：「這樣稱呼既莊重又親切嘛！」

子夫看得出，敬聲和劉妍已經處得很熟了，劉妍精神恢復，肯定是得力於敬聲的。她隨口問道：「你娘可好？」

敬聲答道：「娘很好！吃得香，睡得香，一天到晚不閒著。」

子夫說：「她倒有福氣。噯！我說敬聲，你妍姐這兒冷清，你可得常來陪陪她。」

敬聲說：「皇后姨娘放心，我會常來陪妍姐的。」

子夫起身回宮。劉妍和敬聲送至大門口，看著車子去遠，返轉廳房，立即緊緊地擁抱在一起。

敬聲到劉妍這兒來，已是司空見慣了。而且他已在這兒住過幾夜，領略過男女情事的滋味了。他每次來，宮監宮女們都會知情識趣地避開。須知，她們侍候的主子是當今皇上的長女陽石公主，公主和情人幽會，誰敢干擾？

這一次，敬聲又在劉妍家過夜。溫馨的臥房裏，燭光搖紅，熏爐噴香，帷帳放下來，兩個有情人赤裸著身子，在床上摟抱翻滾，親吻撫摸，待到情濃意熾時，心靈匯合，血流交融，彷彿天空飛過無數顆彩色星星，上上下下，裏裏外外，璀璨絢麗，萬紫千紅。

恰在這時，只聽得「吱呀」一聲，房門不知怎麼被打開了。敬聲和劉妍大吃一驚，本能地拉起床單裹緊身子。房外走進一個人來，黑衣黑褲黑面罩，手中攥著明晃晃的利刃。黑衣蒙面人看到床上蜷縮著的一對男女，微微一笑，低聲喝道：「老子知道你們是誰，對你們偷雞摸狗的勾當不感興趣。老子只愛錢。快說！金銀放在哪裏？」

劉妍嚇得渾身哆嗦，緊偎著敬聲，努嘴示意，金銀就在梳妝檯邊的紅木櫃裏。

黑衣人瞥了一眼，倒退著去打開紅木櫃，見裏面果然金黃銀白，還有好多首飾。他從腰間取出一個布袋，一劃拉，金銀、首飾全裝進布袋裏。接著，一手攥著利刃，一手提著布袋，說：「打擾了！多謝！」躡手躡腳，悄然離去。

敬聲和劉妍慌忙穿好衣服，探頭察看房外，房外一片漆黑，沒有一點動靜。劉妍手捂心口，險些跌倒，喘著氣說：「娘嗳！嚇死我了！」

二人轉身進房。敬聲猛然發現，紅木櫃上放置一朵梅花，脫口驚呼道：「梅花大俠！」劉妍也看到了梅花，忙問：「梅花大俠是誰？」

敬聲說：「一個江洋大盜，但只盜官府，不盜平民，只盜豪富，不盜窮人。作案後必留一朵梅花做標誌，所以人稱梅花大俠。」

劉妍說：「官府為何不抓他？」

敬聲說：「他穿堂入室，飛簷走壁，來無影，去無蹤，誰抓得了？不過，此人只盜金銀，從不傷人，還是有良心的。先別管他，來！我們睡我們的。」於是，二人脫光衣服，又滾到了一起。

# 42 元封元年，武帝做了振兵釋旅、封禪泰山兩件大事，騷擾了半個天下。霍去病的兒子霍嬗隨駕封禪，十三歲暴死於異鄉，衛氏外戚蒙受了多麼巨大的痛苦！

元封元年（西元前一一〇年），武帝經過一番精心準備，親赴泰山行封禪大典。衛青、公孫賀、公孫敖等，自然要隨行的。霍去病的兒子霍嬗承襲父親侯位，才十三歲，武帝也命隨行，封為奉車都尉。衛媼、金娥和少兒都不明白武帝的心意，私下說：「皇帝封禪，偏帶一個孩子去幹什嗎？」子夫思量，略有所悟：武帝喜愛死去的去病，帶霍嬗隨行，是希望去病在天之靈保佑他封禪順利，早日成仙升天。

封禪乃一大盛舉，聲勢越鋪張越顯赫越好。武帝說：「古者先振兵釋旅，然後封禪。」據此，他特設十二部將軍，調集十八萬精騎，先巡遊北部邊境，旨在向匈奴示威。

十月初，這支龐大的巡遊部隊從長安出發，取道雲陽北行，歷經上郡、西河、五原等郡，逕出長城，北登單于臺（內蒙古呼和浩特西），耀武揚威。在那裏，武帝派出使臣前往匈奴宣示諭旨，略謂泱泱大漢，地域廣大，國力昌盛，糧豐錢富，兵強馬壯，匈奴單于有膽，不妨自來與大漢天子交鋒，決一高下，否則便當臣服，不必亡匿漠北，龜縮僻隅。匈奴單于派人察看，但見漢軍旌旗蔽日，營壘相望，車馬綿延數百里，威風豪壯。匈奴單于聞報，嚇得直吐舌頭，堅壁不出，聽任漢軍張揚。

武帝等候多日，不見動靜，料定匈奴不敢出頭。他擺夠了威風，回鑾至朔方，臨北河（河套一帶黃河），回長安。途經上郡橋山（陝西黃陵），見有黃帝遺塚，不覺生疑，問道：「朕聽說黃帝長生不死，怎麼這裏竟有他的墳墓？」

伴駕的方士公孫卿答道：「黃帝成仙升天，群臣思慕不已，取其衣冠葬於此，所以這是一座衣冠塚。」

武帝點頭，喟然說：「朕若升天，想來群臣也會葬朕衣冠哩！」乃命設禮祭祀黃帝。他隨手脫下金甲，懸掛於一株柏樹上，向著黃帝遺塚拜了三拜。其後，這株柏樹長得高大壯實，鬱鬱蔥蔥，被人稱為「掛甲柏」。

冬盡春來，東風解凍。正月，武帝又率十二部將軍，十八萬精騎，東巡封禪。行經緱氏（河南偃東南），登上太室山，望祭中嶽。百官聚集山下，遙聽山中發出聲響，恍似「萬歲！萬歲！」一般。有人報告武帝，武帝萬分歡喜，認為是山中的神靈在恭迎天子，大吉大瑞，當即命祠官擴建太室祠，禁止百姓砍伐山上的樹木，又把山下三百戶平民劃為奉邑，每年用他們的租稅祭祀山神。

封禪大軍離開太室山，逶迤東進，不日到了泰山。泰山古稱東嶽，一稱岱山、岱宗，山勢突兀峻拔，雄偉壯麗，素被譽為「天下第一山」。可是當時正值早春，冬寒尚未退盡，草木尚未生長，山體裸露，巨石嶙峋，不宜行封禪大禮。武帝心甚快快，先將封禪擱起不提，改到海邊巡遊，去祭祀那裏的「八神」。哪八神？即天主神、地主神、陰主神、陽主神、月主神、日主神、兵主神和四時主神。

齊地（山東東部）本來就是方士的故鄉。如今武帝鑾駕親臨這裏，方士們歡呼雀躍，像過盛大節日似的，爭相說神怪、獻仙方，人數數以萬計。中心意思就是一個，無非說東面大海中有蓬萊、方丈、瀛洲三座神山，神山上住著神仙，出產長生不老和長生不死之藥。耳聽為虛，眼見是實。武帝目睹這麼多人眾口一詞，說神道仙，豈能有假？因此龍顏大悅，徵調三百艘大小船隻，載著方士和士兵，去茫茫的大海中尋找三神山，尋找神仙。並派公孫卿持節先行，交代說遇到神仙，迅即回報。

公孫卿先行到了東萊（山東掖縣），立即報告了一個讓人振奮的消息，說他在當地夜間看到一位巨人，高約三丈，仙風道骨，鶴髮童顏，他趕忙上前招呼巨人，巨人卻不見了，只在地上留下一個巨大的「腳印」。武帝火速趕往東萊，見那個腳印依稀可辨，似乎是獸蹄的印跡，將信將疑。這時偏有兩個從臣啟奏說，他們遇見一個老頭，手中牽狗，嘴裏哼哼，說想見見皇帝，可是轉眼間，老頭和狗都消失了。

種種跡象表明，神仙是確實存在的，不由武帝不信。他於是留在海邊，派出數千名方士和士兵，坐船下海，騎馬上山，四處尋找神仙。這樣胡折騰了兩個多月，連個神仙毛也沒找到。他覺得掃興和沮喪，想到大概尚未封禪，神仙暫且不肯露面。因而掉轉頭來，再回到泰山。

四月，封禪大軍重駐泰山腳下，營壘密布，人聲鼎沸。「封禪」二字，原有講究，在泰山頂上築壇祭天，叫做「封」；在泰山南側的梁父山闢地祭地，叫做「禪」。封禪前夜，武帝命在泰山山頂先立一座石碑，碑上銘刻數語，曰：

事天以禮，立身以義，事父以孝，成民以仁。四海之內，莫不為郡縣，四夷八蠻，咸來貢職。與天無極，人民蕃息，天祿永德。

武帝在標榜禮、義、孝、仁的同時，吹噓自己統一四海、番邦來朝的功業，興許是怕天神、地神疏忽無知吧！

封禪之日，武帝早早起身，戒齋沐浴，盛著衣冠。太陽升起來，泰山、梁父山雲蒸霞蔚，樹木蔥蘢，景色很美。武帝心想，這是天神、地神特別賜予的好天氣，所以興高采烈，且帶幾分激動。封禪的禮儀是幾個博士參照古制臨時編排的，也沒有什麼特別之處。先至梁父山行禪禮，山腰一塊平地，置放桌子，桌上貢四牲四禽四蔬四果，四牲為牛、羊、鹿、豬，四禽為雞、鴨、鵝、雁，四蔬為芹、茶、薇、藕，四果為桃、李、杏、梅，分別盛在銅、木盤裏。桌前一尊大香爐，香爐裏香炷點燃，飄著青煙。八百名士兵手持旌旗，恭然肅立。樂隊奏響樂曲，武帝南向，跪地三拜，起身點燃三炷香，插在香爐裏。禪禮便告結束。

繼而到泰山東麓行封禮。那裏已建起一座四方封壇，廣一丈二尺，高九尺，壇上置放桌子，貢禮也是四牲四禽四蔬四果。行封禮，關鍵在於皇帝要把一隻玉牒親自埋在封壇的土裏。玉牒是一塊片狀玉石，上面刻字，說明行禮人的願望。武帝渴望長生不死，玉牒上所刻自然是祈求神仙垂愛，讓他早日成仙升天等語。他埋玉牒的時候，極其恭敬和虔誠，巴不得立時像黃帝那樣，飄然升入天堂。

封禮結束，武帝興猶未盡，還要到泰山頂再行一次封天禮。這是臨時動議，百官面面相覷，不知該如何處置。武帝說：「朕行封天禮，只由奉車都尉霍嬗陪同就是了，眾卿可在原地等候。」

霍嬗向前跪地，稚聲稚氣地說：「遵旨！」起身，跟在武帝後面，同登泰山。

泰山險峻峭拔，名勝很多，南天門、日觀峰、經山峪、黑龍潭等，松濤雲海，蔚為奇觀。當年秦始皇封禪泰山時，爬到半山腰遇上了暴風雨，好不狼狽。今日武帝和霍嬗上山，倒是風和日麗，只可惜山勢太高，山路太險，二人大汗淋漓，並未走出多遠。他們實在走不動了，隨便在一個山包上扒拉一些土石，堆積起來，武帝面向土石堆，合手致禮，口中念念有詞咕嚕了幾句，就算是行過封天禮了。

傍晚，武帝和霍嬗回至山下，十八萬兵馬在山下足足等候了四個時辰。霍嬗畢竟年幼，登山太累，出了大汗，經山風吹激，冷熱攻心，下山後就病倒了。

當晚，方士們擁上來胡言亂謅，說：「陛下已行了封禪大典，現在再去大海裏，一定會見到蓬萊神山的神仙。」武帝欣然，果真躍躍欲試，答應乘船入海，實現夢寐以求的願望。誰知第二天，霍嬗病情加劇，發著高燒，說著胡話，御醫煎熬的湯藥還沒來得及服用，竟然暴死了。

事情來得太快太突然，武帝傷心，大司馬大將軍衛青更傷心。霍嬗呀霍嬗，年齡不過十三歲，怎麼說死就死了呢？而且死在遠離長安的泰山腳下，母親金娥、祖母少兒都不在跟前，他充其量也只能是個漂泊異鄉的冤魂孤鬼了！

武帝命用上等棺木裝殮霍嬗，派遣三十個士兵護送靈柩回長安埋葬。衛青含淚寫信一封，向母親衛媼、外甥媳婦金娥、二姐少兒簡述了霍嬗暴死的情況，託士兵們捎回家中。

霍嬗暴死，使武帝頭腦稍微清醒些。他知道雖然封禪了，可是掉到大海裏，照樣會被淹死的。因此沒有聽從方士們的攛弄，不敢乘船下海，只是沿著海岸向北行進，指望能遠遠看見海中的神山。他到了碣石（河北樂亭西南），看那大海，洪波洶湧，白浪滔天，日月星辰像從海水中升起，又像要在海水中沉沒，陸生感慨，慶幸地說：「多虧沒有乘船下海，巨波惡浪無情，弄不好會賠上老命的。」

武帝再往北行，巡視了遼西邊塞。看來這一次是無法見到神仙了，遂折向西，直到九原（內蒙古包頭西）。然後南返，回到甘泉宮，時已五月仲夏。

這次封禪、巡遊，歷時五個月，行程約一萬八千里，耗費的金銀錢財難以數計，半個天下的百姓被騷擾得不得安寧。結果呢？連個神仙的影子也沒有見到，實在使人頭疼。

霍嬗的靈柩早被運到長安埋葬了。衛府的人初見靈柩，猶如晴天霹靂，不敢相信這個可怕的事實。待讀了衛青的信，方信一切都是真的，霍嬗確實死了。衛媼老淚縱橫，撲到靈柩上，嗚咽著說：「我的曾孫孫哪！你死得好苦啊！」金娥、少兒呼天搶地，抱住靈柩，幾欲昏厥。金娥拍打著棺蓋，哭喊道：「嬗兒呀嬗兒！你爹撇下娘走了，你怎麼也撇下娘走了呢？」平陽公主、衛伉和劉娟、衛伐和劉娟、衛騧，以及聞訊趕來的君孺、公孫敬聲、秋花等，也都淚流不止。

子夫聞訊，匆忙趕到衛府。她看到的是一具黑色的棺材，以及哭成了淚人的金娥和少兒，淚水頓時奪眶而出。太子劉據和史良娣也來了，二人見此慘景，搖頭嘆息，淚眼模糊。所有的人都是一個想法，霍嬗年齡太輕，辭世太早，像是一匹小馬駒，尚未撂開四蹄在原野馳騁，就夭折了。

衛媼向子夫和劉據說了衛青家信的內容。子夫心想，如此說來，霍嬗暴死不是武帝造成的嗎？劉據脫口說道：「父皇也真是的！封禪就封禪嘛，非登泰山幹什嗎？登山就登山嘛，非讓霍嬗陪同幹什嗎？霍嬗不陪同，哪會丟了性命呢？」

傷心，悲痛，哭泣，流淚，埋怨，一切都無濟於事。霍嬗已經死了，靈柩就在面前。子夫強忍痛楚，說：「死者入土為安，還是快打點下葬吧！」

衛青信中說，武帝有旨，霍嬗可以陪葬茂陵，就葬在霍去病墓的一側。衛媼不願意，說：「茂陵太遠，來去不便。就葬在凹凹莊，這樣我可以常去看望曾孫孫。」金娥、少兒也是這個意思。於是，衛伉、衛伐、公孫敬聲主持，以禮埋葬了霍嬗。當黃土封埋靈柩的時候，衛媼、金娥、少兒哭得死去活來。看到那一幕，縱使鐵石心腸的人，也會淒然落淚的。

# 43

**武帝擴建甘泉宮，新造飛簾觀，務求其高，企盼神仙降臨。衛青死了，標誌著衛氏外戚氣數已盡，成為衛子夫人生的又一個轉捩點。角抵戲精彩，卻招來一場無情的火災。**

武帝興師動眾，勞民傷財，封禪泰山，徒勞而還，心裏很不是滋味。

方士公孫卿擔心皇帝怪罪，苦思冥想，眼珠子一轉，妙計蹦了出來。他立即進見武帝，奏道：「神仙總是在天上往來，必好樓居。陛下不如廣造高樓，慢慢等待，相信神仙必被陛下的精誠所感動，總會屈尊降臨的。」

武帝細想，公孫卿所言倒也有理，凡事欲速則不達，操之過急不行，神仙自有神仙的脾氣，豈是凡人想見就見的？創造條件，慢慢等待，確是上策。因而頒旨，擴建甘泉宮，並在長安新造飛簾觀，務求其高，以利神仙降臨。

甘泉宮位於甘泉苑內的甘泉山上，宮牆周長達十九里。宮內原有紫殿、赤闕等殿闕，窮極奢麗。再經擴建，又增修了前殿、明光宮、通天臺等建築。前殿建在甘泉宮的中央偏前部位，巍峨壯觀，裝飾華美，外有浮柱架設飛榱（房椽房桷的總稱），檐角飛翹；內有金鏈懸掛玉璧，晶瑩剔透。金鋪玉戶閃閃發亮，綾帷羅帳富麗堂皇。明光宮錦房繡屋，別緻玲瓏。內住燕、趙之地十五歲以上、二十歲以下的美女兩千人，脂粉香傳數十里。通天臺高三十五丈，比京城柏梁臺還高出十五丈，因其高聳入雲，故名「通天」，登臨可見長安。臺上建有承露盤，雕刻仙人掌，手持玉杯，以承接雲中甘露，飲用可以益壽延年。

飛簾觀位於上林苑中，最為高崇，達四十丈，相當於柏梁臺的兩倍。飛簾是傳說中的飛禽，身如鹿，頭如雀而長角，尾如蛇，花紋如豹。此觀落成，武帝命用銅鑄造飛簾形象，置於觀上，以招神仙，觀名即由此而來。

說來也怪，就在這些建築竣工不久，忽在甘泉宮前殿偏側的齋房裏生出一草，九莖連葉，眾人稱為靈芝。古人認為帝王敬事耆老，不失故舊，才會有靈芝草出現。武帝前往察看，以為祥瑞，頒詔大赦天下，改齋房為芝房，並令人作《芝房歌》，作為祭祀音樂。

甘泉宮生出靈芝草，武帝對其地更是情有獨鍾，大興土木，不計工本。霎時間，宮內殿宇增至十二座，臺觀增至十一座。宮外甘泉苑，緣山繞谷，周長達三百八十餘里，苑內殿臺樓觀百餘處。從長安通往甘泉宮的大道兩旁，遍植辛荑樹，林木蔥鬱，丘陵起伏，石谷嶔岩，高低錯落。遠遠望去，但見甘泉宮一帶，樓觀聳天，難度其高，殿臺密布，難計其數。東側山巒像青龍蟠捲，西側巉岩似白虎咆哮，北側挺立幾株古槐，根幹盤峙，枝葉繁茂，人稱玉樹。從此，甘泉宮成為漢朝一處規模最大的離宮群，武帝每年五月到此避暑，八月才回長安。

高臺崇觀建起來了，可是神仙不給武帝面子，依然不肯光臨。武帝又性急了，東祭天，西祠地，再到泰山增封，全然無效。元封五年（西元前一〇六年）四月，大司馬大將軍衛青病死，武帝暫且安穩了半年，居宮休息。

衛青比武帝年輕，死時約為三十七八歲。武帝非常傷感，感嘆人生就像一縷搖曳著的燭光，說不定什麼時候一陣風吹，就熄滅了。

衛青是鄭季和衛媼的私生子，出身微賤，飽受艱辛。長大後到平陽公主家當騎奴，也只是個被人驅使的角色。姐姐衛子夫得到武帝的寵愛，依託裙帶關係，他的命運改變了，步入仕途，貴為皇親。在攻伐匈奴的戰爭中，這個來自庶民階層的青年將領表現出了非凡的軍事才幹，英勇果決，指揮有方，屢戰屢勝，所向披靡，成為聲名顯赫的卓越軍事家，官至大司馬大將軍。他功成名就以後，依然勤於職守，居功不傲，奉法如先，毫無惡跡。再娶平陽公主，他有難言的苦衷，導致春月失蹤。霍去病、霍嬗相繼早逝，更使他受到刺激，鬱悶填胸。武帝迷信神仙，他作為臣子，只能順從。平定匈奴以後的衛青，是在一種和平、繁榮、虛幻、怪誕的環境中生活的，生活得並不輕鬆，更談不上開心。

衛青死了，衛府裏又亂成了一鍋粥，黑白輓帳高懸，哭聲、喊聲一片。

衛媼失聲痛哭，說：「我們衛府怎麼這樣苦啊？老是白髮人送黑髮人！」

平陽公主哭得傷心，眼睛都紅漲了。她再嫁衛青，圖的是衛青位高權重，年輕雄壯，不料衛青短命，壯年早逝，自己又要獨守空房了。今後怎麼辦呀？難道再嫁第三個男人不成？

衛伉和劉媚、衛伐和劉娟、衛騶也哭他們的父親。在他們的心目中，父親是一株參天大樹，樹蔭廣覆，如今大樹倒了，樹蔭沒了，再有什麼地方好乘涼？

子夫又一次匆忙趕到衛府。她悲痛欲絕，欲哭無淚。她比任何人都清楚，衛青弟弟是因為她的關係而得到武帝信用、委以戎機的；衛青建功立業，平步青雲，處尊居顯，反轉來又鞏固了她在宮中的地位。衛青一死，標誌著衛氏外戚氣數已盡，她在宮中只能是虛度時日了。

公孫賀和君孺、敬聲，公孫敖和秋花，劉據和史良娣，還有衛青生前的麾下將士們，都趕到衛府，看衛青最後一眼，向衛青默默致哀。

武帝降旨，衛青陪葬茂陵，謚曰烈侯。大司馬大將軍一職，由衛伉承襲。

出殯之日，禮如霍去病，王公大臣和三軍將士皆送葬。當時，武帝正在甘泉宮，並未親臨衛府祭奠。葬禮的盛大和隆重程度，也遠不如十一年前霍去病的葬禮。子夫嘴上沒說，心裏感覺得到，武帝冷淡自己和衛氏外戚，是一天勝似一天了。

衛青墓在茂陵東北側，墓塚築成塞北的廬山狀，以紀念衛青攻伐匈奴時曾跨越廬山，縱橫馳騁。

葬禮結束，衛氏一家人回到家中。平陽公主回房休息，其他人聚在廳房，相對嗚咽。衛媼抹了一把眼淚，啜泣著說：「好人偏沒有好報，這是怎麼回事呢？」

少兒說：「青弟和去病兒帶兵打仗，殺死成千上萬的匈奴人，興許是老天爺懲罰他倆哩！」

金娥說：「那麼我的嬗兒呢？他才十三歲，殺死過誰？為何也隨他爹去了？」

一時死一樣的沉寂，沒有人能回答這個問題。半晌，衛騧突然大聲說：「我看全怪那個女人！」他手指繼母平陽公主房間的方向，繼續說：「自她到了我家以後，我家就不得安寧。我娘失蹤了，去病哥哥死了，霍嬗外甥死了，現在爹爹也死了。我看全是她剋死的，她是個掃帚星！」

此語一出，眾人皆驚。衛媼用手杖戳著地面，阻擋說：「你小聲點，我的小祖宗！人家可是公主、皇帝的大姐呀！」

子夫聽了衛騧侄兒的話，心中湧起波瀾。是啊！自平陽公主到衛家以後，光喪事就辦了三次，更不用說春月失蹤了。除了去病早逝不說，春月失蹤，霍嬗和衛青之死，到底怪誰呢？平陽公主不嫁衛青，春月會失蹤嗎？武帝不去封禪，霍嬗會早夭嗎？春月若在，衛青會心情鬱悶、致病致死嗎？然而，武帝是皇帝，自己的丈夫，平陽公主是皇帝大姐，自己的弟媳婦，誰能誰又敢怪罪他們責備他們？她忽然想起衛伉和劉媚、衛伐和劉娟成親那一天，衛青說過一句話：「我們衛氏距皇家太緊太近，說不準是福是禍呢？」顯然，青弟弟的憂慮不無道理，皇家像是疾馳的馬車，挨它太緊太近，福禍確實難說。

子夫通曉大義，從來不顯稜角。她轉變話題，說：「青弟弟去了，活著的還要活下去。今後這個家，就要靠衛伉、衛伐支撐了！」

衛伉、衛伐說：「是！侄兒記下了。」

子夫又對劉媚、劉娟說：「媚兒、娟兒要早起晚睡，照料好奶奶。」

劉媚、劉娟答應說：「是！女兒記著娘的話。」

金娥說：「照料奶奶有我，她們就不必費心了。」

子夫拉住金娥的手，哽咽著說：「去病和霍嬗走了，還要你照料我娘，太難為你了！」金娥鼻子一酸，也落下淚來。

衛青死了，武帝很快將這位南征北戰、功勳卓著的大司馬大將軍忘了，照舊祭天祠地，企盼神仙。太初元年（西元前一〇四年）冬天，他又去了一趟泰山，神仙還是沒有露面。他返回長安，突然來了興致，要和軍民同觀角抵戲，地點定在上林苑中的平樂觀。

角抵是「兩兩相當者角力」，實際上就是後世的摔跤和拳擊，也成了雜技百戲的代稱。這一天，位於長安城西的平樂觀周圍，車水馬龍，人山人海。因為角抵剛興起不久，鬥勇鬥力，所以民眾喜歡，都愛觀看，甚至有人跑了二三百里路，專門到京師一睹為快。

武帝攜帶尹婕妤和李姬早早來到平樂觀。自從上次遊覽昆明池以後，武帝再沒有攜帶衛子夫參加過什麼公開的活動。他覺得她年齡大了，姿色衰了，比不上尹婕妤和李姬更具活力和魅力。對此，子夫也習慣了，歲月不饒人，爭寵又有何用？

角抵未時開始。平樂觀前的臺階上，鋪著紅地毯，正中三張椅子，分別坐著武帝、尹婕妤和李姬。兩側幾張繡榻，分別坐著太子劉據和史良娣，以及武帝的其他幾個皇子：王夫人生的劉閎、封齊王；李夫人生的劉髆，封昌邑王；李姬生的劉旦、劉胥，分別封燕王和廣陵王。文武百官和侍衛，分立兩側稍遠的地方。

臺階前面三十丈處，臨時建起一個正方形木臺，廣二丈，高三尺，臺上鋪著地毯。圍觀的民眾距離木臺二十丈開外，裏三層，外三層，萬頭攢動，人聲沸騰。一陣鑼鼓聲響過，角抵依次進行。

參加角抵的人都是大塊頭、大力士。赤裸著上身，只穿黑色短褲，腰繫寬寬的布帶。他們運氣鼓勁，胸脯、雙臂肌肉隆起，青筋暴凸，顯得十分強壯和有力。角抵並沒有固定的規則，兩人上臺，拱手抱拳，各報姓名，然後就扭在一起摔打。頂頭，踢腿，摟脖子，扳胳膊，抱腰使絆子，拳擊手掌劈，都行。衡量勝負的標準只有一個：留在臺上為勝，落到臺下為負。

角抵是勇氣的角逐，力量的展示。一對又一對的大力士輪番上臺，經過一陣廝打、一場毆鬥，負者灰溜溜地離去，勝者站在臺上，高舉雙手，向皇帝和民眾致意。圍觀的人又是鼓掌，又是跺腳，發出「好！好！」的歡呼，猶如大海潮嘯，山谷雷鳴。因為很多大力士要參加角抵，所以武帝命點燃火炬，保證角抵進行完畢。正在這時，忽見東邊天空紅成一片，有人高喊：「失火了！失火了！」霎那間，平樂觀前大亂，呼兒叫女，喊爹喚娘，誰也不看角抵了，擁擠著，奔跑著，潮水似的，湧向直城門。在那裏看失火的場景，可真切啦！

## 44 柏梁臺失火，再建造一座建章宮。建章宮「千門萬戶」，內住美女一萬八千人。中秋節祭月拜月，衛子夫內心酸苦，提前退席，回到昭陽殿獨自流淚。

失火之地為柏梁臺，正在直城門裏，未央宮北闕的西側。此台曾是武帝為見神仙而精心建造的傑作，不知什麼原因，突然起火遭災。因為高崇，所以那火像是在天上燃燒，火苗翻捲，火星四濺，劈哩啪啦作響，把半邊天照得通紅。火由台頂起，繼又燒著了上下臺階的木板，天上地上一起燃燒，火勢熊熊，火光閃閃，直看得人心驚肉跳。約莫燒了一個時辰，巍峨奢麗的柏梁臺化為灰燼，只剩下二十四根銅住矗立著，銅柱也被燒紅了，那紅色由鮮到淡，漸漸暗了下來。

柏梁臺失火，整個長安城都在騷動，未央宮的宮監、宮女們更是緊張，亂作一團。那火是想救也救不了，所以乾脆跑到椒房殿周圍看風景。椒房殿東側是昭陽殿，皇后衛子夫正在殿裏。她也出來看了看，火是沒法救了，長嘆一聲，又回到殿裏。她記得，柏梁臺剛落成時，太子劉據代表小字輩，鼓動自己向武帝說情，請准許他們登臺遊觀。她跟武帝一說，武帝就恩准了。兒女們遊觀歸來，神采飛揚，爭說遊觀的感受，多麼歡暢多麼愜意啊！而今，她難得有機會跟武帝說話了，兒女們亦已成家立業，昭陽殿裏除了宮監和宮女，身邊沒有一個親人。唉！真是往事不堪回首啊！

偌高偌大的柏梁臺，頃刻間化為灰燼，使武帝嗟嘆不已。以公孫卿為首的一幫方士討好武帝，進言說：「南方風俗，凡有火災，須亟再行修造，而且要比焚毀的建築更高更大，方足鎮壓災殃。」武帝一聽又來了勁，立時頒旨：不惜人力、物力和財力，再建一座建章宮。

長安城西上林苑中，原有一座建章宮，只是太小太舊，過時了。新建的建章宮選用原建章宮地址，並沿用原建章宮宮名，規模、形制擴大，奢華不知多少倍。很快，建章宮就竣工了，繼長樂宮和未央宮之後，成為長安最宏偉最侈靡的宮殿群。

建章宮占地廣大，宮牆周長二十餘里。四面各開宮門一座，南為正門，稱為閶門，取天門之意。門闕高二十五丈，因裝飾玉璧，故又稱璧門。東門闕，建築式樣為雙闕對峙，其上放置一丈多高的鎏金銅鳳凰，稱鳳闕或雙鳳闕。北門闕，建築式樣為一對圓形閣樓，其上亦放置鎏金銅鳳凰，稱圓闕，也稱鳳闕。東門闕和北門闕高也為二十五丈。

宮中宮殿密布，臺閣成群，號稱「千門萬戶」。建章前殿為正殿，一稱玉堂殿，為三層臺建築，高三十丈。內殿有十二道門，階皆用玉石砌成，雕刻著各種精美的圖案。殿頂裝飾著五尺高的鎏金銅鳳凰，下有轉樞，迎風自轉，銅鳳凰似在飛翔。主要宮殿還有駘蕩宮、馺娑宮、枍詣宮、天梁宮、奇寶宮、鼓簧宮、承光殿、奇華殿、鳴鑾殿、函德殿等，無不金碧輝煌，窮極華麗。

建章宮中最高的建築當數神明臺和井干樓，俱高五十丈。神明臺位於建章前殿的西北，高大的臺基上矗立銅柱，銅柱頂端站立一巨大銅仙人，銅仙人伸出手掌，掌上托著一個直徑為二十七丈的大銅盤，盤內有一巨型玉杯，用以承接雲中的露水，稱為承露盤。武帝每天用承露盤承接的露水，和以玉屑飲用，以為這樣就可以羽化成仙。

井干樓位於南門闕內西側，積木百層為樓，突兀峭峻，如利鍔刺天。有人以賦描寫登樓的感受，曰：「攀井干而未半，目眩轉而意迷。合櫺檻而卻倚，若顛墜而復稽。魂恍恍以失度，降周流以彷徨。」樓之高之險自可想見了。

建章宮中還有幾處水域，最大者為建章前殿西北的太液池，占地十頃，鑿渠引昆明池水進入宮中而成池。池北岸有石雕大鯨，長三丈，高五尺。池西岸有石鱉三個，長六尺，高三尺。池中建有高二十餘丈的漸臺，還有三座假山，分別像海中蓬萊、瀛洲、方丈三神山。池邊池中，更有許多珍奇動物和植物，鳧雛雁子，鶣鵠鸕鶿，鴛鴦黃鸝，紫龜金魚，雕胡、橙擇、綠節等，五花八門。

在建章宮和未央宮、桂宮之間，凌空架設飛閣，跨越城牆和城河，把三宮連在一起。飛閣又稱複道，實是彩繪的長廊建築。武帝可乘御輦，經飛閣去到三宮的任何一個地方，風雨無阻。

建章宮造就，武帝在建章前殿舉行朝會，繼帶王公大臣到各處觀看，處處繁華靡麗，恰似人間仙境。王公大臣跪地，高呼「萬歲萬萬歲」。武帝聽了心花怒放，又命廣采天下美女，納入宮中。這次采納，據說共有一萬八千人，建章宮頓時成了嬌娃歡歌、麗姝笑語的世界。其中有一位姓邢的妙齡少女，國色天姿。武帝大加愛幸，封為娙娥。武帝命尹婕妤和李姬搬進建章宮，和邢娙娥三人，分住駘蕩宮、馺娑宮和枍詣宮。李姬已生兩兒，姿色漸衰，很是安分。偏尹婕妤從未生育，姿色艷麗，恃寵生傲，說：「姓邢的剛剛入宮，就封娙娥，比婕妤只低一級，憑什嗎？」她奏請武帝，願與邢娙娥見面，比比姿色，孰優孰劣?武帝覺得好笑，乃命一宮女假扮邢娙娥，入見尹婕妤。尹婕妤一眼瞧破，知是別人代替，不算。武帝越發開心，當著尹婕妤的面宣召邢娙娥。邢娙娥款款而來，服飾不過尋常，那姿色卻妖妍媚麗，足以沉魚落雁，羞花閉月。尹婕妤目瞪口呆，半晌說不出話來，唯有俯首泣下。邢娙娥微笑自去。武帝窺透芳心，知道尹婕妤自慚形穢，故而落淚，當下曲意溫存，哄得她回宮。從此以後，尹婕妤和邢娙娥同住建章宮，卻不願再見。所謂「尹邢避面」，說的就是這段逸事哩！

衛子夫並未移居建章宮。一來，武帝沒有叫她移居；二來，她也不願意移居。建章宮裏花花少女，紅紅綠綠，她一個已做了奶奶的老婆子混跡其中，人嫌狗不愛的，豈不是自討沒趣？

八月十五日是中秋節。入夜，天高氣爽，一輪明月懸掛蒼穹，天地間銀妝素裹，一片通明。漢朝時尚無中秋賞月的習俗，但已開始祭月拜月，即很多人聚在月下，焚一炷香，仰望月輪，合手默默傾訴自己最大的心願，而後吃些瓜果、糕餅之類。皇宮條件優越，還表演歌舞，通宵作樂。

這年中秋節，武帝特別高興。因為建章宮落成，建章宮前殿、神明臺、井干樓等聳入雲霄，神仙可能降臨。加之，張騫二次出使西域，帶回來的西瓜、葡萄、石榴等珍稀作物已在長安近郊安家落戶，結出了累累碩果，他要用這些瓜果招待妃嬪和大臣，給眾人一個驚喜。從西域各國傳入長安的胡樂胡舞，也是十分新奇的，賞心悅目，百看不厭。

祭月拜月安排在太液池畔進行，皇家主要成員、外戚及王公大臣都應邀出席。衛媼推說身體不適，沒有來。衛子夫來了，不管怎麼說，她是皇后，這種場合，武帝是不能不讓她來的。只是二人見面，彼此都覺得陌生，沒有話說。

月華普照，池水粼粼。宮女們點燃香炷，輕煙裊裊，香溢處處。樂曲響起，武帝帶頭，眾人望月默禱，訴說心願。各人的心願只有自己明白，旁人不得而知，但大體上能猜得出來。武帝大概是說，神仙趕快降臨，助朕早日成仙。子夫大概是說，衛氏外戚多事，保佑保佑他們平安吧。尹婕妤、李姬、邢娙娥大概是說，但求紅顏永駐，皇寵不衰。平陽公主大概是說，曹壽、衛青且莫怪我，我想再嫁一位夫君。劉據大概是說，祝福父皇、母后安康，兒子劉進快快長大。劉婧、劉娟大概是說，花好月圓，我倆該懷寶寶啦！至於王公大臣們不外是說，升官晉爵，榮華富貴，最好再娶幾房妻妾。

月懸中天，武帝拍拍手，說：「端上來！」幾十名宮女踏著碎步，手持托盤，端上來許多誰也沒見過的稀罕之物。武帝起身，大聲說：「張騫出使西域，開闢了一條絲綢之路，大漢的絲綢、鐵器、漆器、竹器、藥材、桃、李、生薑等輸往西域各國，西域各國的毛布、毛氈、良馬、優種驢、苜蓿、芝麻、豌豆、綠豆、黃瓜、大蒜、核桃、胡椒等輸入長安，了不起啊！」他略停片刻，又說：「現在擺在眾人面前的東西，大家都不認識吧？這最大的，青皮綠紋的，叫西瓜；這拳頭大的，紅皮咧著嘴的，叫石榴；這小的，紫色一串一串的，叫葡萄。你們嘗嘗，好吃得很哪！」

武帝發話，眾人也就不客氣。先吃葡萄，肉肥肥的，嫩嫩的，酸中帶甜，甜中帶酸。次吃石榴，紅色、粉色、白色相間的子粒，晶瑩玲瓏，像珍珠，似翡翠，汁濃味甜，清涼爽口。西瓜那麼大，怎麼吃呀？武帝命宮女取刀切開，一瓣一瓣，瓤紅子黑，像是工藝品。每人一瓣，舔一舔，甜絲絲的；咬一口，呀！瓜瓤像糖，像蜜，滑進喉嚨，直甜到心裏！好些人連瓤帶子一起吃了，還有人將瓜皮也啃了的。

世界上竟有這樣好吃的瓜果，眾人大開眼界，嘖嘖稱奇，心滿意足。

接著由來自西域各國的藝人表演胡樂胡舞。藝人有男有女，服飾鮮麗，所用樂器奇形怪狀，樂曲歡快熱烈，舞姿瀟脫優美。其中，《新聲二十八曲》是協律都尉李延年根據身毒國樂曲《摩呵兜勒》改編創作的，由異國的藝人表演，歌美舞妙，將人帶進一種心曠神怡的境界，暫時忘卻了一切憂愁和煩惱。

可是子夫非常冷靜和清醒，憂愁和煩惱依然鬱結在心頭。她參加祭月拜月，是不得已而為之，勉強來的。她雖然和武帝並排坐在正中的位置，但武帝從始至終沒有看她一眼，也沒有跟她說過一句話，彷彿她根本不存在似的。她吃了一顆葡萄，幾粒石榴，兩口西瓜，儘管味道甜美，然而內心卻是酸苦的。身旁的這位皇帝早已不屬於她了，他是屬於神仙的，屬於那幾個容光煥發的女人的。尤其是那個邢婭娥，確實嫵媚，光彩照人。胡樂胡舞開始的時候，武帝一招手，邢婭娥便輕盈地走過來，坐到武帝的腿上。武帝抱著她，還親手將一顆葡萄餵進她的嘴裏，悄聲說了什麼，逗得她扭腰踢腿大笑。

子夫看在眼裏，疼在心裏。這倒不是爭風吃醋，她是從來不爭風吃醋的。她只是感嘆，自從霍去病和衛青死了以後，她的境況一天不如一天了。武帝是既要江山又要美人的，衛青和霍去病替他南征北戰，他的江山擴大了，鞏固了，而她這個昔日的美人卻花謝了，葉落了。天下美人多得是，這不？繼王夫人、李夫人、尹婕妤、李姬之後，不又來了個邢婭娥？喜新厭舊，原是男人的天性，更何況至尊至貴的皇帝？

月色皎皎，樂舞美妙，子夫卻覺得索然無趣。她起身跪地，對武帝說：「臣妾頭痛，身上也有點冷，懇請皇上准予回宮歇息。」

武帝並不挽留，說：「卿自管回宮歇息。」

子夫說：「謝皇上！」

夏荷和冬梅向前，扶起子夫，一同坐車，經由飛閣，緩緩回到未央宮裏的昭陽殿。

子夫進殿，顧不上卸妝，就側臥到床上。腦海裏亂亂的，想哭卻哭不出來。苦澀的淚水在眼眶裏打轉，終於控制不住，淚水順著眼角，小溪似的，一個勁地湧流，湧流……

## 45 為了取得寶馬，五萬大軍遠攻大宛國，一敗塗地。再征大宛國，十萬生靈和無數錢財，只換來三十四匹汗血馬！

隨著絲綢之路的開通，漢朝和西域各國的使臣、商人常來常往，交流頻繁。大漢國的威名遠播，大漢國的文明傳遍中亞、西亞、南亞乃至更遠的地方。

漢朝和烏孫國的關係最為密切，武帝曾將江都王劉建之女封為公主嫁給烏孫國王為右夫人，烏孫國王回贈駿馬千匹。西域素產寶馬，尤以大宛國貳師城出產的汗血馬最為珍貴。這種馬身高體長，膘肥性烈，日行千里，超影逐電，流的汗像血一樣鮮紅，所以稱汗血馬，傳說是天馬留在人間的後裔。武帝酷愛珍寶，恨不得把天下所有的寶物都據為己有，汗血馬當然也在其中。

各國進貢的珍寶夠多的了。如罽賓國的封牛、巨象、猛犬、大雀（鴕鳥）、沐猴、珠璣、珊瑚、琥珀，烏弋山離國的犀牛，身毒國的象犀、玳瑁、連環羈，安息國的獅子，大秦國的夜光璧、明月珠、琅玕、朱丹、青碧，月支國的返魂香等，長安應有盡有。建章宮裏的奇寶宮、奇華殿就是專門用於收藏和陳列異方殊物的。但是，長安沒有汗血馬，武帝於心不甘，非要得到不可。

欲得寶馬，先禮後兵。武帝派壯士車令為使臣，攜帶千兩黃金和一隻金鑄的馬，還有許多中原土特產，前往大宛，換取汗血馬。大宛君臣商議一番，認為其國離漢朝太遠，途中荒涼，罕見人煙，漢軍是絕對到不了這裏的，而且貳師城的汗血馬是大宛的國寶，哪能輕易送人呢！於是就拒絕了漢朝使臣的要求，不換。車令碰了釘子，大發脾氣，嘴裏還罵罵咧咧的。大宛君臣不買他的賬，硬是將他驅逐出境。車令無奈，攜帶原物回國，途逕鬱城，鬱城王殺了他，劫奪了所有的財物。

武帝聞訊火冒三丈，立即派李廣利為將軍，率領五萬兵馬討伐大宛。由於這次討伐的緣由是為了大宛國貳師城的寶馬，所以就封李廣利為貳師將軍。

武帝非常寵愛的李夫人在臨死的時候，曾將三個兄弟託付給武帝，他們是哥哥李延年，已封協律都尉，因常在宮中活動，所以閹為宦官；弟弟李廣利和李季，尚未成年。李廣利長大，供職禁軍，並和中山王劉勝之子、涿郡太守劉屈氂結成兒女親家。李季遊手好閒，鬼混胡浪。

霍去病、衛青死後，朝廷中再無傑出的大將。這次討伐大宛，武帝挑來挑去，筷子裏拔旗竿，遂把小舅子李廣利封為貳師將軍。李廣利得志，卻也神氣，跨馬提刀，率領大軍出發。在他看來，大宛地小人少，五萬漢軍開過去，人踩馬踏，地動山搖，它不乖乖投降才怪哩！

李廣利引兵西進，出玉門關，過鹽水，沿途都是沙漠，人煙稀少，無糧可繼，無水可汲。途經的小國見漢軍遠征，不懷好心，紛紛堅守城門，以防不測，拒絕供給漢軍糧食。李廣利怒火沖天，強行動武，命令士兵們拚命攻城，攻破城就能得到吃的，攻不破只好餓著肚子朝前走。等到了大宛的邊境鬱城時，漢軍只剩下五千人，而且都是衣冠不整，面黃肌瘦，筋疲力盡了。

既來之，則攻之，李廣利命攻鬱城。鬱城王殺死漢朝使臣車令，料定漢軍必來報復，所以早已做了準備，嚴陣以待，堅守不戰。一方是疲憊之旅，一方是以逸待勞，結果可想而知，鬱城沒有攻下，漢軍又有不少傷亡。李廣利的傲勁沒有了，灰溜溜地說：「一個小小的鬱城尚不能攻克，還怎麼能攻破大宛的都城呢？」為了避免全軍覆沒，迫不得已，他只好帶領殘兵敗將撤退東歸。這一去一返歷時五個月，及回到敦煌時，大軍只剩下一千人了。

李廣利在敦煌上書武帝，說：「大宛國距離我國甚遠，進軍途中缺少糧食，士兵不怕戰而怕餓，兵員太少不足以征服敵人。故請罷兵，重新組建遠征軍，到時候再前往攻伐。」

武帝原先聽人說過，大宛國弱不禁風，三千人即可蕩平，所以才派李廣利出征，容易建功，以便封賞。誰知李廣利好不中用，五萬大軍竟喪師敗退，還請罷兵，真太叫人失望了！武帝不由大怒，派遣使者前往玉門關，站在關上，手捧聖旨宣諭：「李廣利及其部下，若有敢入此關者，立斬！」

李廣利看這架勢，嚇得膽戰心驚，沒奈何只得留駐敦煌，靜候聖命。

李廣利遠征受挫，消息傳遍京城，人們扼腕嘆息，自然地想到衛青和霍去病。那時候，漢軍攻無不克，戰無不勝，何等氣概，何等威風！而今不行了，將不如以前的將，兵不如以前的兵，大漢國走下坡路了。

衛子夫也聽說了遠征兵敗的消息。她的印象中，漢朝多少年來好像沒打過敗仗，怎麼這一次說敗就敗了呢？五萬人出征，只剩下兩千人，四萬八千人拋屍於沙漠，慘哪！討伐大宛，到底為了什麼？不就是為了該死的汗血馬嗎？武帝為了得到汗血馬，那麼多的人跑那麼遠的路，因馬而戰，因馬而死，值嗎？這些，她只能在心裏想，不能在嘴上說。實際上，她和幾個宮監和宮女守著一座昭陽殿，又能跟誰說呢？況且，此事涉及到武帝和朝政，女人家是只能迴避，不許摻和的。

西方討伐未果，北方又起事端。匈奴經過多年休養生息，又漸漸恢復了元氣，不那麼老實了。武帝擔心北方近鄰勢力強大，一面派因杅將軍公孫敖帶領民夫，在塞外築受降城，加強邊備；一面派浚稽將軍趙破奴統兵兩萬，深入漠北，攻伐匈奴。趙破奴根本不是個將才，遭遇匈奴，交戰兩次，立刻敗下陣來。他料知不是匈奴對手，匆匆退兵，一天傍晚，隨便紮營於土坡上。紮營未穩，遙見塵土飛揚，匈奴兵漫山遍野，衝殺而至。趙破奴來不及移軍，只好閉營固守。那匈奴軍共有八萬餘騎，一齊趨集，圍住漢軍，水洩不通。土坡上沒水，人馬饑渴，趙破奴帶了數十個隨兵，貪夜潛出，尋覓水源。離營不滿百步，恰被匈奴軍發現，一聲呼嘯，擁上來將趙破奴活捉而去。主將受擒，全營皆驚，匈奴軍乘勢猛攻，可憐兩萬漢軍，一半戰死，一半投降，無一生還。

消息傳到長安，武帝煩躁，召集群臣商議軍事。多數人認為，漢軍不宜同時在兩個方向作戰，相比而言，匈奴才是大漢的主要敵人，所以應當停止討伐大宛，集中兵力攻擊匈奴。武帝一揮手，說：「不對！大宛是個芝麻大的小國，我軍尚對付不了，還談什麼征服匈奴？大宛若不屈服，那麼西域各國就會看樣子，必也輕視我大漢，連鎖反應，後果惡劣。所以，還是要先討伐大宛！」

皇帝決策，誰敢反對？於是招兵買馬，大赦罪犯，徵發郡國惡少年，七拼八湊，共得騎兵六萬，步兵六萬，全部配備精良的弓弩刀槍，仍由貳師將軍李廣利指揮，向大宛進發。為了保證糧草供應，又徵調無數牛、馬、驢和駱駝馱運，就連七科謫戍（犯有七種罪行遭遣放的士兵），也被集合起來運糧送草。武帝還念念不忘汗血馬，專門派兩個相馬專家為都尉，一曰「執馬」，二曰「驅馬」，隨軍前往，以待攻破大宛，挑選上等寶馬。

李廣利這次進軍還算順利，由於兵多將廣，途經的小國莫不畏懼，主動出城迎接，並供應食物。輪臺國（新疆輪臺）態度依舊，李廣利攻破城池，慘無人道地將全城百姓屠戮一空。即便如此，漢軍到達大宛都城貴山城時，也只有三萬人了，九萬多人在進軍途中死亡或逃跑了。

大宛國王毋寡見漢軍人多勢大，決定憑城固守，不予交鋒。李廣利圍攻四十多日，急切不能得手。貴山城城內無井，飲水用水全靠城外河流。李廣利命壅土築堰，斷絕水道。這樣一來，城中危急，毋寡驚惶，派人向康居國求援。康居國準備派兵，但看漢軍強盛，嚇得不敢妄動。這時，大宛上層統治集團發生內訌，幾個貴族聯手，殺死國王毋寡，取其首級獻給李廣利，恭敬求和。李廣利見好就收，遂與大宛簽訂和約，准立貴族昧察為新的大宛國王。

和約簽訂，剩下的事情就是挑選汗血馬了。昧察打開城門，將所有的馬驅出，聽任挑選。兩個相馬專家左瞧右看，最終挑選了三十四匹上等汗血馬和三千匹中等寶馬。於是，李廣利班師回國。又是沿途勞頓，傷亡甚眾，及入玉門關時，漢軍已不滿兩萬人了。

李廣利回到長安，武帝終於得到汗血馬，如願以償，特封李廣利為海西侯，食邑八千戶。汗血馬毛色純正，身軀雄壯，武帝越看越愛，視為天馬，並作《天馬歌》云：

天馬徠，從西極，涉流沙，九夷服。天馬徠，出泉水，虎脊兩，化若鬼。天馬徠，歷無草，徑千里，循東道。天馬徠，執徐時，將搖舉，誰與期？天馬徠，開遠門，竦予身，逝崑崙。天馬徠，龍之媒，遊閶闔，觀玉臺。

武帝愛馬讚馬，陶醉不已，至於先後死去的十四五萬士兵和耗費的無數錢財，早被忘得一乾二淨了。當武帝洋洋得意哼著《天馬歌》的時候，子夫正在昭陽殿裏焚香祭奠，祭奠那些因汗血馬而死、拋屍於異域的士兵。他們死了，無法復生，但願上蒼保佑他們的父母、妻子、兒女，少一些人為的災禍，少一些莫名其妙、毫無意義的戰爭。

# 巫蠱醸成的慘禍

# 46

丞相位在一人之下，萬人之上，可公孫賀不願擔任此職。劉妍鄙棄公主名號，嚮往純真的愛情。攻伐匈奴又失敗了，天下騷動。建章宮明月珠被盜，繡衣使者應運而生。巫蠱旋風將起，飛天橫禍，悄悄逼近。

太初元年（西元前一〇四年），太史令司馬遷等人制定了一部新曆法，武帝頒行，稱《太初曆》，規定正月為一年之始，改變了以往十月為一年之始的做法。新曆實施的頭一個月，丞相石慶病死，武帝決定任命公孫賀為丞相，改封葛繹侯。

公孫賀聽了任命，嚇出一身冷汗，跪在地上，涕淚交加，說：「臣無德無能，只會騎馬射箭，不會當丞相，懇請陛下收回成命。」

武帝微笑，說：「這就怪了！丞相乃百官之首，此職誰不眼紅？你倒推辭不幹，少見少見！」一面說著，一面示意，讓人把丞相印綬遞給公孫賀。

公孫賀不敢接那印綬，小雞啄食似地叩頭，說：「陛下收回成命！陛下收回成命！」

武帝愈覺好笑，說：「扶起丞相。」說完，起身自去。

公孫賀一屁股坐到地上，神情沮喪地說：「這回該我倒楣了！」

公孫賀是騎士出身，官任太僕，先後拜輕車將軍、左將軍、浮沮將軍，隨衛青征伐匈奴有功，封南窌侯。妻子是衛子夫和衛青的大姐衛君孺，生兒公孫敬聲，一家三口，生活安寧。他和武帝是連襟關係，熟知武帝熱衷於提高皇權，親自過問一切政務，丞相之職不過是聾子的耳朵——樣子貨。他扳著指頭數過，武帝登基以後，先後任命過十二個丞相：衛綰、竇嬰、許昌、田蚡、韓安國、薛澤、公孫弘、李蔡、莊青翟、趙周、石慶。他們都是有職無權，到頭來，不是被罷官，就是被誅殺，像石慶那樣得以善終的不過一二人。因此，他實在不想當丞相，以為那是一個不祥之職。

當也得當，不當也得當。公孫賀迫不得已，硬著頭皮當了丞相，抱定一條宗旨：少說多看，諸事聽憑武帝裁決，自己唯命是從就是了。

公孫賀當丞相後，兒子敬聲替補太僕之職。這樣一來，父子二人並居公卿行列，也夠顯貴了。敬聲仍和陽石公主劉妍相好，常去劉妍那裏過夜。那一次，他倆被梅花大俠打擾了一回，虛驚一場，幸好，其後再未有事。敬聲惋惜劉妍那一次損失那麼多金銀、首飾，劉妍瞇瞇一笑，說：「皇帝賞賜給死鬼欒大的金銀足有十萬斤，現在都是我的。梅花大盜盜去的不過是九牛一毛，何必惋惜？我這裏金銀有的是，你我隨意花，這輩子怕也花不完。」

敬聲緊緊地擁抱著劉妍，他太愛他的妍姐了，動情地說：「妍姐，我們結婚吧！我現在好歹是丞相之子，官封太僕，娶你這個公主，也算門當戶對了。」

沒料想劉妍一骨碌坐起來，推開敬聲，說：「我就是我，你娶我可以，但別把我跟公主扯在一起！公主，公主！我聽了這個稱呼就發怵，就噁心，我若不生在皇家，不是公主，會落到這般光景嗎？」

敬聲趕忙坐起，將劉妍摟在懷裏，說：「對！對！我要娶的就是劉妍，不是公主。」敬聲知道，武帝逼著劉妍嫁欒大，使劉妍心靈蒙受了巨大的創傷，這個創傷是無法彌合的。因此，她憎恨皇家，憎恨武帝，憎恨公主名號。她不追求什麼門當戶對，只追求真誠永恆的愛情。

劉妍眼含淚水，說：「對不起，我剛才太衝動了，不該發火。敬聲弟弟，你可明白情是何物？情是太陽，情是月亮，情是兩兩相依，情是心心交通。我多想和你遠走高飛，在深山老林裏建一座小屋，粗衣淡飯，生兒育女，過最簡單最平常的生活啊！」

敬聲吻著劉妍的眼睛和嘴唇，說：「我理解妍姐的心情和願望。」

劉妍這幾年怎樣生活的？武帝沒有過問過。他幾乎忘記了這個大女兒的存在，一如既往地迷信神仙，孌愛女色，建宮築室，搜求寶物。子夫倒是常來看望劉妍，每次母女見面，少不了都要大哭一場。

匈奴日漸強大，又成了漢朝的主要威脅。武帝派中郎將蘇武出使匈奴，匈奴單于竟將蘇武扣押，逼他叛國投敵。蘇武熱愛祖國，堅貞不屈。匈奴單于惱怒，放逐蘇武到北海（貝加爾湖）邊牧羊，對漢朝則謊稱這位堅強的愛國者早死了。

武帝又對匈奴用兵，李廣利三萬兵馬死傷多半。隨行的大將公孫敖，打了敗仗，下落不明；李陵孤軍作戰，矢盡糧絕，迫不得已投降了匈奴。

太史令司馬遷為李陵辯護，隱諷李廣利。武帝袒護小舅子，指示酷吏御史大夫杜周以誣罔罪處司馬遷以宮刑。司馬遷蒙受奇恥大辱，痛不欲生，怎奈他正在撰寫一部偉大的史書，硬是苟且偷生活了下來，發憤著述，直至史書完成。這部史書當時叫《太史公書》，後來定名為《史記》，被譽為「史家之絕唱，無韻之離騷」。

無休無止的征戰、巡遊、封禪，沒完沒了的宮室建築，加上苛刻慘酷的刑律，勞動人民再也無法忍受了，從黃河兩岸到長江流域，相繼爆發了農民起義。他們自立名號，攻取城邑，釋放無辜罪犯，嚴懲貪官汙吏，猛烈衝擊朝廷的暴政。武帝萬分驚恐，派兵派員，對公然反叛的「亂臣賊子」實行殘酷鎮壓。

京師長安是大漢的心臟，這裏也不安寧。繼梅花大俠以後，又出現了荷花大俠、菊花大俠、桃花大俠、李花大俠等等，專盜官府和豪富，作案後都留一標誌，以示斗膽，神出鬼沒。

最厲害的還是那個梅花大俠，就連戒備森嚴的建章宮也敢光顧。那天夜裏，武帝正在栩詣宮和邢婭娥調情，聽得奇寶宮一帶人聲嘈雜，亂成一片。武帝詢問情由，宮監回答說：「奇寶宮傳過話來，說梅花大俠去過那裏了。」

「什嗎？梅花大俠敢到奇寶宮？」武帝無心調情了，立即穿衣前往察看。因為奇寶宮是珍藏各種寶物之宮，每件寶物都是價值連城的。

奇寶宮門前亂哄哄的，聚集了好多宮監和侍衛。武帝問奇寶宮頭目說：「發現什麼珍寶被盜沒有？」

那個頭目趕緊趴在地上磕頭，結結巴巴地說：「好像……好像明月珠不見……不見了。」

「什嗎？明月珠不見了？」武帝又驚又怒，急步走到收藏明月珠的銅櫃前，但見鐵鎖被撬，櫃門被砸，明月珠不翼而飛，銅櫃上放置一朵梅花，標明盜寶之人乃梅花大俠。武帝怒火熊熊，手指奇寶宮頭目，喝令侍衛道：「推出去斬了！」

那個頭目搗蒜似地磕頭，說：「皇上饒……饒命！」

武帝冷笑道：「饒命？哼！你知道明月珠是什麼寶物嗎？它是大秦國貢獻給朕的，形似雞卵，明如滿月，夜晚置於大殿，整座大殿通亮，蚊蠅不敢靠近。饒你的命？你一百條一千條命，也頂不過一顆明月珠！」

侍衛奉旨，將掙扎著叫喊著的奇寶宮的頭目拉出去殺了。武帝連夜宣召丞相公孫賀和御史大夫杜周入宮，命令他們關閉長安所有城門，挨家挨戶搜索，務要抓到梅花大俠，追回明月珠。

公孫賀和杜周不敢怠慢，火速調集三萬人，關閉城門七日，大街小巷，千家萬戶，搜了個底朝天。抓了好多嫌疑人，經嚴刑拷問，沒有一人是梅花大俠，當然也就找不回明月珠。

武帝氣得臉色發青，怒斥朝臣都是飯桶，連個盜賊都抓不到，還有什麼用？這時，天下各郡幾乎都送來急報，無非是報告饑民造反，河流決口，百姓抗租，蝗災禍甚之類。武帝更加發火，大罵地方官吏心慈手軟，出了事，光知道報告報告，難道不會抓人殺人？

武帝是個疑忌心很重的皇帝，懷疑各級官員對自己對朝廷不怎麼忠誠。他睡了一覺，思得一計：委派欽差，讓他們代表皇帝行使權力，到各地去處理棘手問題，看哪個龜兒子還敢違抗聖旨，不要性命？

欽差是武帝精心挑選的，條件是必須忠誠，絕對的忠誠。欽差執行公務，身上穿著繡花的錦衣，手裏拿著代表皇帝的節仗和斧鉞，所以被稱為「繡衣使者」。他們的權力極大，凡俸祿二千石以下的官員，可以生殺予奪，先斬後奏。當時又制定了一種苛律，農民起義沒有發覺的，或發覺了沒有鎮壓的，從郡守、縣令到小吏，俱坐死罪。此律人稱「沉命法」，「沉命」即「沒命」的意思。

這樣一來，綉衣使者橫行天下，「沉命法」布下黑網，成千上萬的無辜者可就遭了殃。接著，武帝重用一個叫江充的人充當繡衣使者，平地颳起一股巫蠱旋風，釀成飛天橫禍，皇后衛子夫、衛氏外戚、太子劉據等都被巫蠱旋風吞沒了。

## 47

**江充，一個無賴，當年曾參與綁架衛青，搖身一變，成了欽差繡衣使者。此人熟知武帝的心理，捏造巫蠱，公報私仇，公孫敖夫婦被腰斬於東市。**

天漢四年（西元前九七年）正月，漢武帝在甘泉宮接受各邦國使臣朝賀，「大漢天子萬歲」、「大漢天子聖明」的頌辭訣語響徹大殿內外，他覺得心花怒放，頗有一種飄飄欲仙之感。自柏梁臺大火以後，方士們編造說遠古的黃帝曾造青靈臺，亦遭火焚，黃帝遂在甘泉建都，以致成仙升天。武帝當然高興，決意步黃帝後塵，更多時間住於甘泉宮，在此處理朝政，接見諸侯，甘泉宮一時成為事實上的政治中心。

武帝接受朝賀以後，必大擺宴席，山珍海味，酒池肉林，讓邦國使臣痛痛快快地吃喝一頓。而後是表演歌舞和雜技，務使貴賓盡興。這時，漢朝和周邊邦國乃至東南亞、西亞、非洲、歐洲的國家均有往來，中外文化交流非常活躍。漢朝君臣和邦國使臣在甘泉宮除能欣賞到西域的音樂、舞蹈外，還能欣賞到黎軒國（古羅馬帝國）和都盧國（今緬甸）的雜技，像吞刀吐火、屠人截馬、易貌分形、空手噴水、緣竿等劇目，編排新奇，表演精湛，讓人直看得心驚肉跳，目瞪口呆。

朝賀大禮結束，武帝進殿休息。繡衣使者江充前來報告一件事——

日前，江充正在甘泉宮外巡察，發現一輛馬車竟敢在武帝專用的馳道上行馳，實屬犯上行為。江充喝住馬車，盤問車上人，回答說是太子劉據的家使，奉太子之命，來甘泉宮向武帝請安的。江充毫不客氣，將家使抓了起來，送交御史署查辦。太子聽說家使獲罪，派人來向江充求情，說：

「務請釋放家使，而且懇請江君千萬不要將此事報告皇帝，皇帝若是知道了，定會責怪我管教左右不嚴。」

江充並不理睬太子，反將事情如實報告。武帝大喜，誇獎說：「對！當臣子的就應該這樣，忠誠第一，敢作敢為！」從此，江充倍見信用，威震京師。

江充本名江齊，當年曾在竇太主家當家丁。竇太主溺愛女兒陳阿嬌，指派幾個家丁去建章宮綁架衛青，江齊是幾個家丁中的一個。結果，衛青被公孫敖帶領一幫騎士救走，江齊等還被狠狠揍了一頓。竇太主和陳阿嬌死後，江齊回到老家趙國邯鄲（河北邯鄲），在趙王劉彭祖（武帝同父異母兄）府中當門客。趙王太子劉丹品行惡劣，姦淫姐妹，結交豪猾。江齊知情，告訴了趙王。劉丹因此懷恨，捉拿江齊未獲，遂將其父母、兄弟投入大牢，皆棄市。江齊獨自再到長安，改名為江充，上書武帝，揭發了劉丹的種種醜事。武帝大怒，逮劉丹下獄。劉丹後來遇赦，規定不得嗣為趙王。

江充身材魁岸，容貌雄壯，武帝視為「奇士」，封他為繡衣使者，專門督察貴戚近臣，並賦予他捕人權和審判權。江充一朝權在手，便把令來行，任情舉動，凡奢僭者，迫令戍邊，家產充公。因此，貴戚近臣人人自危，情願輸錢贖罪，贖罪錢多達數千萬緡。武帝欣喜萬分，認為江充忠誠正直，奉法不阿。再加上太子家使一事，武帝更加信用江充，心想所有官吏若都像此人，豈愁天下不治？

江充平步青雲，春風得意。他仔細分析了當時的形勢：衛青、霍去病死了，皇后衛子夫失寵了，衛氏家族正好是自己向上爬的階梯。衛氏家族的核心是衛子夫和太子劉據，羽翼是大司馬大將軍衛伉、丞相公孫賀和因杅將軍公孫敖。要扳倒核心，必先掃除羽翼。憑自己繡衣使者的身分和足智多謀的能耐，對付這些人是不成問題的。他想到這裏，不由狡猾地一笑，自言自語地說：「我江某人要興風作浪、行雲布雨了，等著瞧吧！」

江充心目中的直接仇人是公孫敖，當年綁架衛青時，公孫敖帶領騎士拳打腳踢，曾使他鼻青臉腫。後來，公孫敖還娶了宮女秋花——衛子夫認定的妹妹，因為將軍，封合騎侯。上年，公孫敖隨李廣利出征，打了敗仗，下落不明。秋花對外宣稱丈夫死了，並在家中設靈位，焚香祭奠。江充眼珠子一轉，說：「公孫敖呀公孫敖，你騙得了別人騙不了我！你八成是畏罪潛逃，藏匿在家，鬼才相信你是死了呢！」

江充急於報仇，立即帶領百名爪牙，持刀執劍，直奔公孫敖家，前後包圍個嚴實。爪牙們破門而入，秋花嚇得大叫：「你們這夥強盜，大白天要搶劫不成？」江充舉著皇帝賜予的節杖，推開秋花，說：「少囉嗦！奉旨執行公務，搜！」

爪牙們七手八腳，砸了公孫敖的靈位，裏裏外外搜了遍，沒有搜到人。江充感到奇怪，東瞧瞧，西看看，突然發現放置靈位的供桌下，一塊地板像能移動，遂下令道：「將地板移開！」

秋花大驚失色，直撲到地板上，喊道：「不能！不能！」

爪牙們推開秋花，將地板移開，見下面有個地窖。江充得意地一笑，向地窖裏發話道：「公孫將軍，合騎侯大人，請出來吧！」

公孫敖確實藏在地窖裏。他隨李廣利攻伐匈奴，本部受挫，傷亡過半，按律是要斬首的。他已兩次被判罪了，幸虧秋花籌措，出錢贖為庶人。因為衛子夫的關係，沾連皇親，所以被重新起用。這一次，子夫今非昔比，秋花也難以籌措到很多錢來贖罪，他只好在外邊流浪了一陣，然後悄悄逃回家中，藏匿在地窖裏。只說人不知鬼不覺，不料江充詭詐，猜到了他的下落。公孫敖知道難逃劫數，乾脆鑽出地窖。爪牙們一擁而上，「唽嚓」一聲，給他戴上了三十斤重的枷鎖。

仇人相見，分外眼紅。江充嘿嘿一笑，陰陽怪氣地說：「公孫將軍，合騎侯大人，別來無恙乎！」

公孫敖瞥了江充一眼，昂著頭說：「我不認識你，誰跟你別來無恙？」

江充又是嘿嘿一笑，說：「真是貴人多忘事啊！當年你帶領騎士救衛青，拳打腳踢竇太主家的家丁，我就是其中的一個，還記得嗎？」

公孫敖定睛再看江充，隱約記起當時五大三粗的莽漢中，似乎有這張面孔，便大聲說：「當時真該揍死你，也為天下除掉一條惡狗！」

江充惱羞成怒，惡狠狠地說：「惡狗？對，我就是惡狗！我這條惡狗可要咬人見血呢！」接著一揮手，命令爪牙們說：「押走！還有，把那靈位、香燭都帶上！」

公孫敖被投入監獄。秋花方寸大亂，跑到衛府哭訴詳情。衛伉、衛伐、衛騶三兄弟隨駕去了甘泉宮，衛府裏只有幾個女人。衛媼暗暗流淚，說：「怎麼會這樣？怎麼會這樣？」

金娥說：「這回恐怕是凶多吉少。」

衛媼吩咐劉媚和劉娟說：「你二人快去昭陽殿，將子夫接過來，看有沒有辦法救救你們的姨父？」

劉媚、劉娟去不多時，便和她們的娘一起回來。子夫一見秋花，淚水嘩嘩，說：「是我害了你們姐妹，春月不見多年，現在妹夫又陷囹圄。」

衛媪說：「先別說那些，想法救人要緊。」

劉媚和劉娟說：「姨父潛逃，藏匿在家，總不至於死罪吧？」

秋花說：「聽那個繡衣使者口氣，好像他和夫君之間還有私怨呢！」

子夫說：「他們原先認識？」

秋花將江充捉拿公孫敖時所說的話學說一遍。子夫頓時眉頭緊鎖，說：「原來是這樣！如此看來，妹夫確實凶多吉少了。」

子夫思索片刻，說：「走！去求平陽公主，她或許能有辦法！」

子夫、秋花、金娥、劉媚和劉娟匆匆來到平陽公主房裏。平陽公主自衛青死後，心情抑鬱，平時是極少出房的，見子夫等人到來，笑著起身迎接。

客套話過後，子夫將公孫敖被繡衣使者抓走的經過詳細相告，特別提到當年竇太主指派家丁綁架衛青的情節。末了請求公主設法，救救公孫敖。

平陽公主想了想，說：「這樣看來，那個繡衣使者是假公濟私，公報私仇。公孫兄弟潛藏有罪，但不至於死。好！我明日親自去甘泉宮一趟，拜見皇帝，求他網開一面，赦免公孫兄弟。」

子夫和秋花千恩萬謝，告別。金娥吩咐家人，準備馬車，公主明日要去甘泉宮。

當夜，子夫和秋花都宿在衛府，陪衛媪說了半夜話。

次日上午，平陽公主收拾齊整，正欲乘車出發。門外突然人聲喧嘩，江充帶領爪牙前來捉拿秋花，聲稱公孫敖和秋花在家中設靈位，搞巫蠱，大逆無道，特奉聖旨捉拿罪犯歸案，即日正法。

「巫蠱」二字猶如晴天霹靂，把所有人都震懵了。平白無故，怎麼會冒出個巫蠱來呢？

原來，武帝迷信，相信巫蠱能咒人致死。平時疑神疑鬼，總懷疑有人心懷叵測，暗中用巫蠱詛咒自己。江充熟知武帝的心理，抓了公孫敖以後，即刻草擬罪狀，私刻一個桃木人，頭部、四肢扎釘，後背寫上「皇帝劉徹」四字，連同在秋花家抄得的香燭之類，連夜送到甘泉宮。武帝怒火沖天，不問情由，隨手在罪狀上批了「公孫敖夫婦腰斬」數字，飛馬送達江充手中。江充奉旨，去捉秋花，見大門上鎖，料定必在衛府。於是喧喧嚷嚷，到此捉人來了。

爪牙們闖進府門，大呼小叫，喝令秋花出來受綁。衛媼、子夫和平陽公主意欲阻攔，怎奈江充高舉武帝賜予的節杖，大聲說：「皇帝節杖在此，誰敢抗旨嗎？」那玩藝兒實在厲害，嚇得誰也不敢動彈。江充大喝一聲：「綁！」爪牙們一擁而上，把披頭散髮、淚流滿面的秋花綁走了。秋花一路嘶喊：「冤枉！冤枉啊！」

呼天天不應，叫地地不靈，誰又能救得了她呢？

午時三刻，公孫敖和秋花被腰斬於東市。衛府的女人們淚眼相視，沉默無語。人人心頭籠罩著一片烏雲，巫蠱啊巫蠱，太陰森太可怕啦！

48 年過花甲的武帝又寵幸一個年輕的小妞，小妞懷孕十四個月生了兒子。公孫敬聲擅用北軍軍費，獲罪下獄。公孫賀緝捕梅花大俠，江充與此人是故交。二人密謀，布下一道罪惡的黑網。

江充以巫蠱罪殺了公孫敖夫婦，報了當年挨拳打腳踢之仇，心裏很是痛快。他的下一個目標是公孫賀，雖然公孫賀當年並沒有為難他，還將他放了，只帶走朱大頭一人，但公孫賀和公孫敖同姓同宗，又是衛氏外戚中的重要一員，他不能放過此人。然而，公孫賀時任丞相，多少有些權力，自己對付此人尚須小心，周密計劃，等待時機，捉蛇不著反被蛇咬的事堅決不幹。

武帝照例年年巡遊，照例尋求神仙。這一年，他巡遊河間（河北獻縣東南），見天空瀰漫著一股青紫氣。方士奏稱：「青紫氣主女色，此地必有奇女子。」武帝派人查訪，果有一趙家少女，容貌出眾，艷麗絕倫。美中不足處是趙女患有怪病，兩手向上拳曲，任你使力，就是解擘不開。武帝好奇，自去撫摸趙女的雙手，略一用勁，說來也怪，趙女的手掌竟然伸展了，掌中還握著一隻小小的玉鉤。所有人無不詫異，武帝更是且驚且喜，當夜召幸，載入長安，納為妃嬪，封婕妤。老夫得著少婦，繾綣纏綿，柔情蜜意，好不快活。武帝命在直城門外南側專門新建一宮供趙婕妤居住，那宮叫鉤弋宮，趙婕妤因此稱鉤弋夫人或拳夫人。

時過一年，鉤弋夫人懷孕，十四個月後生了一兒，取名弗陵，一稱鉤弋子。這時，武帝已經六十二歲了，老來得子，欣喜難禁。武帝聽說，遠古堯帝之母慶都，懷孕十四個月始生堯帝，如今鉤弋夫人也是如此，豈不是和堯母一樣？因此，他命稱鉤弋宮的宮門為堯母門。

武帝老蚌生珠，他的孫子史皇孫劉進剛剛大婚。劉進妻子姓王名須翁。皇孫妻妾沒有名號，通常皆稱家人子。

劉進大婚，武帝正陶醉於鉤弋夫人和鉤弋子，沒有到場。子夫參加了孫子、孫媳婦的婚禮，臉上裝出微笑，內心深覺痛楚。太子劉據理解母后的心境，安慰說：「進兒大婚，總是喜事，娘權將煩惱和不快丟到一邊吧！」

史良娣噘著嘴說：「父皇也真是的，今天無論如何也該露一面嘛！」停了片刻，又說：「噯！父皇會不會改變主意，另立那個鉤弋子為太子？」

劉據說：「哪能呢？鉤弋子才出世嘛！」

子夫心裏打鼓似的，沒有言語。她太明白武帝的為人了。什麼事情都是說變就變的，瞧他對自己的態度，天曉得據兒的太子地位能不能保住。

太子劉據的同輩人衛伉、衛伐、衛騧、金娥、公孫敬聲、劉媚、劉娟等都參加了劉進婚禮。劉妍孀居，忌諱在喜慶場合露面，劉據和史良娣專門前去邀請，好說歹說，總算將她請了來。劉妍自欒大死後，再未和眾人聚會過，這次見了母后，見了兄弟姐妹，見了侄兒劉進新郎和新娘，很是高興，有說有笑，滿臉生輝。公孫敬聲注視他的妍姐，恰是仙女一般，暗自說道：「妍姐啊妍姐，我就是要娶你，娶你！」

公孫敬聲官任太僕，既是丞相公孫賀的兒子，又是皇后衛子夫的姨侄，身分非比一般，和京城裏的達官權貴子弟都有交往。他生性豪爽，不拘細節，出手闊綽，一擲千金，老覺得錢不夠花。劉妍是有錢的，答應過他要花錢儘管取。可是敬聲顧忌面子，認為一個大老爺老花情人的錢，窩囊，不值！所以經常挪張借李，拆了東牆補西牆。他和北軍都尉是要好的朋友，每次缺錢了，就到都尉那裏借。都尉借給他的錢都是北軍的軍費，可不是鬧著玩的。這年年底，一算賬，都尉嚇了一跳：公孫敬聲借用的北軍軍費高達一千九百萬緡！

都尉坐立不安了，催促敬聲趕快還錢，補上這個窟窿。敬聲也很惶恐，這樣一大筆錢，可怎麼還呀？這時，不知何人向武帝奏了一本，揭發了敬聲擅用北軍軍費的罪行。武帝大怒，立命將公孫敬聲和北軍都尉逮捕下獄，嚴查嚴處。

漢律明文規定，擅用軍費是死罪。公孫賀和衛君孺嚇壞了，他們就這麼一個寶貝兒子，死不得呀！，劉妍聽說敬聲下獄，大吃一驚，說：「敬聲弟弟，你要花錢，到我這兒來取嘛，何必挪用軍費？」衛媼、子夫、衛伉等也唉聲嘆氣，說：「這壞事為什麼就一件接著一件呢？」

這時，梅花大俠又頻繁出現，今天盜了京兆尹署，明天盜了武庫，後天又盜了王達官家和李權貴家，攪得人心惶惶。公孫賀溺愛兒子，遂奏告武帝，情願緝捕大俠歸案，以為公孫敬聲贖罪。武帝非常痛恨梅花大俠，因為梅花大俠盜了他的明月珠，至今沒有線索。他因此答應了公孫賀的請求，說：「丞相若能抓到梅花大俠，追回明月珠，朕可以赦免公孫敬聲死罪。」

條件講定，公孫賀立即調集精幹吏役，明查暗訪，四出緝捕梅花大俠。公孫賀救子心切，組織緝捕格外精心。大俠也是活該倒楣，這天夜間行盜跳房時扭傷了腿，被吏役發覺抓獲，五花大綁，押解來見公孫賀。公孫賀大喜，連夜審問，確認他就是梅花大俠，本名叫朱安世，陽陵（陝西咸陽東）人。他對所有盜案供認不諱，當問及明月珠時，狡黠地一笑，說：「明月珠藏在一個秘密之處，不過我不能告訴你。」

公孫賀命將梅花大俠押進死牢，嚴加看管。繼而奏告武帝，武帝回答說：「朕見明月珠，即赦免公孫敬聲。」公孫賀不敢多言，只得嚴審大俠，務要把明月珠弄到手。

公孫賀捕獲梅花大俠的消息不脛而走，人人拍手稱快。死牢裏，大俠尋思，只要不交出明月珠，誰也不會將自己怎麼樣，樂得躺著閉目養神。他一生盜竊的金銀財寶不計其數，被分別放置在各個隱秘的地方。一個獄卒送來牢飯，兩片包穀麵餅加一塊鹹菜。他皺皺眉頭，招呼獄卒說：「喂！這位兄弟，你想不想發財？」

獄卒一楞，說：「笑話！誰不想發財？」

「來，我教你一個發財的手段，」大俠附在獄卒耳邊說，「覆盎門外，護城河橋下有一塊大青石，半淹在水中，左側下方有個陶罐，內放五十兩黃金，你去取了自用。」

獄卒半信半疑，說：「能有這種好事？」

大俠推了獄卒一把，說：「你去了就知道了。」

第二天，獄卒又來送飯，已不是包穀麵餅加鹹菜了，而是一盤牛肉，一隻肥鵝，外加一壺酒。獄卒告訴大俠說，他去了護城河邊，確實取了五十兩黃金。大俠說：「嗨！我的黃金多得是，只要你好好侍候我大爺，大爺包叫你發大財！」

獄卒笑著點頭，連聲說：「是！是！」

大俠用同樣的方法，收買了其他的獄卒。這樣一來，他雖然身在死牢，卻照樣大魚大肉，佳釀美酒，吃香的，喝辣的，毫不受苦。

繡衣使者江充早聞梅花大俠的大名，心想這個大俠在京城裏，無人不知，無人不曉，作案多年，不露破綻，必然長著三頭六臂，倒要見識見識。這天，他懷著好奇心，專門到死牢看望大俠。他是欽差，誰也不敢阻擋的，昂然直入。獄卒打開牢門，江充見大俠五大三粗，滿臉鬍茬，腦袋很大，鬢角一撮白毛非常顯眼，不由得大叫道：「哎呀！好個梅花大俠，你不就是那個朱大頭朱大哥嗎？」

梅花大俠尚未反應過來，端詳著身穿繡衣、手持節杖的江充，半晌才恍然大悟，也叫道：「啊哈！我當是誰，原來是江齊老弟呀！」

其實，梅花大俠朱安世就是當年的朱大頭，他和江充同為竇太主家的家丁，一起綁架衛青，被公孫敖打得鼻青臉腫，鼻孔流血，繼被公孫賀帶回建章宮盤問，最後被呵斥離開。從那以後，他獨自闖蕩江湖，練得一身武功，以盜為主，特地起了個動聽的綽號：梅花大俠。公孫賀這次緝捕了他，本該認識的，可那天是夜間審問，疏忽了，沒有看清，竟沒認出眼前的朱安世就是當年的朱大頭。

獄卒見欽差和大俠相識，主動給大俠卸掉枷鎖，引了二人到另一間乾淨的房裏說話。

二人分別四十多年了，故友重逢，分外親熱。江充告訴朱大頭，自己已改名叫江充，現任繡衣使者，設計謀殺了公孫敖，算是給你我兄弟報了仇了。

朱大頭笑道：「原來謀殺公孫敖的江充就是你江齊老弟啊！好！老弟有膽識！」

江充說：「公孫賀那個老東西也要幹掉！噯！朱大哥，你可知道公孫賀為何要緝捕你嗎？」

朱大頭說：「想必是為了明月珠吧？」

江充說：「不！他的兒子犯了法，下在獄裏，他向皇上打了保票，要抓你贖他的兒子。」

朱大頭說：「他的兒子可是公孫敬聲？」

江充說：「是的。」

朱大頭一拍大腿，大笑道：「公孫賀啊公孫賀，你想害我，你可也要滅門了！你說我有罪？只怕南山之竹不足受我辭，斜谷之水不足為我械呢！」

江充不解，問道：「朱大哥是什麼意思？」

朱大頭答道：「那個公孫敬聲的小命在我手中攥著哪！」接下來，他將多年前在陽石公主劉妍家行竊，親眼所見公孫敬聲和劉妍床上偷情的情景，繪聲繪色地學說一遍。

江充聽著聽著，眼睛發亮，說：「太好啦！公孫賀父子算是栽啦！」他手摸額頭想了想，又說：「這是大材，不可小用。我們不妨利用它再作點大文章。」

朱大頭說：「江老弟的意思是……」

江充附首向前，簡約訴說了朝廷的形勢，大意是皇帝年邁，皇后失寵，衛氏家族正好是你我飛黃騰達的捷徑。扳倒丞相不算本事，同時還要扳倒大司馬大將軍及皇后的兒女們。

朱大頭說：「扳倒衛氏家族怕不易吧？沒有太大的罪名。」

江充說：「巫蠱呀！眼下不管是誰，只要沾上巫蠱二字，沒有不敗的！」

朱大頭說：「你說吧，該怎麼幹？」

江充附在朱大頭的耳邊，如此這般，這般如此，交代一遍。朱大頭聽了，笑道：「你小子好狠毒啊！」

江充說：「無毒不丈夫嘛！」

朱大頭說：「事成之後，我有什麼好處？」

江充拍著胸脯說：「事成之後，我領你去見皇帝，包你無罪。你若獻出明月珠，說不準皇帝還會封你為欽差，弄個繡衣使者幹幹，跟我一樣。」

兩人相視大笑，笑聲中布下了一道罪惡的黑網。

江充透過朱安世，上書告發公孫敬聲和劉妍私通，並搞巫蠱，累及公孫賀全家下獄。嚴刑逼供，屈打成招。公孫賀滅門，劉妍賜死。

這是征和元年（西元前九十二年）冬天，武帝閒居建章宮，恍惚見一陌生男子，手持長劍，經由中龍華門昂然而入。武帝疑是刺客，大喝一聲：「拿下！」左右侍衛火速追捕，並無蹤跡，都覺詫異。武帝說：「朕明明看見有人帶劍入宮，怎麼一眨眼就不見了呢？」當即頒旨，調集三輔騎士，大搜上林苑；同時關閉長安城門，挨戶稽查。一時雞飛狗跳鍋砸盆翻，整整搜索了十一天，連個刺客影子也沒有見到，這才作罷。

武帝尋思如此搜索，尚無形影，難道朕日前所見是妖魔鬼怪不成？

武帝正在疑惑，江充入見，呈上一份帛書，說是梅花大俠朱安世從獄中上書，揭發太僕公孫敬聲的罪行。武帝讀了兩行，臉色大變，因為帛書上說，某年某月某日夜間，公孫敬聲和陽石公主劉妍，一絲不掛，赤裸著身子在床上怎麼怎麼的……

武帝腦海裏飛快地閃過劉妍的面影。她是他和子夫的大女兒，身材、姿色酷似子夫。他將她嫁給欒大，後來看是錯了，不過當時並不知道欒大是騙子嘛！父皇渴望成仙，女兒不該作出犧牲？他最後一次見劉妍是在欒大死後，他和子夫同去看望她，她瘋瘋癲癲地說什麼「玉皇大帝娶了王母娘娘」，「玉皇大帝原是仙人，還要成仙，成為仙中之仙」。這分明是冷嘲熱諷，小題大作。這些年來，他並沒有為難她，想不到她竟做出這樣的醜事！當然，主要責任還在公孫敬聲，肯定是那個混蛋勾引了劉姸。

武帝再朝下讀，臉色越發難看，因為朱安世告發說，公孫敬聲和陽石公主還與女巫往來，用巫蠱詛咒皇上，咒語惡毒，什麼「劉徹早死」、「劉徹天打雷劈」、「劉徹五馬分屍」等等。讀到這裏，武帝心火騰起三千丈，大怒道：「反了！反了！大逆不道！大逆不道！」他絕對相信江充的忠誠，相信江充呈上的朱安世帛書不會有假，因此立命逮捕公孫敬聲和陽石公主下獄，嚴刑拷問。子不肖，父之過。丞相公孫賀自然逃脫不了干係，連同丞相夫人衛君孺，一併入獄。

公孫賀一家三口和陽石公主劉姸下獄，起初以為不過是公孫敬聲擅用北軍軍費事，並未在意，大不了傾家蕩產補上那個窟窿就是了。誰知江充陰險奸詐，先將公孫敬聲和劉姸通姦的私情抖落出來，進而誣稱他們合夥搞巫蠱，詛咒皇上，還不知從什麼地方弄來一堆桃木人，桃木人後背都寫有「劉徹」二字，咬定是從公孫賀家和劉姸房中搜出來的。

這樣一來，公孫賀和公孫敬聲傻眼了，有口難辯，大叫冤枉。江充冷笑道：「冤枉？馬上你倆就不冤枉了！」他揮手命令獄卒說：「用刑！」

刑具是一方燒得通紅通紅的鐵塊，用鉗子夾著，專灼犯人的要害部位。公孫賀和公孫敬聲分別被綁在兩根木樁上，四肢分開，動彈不了。獄卒夾了鐵塊，使勁按在公孫敬聲的胸前，鐵塊灼著皮肉，「嗤嗤」發響，冒出一股青煙。敬聲一聲慘叫，牢房裏到處是皮肉灼焦了的臭味。敬聲慘叫，公孫賀閉上眼睛，大喊道：「不！不！」

江充獰笑，說：「不？下邊該你嘗嘗『烙餅』的厲害了！」他稱這種懲治犯人的方法叫「烙餅」，相信即使是鐵打的金剛，吃了「烙餅」，也必然會認罪的。

獄卒取了另一方燒紅的鐵塊，灼在公孫賀的胸前。公孫賀感到整個身心都焦了，糊了，額頭滾下黃豆大的汗珠。

江充厲聲問道：「你倆招是不招？」

公孫賀說：「我青年時就在皇帝手下當騎士，身經百戰，出生入死，官至丞相，我沒有罪，招什嗎？」

公孫敬聲說：「我擅用北軍軍費，私通劉姸，這是實情。可是沒有搞巫蠱，沒有詛咒皇上。」

江充說：「好小子！你想避重就輕？我就是要叫你招認巫蠱！來人，這小子膽敢占皇家公主的便宜，想必他下邊的傢伙癢癢，現在扒掉他的褲子，專灼他下邊的傢伙！」

公孫敬聲掙扎著，聲嘶力竭地喊道：「不！不！」

獄卒脫了敬聲的短褲，舉起燒紅的鐵塊，就要按向他的下身。敬聲哆嗦著，痛苦地說：「不！我招，我招！」

江充齜牙咧嘴，笑道：「算你小子識時務。」

公孫賀喊道：「兒子！招不得呀！招了就要滅門哪！」

江充狠狠抽了公孫賀一個耳光，說：「老東西！不招，就不滅門了？」

敬聲說：「爹！孩兒實在受不了啦！」

江充取出事先擬好的供狀，主要是擅用軍費、私通公主、巫蠱詛咒三項，讓敬聲畫押。敬聲雙手被套在鐵環裏，由獄卒扶著右手，在罪狀書上畫了三個「十」字。

敬聲低下頭。公孫賀嘆氣說：「完了，公孫家完了！」

江充轉身問公孫賀說：「老東西！你是先畫押呢？還是再吃一次『烙餅』畫押？」

公孫賀說：「你這個狗娘養的太狠毒啦！我畫押就是。」

江充撇嘴一笑，說：「你倒學乖啦！」

衛君孺和劉妍在女牢裏，江充倒沒有為難她倆。因為江充知道，只要公孫賀父子屈服認罪，她倆也是死定了。君孺長吁短嘆，說：「我們招誰惹誰了？竟要受此劫難！」劉妍非常冷靜，知道不管是誰，只要沾上巫蠱二字，必死無疑。至於巫蠱從何而來，無須追究，追究了又有何用？別有用心的人說你搞巫蠱了，你就是搞巫蠱了，那些桃木人不會說話，幫不了受害者的忙。在這個世界上，她只牽掛兩個人：一是母后子夫，獨自住在昭陽殿，孤獨冷寂，太可憐了；一是敬聲弟弟，他給了她溫存和歡樂，他使她增強了生活的勇氣，如今二人同陷囹圄，死不足惜，遺憾的是她不能再見他一面，不能再和他親吻擁抱，說一聲「再見」。

衛府的人再一次陷入了驚恐和不安之中。衛嫗已經八十多歲了，臥病在床，精力不濟。她聽說大女兒君孺一家三口和外孫女劉妍入獄，不能再像先前那樣喊叫和流淚了，只能口中念念有詞：「造孽！造孽！造孽呀！」

衛伉、衛伐和劉媚、劉娟心裏氣憤，口發怨言，說：「皇帝怎麼就這樣糊塗呢？聽信一個江充，視雪為黑，視炭為白？」衛騧怒氣沖沖，說：「我看皇帝不是糊塗，而是昏庸，愚蠢，荒唐！」

衛子夫在昭陽殿獨自垂淚。她的胞姐君孺和女兒劉妍都是她最親近的人，自己身為皇后，卻救不了她們，只能眼睜睜地看著她們飽受牢獄之辱，行將不明不白地枉死。世道怎麼會是這樣？奸人逞凶，好人遭災，縱有天大的冤枉，到哪裏去討公道？這一次，她沒有回衛府，因為回去也無能為力、無濟於事的。武帝只相信江充一個人，皇后和繡衣使者相比，無斤無兩，燈草一般。

江充手持公孫賀和公孫敬聲畫押的供狀，還有物證桃木人，去見皇帝。武帝粗看幾眼，提起朱筆批示：「公孫賀滅門，陽石公主賜死！」

這時已是征和二年（西元前九一年）正月，雖值新年伊始，長安城裏卻是風厲雪緊，陰氣森森。江充奉旨，將公孫賀、衛君孺、公孫敬聲斬於東市，陽石公主賜死於獄中。公孫府男傭女僕四十五人和劉妍家宮監、宮女二十人，皆坐巫蠱罪，全部處死。因為罪關巫蠱，沒有人敢殮葬這些人的屍首。江充命在渭河邊挖了兩個大坑，一坑男屍，一坑女屍，沙土一埋了事。劉妍是公主，破例受到照顧，得到一口薄木棺材，埋葬於龍首原下的草叢中。

江充殺了公孫賀和劉妍兩家人，心樂氣爽，提了三斤熟牛肉和兩瓶白酒，來到死牢裏和朱大頭對飲。幾杯白酒進肚，舌頭變得靈活，話語滔滔不絕。

江充說：「殺了公孫敖和公孫賀，你我當年跟他倆的私仇算是報啦！下面該拿大司馬大將軍衛伉兄弟開刀，也叫他們來個死無葬身之地。」

朱大頭說：「你我跟衛氏兄弟無冤無仇，何必斬盡殺絕？」

江充說：「怎麼無冤無仇？當年衛子夫得寵，衛青得勢，竇太主才指派你我去綁架衛青，白挨了公孫敖一頓揍。衛氏兄弟憑藉他們的老子高官顯爵，神氣活現，我看不順眼，非把他們扳倒不可。再說，皇帝信任我，我也要露幾手給皇帝看看。現在這個世界，好人做不得，你要向上爬，只有踩著別人的肩膀和屍首才能成。」

朱大頭把一大塊牛肉塞進嘴裏，說：「我說過你小子好狠毒，看來果真不假。」

江充說：「我還是那句老話：無毒不丈夫。」

朱大頭說：「好吧！下面你要我做什嗎？」

江充說：「我要你再寫一份狀子，就說你入獄前曾親眼看見衛伉、衛伐、衛騸三兄弟在甘泉宮馳道埋設木偶。剩下的事我來辦。」

朱大頭點頭同意。江充高興至極，端起酒杯，說：「來！為了你我兄弟的合作和未來的前程，幹一杯！」

二人碰杯，喝著吃著，說著笑著，越發投機了。

## 巫蠱魔掌伸向衛府，衛府一百二十三人束手就擒。衛子夫去甘泉宮替衛府鳴冤叫屈，武帝被巫蠱擾昏頭腦，渭河邊又增添了兩個死人坑。

公孫敖夫婦，公孫賀夫婦，公孫敬聲和劉妍，皆因巫蠱而死。巫蠱，巫蠱，武帝腦海裏老盤旋著這兩個字，一直心神不寧。這天夜間睡覺，夢見無數木頭人蹦蹦跳跳，猛擊他的頭部和胸口，不由嚇出一身冷汗，醒來心驚肉跳，似失魂魄。

武帝害怕巫蠱，攜帶嬌妃鉤弋夫人和愛子鉤弋子住到了甘泉宮。諸事收拾停當，新任丞相劉屈氂呈上一封奏章，內附梅花大俠朱安世的帛書，檢舉大司馬大將軍衛伉、陰安侯衛伐、發干侯衛騙大逆不道，三兄弟合謀在甘泉宮馳道埋設木偶，詛咒皇上。朱安世說，衛氏三兄弟埋設木偶是他親眼所見，因為自己當時尚未入獄；木偶埋設的地點在甘泉宮正南三里處，附近有三株楊樹為標誌。

武帝對此將信將疑，心想自己對衛氏外戚不薄，他們何必跟自己過不去？然而朱安世言之鑿鑿，連埋設木偶的地點都說得一清二楚，又豈能有假？他沒有急於定論，立即召來江充，吩咐說：「你去甘泉宮正南三里處，附近有三株楊樹的地方，挖開馳道，看有些什麼東西？即刻回話。」

江充點頭哈腰，說：「遵旨！」退下。半個時辰以後，江充抱了一包東西回奏，說：「臣在馳道中央部位挖出了這些木偶。」

武帝拿起木偶察看，卻是怪模怪樣，面目猙獰，木偶頭部、心口和四肢扎釘，後背所寫都是咒罵皇帝早死、暴死之類的文字。武帝看著看著，臉色由黃變紅，由紅變白，由白變青，兩眼冒火，牙齒咬響，拍著龍案，喊道：「去！將衛氏滿門逮捕下獄，審出結果回話！」

「遵旨！」江充眼角露出一絲笑意，恭敬地退下，快馬加鞭，直奔長安。

衛府裏的人對於即將降臨的劫難毫不知情。衛媼病情加重，眾人正為此而忙碌。忽然，府門外人聲喧嘩，一片嘈雜，江充帶領五百名爪牙，將衛府圍困，鐵桶似的，水洩不通。江充身著繡衣，手持節杖，大搖大擺地走進府門，高聲宣布道：「奉聖旨，逮捕衛氏滿門下獄，審訊巫蠱事！」

此語一出，全府皆驚。接著一陣騷動，男傭女僕們紛紛責問江充道：「什麼聖旨？什麼巫蠱？這裏是大司馬大將軍府，你開什麼玩笑？」

江充板著臉，說：「誰開玩笑？我是奉旨到此抓人！」

衛伉、衛伐出來見江充。衛伉說：「江使者，你要抓何人？」

江充指著衛伉說：「抓你，及衛府裏所有的人！」

衛伐攥緊拳頭，衝著江充說：「你敢？」

江充陰險地一笑，說：「有皇帝節杖在此，我還沒有什麼不敢的！」說罷，向爪牙們一揮手，命令道：「抓！一個不許走脫！」

爪牙們如狼似虎，見一個抓一個，見兩人抓一雙，衛伉、衛伐和男傭女僕束手就擒。江充帶人進入內室，內室多是女人，圍在衛媼病床前。衛媼聽見亂七八糟的人聲，勉強睜眼，有氣無力地問道：「出了什麼事？」

江充陰陽怪氣地說：「對不起，老太太！你的孫子大搞巫蠱，詛咒皇上，我奉旨抓人來了！」

衛媼全身一震，兩眼發直，艱難地抬起右手，指著江充說：「你！你！」話沒有說完，右手無力地落下，老臉歪向一側，停止了呼吸。

「姥姥！」「奶奶！奶奶！」金娥、劉媚、劉娟失聲痛哭。衛伉、衛伐聽到哭聲，知道奶奶斷氣了，掙扎著要看望奶奶最後一眼，並給奶奶磕個頭。爪牙們好生厲害，持刀執劍守在兩側，根本不許二人動彈。衛伉、衛伐只能向房中呼喊：「奶奶！奶奶！」

江充親眼見衛媼斷氣，幸災樂禍地說：「倒是便宜了老東西。」接著揮手命令道：「繼續抓人！」

爪牙們剛要動手，早惹惱了一個人，就是平陽公主。公主不管怎麼說，畢竟是衛媼的兒媳，衛媼屍骨未冷，江充毫不憐憫，恣意逞凶，使她心生氣憤，忍無可忍。她站出來，手指江充厲聲喝道：「江充！你別欺人太甚！老太太剛剛嚥氣，你把我們抓走，難道讓她停屍腐爛不成？」

江充知道公主是皇帝的大姐，不好惹的，皮笑肉不笑地說：「沒有法子，我是奉旨行事。」

公主說：「奉旨？你去把皇帝給我叫來，看皇帝會不會在這個場合抓我？」

江充見來硬的不行，便來軟的，說：「姑奶奶！你說該怎麼辦？」

公主說：「去！通知皇后和詹事陳掌夫人少兒，讓她們來料理老太太喪事，然後衛府的人任你處置。」

江充不敢硬頂，按照公主的吩咐，派人去通知子夫和少兒。不滿一個時辰，子夫和少兒相繼到來，抱住衛媼的屍體，放聲大哭：「娘啊！娘啊！」

江充催促公主。公主轉身跟子夫說：「妹妹！你可讓人叫太子來，幫著把老太太殮葬了。奸人告發伉兒、伐兒、騧兒搞巫蠱，皇上有旨，逮捕滿門下獄，看來凶多吉少，妹妹自己保重。」

子夫大喊道：「什麼巫蠱？衛府的人怎會搞巫蠱啊？」

公主嘆氣說：「唉！說不清，說不清哪！」

衛伉、衛伐、平陽公主、金娥、劉媚、劉娟及男傭女僕，共一百二十三人，都被江充抓走，關進監獄。其中沒有衛騧，衛騧早晨外出給衛媼抓藥，這時江充帶人圍困了衛府。他抓了藥沒敢回家，去了好友侍中僕射馬何羅處暫且藏身。

母親屍體停在床上，侄兒、女兒等全家被抓走，子夫心如刀絞，淚如泉湧。她不知道該怎麼辦才好，只是哭著喊著：「天哪！怎麼會是這樣啊！」

少兒止住哭泣，急急去博望苑，將衛府發生的事告訴太子劉據。劉據和史皇孫劉進帶了管家陳掌，隨少兒一起趕到衛府。偌大的衛府空蕩蕩的，遍地狼藉，只有子夫由夏荷、冬梅陪著，跪在衛媼屍床前流淚。劉據叫了一聲「娘」，劉進叫了一聲「奶奶」。子夫抬起頭，委屈、痛苦、怨恨隨著淚水盡情傾瀉，全無言語。劉據發現，自己的娘，一代國母，突然蒼老了，頭髮雪白，眼神呆滯，嘴唇抽搐著想說什麼，卻始終沒有說出口。顯然，她受的打擊太大，刺激太深，以致無法用言語表達自己的感情。

劉據扶起子夫，吩咐劉進說：「你和夏荷、冬梅先陪奶奶回博望苑，我在這裏安排喪葬事宜。」子夫又跪地向衛媼磕了一個頭，由劉進和侍女陪著，乘車先去。劉據讓陳掌上街買一口棺材，雇幾個工役，草草殮屍，抬到凹凹莊，將衛媼埋葬了。衛媼，這位由凹凹莊走進長安城的農婦，生了五個兒女，其中一女為皇后，一兒為大司馬大將軍，曾經滿門榮寵，死後又回到凹凹莊。一座極不顯眼的土墳，了卻了她酸甜苦辣的一生。

劉據埋葬了姥姥衛媼，回到博望苑。子夫情緒稍稍穩定，說：「死人顧不上了，活人總要設法搭救呀！」

劉據搖頭，說：「活人落個巫蠱的罪名，恐怕很難搭救的。」

子夫說：「那是無中生有，栽贓陷害！」

劉據說：「這誰都明白，可是跟誰說去？」

子夫說：「跟皇帝說去！我要去甘泉宮找皇帝，問個明白！」

子夫一向是溫順謙和的，現在倒顯得果斷和堅強。她不顧劉據及史良娣、陳掌、少兒等人的勸阻，帶著侍女夏荷和冬梅，乘車到甘泉宮去。

時值閏四月，東風駘蕩，山花爛漫。子夫無心觀賞途中景致，心急火燎地到了甘泉宮。武帝正在明光宮，陪鉤弋夫人逗鉤弋子玩耍。宮監報稱皇后從長安城來，要見聖駕。武帝料定是為了衛府巫蠱來，心中頓生不快，自言自語地說：「她怎麼也生出稜角來了？」

武帝勉強接見子夫，子夫跪地叩拜。武帝並沒有像平常那樣叫她「平身」，所以她一直跪著。武帝問道：「卿從未央宮趕來甘泉宮，有何要事？」

子夫答道：「一來問候皇上，二來為衛氏滿門鳴冤。」

武帝說：「梅花大俠朱安世揭發衛伉三兄弟搞巫蠱，罪證確鑿，有什麼冤枉？」

子夫說：「衛伉三兄弟是已故大司馬大將軍衛青的兒子，臣妾的侄兒，其中衛伉、衛伐是皇上的女婿。他們世受皇恩，不可能用巫蠱詛咒皇上。至於所謂的罪證，人人都能找塊木頭隨意刻製，無法斷定就是衛氏三兄弟所為。」

武帝有些惱怒，說：「如此看來，卿是埋怨朕年老昏庸，用人不察，決事不明了？」

子夫說：「臣妾不敢。臣妾只是憑藉良心和直覺，相信自己的親人。」

武帝不耐煩了，聲音變高，說：「哼！你相信你的親人，也巴不得朕早死暴死，你們就高興了！」

子夫依然平靜，說：「臣妾不敢。皇上既然不相信衛氏三兄弟，也該相信大姐平陽公主，相信女兒劉娟和劉娟，相信外甥女金娥。」

「不！朕誰也不相信！朕只相信朕自己，只相信絕對忠誠的大臣！」武帝按捺不住，咆哮起來了。

這時，江充鬼鬼祟祟地進來，手舉一束帛書，跪地奏道：「衛伉、衛伐認罪了，畫供了。」

武帝接過帛書，掃了一眼，抖動著對子夫說：「看見沒有？衛伉、衛伐已經認罪了，畫供了！你還要替他們鳴什麼冤，叫什麼屈，真是太不自量！」

子夫頓時覺得天旋地轉，滿目金星，一下子癱坐到地上。其實，江充呈給武帝的帛書，都是江充捏造的。他擬好罪狀，嚴刑逼供，強按衛伉、衛伐的手，想怎麼畫押就怎麼畫押，別說一束帛書，就是十束八束，弄來也不費吹灰之力。怎奈武帝聰明一世，糊塗一時，竟沒有想到這個道理，實在可悲。他疑心太重，害怕死亡，絕對相信偽裝的「忠臣」，被巫蠱攪昏頭腦，風聲鶴唳，草木皆兵，自己完全控制不住自己了，以致鑄成天大的錯案冤案。

子夫迷迷糊糊地回到長安。江充跑得比她更快，奉旨處斬了衛伉、衛伐及男傭女僕一百一十九人。劉媚、劉娟和金娥賜死，三條白綾結束了三條性命。唯平陽公主，武帝格外開恩，免死，搬回覆盎門內原先的曹府，自住思過。

子夫回到昭陽殿，精神恍惚。她已沒有精力過問衛府的事了，聽任江充在渭河邊再挖兩個大坑，一坑男屍，一坑女屍，將衛伉、衛伐及男傭女僕埋了。劉媚、劉娟、金娥和劉妍一樣，各自得到一口薄棺，不知道被埋葬在什麼地方了。衛騧逃亡，江充奉旨繪像張貼各地，通緝捉拿，歸案後無須審問，就地正法。膽敢藏匿或知情不報者，坐死罪滅族。

江充用巫蠱殺人，步步得手。霎時間，全國上下颳起一股巫蠱風，無辜吏民橫遭陷害，相繼受戮至數萬人。當時的情況是談巫蠱色變，聞巫蠱膽喪，天昏地暗，一片恐怖。這樣下去，會是什麼樣的結果呢，人人搖頭，個個嘆氣，好不茫然。

# 淚河血海，恨鬼冤魂

## 51 江充利用巫蠱，把黑手伸向昭陽殿，伸向博望苑。太子劉據為了自保，徵調武士捕殺江充，闖下大禍。

衛氏滅門，一百二十二人遇難。衛子夫猶如萬箭穿心，欲喊無聲，欲哭無淚。她的身心近乎崩潰了，昏昏睡去，三天三夜沒有醒來。

太子劉據和史良娣前來看望母后，見她昏睡，沒有打擾她，返回博望苑太子宮。劉據已經三十八歲，當太子已經十一年了。他和史良娣共有三個兒子和一個女兒，長子即史皇孫劉進，娶王氏女，剛生一個兒子，取名劉詢。這樣，武帝和子夫、劉據和史良娣就又長了一輩，分別成了曾祖父母和祖父母了。

劉詢的出生並未給博望苑帶來什麼歡樂，因為巫蠱的幽靈正在四處遊蕩，前景暗淡，人心惶惶。劉據曾派遣家使前往甘泉宮向武帝報告劉詢出生的喜訊，武帝閉門不見，家使怏怏而歸。劉據搖頭，苦笑著說：「進兒大婚，父皇不露面；進兒有了兒子，父皇不關心。看來，皇家的骨肉親情淡薄得不能再淡薄了。」

武帝自滅衛氏滿門以後，身體不適，常作惡夢。這時，江充眨巴著眼睛，悄悄打著算盤。他想，武帝年邁，晏駕不會太久，繼位的必是太子劉據。劉據登基，自己作惡太多，肯定性命不保。俗話說，先下手為強，後下手遭殃。自己何不趁正受到武帝信用的機會，先下手除掉劉據，以絕後患？

江充打定主意，遂在太子宮中物色了黃門郎蘇文、常融二人，威逼利誘，迫使他們就範，陰伺太子過失，聽從自己指揮。劉據常到未央宮看望母后，江充指使蘇文密報武帝，誣稱：「太子成天出入未央宮，想是與宮女們鬼混哩！」武帝不信，特令撥給太子宮宮女兩百人。劉據摸不著頭腦，不知何意，暗中探察，方知蘇文告了黑狀。史良娣氣憤不過，鼓動丈夫上書父皇辯冤，請誅讒賊。劉據不想煩擾父皇，說：「自己行的端，立的直，何畏人言？」

江充一計不成，又生一計，指使常融密報武帝，誣稱：「太子聽說皇帝患病，面有喜色。」武帝派人調查，全無此事，知是常融作偽，命將其斬首以戒。

江充連施兩計，均未見效，暗暗說道：「老頭子（指武帝）還算精明，一般計策哄他不過。要置太子於死地，看來還得用巫蠱，巫蠱是道迷魂湯，老頭子喝了準迷糊。」

江充進見武帝，恰巧武帝談到常作惡夢之事。江充乘機說：「這肯定是巫蠱在作祟！臣近日認識一個胡巫叫檀何，極善望氣，靈驗得很呢！」

武帝問道：「他望氣見了什嗎？說了什嗎？」

江充答道：「檀何望氣，說長安皇宮中巫蠱氣旺盛，若不早除，陛下龍體難癒。」

說到巫蠱，武帝果然迷糊了。他立命江充入長安皇宮究治，並派按道侯韓說、御史章贛充當江充的助手，檀何隨之同行。江充偷偷發笑，心裏說：「看！老頭子不是上當了！」

江充一夥回到長安，檀何登高，裝模作樣，東瞧西望，將手指向未央宮，說：「那裏巫蠱氣最盛！」江充立即帶領爪牙，虎狼一般撲向未央宮。

江充手中握有皇帝賜予的節杖，誰也不敢阻攔。他們先從未央宮前殿挖起，就連武帝坐過的龍座下面，也被掘地三尺。然後挖天祿閣，挖石渠閣，挖椒房殿，挖昭陽殿。皇后衛子夫正在昭陽殿臥著，聽得殿外人聲嘈雜。夏荷和冬梅呵斥道：「這是皇后寢殿，閒人不得擅入！」江充厲聲說：「少費話！我奉詔命，究治巫蠱，任何地方都可去得！」說罷，推開夏荷和冬梅，昂然直入。

子夫起來，端坐在几案前。江充手持節杖，略略彎腰說：「奉皇上旨意，入宮搜挖巫蠱，還請皇后包涵。」

子夫明白阻攔是毫無用處的，乾脆說：「隨便吧！」

江充一揮手，命令道：「挖！」

爪牙們朝手心裏吐著唾沫，撩衣捲袖，掄鎬揮鍬，掀翻書案，推倒花瓶，乒乒乓乓胡挖一氣。子夫睡的繡榻也被挪開，挖地三尺有餘。整整折騰了一個多時辰，好端端的昭陽殿被挖得千瘡百孔，几歪案破。誰也不知道他們挖到了什麼，江充一聲「撤」字，方才離去。

夏荷和冬梅攆到門口罵道：「強盜！畜牲！」

子夫很是平靜，說：「挖吧！他們是有備而來的。這個昭陽殿，我們怕是住不成了。」她沉思片刻，又說：「夏荷！冬梅！你二人侍候我多年了，趁我還有口氣在，快走吧！走得遠遠的，千萬別再沾皇家的邊兒！」

夏荷、冬梅跪地哭了起來，嗚咽著說：「皇后！我們不會離開你，就是死也要跟皇后在一起！」

子夫淒然落淚，說：「傻孩子，江充他們是衝著我來的，連皇后也搞巫蠱詛咒皇上了，我的死期還會遠嗎?你倆陪我白白送死，不值得。」

夏荷和冬梅鐵了心，任憑子夫怎樣勸說，始終不肯離去。江充一夥離開昭陽殿，又撲向博望苑。江充對付太子劉據，更是有恃無恐，指手畫腳，吆五喝六。爪牙們掄鎬揮鍬，將裏裏外外掘了個底朝天。劉據藏有不少古玩，這個上去一鎬，那個上去一鍬，十之八九盡被砸碎。詹事陳掌氣憤不已，說：「你們來挖巫蠱，這些古玩也有罪嗎？」江充陰險地一笑，說：「你家主子的命都保不住了，還要這些古董幹什嗎？伙計們，砸！」

劉據端坐著，冷眼靜觀，倒要看看江充一夥在太子宮究竟能挖出什麼。就在這時，江充像變戲法似的，手裏拿出兩個桃木人來，說：「挖到了！挖到了！」韓說和章贛手裏拿出一束帛書，說：「還有這個，上面寫的都是咒罵皇上的話，惡毒得很哪！」

劉據頓時目瞪口呆，明知江充一夥憑空揑造，栽贓陷害，可是縱有千張嘴，也無法辯白。江充收起桃木人和帛書，咧嘴大笑，說：「對不起，太子殿下！你搞沒搞巫蠱，自己跟皇帝說去！」劉據氣得臉紅筋暴，手指江充，說：「你！你！」「你」了半天，下面不知該說什麼，眼看著江充一夥揚長而去。

劉據驚懼萬分，忙和老師石德商議對策。石德官任太子少傅，劉據因巫蠱獲罪，他也必定坐死。他想了想，說道：「皇上年邁多病，迷信巫蠱，中毒太深。前者，公孫敖夫婦，公孫賀和衛氏滿門，皆因巫蠱被殺，還牽連了三位公主。今日，江充帶領胡巫，入太子宮掘得桃木人和帛書，奏告皇上，殿下是無法辯白清楚的。當務之急，不如趕快收捕江充，究治奸詐，以後的事再作計較！」

劉據愕然，說：「江充是繡衣使者，奉聖旨辦事，怎能擅加收捕？」

石德說：「皇上正在甘泉宮養病，不知京城裏的事，致使奸臣這樣胡作非為。若不火速收捕江充，殿下就要重蹈秦始皇長子扶蘇的覆轍了！」

史皇孫劉進、詹事陳掌等人在場，也說：「少傅老師說得對！收捕江充，先殺了他再作計較！」

劉據此時確實再無第二個方案可供選擇，遂橫下一條心，只好假傳聖旨，徵調武士，追捕江充。

江充離開博望苑，並未急於回甘泉宮，在覆盎門內一家酒樓擺開宴席，和韓說、章贛、檀何、蘇文等人山吃海喝，得意非凡。酒酣耳熱，江充漲紅了臉，嘴裏嚼著雞肉，吹噓他的為官之道，高聲說：「我江某人是個老粗，斗大的字不識二升，可是官至繡衣使者，權力大得很，連皇后、太子也敢收拾。憑什嗎？憑的是忠誠！懂嗎？忠誠！忠誠不忠誠，藏在自己的肚子裏，天知道！可是在皇帝面前，你得千方百計顯示你的忠誠、恭敬、順從，挑他愛聽的話說，揀他愛做的事幹，玩得他團團轉。這樣，他就會給你官爵，給你權力。你有了官爵和權力，便可隨心所欲，為所欲為。就說巫蠱吧，一個木偶，幾句咒語，就能將人咒死？鬼才相信哩！然而皇帝相信，你就順著他來，添油加醋，興風作浪，由你！這不？公孫敖、公孫賀、衛伉和衛伐，官高爵顯，還不是栽在我的手上了！這回，我還要讓皇后、太子也栽倒，叫各位看看我江某人的神通！」

韓說、章贛、檀何、蘇文等聽了這番高論，樂得直拍手，連聲叫好，爭著起身向江充敬酒。這時，劉據帶領兩百名武士包圍了酒樓，發一聲喊，齊向酒樓上衝去。

江充慌了神，趕忙手舉節杖，說：「皇帝的節杖在此，你們敢謀反嗎？」

劉據橫眉怒目，說：「奸臣逆賊，人人得而誅之。我奉聖命，緝捕江充歸案。武士們，上！」於是在酒樓上展開了一場短兵相接的格鬥。江充的節杖不管用了，檀何的巫術不靈驗了，二人被武士擒住。韓說受傷逃亡，章贛、蘇文趁亂逃出長安城，直奔甘泉宮。

劉據擒住江充，仇人相見，分外眼紅，怒罵道：「你一個狗奴才！擾亂了趙國尚嫌不夠，竟又跑到京城擾亂我父子關係來了！你開口巫蠱，閉口巫蠱，害死多少人！現在我殺了你，也算冤有頭，債有主，為國為民除了一害！」

江充臉色煞白，渾身哆嗦，死到臨頭，尚為自己開脫，說：「我是繡衣使者，所作所為都是奉旨行事。」

劉據說：「呸！你慣會憑空捏造，栽贓陷害，欺騙皇上，屠戮官民。你奉旨行事，凶惡超過豺虎，狠毒勝似蛇蠍，天誅地滅，死有餘辜！」

江充還要爭辯。劉據大喝一聲：「拉去一邊砍了！」

江充本能地求饒道：「太子饒命！太子饒命！」

武士們向前，將江充拉到一根拴馬樁旁，刀光一閃，江充血淋淋的腦袋滾落地上。

對於檀何，劉據嗤之以鼻，命武士架起一堆火，將他活活燒死。

劉據處死江充和檀何，前往未央宮向母后報告消息。子夫聽了，幾乎沒有什麼反應，只是說：「據兒，你闖下大禍了！你父皇不會饒恕我們母子的，你快回去預作準備吧！」

劉據離開未央宮，迎面吹來一陣狂風，塵土飛揚，行人匆匆，家家戶戶忙著關門，預示著一場災難即將發生。

## 52

丞相劉屈氂和太子劉據在長安城裏交戰，五日五夜，死亡五萬人，屍積如山，血流成河。劉據兵敗逃亡。武帝命衛子夫交出皇后璽綬，衛子夫在昭陽殿投繯自盡。

章贛、蘇文跑得飛快，到了甘泉宮，上氣不接下氣地向武帝報告說：「太……太子造……造反了，繡衣使……使者江充和胡……胡巫檀何被太子抓……抓捕了。」

武帝問道：「皇宮中挖出巫蠱沒有？」

章贛答道：「江充說昭陽殿和博望苑挖出很多很多木偶。」

蘇文補充道：「還有帛書，文字悖逆。」

武帝驚疑，說：「這就對了。太子因宮內挖掘出木偶和帛書，定然遷怒於江充，故而生變。朕當召問太子，太子來了，情況便知。」他立即命小黃門王弼前往長安，宣召劉據赴甘泉宮問話。

王弼和蘇文是好友。王弼正要出發，蘇文附在他耳邊交代數語，說要如此如此。王弼心領神會，根本沒往長安，且去樓觀山閒遊兩日，還報武帝說：「太子謀反屬實，已經殺了江充和檀何，不肯前來甘泉宮。太子還要將臣斬首，臣只得逃歸。」

武帝聽了這般言語，不由勃然大怒，說：「果真反了！反了！」正要詔令丞相劉屈氂發兵拘捕太子，可巧丞相府的長史前來報告消息。武帝問道：「太子謀反，丞相作何舉動？」

長史隨口答道：「丞相因事關重大，正擬秘密發兵。」

武帝手拍龍案，忿然說：「狗屁！太子謀反，人人皆知，還有什麼秘密？你回去告訴丞相，難道沒聽說西周的周公誅殺弟弟管叔、蔡叔的史事嗎？」他當即口授，由侍臣筆錄，擬成詔書，蓋上璽印，交給長史帶回，送達劉屈氂。

丞相劉屈氂正惶急著呢！原來，劉據捕殺江充和檀何時，長安城裏大亂。劉屈氂不明底細，急於逃命，慌亂中竟將丞相大印丟失了。丞相無印，便不能發號施令，若叫皇帝知道，不殺他的頭才怪哩！正在這時，忽見長史歸來，帶回璽書。劉屈氂轉憂為喜，急忙展視璽書，內云：

捕斬反者，自有賞罰！當以牛車為楯，毋接短兵，多殺傷士眾！堅閉城門，毋令反者得出，至要至囑！

劉屈氂看罷璽書，方問皇帝還說了些什麼。長史據實相告。劉屈氂稱讚長史隨機應命，精明幹練，立刻將璽書頒示，曉諭長安軍民。不一時，又有璽書傳到，命三輔各縣將士和州郡二千石以下官員，盡歸丞相調遣。劉屈氂的膽子一下子壯了起來，擂鼓升堂，調集兵馬，氣勢洶洶，決意鎮壓太子的叛亂。

劉據已經沒有退路，索性用太子的符節，調集長樂宮、未央宮和太子宮的衛士，赦免部分囚徒，打開武庫，發給兵械，以抗擊劉屈氂。梅花大俠朱安世還在死牢中，劉據可沒有赦免，命將此人殺了。監北軍使者任安，手下約有二萬兵馬，劉據以符節相召。任安接受了符節卻緊閉軍門，按兵不動。所以劉據七拼八湊，調集的兵馬也不過四五萬人。

劉據從博望苑移住武庫，長子劉進、次子劉序緊相跟隨。史良娣和第三個兒子劉光、女兒劉輝、兒媳王氏、孫子劉詢仍住博望苑，一顆心好像懸在空中，度日如年。

劉屈氂頒示璽書，宣稱太子謀反，奉旨平叛。劉據亦假託聖旨，宣稱奸臣作亂，奉命討逆。長安城中官民不辨誰真誰假，茫然沒有頭緒。但聽得大街小巷，人叫馬嘶，刀碰棒響，喊殺聲震動天地。間或火起，濃煙騰空，烈焰熊熊，直讓人心驚肉跳，渾身打顫。

劉屈氂和劉據驅兵交戰，殺了三日三夜，未分勝負。到了第四天，武帝從甘泉宮回到建章宮，人們方知太子矯詔弄兵。於是，膽大的出來幫助丞相，同討太子，就是平民亦認為是太子造反，不敢趨附。太子手下，死一個少一個；丞相手下，死一個反多一個。長樂宮和未央宮之間的武庫一帶，變成戰場，屍積如山，血流成河。時值七月，赤日炎炎，暑熱如煮，屍體腐爛，臭氣熏天，招引的蒼蠅密密麻麻，一伸手就能抓一把。雙方又殺了兩天兩夜，死亡的士兵足有五萬人。太子一方漸漸不支，竟至兵殘將盡，一敗塗地。劉據見勢不妙，匆忙引了兒子劉進和劉序，南走覆盎門。城門早就關閉，無法出城。恰遇司直田仁，田仁見他父子倉皇，生了隱惻之心，不忍加害，並打開城門，放之逃命。劉屈氂率兵從後面追到，查知田仁擅放太子，便要將其處斬。御史大夫暴勝之插言道：「田仁官位為二千石，有罪當奏明皇上，不宜擅戮。」劉屈氂將事情原委報告武帝，武帝大怒，說：「田仁縱放反賊，丞相誅之，法也，暴勝之怎敢阻攔？」立命腰斬田仁。暴勝之惶懼自殺。

劉據和劉進、劉序父子三人逃出覆盎門，沒敢回博望苑跟親人告別，快馬加鞭，慌不擇路，直向東方馳去。他們逃往哪裏？命運如何？當時來不及考慮，考慮的只是逃命，逃命。

太子劉據先搞巫蠱，繼又謀反，使得武帝怒不可遏。他命劉屈氂率兵包圍博望苑，將太子宮中所有人抓捕，投入監獄。還有和太子交往的賓客，也一齊收審。其實，審與不審是一樣的，因為他們和太子都有關係，依法當坐死罪。因此，史良娣、劉光、劉輝、王氏、陳掌以及少兒，還有賓客、宮監、宮女等，共六百多口人，都被斬首。沒有人敢收葬他們，屍體被運到渭河灘，傾倒在那裏，聽任野狗、老鷹吞食，慘狀目不忍睹。

皇曾孫劉詢是唯一的倖存者。他當時出生才三個月，也被關進監獄。行刑的那一天，他被廷尉監邴吉抱出去餵奶了，得免一死。後來，漢昭帝劉弗陵駕崩無嗣，有人覓得劉詢乃皇家血脈，遂將他扶上皇帝的寶座，他就是漢宣帝。

太子逃亡，其母猶在。武帝進而想到皇后衛子夫。三十八年前，他立子夫為皇后，因為子夫是衛青的姐姐，而且生了皇子劉據。劉據成為太子，母以子貴，加之衛氏外戚正在鼎盛時期，子夫的皇后位置非常穩固。後來，子夫的姿色衰敗，霍去病和衛青先後病死，子夫在他心目中的地位就不那麼重要了。然而就子夫個人而言，一貫溫順謙和，沒有什麼過錯，所以他儘管疏遠、冷淡子夫，卻無意於廢其皇后的名號。誰知老了，子夫竟敢搞巫蠱，說不定還支持劉據謀反呢！實在可惡可恨！

武帝想到這裏，又是怒不可遏，立命宗正劉長樂、執金吾劉敢，前往昭陽殿，收取皇后的璽綬，就是說，他決定廢去子夫的皇后名號了，將四十多年的夫妻恩情一刀斬斷。

子夫顯得出奇的平靜，沒有哭泣，沒有悲傷，靜靜地坐著，一言不發。這些日子裏，她想了很多很多，最後歸結到一點，就是榮華富貴如過眼雲煙，不值得留戀。世界是皇帝的世界，天下是皇帝的天下，所有的皇帝都是無情無義的，翻手為雲，覆手為雨，貪婪、自私、暴戾、冷酷，看官民如草芥，視后妃為玩物，沒有人性，沒有情感，虎毒尚不食子，可皇帝連親生兒女都恣意殺戮！她非常後悔當了皇后，這使得她的多少親人枉送了性命啊！母親衛媪死了，姐姐君孺、少兒死了，弟弟衛青死了，女兒劉妍、劉媢、劉娟死了，侄兒衛伉、衛伐死了，兒媳史良娣、孫子劉光、孫媳王氏死了，兒子劉據和孫子劉進、劉序雖然逃亡，恐怕也是難免一死的。罪孽罪孽呀！假若自己不是皇后，還會出現這樣的悲劇嗎？

劉長樂和劉敢宣布了武帝的口諭，子夫努嘴示意夏荷和冬梅，把皇后的璽綬，連同那頂鳳冠，一起交給來人。她早就等著這個時刻了，所以看也沒看交出去的東西，神態安詳而坦然。劉長樂和劉敢離去，夏荷和冬梅趴在子夫腿上哭了起來，嗚咽著說：「怎麼會是這樣？怎麼會是這樣？」

子夫淡淡地一笑，說：「這樣不是很好嗎？璽綬、鳳冠乃身外之物，要它何用？」

當夜，子夫用一條黑色絲繩輕紮銀髮，穿著從入宮起就帶在身邊的粗布衣裙，黑鞋白襪，投繯斃命。當年，她在延年殿投繯自盡，卻被春月、秋花救了。而今，她在昭陽殿投繯自盡，如願以償，默默地死了。

衛子夫，從凹凹莊走進曹府，從曹府走進未央宮，經歷了民女——歌伎——夫人——皇后傳奇般的人生里程，終於走到生命的終點，離開了充滿喧囂和紛爭的人世。她的一生並不壯懷激烈，只像一株鮮麗的花，一池清澈的水，開放凋謝，豐盈乾涸。她是時代的寵兒，曾為女性世界贏得榮耀，同時又是時代的曇花，匆匆一現，最終成為那個時代的犧牲品和殉葬品。自古紅顏多薄命。衛子夫的盛衰榮辱，向世人昭示：封建社會后妃生活的基調是悲苦和辛酸的，恨多於愛，苦多於甜，哀多於樂，哭多於笑。一部后妃史，從本質上說，實是古代婦女血淚史的縮影。

夏荷和冬梅侍候了子夫多年，彼此感情深厚。子夫一死，她們如失魂魄，淒然無依，亦投繯自盡，追隨子夫而去。

武帝聽說子夫自殺身亡，心頭一震，臉上卻沒有任何表示。他要保持皇帝的尊嚴，子夫已不是皇后，死了就死了吧，不必大驚小怪。李貴早已不是宮監總管，閒居在家。他得知子夫死後無人殮葬，乃自備一口薄棺，入昭陽殿殮了子夫的屍體，牛車載出，葬於凹凹莊衛媼的墳塚旁。衛媼和子夫生前很少歡聚，死後倒可以長相廝守了。

## 53 武帝並不放過逃亡的兒孫。劉屈氂和李廣利密約，前者全家處死，後者投降匈奴。田千秋仗義直諫，武帝始知自己大錯，於是有了「輪臺悔過」。

太子劉據在逃，使得武帝寢食不安。他一面命追查太子的黨羽，或坐誅，或滅族；一面命屯兵長安各個城門，以防太子捲土重來。事實上，武帝是過高地估計了太子的力量，劉據顧及性命尚且不暇，哪裏還能捲土重來呢？劉據和兩個兒子拚命逃跑，一直逃到湖縣（河南靈寶）泉鳩里這個地方，藏匿於一窮人家中。武帝因沒有抓到太子，暴怒無常，百官皆懼。這時，壺關（山西黎城東北）老人令狐茂上書武帝，書中寫道：

臣聞父者猶天，母者猶地，子猶萬物也。故天平地安，陰陽和調，物乃茂盛；父慈母愛，室家之中，子乃孝順。今皇太子為漢嫡嗣，承萬世之業，體祖宗之重，親則皇帝之宗子也。江充布衣，閭閻之隸臣耳，陛下顯而用之，銜至尊之命，以迫蹙皇太子，造飾奸詐，群邪錯謬，太子進則不得上見，退則困於亂臣，獨冤結而無告，不忍忿忿之心，怒殺江充，恐懼逋逃，子盜父兵，以救難自免耳。臣竊以為無邪心。往者，江充讒殺趙國太子，天下莫不聞，今又構釁皇宮，激怒陛下，陛下不察，即舉大兵而求之，三公自將，智者不敢言，辯士不敢說，臣竊痛之！願陛下寬心慰意，少察所親，毋患太子之非，亟罷甲兵，勿令太子久亡，致墮奸人狡計。臣不勝惓惓，謹待罪建章闕，昧死上聞！

武帝讀此奏書，似有感悟。忽然接到報告，說太子父子三人藏匿在湖縣泉鳩里，擬召故舊，聚合起事。武帝又生怒火，命新安令史李壽前往拘捕。李壽率領幹役，夤夜包圍了太子的住處。劉據自料難逃厄運，閉門自殺。劉進和劉序據門拒捕，被幹役殺死。李壽飛章上奏，武帝不知是喜是憂，踱步徘徊，許久許久沒有說一句話。皇后和太子果真有罪嗎？太子的妻子、兒女果真該殺嗎？他說不清，道不明，所以只有沉默。

漢朝皇家內亂，巫蠱之禍尚未最後收場，北方的匈奴又大舉入侵，寇五原，掠酒泉，氣焰囂張。武帝最後一次對匈奴用兵，仍以貳師將軍李廣利為主力，率兵七萬從五原出擊，另以御史大夫商丘成率兵二萬、重合侯馬通率兵四萬，分別從西河和酒泉出擊。李廣利辭陛登程，丞相劉屈氂送行至渭橋。

李廣利瞧瞧四周，悄聲說道：「丞相若能奏請皇上，早立昌邑王為太子，你我富貴定能長享，必無後憂。」劉屈氂滿口應承，說：「將軍放心，此事我能辦妥。」

昌邑王劉髆是李廣利姐姐李夫人所生，而李廣利的女兒又是劉屈氂的兒媳。自太子劉據死後，武帝尚未考慮好在剩下的四個兒子中立誰為太子，所以李廣利極想讓自己的外甥成為皇位的繼承人，並和親家長享富貴，故有此託。

李廣利出征，初戰倒還順利。商丘成和馬通卻是連戰連敗，潰不成軍。武帝盼著前線的消息，忽由內官郭穰啟奏，稱丞相劉屈氂和貳師將軍李廣利密約，將立昌邑王為太子，而且丞相夫人唆使女巫祈禱鬼神，詛咒皇上。武帝勃然大怒，立拿劉屈氂入獄，審訊定讞，罪至大逆不道，全家處死。李廣利的妻子、兒女亦坐罪下獄。

李廣利在軍中聽到京城發生的情況，像是兜頭潑了一盆涼水，惶急失色。他想回師請罪，恐又凶多吉少，沒奈何只得硬著頭皮，冒險深入敵境，渴望取得大功，將功折罪。然而，殘酷的戰爭中不存在僥倖，李廣利失敗了，而且是一敗塗地。李廣利為了活命，竟無恥地投降了匈奴，部下七萬士兵，無一生還。

武帝接到報告，命將李廣利的妻子、兒女斬首，並滅族。武帝一度威震四海的武功破滅了，心中不免有些蒼涼之感。巫蠱之禍已經延續了數年，但始終沒有查出個究竟，他逐漸明白皇后衛子夫和太子劉據，還有公孫敖、公孫賀、衛伉、衛伐的巫蠱案似乎錯了，那麼所謂太子謀反案自然也是冤枉了。他心裏是這樣想的，嘴上可沒有這樣說，因為皇帝從來聖明，說話、斷事不會有錯，即使錯了也不能輕易認錯。

這時，看管高祖廟的郎官田千秋上書，略言巫蠱純屬揑造，子虛烏有，太子誅殺江充，不得已而為之，本意並不是要謀反；兒子耍弄父親的兵器，其罪不過該挨鞭笞；天子的兒子有了過錯，誤殺了人，這又能定個什麼罪？田千秋特別聲明，這些話是他在夢中聽一位白髮老人講的，所以轉告皇上，不敢隱瞞。田千秋的奏書算是刺到了武帝的要害處。他恍然大悟，自悔耳蔽目迷，枉殺了兒孫。他立即召見田千秋，再也控制不住自己懷念兒子的悲思，說：「父子之間的事，別人是很難弄清楚的，只有卿才明白朕對太子的盛情是多麼深厚！卿所夢見的那位白髮老人其實就是高祖皇帝的神靈啊！是他老人家令卿來輔佐朕的。」

武帝於是提拔田千秋為大鴻臚（負責接待少數民族事務的官員），詔令夷江充三族，韓說、蘇文、王弼等處死。又命在長安城裏修一座「思子宮」，湖縣建一座「歸來望思之臺」，意思是召喚劉據的魂靈歸來，看望一下日夜思子的父親。武帝是很喜愛史皇孫劉進的，特命在廣明苑為之築一墓塚，人稱「皇孫塚」。這一墓塚如今還在，位於西安市東郊的韓森寨。「韓森寨」之名實由「皇孫塚」音變而來。

修宮建臺築塚，等於為太子劉據平反了，那麼對皇后子夫怎麼辦？武帝感到為難。一方面，子夫的冤情是顯而易見的，她沒有搞巫蠱，也沒有支持太子謀反，自己盛怒之下廢掉她的皇后名號，導致了她自盡身亡，死後連葬禮都沒有舉行，這是自己的失誤和過錯；另一方面，皇帝金口玉言，所言所行不應當朝令夕改，如果那樣，那麼尊嚴何在？體面何在？為難之中，他暫且採取了一個折衷的辦法：派人將子夫的墳塚稍微加高，並在墳塚前立碑作為標識，碑上刻字：「衛氏子夫之墓」。武帝以為，自己做這樣的補償，或許可以安慰一下子夫的亡靈。

巫蠱之禍，匈奴入侵，並沒有降低武帝畢生迷信神仙的熱情。征和四年（西元前八九年），他最後一次巡遊，直至東萊海邊。他很想乘坐大船，親臨海上尋求神仙，可是暴風怒號，海浪濤天，使他望而卻步，不敢登船。無奈，只好踏上歸程。途經泰山，又舉行一次封禪儀式，沒有出現任何靈異的徵兆。至此，他成仙升天的美夢徹底破滅了。

封禪禮畢，武帝心灰意懶地召見群臣，說：「朕自即位以來，做了不少狂妄悖亂之事，害得天下百姓流離失所，怨聲載道，現在後悔莫及。從今以後，凡是傷害百姓利益、浪費國家錢財的事情，全部停止，不許再幹！」

大鴻臚田千秋乘機奏道：「還有成千上萬的方士，妄談神仙，全無效驗，白白浪費無數錢財，應當遣散。」

武帝說：「准奏！照辦！」紅紅火火幾十年的方士們，耷拉著腦袋噘著嘴，灰溜溜地離去。

武帝回到長安，遂拜田千秋為丞相，封富民侯。許多人不解，嘀咕道：「田千秋一無能耐，二無功勞，只不過說了幾句投合皇帝心意的話，就由郎官拜相封侯，未免太快了吧！」其實，田千秋看出了朝廷的當務之急是要休養天下，緩和矛盾，安定民心，並督促武帝付諸實踐。這正是他超過別人的高明之處。武帝在這個問題上並不糊塗，所以提拔重用田千秋是情理中的事。

接著，搜粟都尉桑弘羊上書建議，輪臺（新疆輪臺）東邊有水田五千餘頃，可以派遣駐軍，修建哨所，再招募壯丁去那裏墾荒，種植五穀，用做向西域用兵的儲蓄。這是一個很好的建議，可是已勾不起武帝的熱心了。他專門就此頒布詔令，大意是說：先前主管大臣曾要求增加百姓賦稅，讓每人多交三十文錢充作軍費，這等於是加重老弱孤寡的困苦！現在你們又要求屯戍輪臺，經略絕域，這不更是擾勞天下百姓嗎！這種事萬萬不能再幹了。當今的急務是禁絕苛刑暴政，停止胡亂征派賦稅，要提倡農業生產，鼓勵繁殖馬匹，軍隊只要能維持防禦力量就夠了！

這道詔令因輪臺屯戍事而發，內容含有悔過之意，所以歷史上稱之為「輪臺詔」或「輪臺悔過」。表明武帝晚年對治國方略、賦稅和戰爭等重大問題有了新的認識，決心糾正以往的弊政，休養生息，穩定國家，安定人民生活。正面的經驗，反面的教訓，總算使他清醒了，也使尖銳的社會矛盾和階級矛盾多少得以緩和。他對迷信巫蠱也表示悔過，在另一道詔令中說：「至今餘巫未息，禍猶不止，陰賊侵身，遠近為蠱，朕甚愧之。」堂堂皇帝，能夠說出一個「愧」字，也算是很難得的了。

衛騶潛入甘泉宮刺殺武帝，未遂被斬。武帝受到驚嚇，惡夢中恨鬼冤魂齊向他索命。他辦完最後一件大事，在五柞宮永久地離開了人世。

後元元年（西元前八八年）夏天，武帝又到甘泉宮避暑，鉤弋夫人和鉤弋子隨行。這年，他虛齡七十歲，頭髮白了，牙齒掉了，老態龍鍾，腿和腳都不怎麼靈便了。他終於意識到人總是要死的，所謂長生不老長生不死是根本不可能的。因此要考慮和安排後事了。

武帝共有六個兒子，劉閎早夭，劉據冤死，劉髆新亡，這時只剩下燕王劉旦、廣陵王劉胥和鉤弋子劉弗陵三個了。劉旦、劉胥心術不正，難嗣大位，所以只能寄希望於劉弗陵了。劉弗陵身體壯實，天資聰穎，長相頗似武帝，可是他年僅七歲，能當皇帝嗎？武帝心存疑慮，日夜思索，寢食不安。

這天凌晨，武帝宿於寢殿尚未起床，忽聽得殿外一人大叫：「有刺客！有刺客！」武帝驚醒，趕忙披衣下床，走近窗前朝外面看，但見朦朧晨曦中有兩人扭打在一起，其中一人是金日磾，「有刺客」的警報聲正是他發出的。

金日磾本是匈奴休屠王太子，休屠王被昆邪王所殺，金日磾降漢，在皇宮中餵馬。他身材魁偉，容貌威嚴，餵馬精心，受到武帝賞識，被拜餵馬監，遷侍中駙馬都尉光祿大夫。這天，輪他值班侍衛武帝，恰遇刺客，遂奮勇與刺客搏鬥。其他侍衛聽到喊聲，一齊向前助陣，立時將刺客擒住，發現刺客原來是侍中僕射馬何羅。

武帝正看得入神，冷不防寢殿大門被撞開，從外面闖進一個蒙面人來。蒙面人手持短刀，撲向武帝，發一聲喊：「昏君！看刀！」

武帝嚇得魂不附體，本能地倒退著，大喊道：「金日磾救駕！」

金日磾聽到了殿門撞開的聲響，又聽到了武帝的喊叫，來不及多想，飛步入殿，看到了蒙面人正撲向武帝。他大叫道：「逆賊！勿傷我主！」縱身一跳，揮掌擊向蒙面人的後腦勺。

蒙面人聽得背後有人，捨棄正面，迎擊後面。就在轉身的一剎那，金日磾的右拳已到，恰好擊中蒙面人的面部，蒙面人的面罩落地，露出真實面目：他不是別人，正是衛子夫的侄兒、衛青的兒子、衛伉和衛伐的弟弟衛騧！

四年前，江充帶領爪牙包圍衛府，抓捕衛府全家人，衛騧外出抓藥，僥倖逃脫。他跑到好友馬何羅家，哭訴一切。馬何羅十分同情，將他藏匿起來。衛府滅門，朝廷畫像通緝衛騧，迫使衛騧不敢動彈。幾年裏他想到祖母衛媼、兄長衛伉和衛伐、嫂嫂劉媚和劉娟等人慘死，姑母衛子夫自殺，太子劉據全家人遇害，五臟俱焚，痛不欲生。他認定武帝是國難家仇的罪魁禍首，發誓此仇不報，枉為男人！馬何羅還有弟弟馬通和馬安成，都是血氣方剛，俠肝義膽，樂於助衛騧一臂之力，共同刺殺武帝，報仇雪恨。他們密謀了許久，選擇這天凌晨在甘泉宮下手，衛騧和馬何羅潛入宮內，衛騧行刺，馬何羅掩護，馬通和馬安成率家丁在宮外接應。興許是武帝命不該絕，偏遇忠心耿耿的金日磾輪值。金日磾已擒馬何羅，又格鬥衛騧。衛騧挨了重拳，短刀失落。再經一陣拳腳，衛騧不是金日磾的對手，竟被制服。衛騧破口大罵：「劉徹！你個昏君、暴君！迷信巫蠱，重用奸臣，濫殺多少無辜生靈！我與你不共戴天，生前刺殺不了你，死後也要剝你皮，抽你筋，喝你血，吃你肉！」

武帝驚魂未定，又挨一頓臭罵，臉上紅一陣白一陣，氣得聲音發顫，說：「推，推出去斬了！」

衛騶和馬何羅行刺未果，白送了性命。武帝又命奉車都尉霍光和騎都尉上官桀，拿住馬通和馬安成，依謀反律，一併斬首，全家誅殺。

武帝經受了刺殺的驚嚇，一下子病倒了，心緒不寧，常作惡夢。他已經感覺到死神正向他招手，因此趕快得立太子了。太子只能立鉤弋子劉弗陵，可是劉弗陵年幼，其母鉤弋夫人也才二十幾歲，將來能保證天下無事嗎？他思來想去，決定先選擇一位大臣，交付託孤重任。可供選擇的大臣有兩位，一是霍光，一是金日磾。然而金日磾畢竟是匈奴人，不足以服眾，所以只有授意霍光，也好叫他有個準備。霍光就是霍去病的同父異母弟弟，初任郎官，累遷奉車都尉光祿大夫，出入禁闈二十餘年，忠厚勤謹，沒有過失，可託大事。為此，武帝命畫師畫了一幅周公懷抱幼小的周成王，接受諸侯朝拜的畫，賜於霍光。其中意義，是不言自明的了。

選擇好託孤的大臣，武帝還想著要消除母后干預朝政的隱患。他晚年只寵愛鉤弋夫人，可是為了大漢江山，他要忍痛割愛了。一天，他故意找了個碴兒，把鉤弋夫人叫到跟前，痛加訓斥。鉤弋夫人素來恃寵弄嬌，突然遭到皇帝痛責，嚇得不知所措，趕忙摘下首飾，叩頭謝罪。武帝不予理睬，叱令侍女將她拖出，送入宮內的獄中。鉤弋夫人從沒有受過這樣的委屈，珠淚盈眶，頻頻回顧，越顯嬌憐。武帝不敢正眼看她，狠狠地說：「去！去！你活不成啦！」鉤弋夫人入獄，又接聖旨：賜死。她自覺無趣，當夜自盡了。

鉤弋夫人無端遭譴，盛年身亡。武帝命以厚禮葬於甘泉宮南，殯葬時香聞十餘里。武帝疑其並非常人，特建通靈臺以誌哀悼。事後，他問侍臣，鉤弋夫人之死，外人有無異議？侍臣回答道：「外人都說，陛下將立幼子為太子，為何要先殺其母？」武帝喟然道：「庸愚無識，何知朕意？從來國家發生內亂，多由皇帝年幼而母后少壯所致。母后年輕寡居，驕橫胡來，大臣們誰能管得了？你們沒聽說過本朝初年呂后的故事嗎？朕是擔心鉤弋夫人再成為第二個呂后啊！」

後元二年（西元前八七年）二月，冰雪初融，春寒料峭。武帝還想巡遊，誰知只走到五柞宮（陝西周至尚村鎮北）就病倒了。五柞宮內有五株柞樹，樹幹粗壯，蔭蔽數十畝，故而得名。武帝這次生病比以往哪一次都重，忽冷忽熱，昏昏沉沉，眼睛一閉就作惡夢，恨鬼冤魂齊來索命。

這天夜裏，宮外颳著狂風，遠處像有狼吼。寢殿內燭光搖曳，風吹簾動，寒氣逼人。武帝蜷縮在床上，似睡非睡，似醒非醒，漸入夢境……

金鼓響，琴瑟鳴，武帝頭戴金冠，身穿龍袍，氣宇軒昂地登上了金鑾寶殿。金鑾寶殿不是建在地上，而是建在天空，左邊懸一輪紅日，右邊嵌一彎皎月。群臣跪拜，山呼萬歲。猛然間，披頭散髮的陳阿嬌走了進來，邊走邊吆喝：「金屋藏嬌，金屋藏嬌！」接著大笑，衣袖一甩，金鑾寶殿飄飄搖搖，變成了無數奔跑的小鹿。

武帝戎裝快馬，追趕小鹿，彎弓搭箭，朝一隻小鹿射去。那隻小鹿在草地上滾了兩滾，口銜一支桃花，桃花開得老大，中間走出一個天仙般的美人來。呀！她不是衛子夫嗎？武帝下馬，去摟抱子夫。子夫身子一閃，又出來個李夫人。李夫人指指點點數落他：「貪腥的貓！貪腥的貓！」

忽兒武帝又置身於荒蕪的大漠。衛青和霍去病率領騎兵風馳電掣般地向北方衝去。一顆人頭落下，又一顆人頭落下，片時人頭堆得像一座山，好多人頭還齜牙咧嘴，朝著他笑。武帝拔腳就跑，靴子陷在泥坑裏，彎腰摸靴子，啊！滿手鮮血，鮮血滴在地上，匯成了河渠。

武帝到了大海邊，海上隱約幾座山峰。欒大說：「看！那是仙山！」武帝彷彿看到，仙山上有仙人，駕雲乘鶴，逍遙漫遊。驀地陽石公主劉妍瘋瘋癲癲走過，口中念念有詞，說：「玉皇大帝原是仙人，還要成仙，成為仙中之仙。」江充窮凶極惡地衝出來，手持節杖大喊：「巫蠱！巫蠱！」

武帝眼前跳著一個桃木人，一個變作兩個，兩個變作四個，三變兩變，到處都是桃木人。公孫敖和秋花倒在地上，公孫賀全家和劉妍倒在地上，衛伉、衛伐和劉媚、劉娟倒在地上，還有成千上萬的人倒在地上，身首分離，血肉模糊。公孫敖、公孫賀、衛伉、衛伐突然活了，站起來撲向武帝，喊道：「還我命來！」劉妍、劉媚、劉娟也活了，喊道：「還我命來！」武帝嚇得直往後退，碰到一堵牆。牆「轟」地一聲倒了，看那牆內，橫七豎八，那是太子宮中的三百多具屍體。武帝毛骨悚然，正想逃跑，迎面來了太子劉據和史皇孫劉進。劉據指著他說：「你不是我父親！」劉進也指著他說：「你不是我爺爺！」

「我？我？」武帝結結巴巴，什麼也沒有說出來。回頭瞧見美女，像是鉤弋夫人。不對！原來是子夫。子夫正抑揚頓挫地唱著《上邪》歌。他向前拉住子夫的手，說：「我來世當皇帝，還立你為皇后。」子夫抽回手，勃然變色，呵斥道：「滾你的吧！你立我為皇后，只是為了玩弄我利用我，私欲滿足了，就一腳將我踢開。你殺我的兒女，殺我的侄兒，殺我所有的親人，是暴君，是屠夫！說什麼來世？來世我嫁逃荒要飯的，再不會沾你皇家的邊兒！」武帝挺納悶，心想：一向溫順柔和的子夫怎麼變得剛烈了呢？再看子夫，但見她頸項套著白綾，高高吊在房樑上，臉色煞白，舌頭伸長，手臂和腳尖下垂，陰森恐怖。武帝嚇得篩糠似的，渾身哆嗦，胸悶氣短，捂著臉狂跑。

「昏君哪裏跑？我來了！」武帝止步，回顧身後，好像是衛騧一手提著腦袋，一手攥著利刃，飄飄忽忽追趕他。他萬分惶恐，前進不得，後退不得，硬著頭皮說：「我是皇帝，你敢怎麼樣？」衛騧一揚手，將那顆腦袋安到脖子上，冷笑著說：「我敢怎麼樣？專門殺你這個狗皇帝，替所有的恨鬼冤魂報仇！」武帝說：「誅殺皇帝，大逆不道，罪當滅族，你可知道？」衛騧哈哈大笑，說：「滅族？我衛氏早被你斬盡殺絕了，誰還怕你滅族？你能再滅二次、三次不成？」武帝還要支吾，衛騧已不耐煩了，將利刃三晃兩晃，對準武帝心窩捅了進去。武帝倒地，鮮血迸濺。衛騧再將利刀在武帝心窩裏轉了兩圈，武帝發出慘叫：「啊！痛煞我也！」……

隨著一聲慘叫，武帝醒來，狂風仍在猛吹，燭光仍在搖曳，方知又是南柯一夢，冷汗濕透內衣，心口隱隱作痛。在寢殿外面侍候的霍光、金日磾聽到慘叫聲，急忙進殿，見武帝病入膏肓，喪形失態，氣息奄奄，很是驚慌。霍光跪地，淚流滿面，說：「陛下老有不測，請問到底立誰為嗣？」

武帝病已彌留，方才明示，說：「卿應知朕所賜畫意：立鉤弋子弗陵為太子，卿行周公事。」

霍光為人謙遜，說：「臣不如金日磾。」

金日磾慌忙跪地，說：「臣是外國人，若輔幼主，會使外國人輕視大漢，而且，臣各方面皆不如霍光。」

武帝喘著氣，說：「你二人素性忠純，共同輔政便是。」

霍光、金日磾辭出。武帝又想到上官桀，覺得此人忠誠，堪可信任。即命侍臣草擬詔令，當日頒出：立劉弗陵為太子，封霍光為大司馬大將軍，金日磾為車騎將軍，上官桀為左將軍，加上丞相田千秋和御史大夫桑弘羊，以霍光為首，五人共同輔政。

武帝辦完最後一件大事，再未甦醒和說話。一天過後，這位政治上精明開通，思想上和生活上摻雜瑕點的皇帝便永久地離開了人世。

失蹤了近三十年的春月重新出現在衛子夫墓前。她用最簡樸的方式祭奠衛子夫，如訴如泣，總結了衛子夫的一生。

漢武帝駕崩於五柞宮，霍光主持，火速將他的遺體運到京城，停殯於未央宮前殿。停殯其間，八歲的劉弗陵即皇帝位，是為昭帝。哭喪停殯十八天，三月，武帝歸葬茂陵。

武帝共做了五十四年皇帝，先後立過兩個皇后，幸過的妃嬪數以百計。皇帝生前風流，死後也當風流。那麼，該由哪個女人和武帝合葬於茂陵呢？昭帝年幼，尚不懂男女間的事，霍光作為第一輔政，不能不予考慮。他首先考慮兩個皇后：陳阿嬌和衛子夫。陳阿嬌早被廢了，武帝對她不感興趣。衛子夫為后三十八年，按說最有資格進入茂陵，可是她實際上也被廢了，而且懷著悲哀，懷著冤恨，投繯自殺，且別說武帝，就子夫而言，合葬恐怕有悖於她的心願。妃嬪中，武帝最寵愛李夫人和鉤弋夫人。鉤弋夫人是賜死的，說明武帝對她心懷戒心。李夫人是病死的，武帝曾為之寫了一篇賦——一曲愛情的讚歌和悲歌。霍光思量再三，揣摩死人的心理，最終確定由李夫人「配食」，即和武帝合葬茂陵。茂陵墓塚高大雄偉，墓中設施奢麗，瘞藏的除了金銀器物外，還有珍禽異獸魚鱉一百九十種。在那裏，武帝和李夫人的亡靈盡可以享樂了。

和高崇奢豪的茂陵相比，凹凹莊的衛子夫墓太渺小太寒酸了。廣不過一丈，高不過三尺，一小堆黃土而已。這天是武帝葬日，京城裏的王公大臣、達官權貴、三軍將士都去了茂陵，平民們奉令守在家中祭奠至尊。烏雲瀰空，天色陰沉。衛子夫墓前，跪倒一個衣裙襤褸、滿頭白髮的女人。她帶來一個竹籃，竹籃裏有兩塊包穀麵餅，四個雞蛋，十幾枚紅棗和一把保存很久枯乾了的山果，還有一炷香。她顫動著雙手，將這些東西取出來，整齊地放在地上，然後俯身抓土，號哭起來，邊哭邊說：「衛姐呀衛姐！妹妹我看你來了！」

這個女人是誰？說來令人難以置信，她是春月，是子夫早年在宮中結識，後來嫁給衛青的春月。

當年，平陽公主再嫁，非嫁大司馬大將軍衛青不可，而且要當正房。武帝偏愛大姐，命子夫從中撮合，還命她說服春月，讓出正房的位置。子夫和春月患難與共，姐妹情深，怎奈聖命難違，違心地做了一回媒人，用新弟媳取代舊弟媳。春月不想使正在得寵的衛姐為難，決定讓位。就在衛青和平陽公主洞房花燭之夜，春月含著苦淚，捨夫棄子，悄悄地離開衛府。她知道，自己出身微賤，沒有靠山，在婚姻上是爭不過皇家公主的，只能避而遠之。

黑夜茫茫，道路坎坷，春月出來，到何處去安身？她不知道，自管信步胡走，走到哪裏算哪裏。她走了一夜，又走了一天，被一座高山擋住了去路。一打聽，知道高山叫做終南山，自己所在的地方叫做太乙峪。她下到峪裏，隨便找了個山洞，和衣而睡。朦朧中，夢見衛青和平陽公主正在調笑，夢見三個兒子衛伉、衛伐和衛騧正在哭泣。

不知睡了多長時間，春月醒來了。她第一個念頭想到死，一個女人失去家，失去丈夫和兒子，活著還有什麼意思？轉而一想，不對，要死何不死在衛府，跑到這個山溝裏幹麼？她咬咬牙，決定活下去，這個世界不是不讓女人活嗎？自己偏要活下去，活下去！

春月重新找了個稍大的山洞，以山果充饑，以河水解渴，定居下來。她離開衛府時，什麼東西也沒有帶，只有頭上一支銀簪值些錢。山外有一個小鎮，她去小鎮上賣了銀簪，買一口小鍋和一個粗碗，買了兩隻雞娃和一隻羊娃，返回山洞，過上了基本上與世隔絕的原始生活。

幾個月後，雞生蛋了，羊產奶了，春月的生活有了保障。雞蛋拿到小鎮上賣，可以換回少許糧食和鹽，生活就更不成問題了。

日復一日，年復一年。春月與風雪為伍，以雞羊相伴，頑強地活了下來。冬天，天寒地凍，大雪封山，她在山洞裏烤火，絕不外出。開春以後，冰融雪消，她才重新出現在小鎮街頭，手拄木棍，側耳靜聽過往行人談論的各種新聞。她陸續聽說，皇帝十分迷信神仙，霍去病死了，衛青死了，皇后衛姐失寵了。巫蠱鬧得天下不得安寧，妹妹秋花和公孫敖、公孫賀全家、兒子衛伉和衛伐及衛府的人，都因巫蠱滅門了。太子劉據和丞相劉屈氂交戰，死了幾萬人。皇后衛姐也受巫蠱牽連，上吊自殺了。衛騶大鬧甘泉宮，刺殺皇帝未遂，被斬首了。新近，老皇帝也死了，小皇帝登基，叫什麼劉弗陵……

她靜聽著人們所有的談論，臉上木雕石刻一般，幾乎沒有任何表情，然而心裏卻似翻江倒海，眼前閃過一張張既熟悉又陌生的面影。

衛青之死，她不悲傷，因為此人已屬於另外一個女人的了。秋花是她的妹妹，怎麼也死了呢？她和秋花入宮當宮女，幸遇衛姐子夫，子夫得寵，倆姐妹跟著沾光，分別嫁給衛青和公孫敖，同日成婚。只說自己命苦，婚姻遇變，想不到秋花命更苦，連性命都丟了。

衛伉和衛伐是春月的兒子，二人及衛府的人遇難，春月最傷心最痛苦。她出走的那一夜，沒敢去看一眼親生的兒子，害怕做娘的心軟，看一眼就走不成啦！後來聽說由子夫做主，衛伉娶了劉媚，衛伐娶了劉娟，她略感欣慰，兒子成為皇帝和皇后的女婿，想必有個奔頭。不料晴天一聲霹靂，衛伉和衛伐以及全家人也因巫蠱罪被抓被殺了。她心如刀割，痛不欲生，恨不得到京城跟人拚命。可是跟誰拚命呢？跟奸臣嗎？跟皇帝嗎？小蟲撼大樹，雞蛋碰石頭，沒有用的！幸好，三兒子衛騳逃脫了，未遭殺害。她虔誠地祈求蒼天保佑，保佑騳兒平安無事。她在山洞的睡夢中，不只一次地夢見騳兒突然出現在面前，喊著「娘」，撲到她的懷裏。她伸手去抱騳兒，卻是一絲風，一縷煙，純是幻覺而已。

皇后衛子夫自殺斃命，使春月飽受創傷的心靈再一次蒙受巨大的傷痛。她清楚地記得，衛姐子夫當年在延年殿，忍受不了羞辱，曾經自殺過，自己和秋花將她救了。子夫重新得寵，生了皇子，被立為皇后，榮耀到了極點。「生男無喜，生女無怒，獨不見衛子夫霸天下！」春月聽了這首歌謠，既替子夫高興，又為子夫祝福。後來，子夫說服春月讓出正房位置，甚至給春月下跪，導致春月離家出走。春月對此並不怨恨，相反更欽敬更熱愛子夫。因為只有情深意篤的姐妹，說話、做事才能這樣心照不宣！春月想像得到，子夫失寵以後，所受的苦難和自己差不了多少。皇帝無情無義，朝秦暮楚，喜新厭舊。特別是親生的兒女，還有娘家的親人，一個個遭殺戮，子夫眼睜睜地看著，卻救不了他們，那比殺了自個兒還難受還心疼哪！子夫是個重情義、顧大局的女人，最終在昭陽殿懸樑自盡，實在是走投無路的非常之舉啊！

妹妹秋花，兒子衛伉和衛伐，姐姐子夫，一個接著一個都死了。春月所牽掛的只有衛騳了。半年前，她又聽說，衛騳在甘泉宮行刺不成，反被斬首，心中唯一的希望又破滅了。她想對著長河哭，向著大山喊，可是哭不出來，喊不出來。她經歷的人生苦難太深太重，整個身心都變得麻木了。

秋花、衛伉、衛伐、衛騧慘遭殺害，連個墳墓都沒留下。子夫聽說由李貴殮葬了，葬在生她養她的凹凹莊。這天，春月特意備了力所能及的供品，走了好遠好遠的路，到子夫墓前祭奠，一表哀情。「衛姐呀衛姐！妹妹我看你來了！」這一聲淒厲的呼號，足以驚天地泣鬼神。

春月離家出走已近三十年，從那以後沒有見過一個親人。在太乙峪洞居的日日夜夜，她十分想念子夫，肚裏裝了千言萬語，及到子夫墓前，卻不知該說些什麼了。她將那炷香插在土裏，沒有火，權當它點燃了；再將包穀麵餅掰成小塊，雞蛋去殼，連同紅棗、山果，輕輕地丟在墳頭，邊丟邊說：

「衛姐，我的好姐姐！妹妹我實在沒有什麼好吃的東西供奉給你，就這些，你將就著吃一點吧！你吃了，我會高興的。你是一個好人，從來都是逆來順受，光想著別人，就是不想自己。皇帝無情無意，你忍了；親人慘遭殺戮，你認了。是啊！你不忍不認又能怎樣呢？天道無公，世理不平，苦命人在哪裏都是苦命！妹妹我知道，別看姐姐貌美如花，生性柔弱，但又很剛烈。你最終在昭陽殿投繯自盡，不就是以死抗爭嗎？衛姐呀衛姐！你我都是女人，女人在這個世界上說到底沒有地位，沒有出路。如果有來生，你我切莫投錯胎，無論如何也要做個堂堂正正的男子漢，像衛騧那樣，連皇帝也敢刺殺，死也要死得痛快，死得壯烈！衛姐，你知道嗎？那個逼你走上絕路的皇帝，一心想長生不老長生不死，如今也命歸黃泉了。我思量著，那個人貪圖你的美貌，在陰間恐怕還會糾纏你的，你可得當心，千萬莫再受騙！遠離皇家，遠離榮華，遠離富貴，平平淡淡過日子，這才是真正的福氣！切記切記啊！」

春月如訴如泣，向衛姐子夫說了這些肺腑之言。一股旋風吹過，天色更加陰沉，空中飛著兩隻烏鴉，發出「呱！呱！」的叫聲。春月跪地叩頭，流著淚說：「衛姐！好好安息吧，妹妹我去了！」她起身，佇立許久，然後提了竹籃，步履艱難地向南走去，漸漸消失在蒼茫的暮色中……

漢宮艷后：衛子夫／張雲風著. -- 二版. --
臺北市：大地, 2011.08
面： 公分. --（歷史小說：31）

ISBN 978-986-6451-31-7（平裝）

857.7 100015317

# 漢宮艷后——衛子夫

歷史小說 031

| | |
|---|---|
| 作　　者 | 張雲風 |
| 創 辦 人 | 姚宜瑛 |
| 發 行 人 | 吳錫清 |
| 主　　編 | 陳玟玟 |
| 出 版 者 | 大地出版社 |
| 社　　址 | 114台北市內湖區瑞光路358巷38弄36號4樓之2 |
| 劃撥帳號 | 50031946（戶名　大地出版社有限公司） |
| 電　　話 | 02-26277749 |
| 傳　　真 | 02-26270895 |
| E - mail | vastplai@ms45.hinet.net |
| 網　　址 | www.vasplain.com.tw |
| 美術設計 | 普林特斯資訊股份有限公司 |
| 印 刷 者 | 普林特斯資訊股份有限公司 |
| 二版一刷 | 2011年 8 月 |

大地

定　　價：280元

Printed in Taiwan